GRETA R. KUHN

Saarperlen

GRETA R. KUHN

Saarperlen

VERONIKA HARTS ERSTER FALL

GMEINER

Personen und Handlung sind frei erfunden.
Ähnlichkeiten mit lebenden oder toten Personen
sind rein zufällig und nicht beabsichtigt.

Immer informiert

Spannung pur – mit unserem Newsletter informieren wir Sie regelmäßig über Wissenswertes aus unserer Bücherwelt.

Gefällt mir!

Facebook: @Gmeiner.Verlag
Instagram: @gmeinerverlag

Besuchen Sie uns im Internet:
www.gmeiner-verlag.de

© 2019 – Gmeiner-Verlag GmbH
Im Ehnried 5, 88605 Meßkirch
Telefon 07575 / 2095 - 0
info@gmeiner-verlag.de
Alle Rechte vorbehalten
4. Auflage 2023

Lektorat: Teresa Storkenmaier
Herstellung: Julia Franze
Umschlaggestaltung: U.O.R.G. Lutz Eberle, Stuttgart
unter Verwendung eines Fotos von: © TT262 / photocase.de
Druck: CPI books GmbH, Leck
Printed in Germany
ISBN 978-3-8392-2500-4

Für Stefan, der in jeder Sekunde an mich und diese Geschichte geglaubt hat, und für meine Vierbeiner Emil, Lola und Betty, die mit ihrer Zuneigung eine echte Stütze sind.

A

Der Schock:

Heftige seelische oder körperliche Reaktion auf ein unerwartetes, emotional belastendes Geschehen, welche jegliches Handeln der betroffenen Person unkontrollierbar macht.

1

Kornblumenblau erstreckte sich der Himmel über den vollen Knospen der Herbstfelder, die ihre prallen Köpfe langsam im zarten Wind hin- und herwiegten. Hier und da zog noch ein verspäteter Schwarm Zugvögel am Horizont vorbei und aus der Ferne war der Glockenschlag des Perler Kirchturms zu hören. Der Duft von Erde, Staub und frisch gemähten Feldern, den er so liebte, überlagerte allmählich den feinen süßlichen Geruch des Apfelkuchens, den seine Frau vor seiner Abfahrt gerade heiß und dampfend aus dem Ofen geholt hatte. Er konnte es kaum erwarten, in wenigen Stunden den noch frischen Teig mit dem saftigen Belag zu kosten. Doch bis dahin musste noch die Ernte eingefahren werden. Er liebte diese Fahrten über seine Felder, bei denen er endlich das einholte, was er über Wochen gesät, gehegt und gepflegt und nach Schädlingen untersucht hatte. Immer wieder war er mit seinem treuen Labrador das Feld in der hügeligen Landschaft am Rande der Mosel abgelaufen. Gunnar war schon in fünfter Generation Landwirt und er genoss es, diesen Beruf auszuüben und den Hof ganz in der Nähe der idyllischen Weinberge zu bewohnen, auf dem er geboren und aufgewachsen war.

Die Zeiten hatten sich geändert und die Preise gingen immer weiter in den Keller. Er hatte viel investiert und lebte für seinen Beruf – er war mit ihm, seinem Land und seinem Vieh eng verbunden. Und er war froh, dass er in Magda eine Frau gefunden hatte, die dieses Leben mit ihm teilen wollte. Auch wenn das mit dem Nachwuchs noch nicht recht klappen wollte. Sie waren ja noch in einem guten Alter, er 41 und sie 32 Jahre alt. Dennoch machte er sich Sorgen. In seiner Familie hatte man stets früh für einen Nachfolger gesorgt. Sein eigener Vater war nur 15 Jahre älter als er heute, als er vor fünf Jahren einem Herzinfarkt erlag. Es konnte also jederzeit zu spät sein. Magda spürte, wenn sein Vater ihm fehlte, und umsorgte ihn dann besonders liebevoll. Er hatte sie vor acht Jahren bei einem Dorffest kennengelernt. Sie war als Erntehelferin aus Polen nach Deutschland gekommen, um über den Sommer Geld für ihre Familie zu verdienen. An diesem Tag hatte sie sich mit zwei anderen jungen Frauen aus dem Containerdorf weggeschlichen, um nach der Schinderei ausgelassen zu feiern. Gunnar war sie sofort aufgefallen, als sie den Festplatz betrat. Es war weder ihre Kleidung noch ihre Frisur – es war die Anmut, mit der sie ging. Den Rücken gerade, den Kopf hoch, aber mit einem scheuen Blick, der ihn sofort verzauberte. Und einem strahlenden Lächeln, als er sie endlich ansprach. Das war einer der schönsten Momente in seinem Leben gewesen. Denn er wusste, dass sie es sein würde. Die Eine. Und seit diesem Tag war sie bei ihm geblieben und er wüsste heute nicht, was er ohne sie machen würde.

Gedankenverloren saß er nun hoch oben auf seinem Mähdrescher und bog schließlich in den Feldweg ein, der ihn zu seiner letzten Aufgabe für heute führen sollte: das Feld nördlich des Dorfes, knapp eineinhalb Kilometer entfernt von seinem Hof.

Ein dunkler Transporter mit ausländischem Kennzeichen raste auf ihn zu und er erschrak. »Immer diese Touristen«, ärgerte er sich, »die kapieren einfach nicht, dass hier nur landwirtschaftlicher Verkehr erlaubt ist.« Wütend blinkte er auf und machte wilde Handzeichen. Der Transporter bremste nicht, sondern gab Gas und wich kurz vor Gunnars imposantem Mähdrescher nach rechts auf das bereits gemähte Feld aus. Mit Vollgas, sodass Erde, Strohhalme und Steine aufgewirbelt wurden, umrundete er ihn und fuhr von einer Staubwolke verfolgt auf dem Feldweg hinter Gunnar weiter.

»Idiot!«, schrie der laut, doch der Schrei ging im Getöse seines Motors unter. Den Fahrer hatte er von seiner Sitzposition aus nicht erkennen können, das Kennzeichen hatte er sich nicht gemerkt. »Na ja, was soll's!« Gunnar war nicht der Typ, der sich lange über etwas aufregen konnte. Seine Freunde beschrieben ihn als gelassen und heiter, immer für einen Spaß zu haben. Noch ahnte er nicht, dass er sich dieses Fahrzeug hätte besser einprägen sollen. Schließlich bog er in sein Maisfeld ein und begann mechanisch seine Runden zu drehen. Er hielt dabei den Blick starr auf das jeweilige Ende des Feldes gerichtet, um sein Gefährt auf dem leicht unebenen Boden möglichst gerade zu lenken.

Ab und zu schien sich etwas in der Klingentrommel seines Feldhäckslers zu verfangen, meistens waren es Steine oder Holzstücke, welche irgendwie auf den Acker gelangt waren. Ein Steindetektor war bei seinem John Deere 7300, den er vor vier Jahren gebraucht gekauft hatte, leider nicht verbaut gewesen. Und zum Nachrüsten war er bisher nicht gekommen. So schaute er bei jedem ungewöhnlichen Geräusch instinktiv in seinen Rückspiegel, um die jeweilige Quelle ausmachen zu können. Obwohl er in seiner Kabine knapp dreieinhalb Meter über dem Feld thronte, war die Sicht auf den Boden bei dem dichten Bewuchs sehr schlecht. Bisher waren es lediglich ein paar Äste gewesen, die die nachgelagerte Häckseltrommel zum Klingen gebracht hatten.

In sein Blickfeld fiel gerade ein niedergetrampelter Pfad, den irgendwelche Wanderer in sein Feld geschlagen haben mussten, um sich zu erleichtern, als ein merkwürdiger Ruck sein Fahrzeug durchfuhr. Als wäre er über eine breite Schwelle gefahren. Dass diesmal etwas nicht stimmen konnte, merkte er am dumpfen Geräusch der Häckslerklingen, das ihn aufhorchen ließ. Er schaltete sofort den Motor ab und der Häcksler rollte noch einige Meter vor, bevor sich bewegungslose Stille über das Feld legte.

An den Anblick, der ihn erwartete, als er sich langsam auf seiner erhöhten Sitzposition umdrehte, würde er sich sein Leben lang erinnern können. Es dauerte mehrere Sekunden, bis sein Gehirn verarbeiten konnte, was seine Augen sahen. Bis er erkannte, was dort auf dem Feld verstreut lag. Er konnte den Blick nicht abwenden. Zunächst dachte er an einen Wildunfall, wie sie leider passierten, wenn sich Rehkitze in den Schutz der hohen Halme zurückzogen. Auch wenn er seine Runden stets vorschriftsmäßig von innen nach außen fuhr. Aber das passte nicht zu der Farbe des Fleisches und zur Menge, die durch die Messer gejagt worden war. Sein Kopf arbeitete weiter auf Hochtouren auf der Suche nach einer passenden Erklärung.

Vielleicht eine Wildschweinrotte oder eine Sau, die von einem der umliegenden Höfe ausgebüxt war?

Der Würgereflex und der kalte Schauer über seinen Rücken kamen zeitgleich, als sein Blick schließlich auf einen Fuß fiel. Einen menschlichen Fuß, der bis zum Rande seiner Fahrbahn geschleudert worden war. Er wendete den Blick ab und übergab sich in sein Führerhaus. Er hatte jemanden umgebracht. Wie in Trance fingerte er nach seinem Handy und wählte die Notrufnummer. An das Gespräch würde er sich später nicht erinnern können. Auch nicht daran, was er getan hatte, bis ihn die herbeigerufenen Sanitäter fast bewusstlos aus dem Führerhaus zogen und er erst im Krankenwagen langsam wieder zu sich kam. »Wie soll ich das Magda erklären?«, dachte er noch, bevor er schließlich ohnmächtig wurde.

2

Veronika kam knapp 40 Minuten nach dem eingegangenen Anruf am Fundort der Leiche an. Die örtliche Polizei hatte bereits alles vorbildlich abgeriegelt und war damit beschäftigt, Schaulustige, die sich an der Absperrung drängten, abzuwehren. Bei dem Anblick musste sie an ihre ersten Jahre als Polizeianwärterin bei einer kleinen Polizeidienststelle im Osten Hessens denken. Damals war kaum etwas Spektakuläres passiert, mit den Kollegen hatte sie die Ernstfälle lediglich in Gedanken durchgespielt. Das hatte ihr nie gereicht, deswegen hatte sie sich früh für eine Karriere bei der Kriminalpolizei entschieden, weg vom Dorf und den Klüngeleien, raus in die Großstadt, raus in die große, weite Welt. Von ihren damaligen Kollegen hatte das niemand verstanden. Die waren mit Leib und Seele »Dorfpolizisten«, und das war auch gut so. Situationen wie diese, in denen sich junge Kolleginnen und Kollegen, alle recht blass um die Nase, bemühten, nach einem solchen Anblick professionellen Abstand zu wahren, erinnerten sie an die alte Zeit. Na ja, alte Zeit – sie war jetzt 36 Jahre alt und erst vor einigen Monaten nach Saarbrücken gezogen. Was zwar die saarländische Landeshauptstadt war, aber den Traum von der Großstadt nicht ganz erfüllt hatte. Sie hatte zuvor zunächst in Frankfurt gearbeitet und dann in Wiesbaden eine Ausbildung zur Profilerin machen dürfen, ihr großes Ziel. Dann war ihr diese Stelle bei der saarländischen Kripo als Hauptkommissarin angeboten worden. Eine einmalige Chance. Die saarländische Polizei war gerade dabei, sich zu modernisieren, und in diesem Rahmen hatte das Innenministerium ein Frauenförderprogramm auf die Beine gestellt und sogar deutschlandweit nach Bewerberinnen gesucht. Sie mochte solche geschlechtsspezifischen

Förderprogramme nicht, dennoch hatte sie diese Möglichkeit nicht ausschlagen können. Ihr Papa wäre stolz auf sie gewesen, hätte er das noch erlebt.

Deshalb war sie jetzt hier. Die jüngste Hauptkommissarin in der saarländischen Polizeigeschichte. Sie begrüßte die örtlichen Kollegen knapp mit einem Kopfnicken und zeigte ihre Marke, bevor sie sich unter der Absperrung durchduckte. Das lenkte die Schaulustigen ab, weil sich jeder fragte, wer sie war und warum sie einfach passieren durfte. Sie musste schmunzeln, verkniff sich dies aber angesichts der Situation.

Einige Kollegen vom LKA waren schon da, allen voran die Spurensicherung, die gerade ihr Equipment aus dem Auto lud. Wieder einmal fragte sie sich, wie es Peter Thiel, dem Gerichtsmediziner, mit seinem Team jedes Mal gelang, so schnell am Tatort zu sein. Ob er stets im Auto mit laufendem Motor auf den nächsten Anruf wartete?

Thiel deutete ihren Blick und murmelte im Vorbeigehen: »Wir haben eine Fortbildung bei den Kollegen in Merzig gegeben, ist um die Ecke.«

Auf dem Weg hierher war ihr ein Krankenwagen entgegengekommen. Nach dem zu urteilen, was sie über Funk mithören konnte, hatte ein Zeuge den Fund der Leiche nicht gut überstanden. Armer Kerl, dachte sie. Wenn einen so etwas unvorbereitet traf, hinterließ das meistens tiefe Kratzer in der Seele.

Bevor sie zu den Kollegen von der Spurensicherung trat, ließ sie ihren Blick über die Umgebung schweifen. Das tat sie immer, wenn sie einen Tatort betrat. Landschaftlich war das hier ein Traum. Die Komposition aus dem Himmel, den Weinbergen im Hintergrund, den Feldern und vereinzelten Bäumen, die bereits ihr Herbstkleid angelegt hatten, war umwerfend. Es war kaum ein Geräusch zu hören, nur einige Vögel, die ab und an geschäftig umherflogen. Auch das Gemurmel der Menschen, die sich am Absperrband langsam gesammelt hatten, war hier nur noch leise zu hören. Die

Sonne stand hoch und strahlte wohlige Wärme ab. Es musste um die Mittagszeit sein. Ein perfekter Herbsttag. Nur der metallische Geruch nach Blut, der nun langsam in ihre Nase kroch, je näher sie dem Fundort der Leiche kam, erinnerte sie daran, dass sie nicht zufällig an diesem Ort war. Jetzt begann ihre Arbeit.

Instinktiv speicherte sie jeden ihrer Eindrücke ab. Die Umgebung, in der die Toten gefunden wurden, gab häufig wichtige Hinweise auf das spätere Täterprofil. Auch wenn man hier noch nicht ganz ausschließen konnte, dass es sich um einen Unfall handelte.

Der Anblick, der sich Veronika bot, verschlug selbst ihr den Atem. Sie hätte es erahnen können, hätte sie den warnenden Blick, den ihr der Pathologe Peter Thiel eine Sekunde vorher zugeworfen hatte, schneller gedeutet.

Man konnte nicht von Leiche sprechen. Über mehrere Quadratmeter waren Körperteile, Gewebefetzen, Knochen und eine unbestimmbare Masse verteilt. Diese landwirtschaftliche Maschine, die noch drohend mitten im Feld stand, hatte ganze Arbeit geleistet, die Identifizierung würde einem Puzzle gleichen – im wahrsten Sinne.

Veronika runzelte die Stirn, irgendetwas stimmte hier nicht. Sie schaute Peter fragend an. »Ich habe dasselbe gedacht«, raunte er ihr zu, als könne er ihre Gedanken lesen. »Es ist irgendwie, irgendwie – wie soll ich sagen – zu viel.« Beide versuchten erneut, das Ausmaß der Katastrophe zu erfassen.

Thiel atmete tief durch. Man hörte dabei, dass mit seiner Lunge etwas nicht stimmte, denn es rasselte leicht. Veronika hatte von Kollegen gehört, dass sie sich Sorgen machten, aber mit Sicherheit wusste niemand genau, was ihm fehlte – und sie hatte sich bisher nicht getraut, ihn zu fragen. Irgendwann würde er es sagen, wenn er es für notwendig erachtete.

»Gut, an die Arbeit. Das wird ein hartes Stück«, sagte er nun, etwas lauter, als er geplant hatte, aber mit fester Stimme. Und leiser zu ihr: »Ich kann es mit Bestimmtheit erst sagen, wenn wir alles eingesammelt und in die Gerichtsmedizin gebracht haben. Mein Instinkt sagt mir, dass das ein sehr großer oder sehr dicker Mensch gewesen ist. Vielleicht sogar zwei Menschen. Aber wie gesagt, dazu mehr, wenn die Analysen abgeschlossen sind.« Dann drehte er sich um und wies sein Team mit knappen Worten ein.

Obwohl sie in ihrem Beruf schon einiges gesehen hatte, blieb sie irritiert zurück. Die Landschaft und der Anblick des zerfetzten Körpers, beides schaffte sie nur schwer, in Einklang zu bringen.

Aus dem Augenwinkel sah sie, dass ihre beiden Mitarbeiter aus dem Präsidium eingetroffen waren. Irgendwie war sie erleichtert, sich aus ihrer Starre lösen und zu ihrem professionellen Ich zurückkehren zu können.

»Okay, was haben wir?«, fragte Max Langner, der seit einem Jahr als Kommissar ihr Team verstärkte.

»Wir besprechen gleich die nächsten Schritte. Machen Sie sich erst ein eigenes Bild von der Situation. Vorsicht, das ist kein schöner Anblick«, warnte sie und überließ die beiden dem grausigen Fund.

-3-

»Gunnar, dieser Idiot! Der war aber früh dran heute. Was muss der gerade dann aufkreuzen, wenn ich da entlangfahre? Das war vielleicht knapp«, ärgerte er sich, als er in der Scheune hinter seinem Haus den schwarzen Lieferwagen mit einer Plane abdeckte. Seit er ihn vor sieben Monaten beim Poker von einem

Rumänen gewonnen hatte, war er mit ihm nur wenige Male nachts unterwegs gewesen. Es war also unwahrscheinlich, dass jemand das Auto kannte. Der Erntehelfer hatte damals nicht so entspannt reagiert, aber Spielschulden sind Ehrenschulden, sagte er sich immer. Er hatte ihn beseitigen müssen, als er zu unbequem wurde. Schließlich war das Spiel illegal gewesen und er hatte zu viel zu verlieren. Warum musste sich der Depp mit ihm anlegen? Es war sein erster Mord gewesen, aus dem Affekt. Eher Totschlag. Reue hatte er bis heute nicht empfunden. Warum auch? Er war sich sicher, dass niemand sein Opfer vermisste, und wenn doch, sollte man ihn ruhig suchen, die Chancen standen gut, im Kofferraum von einem der entsorgten Autos auf dem Schrottplatz fündig zu werden, die längst in der Schrottpresse gelandet waren. Er lachte leise – man sollte ihn einfach nicht unterschätzen.

Er wusste damals schon, dass er den Lieferwagen für einen bestimmten Zweck brauchen würde, also hatte er ihn sich besorgt. Er war durch die dunkelsten Kneipen gezogen und hatte sich die Personen gut ausgesucht, die ihm dabei helfen würden. Und jenes Fahrzeug hatte er jetzt für diesen Ausflug tagelang vorbereitet, mit Matten und Folien ausgelegt und eine Rampe aus Holzresten gebaut. Wie hätte er diesen Koloss denn sonst bewegen sollen? SIE würde stolz auf ihn sein, auch wenn es sicher mehr Aufruhr gab als vorgesehen. Er hatte sich mit dem Effekt leicht verrechnet. Er war davon ausgegangen, dass Gunnar das nicht merken würde, mit diesen riesigen Mähmaschinen heutzutage. Er wollte einfach, dass so wenig wie möglich von ihr übrig blieb. Und der Trottel Gunnar sollte das mit seinem Fahrzeug und den Häckslern erledigen. Als er die vielen Polizeisirenen hörte und sah, wie sich die ersten kleinen Gruppen Schaulustiger aus dem Dorf in Richtung Feld bewegten, war ihm klar, dass es anders laufen würde. Also machte er sich selbst auf den Weg zur Absperrung, um sich ein Bild von der Situation und den kursierenden Gerüchten zu verschaffen. Mit ihm traf die junge Hauptkommissarin ein, die man regelmäßig in der Saarbrücker Zeitung sah. Von ihr hatte er zuerst von einem dieser Möchtegern-Dorf-Cowboys gehört – vom Polizeiposten hier in Perl –, der nach ein paar Gläsern Riesling im Feierabend gerne zu viel quatschte. Sie war nicht aus dem Saarland und wurde vor einigen Monaten zur jüngsten Hauptkommissarin des Landes ernannt. Das Saarland war echt ein Dorf. Und diese Dorfdeppen gingen natürlich davon aus, dass sie den Weg über die Besetzungscouch genommen hatte. Aber so sah sie irgendwie gar nicht aus. Eher burschikos, drahtig, verbissen – also überhaupt nicht sein Fall. Desinteressiert ließ er den Blick schweifen. Gunnar, den Einfaltspinsel, hatten sie ins Krankenhaus schaffen müssen. So munkelte zumindest die schnell gegründete Expertenrunde am Absperrband. Gerade diskutierte man, ob es wohl ein tragischer Unfall gewesen sei, zumindest wurde erzählt, dass der Häcksler einen oder sogar zwei Menschen überfahren hatte. Einer der blassen örtlichen Polizisten, der sich vor dem Absperrband übergeben hatte, war wohl etwas zu gesprächig gewesen. Alle waren sichtlich bestürzt und beteiligten sich engagiert an den hitzigen Diskussionen. Vielleicht ja ein junges Liebespaar beim Sex in freier Natur? Aber das hätte ja die Motoren gehört. Oder ein taubstummer Mensch, der nur mal eben im Feld pinkeln wollte. Ihm lief ein wohliger Schauer über den Rücken. Der Stolz ließ ihn ein kleines bisschen aufrechter stehen als sonst. Das war sein Werk. Obwohl ihn die ganze Sache anfangs enorme Überwindung gekostet hatte, fand er es fast schade, dass er ihnen allen nicht hatte vorher zeigen können, was er für SIE geschaffen, ja sogar erschaffen hatte. Aber nun war er nicht sicher, ob IHR diese Aufmerksamkeit gefallen würde. Er hoffte, dass SIE irgendwann zumindest all die Mühe und Arbeit, die er investiert hatte, um es zu vollenden, anerkennen würde.

Er war müde, hundemüde. Der Tag war anstrengend gewesen. Es hatte ihn doch mehr Mühe als erwartet gekostet, sein Werk die 20 Meter ins Feld zu stützen. Sie konnte ja fast nicht mehr laufen, immerhin trug sie mittlerweile beinahe das Doppelte seines Körpergewichts mit sich rum. Und viel gelaufen war sie in den letzten Monaten auch nicht. Dass sie floh, war also unwahrscheinlich. Er hatte sie einfach liegen lassen und ihren flehenden Blick aus den kleinen Schweinsäuglein ignoriert. Sie war ihm egal. Alle waren ihm egal. Es zählte nur SIE.

– 4 –

Die Strapazen waren unvorstellbar gewesen. Wie lange hatte sie das Sonnenlicht nicht mehr gesehen? Und dann die frische Luft. Der Wind auf ihrer Haut, als er sie aus dem Fahrzeug gezerrt hatte. Die Wut und die Anstrengung in seinem Gesicht hatte sie wie durch einen Nebel wahrgenommen. Was passierte hier? Die vergangenen Monate waren ihr wie Jahrzehnte vorgekommen. Die Qualen, der Trichter, der Hass. Wenn sie sich die Hölle vorstellen würde, war sie das. Über die Zeit war ihr Körper, der jahrelang ihr Kapital gewesen war, zu ihrem Gefängnis geworden. Er erdrückte sie langsam, machte sie unbeweglich, nahm ihr jedes Lebensgefühl. Ihre letzten Schritte durch die hohen Halme des Maisfeldes erledigte sie in erschöpfter Trance. Wo gingen sie hin?

Dann ließ er sie los. Ihr Kopf schlug hart auf den Boden, als sie unkontrolliert zur Seite kippte. Ihre Arme konnte sie kaum bewegen und sie hätten ihren Körper auch nicht abfangen können. Ihre Augen kreuzten seinen hasserfüllten Blick, den er ihr zum Abschied zuwarf. Schweiß rann ihm über die Stirn. Sie erinnerte sich an den Moment, als sie ihn zum ersten Mal gesehen hatte. Er war so ein attraktiver Mann, hatte sofort ein Kribbeln in ihr ausgelöst. Heute war er nur noch ein Monster für sie. Der Inbegriff des Bösen. Als er ging, hörte sie das Rascheln der Halme. Dann wurde es still. Sie hatte keine Kraft mehr. Sollte sie hier also sterben? Aus der Ferne hörte sie ein dumpfes Dröhnen. Es vermischte sich mit dem Rasseln eines riesigen Rasenmähers, kam näher, entfernte sich, kam dann wieder näher. Der Boden vibrierte bedrohlich, sie konnte nicht einordnen, was da auf sie zukam. Es rollte direkt auf sie zu. Feldmäuse flitzten an ihr vorbei und brachten sich in Sicherheit. Sie wollte schreien, doch es entwich kein Ton aus ihrem Hals. Sie hörte Halm um Halm knicken, der Boden bebte, das Geräusch mahlender Klingen war ohrenbetäubend. Sie blickte langsam in seine Richtung. Silberglänzende Klingen, Dornen und Rollen tauchten bedrohlich in ihrem Blickfeld auf. Sie hatte die letzten Monate in der Hölle verbracht und dieses Gefährt, das sich geradewegs auf sie zubewegte, erschien ihr ebenfalls diabolisch. Ihr stockte der Atem, ein letzter rauer Schrei kroch aus ihrer Kehle. Als sich die metallenen Werkzeuge wie scharfe Messer in ihren Körper krallten, war sie bereits ohnmächtig. So also sah Erlösung aus.

Magda beugte sich über ihren schlafenden Mann. Er sah zerbrechlich aus, zusammengefallen und grau in seinem Krankenhausbett. Als die Polizei bei ihr an der Tür geklingelt hatte, saß sie schon auf gepackten Koffern. Das Gerede der Leute war ihr zu viel. Nach dem fünften Anruf aus dem Dorf hatte sie das Telefon abgestellt. Sie hatte nie einen Führerschein gemacht, also hoffte sie, dass einer der Polizisten sie ins Krankenhaus bringen konnte. Von den beiden, die schließlich vor ihrer Tür standen, kannte sie einen. Es war Felix, der mit Gunnar jeden Dienstag bei der SG Perl/Besch Fußball spielte. Sie war froh, ein bekanntes Gesicht zu sehen, und ließ sich von ihm ins Kreiskrankenhaus nach Merzig fahren.

»Gunnar hat Schlimmes gesehen«, warnte Felix sie im Auto vor. »Es gab anscheinend einen Unfall auf dem Feld. Obwohl, man weiß noch nicht genau, ob es ein Unfall war. Ich meine, wer verläuft sich denn in ein Feld und reagiert dann nicht, sobald der Häcksler kommt. Also, wenn du mich fragst, war diese Person bestimmt schon tot, bevor er drübergefahren ist«, plauderte er unbedacht drauflos.

Magdas Hände fingen an zu zittern, ihr armer Gunnar, das klang ja schrecklich, was war bloß passiert? Wer war diese Person? Gunnar bemühte sich immer, kein einziges Tier bei seiner Arbeit zu verletzen, und stellte stets sicher, dass sich kein Wild in die Felder verirrt hatte, die er bearbeitete. Sie wollte ihn jetzt endlich sehen und in den Arm nehmen. Sie konnte auf Felix' Ausführungen nichts erwidern, noch nicht einmal richtig zuhören, aber das schien ihn nicht zu stören. Er philosophierte weiter vor sich hin, von möglichen Opfern und Tätern, von Ermittlern und Theorien bis hin zu den vielen Einsätzen wegen der Saisonarbeiter, während sie abwesend aus dem Fenster schaute. Bei seinem Kommentar zu den Saisonarbeitern verstummte er kurz, weil er sich erinnerte, dass Magda ja ebenfalls als Erntehelferin nach Deutschland gekommen war. Als sie nicht reagierte, setzte er seinen Redeschwall fort. Sie atmete auf, als sie mit einem genuschelten Dankeschön das Fahrzeug vor dem Krankenhaus endlich verlassen konnte.

Jetzt war sie mit Gunnar allein im Zimmer, das monotone Piepsen eines Monitors begleitete ihr Schweigen. Er schlief, doch seine Lider zuckten wild. Was hatte er bloß gesehen? Eine Ärztin betrat leise den Raum.

»Sind Sie Frau Petersen?« Magda nickte. »Gut, momentan können wir noch nicht viel sagen. Er hat einen Schock erlitten und sein Bewusstsein hat sich dazu entschieden, eine kurze Auszeit zu nehmen. Das ist erst einmal okay. Wir kontrollieren seine Vitalfunktionen und versorgen ihn mit allem, was er braucht. Was er jetzt wirklich nötig hat, ist Ruhe und Schlaf. Sie können gerne bei ihm bleiben, er wird Ihre Nähe spüren. Aber ich denke nicht, dass er heute noch zu Bewusstsein kommt. Ich würde es seinem Körper gerne selbst überlassen, wie viel Schlaf er braucht. Das kann ein paar Tage dauern, auch wenn die Polizei das nicht gerne hört«, erklärte die Ärztin mit einer beruhigenden Stimme, die Magda gleich ein besseres Gefühl gab.

Sie verstand die Welt nicht mehr. Was passierte hier? Vielleicht war alles nicht so schlimm und er musste nur ein paar Tage schlafen, um wieder der Alte zu sein. Sie würde sich in der Zeit um alles andere kümmern. Er sollte sich keine Sorgen machen müssen. Sie würde für ihn da sein.

Veronikas Handy vibrierte in ihrer Hosentasche. Der Schriftzug »Na Süße, heute Lust auf ein bisschen Feiern?« und ein tanzendes Emoticon blinkten sie von ihrem Display an. Ella, eine ihrer besten Freundinnen, war eine der wenigen, die nicht lockerließen und sich immer wieder meldeten, obwohl Veronika wegen ihres Jobs kaum Zeit und noch seltener Lust auf Gesellschaft hatte. Sie hatte sie kurz nach ihrem Umzug nach Saarbrücken beim Yoga kennengelernt. Veronika war auf der Suche nach einem entspannenden Ausgleich zu ihrer Arbeit gewesen und hatte sich dann schwitzend und schnaufend in einer unmöglichen verrenkten Pose wiedergefunden. Gleich neben Ella, die ebenso verzweifelt ausgesehen hatte wie sie. Ihre Blicke trafen sich, kurz bevor sie prustend auf der Matte zusammenbrachen. Seitdem waren sie ein gutes Team.

Sie verdrehte leise lachend die Augen. Ella hatte ein geregelteres Leben als sie. Sie war Lehrerin an einer Grundschule und ihr größtes Problem bestand darin, sich mit einem Haufen Kinderkrankheiten herumzuschlagen – und mit einem ebenso anstrengenden Haufen Helikoptereltern. Der Gedanke daran, das Chaos hier hinter sich zu lassen und bei Pasta und einem guten Glas Rotwein bei ihrem Lieblingsitaliener Da Pino in der Saarbrücker Innenstadt den neuesten Gossip aus Ellas Lehrerkollegium zu erfahren, war einfach verlockend. Auch wenn es sicher wieder um Robert gehen würde, mit dem Ella sie verkuppeln wollte. Das war einer der Singles aus ihrem Kollegium, der ihrer Meinung nach hervorragend zu Veronika passen würde. Das führte regelmäßig zu peinlichen »zufälligen« Begegnungen, wenn Robert mit Ellas Freund Markus um die Häuser zog und man wie durch ein Wunder in der gleichen Bar im Nauwieser Viertel landete. Betretenes Schweigen oder peinliches Rumdrucksen war die Folge und so war der Funke bisher nicht übergesprungen.

»Wird eher schwierig heute«, schrieb Veronika schnell zurück. »Neuer Fall, muss erst mal sortieren. Melde mich, wenn ich Land sehe – sorry!« Und noch ein traurig schauendes Emoticon hinterher, weil sie wusste, dass Ella Nachrichten ohne Emoticon nicht ernst nahm.

Schnell packte sie ihr Handy wieder weg und drehte sich zu ihren Kollegen, die nervös blinzelnd vom Fundort zu ihr rüberkamen. Sie atmete tief durch. Jetzt galt es, schnell und präzise die Aufgaben zu verteilen – mit dem Ziel, Klarheit zu bekommen, was hier genau geschehen war.

»Langner, Sie sprechen mit den Personen da hinten am Absperrband. Vielleicht gibt es Zeugen. Nehmen Sie sich Kollegen von hier zur Unterstützung mit, die sollen die persönlichen Angaben erfassen. Wir müssen wissen, ob jemand etwas gesehen hat. Ob jemand vermisst wird. Das Übliche eben.« Langner nickte und drehte sich um. Er hatte sich daran gewöhnt, dass er die Basisarbeit machen musste – er war der Jüngste im Team. Aber es war okay, er lernte viel und sie kamen alle gut zurecht. Und unter einer Frau zu arbeiten war auch nicht so schlimm, wie all seine Kollegen vermuteten. Veronikas Ruf war nicht der beste. Das lag vor allem an den vielen Neidern im Präsidium – vorrangig die älteren Kollegen, die sie auf der Karriereleiter aufgrund des Förderprogramms überholt hatte. Man munkelte von Frauenquote und sonstigen Präferenzen seitens der oberen Chefs. Und sprach ihr dabei jegliche Fähigkeiten ab. Mittlerweile wusste er, dass sie einfach nur gut war. Und zielstrebig. Sie ging über Leichen, wenn es sein musste. Aber sie stand für ihr Team ein und ließ sich dank ihres dicken Fells von den Spitzen der Kollegen nicht aus dem Konzept bringen. Er war jedenfalls froh, mit ihr zu arbeiten, und machte sich auf den Weg zu den kleinen Grüppchen an der Absperrung.

Veronika wandte sich an Kriminaloberkommissar Sven Becker. Er war der Dritte im Bunde und mit Mitte 50 ein erfahrener Kollege. »Becker, können Sie ins Krankenhaus fahren und mit dem ersten Zeugen sprechen? Er ist diese Maschine hier gefahren – versuchen Sie, alles herauszubekommen, was irgendwie geht. Vielleicht gibt es eine Verbindung zu dem Opfer. Wir müssen herausfinden, wer es ist – und immer alle Optionen im Hinterkopf behalten.«

Er nickte ebenfalls. »Kein Problem, ich fahre gleich rüber. Sie werden ihn sicher auf direktem Weg nach Merzig gebracht haben. Das sind knapp 20 Kilometer. Ich prüfe das und halte Sie auf dem Laufenden, Chef.« Ohne eine Antwort abzuwarten, machte er auf dem Absatz kehrt und ging rüber zu seinem Auto. Sie waren ein eingespieltes Team, da brauchte man nicht viele Worte. Veronika ging zurück zu Thiel und seinen Leuten, die angefangen hatten, alles, was sie fanden, in transparenten Tüten zu verpacken und dann in ihren kühltruhenartigen Koffern zu verstauen. Hier würde sie nichts mehr tun können. Sie ließ den Blick noch ein letztes Mal schweifen. Der Landwirt hatte zwei Drittel des Feldes gemäht, bis das Unglück passiert war. Der Häcksler stand nun wie ein Mahnmal mitten im Feld. Die Vögel kreisten tief über dem frisch geschnittenen Boden. Aus der Ferne hörte man das leise Rauschen der Autobahn A 8, die bis nach Luxemburg führte, und das Murmeln der Personen, die sich in dieser schaurigen Idylle zusammengefunden hatten.

Sie nickte zum Abschied in die Runde und ging zielstrebig zu ihrem Auto. Auf der Fahrt zurück ins Präsidium ließ sie sich die gesammelten Eindrücke noch einmal durch den Kopf gehen. Im Büro würde sie gleich die Struktur für die Ermittlungen aufsetzen, um schneller ein Muster erkennen zu können, sobald alle Informationen vorlagen. Sie hatte das Konzept aus ihrer Weiterbildung mitgebracht und die Kollegen, anfangs skeptisch, hatten sich schnell an diese Methode gewöhnt. Sie hatte ihnen aber auch keine andere Wahl gelassen.

Er knipste das Licht im Keller an und B blinzelte träge aus ihrem Verlies in das flackernde Gas der Neonröhre. Als er A vor wenigen Stunden abgeholt hatte, hatte ihn das Miststück noch angefleht, sie nicht allein zu lassen. Als sie ihre Freundin dann im grellen Licht sehen konnte, wie sie schwankend und stinkend vor den Verschlägen zum Stehen kam, hatte sie nur noch leise gewimmert. Der Gestank war unerträglich, denn er hatte schon vor einigen Monaten aufgehört, sie richtig zu waschen, und sie nur noch ab und zu mit dem Schlauch abgespritzt. Warum auch? Dort unten störte das keinen.

Er hatte die beiden Verliese so gezimmert, dass er sie direkt sehen konnte, wenn er die Treppe herunterkam. Nur einander konnten sie nicht sehen, die Trennwand war dicht und stabil. Das war auch nicht nötig, denn nach einigen Wochen waren sie sowieso nicht mehr anschnlich, wenn seine Behandlung allmählich ansetzte. Sexuell ansprechend waren sie in seinen Augen höchstens am Anfang, in den ersten Tagen. SIE suchte ihm nur die Schönsten für seine Mission raus. Aber sobald sie am Bauch und im Gesicht fett wurden, ihre Haut blass und teigig schimmerte und sie anfingen, erst süßlich, dann streng zu riechen, fand er sie nur noch abstoßend. Besonders schlimm war es, wenn sie ihre Tage bekamen. Er hatte sich vor den Blutungen so geekelt, dass er in diesem Punkt schließlich zu einem Kompromiss bereit war und ihnen Hygieneartikel im Internet bestellte. Natürlich im Namen seiner Schwester.

Ansonsten fühlte er nichts, wenn er sie betrachtete. In seinen Augen war es nur Vieh, welches er im Keller durchfüttern musste, um sie zu den Kreaturen zu machen, die SIE sich wünschte. Bis er SIE endlich treffen durfte. SIE hatte gesagt, es würden nur wenige sein. Es wäre wie ein Test, aber es müsse sein. Er mochte Herausforderungen und andere Menschen waren ihm in den meisten Fällen schon immer egal gewesen. Erst faszinierte es ihn, sie in seiner Macht zu haben. Wie sie bettelten und weinten, ihn anflehten und ihm alles anboten. Ihre wahre Persönlichkeit und ihr hässliches Ich zeigten. Fast hätte er einmal Mitleid aufgebracht. Die Geschichte von A am Anfang ihrer Zeit bei ihm war zu rührig gewesen. Als sie so allein vor sich hinvegetierte. Aber jetzt kotzten sie ihn nur noch an. Es war einfach nur widerlich, wie sie sich verhielten. Sein Muster war immer das gleiche. Er wunderte sich, wie naiv diese Weiber waren. Bei beiden Malen wusste er von IHR, auf welchen Internetplattformen sie unterwegs waren, wie sie sich dort nannten und worauf er achten musste. SIE schien seine Opfer gut zu kennen. Dann kontaktierte er sie dort, nicht zu aufdringlich, aber unmissverständlich und charmant. Er spielte diese Rolle mit Bravour. Über einige Tage hinweg fing er immer wieder kurze, unverbindliche Chats an, machte ihnen erste Avancen und gab sich als romantischer Typ aus, der sie, seine neuen Traumfrauen, nicht mehr aus dem Kopf bekam. Er manipulierte sie unbemerkt, stellte sicher, dass sie es als kleines Geheimnis ansahen und niemandem aus ihrem Umfeld von ihren kleinen Flirts erzählten, es sollte etwas Besonderes zwischen ihnen sein. Schließlich, nach mindestens zwei Wochen endlosen Gelabers über Liebe und Zukunft, überredete er sie zu einem Treffen mit ihm an einem neutralen Ort, meist einem Restaurant. Dann schlug er zu. Die K.-o.-Tropfen hatte SIE besorgt und ihm per Post geschickt. Alles Weitere war ganz einfach, denn jede dieser eingebildeten Schnepfen musste mindestens einmal beim Essen zum Frischmachen auf die Toilette. Das war sein Moment. Bis sie wieder zu sich kamen, war er meist schon in der Nähe seines Hauses. Und völlig realisierten sie die Situation erst, als sie auf der Pritsche in seinem Keller aufwachten. Und dann ging die Show los.

Bei A war es besonders schlimm gewesen. Am Anfang hatte sie versucht, ihn zu bezirzen. Er wäre auch fast darauf reingefallen. Sie hatte ihre Modelqualitäten voll ausgespielt. Aber als er es IHR erzählt hatte, war SIE ausgerastet. Er solle einfach seinen Job machen, hatte SIE gesagt. Er wäre unfähig und nicht würdig, SIE zu treffen. Also hatte er weitergemacht wie geplant. Das war der Moment, in dem er auf die Idee mit den Buchstaben kam. Er wollte Distanz aufbauen. Zeigen, wie wenig sie ihm bedeuteten. Er kaufte im Internet Metallbuchstaben, die man zum Verzieren von Leder nutzte, erhitzte sie und brannte seinem Opfer ein A auf den Oberschenkel. Sie war gebrandmarkt, ihre Identität würde verblassen. Zu Beginn hatte sie tagelang geschrien und geweint, war bewusstlos geworden und hatte alles erbrochen, was er ihr verabreichte. Also zwang er sie, es wieder und wieder zu essen. Bis es drinblieb. Es war anstrengend und widerte ihn an, aber es musste sein. Und als A nach einigen Wochen endlich merkte, wohin die Reise gehen würde und dass sie keine Chance hatte, aus dieser Hölle zu entkommen, wich langsam der letzte Lebensmut aus ihren hellblauen Augen. Sie stierte ihn nur noch dumpf an, wenn er zum Füttern kam. Sie hatte aufgegeben und wehrte sich nicht mehr gegen die Rationen, die er ihr verabreichte.

In der ersten Woche hatte er noch gekocht, Pizza, Pommes, Nudeln, Hamburger, Waffeln, hatte ganze Eisbecher mit kiloweise Sahne garniert und sie mit Schlägen gezwungen, alles zu essen, was er ihr hinstellte. Aber das war ihm einfach zu viel Aufwand. Und er sah nicht ein, warum es ihr schmecken sollte. Vor allem, weil sie es gar nicht wertschätzte. Also hatte er sich im Internet umgeschaut und war auf Foren von sogenannten Feedern gestoßen. Das waren Menschen, die andere Menschen – ihre Feedees – mästeten. Schon verrückt, was es für kranke Charaktere gab. Und die fanden das sexuell auch noch antörnend. Für ihn unverständlich. Aber dort fand er wenigstens Tipps, wie man ohne Probleme mit der Zugabe von purem Fett in Shakes oder Fruchtsäften Menschen in kürzester Zeit mästen konnte. Mit diesen Weight Gainer Shakes war vieles einfacher. Er mischte einfach Sonnenblumenöl mit Shake-Pulver zusammen, der Hefegeschmack des Shakes überdeckte den Fettgeschmack nur wenig. Er konnte ihr einen nach dem anderen mit einem Trichter einflößen. Das ging schneller und über den Tag kamen sie, je nachdem wie er Zeit und Lust hatte, auf 10 bis 15 Shakes. Der einzige Nachteil war, dass die Trichter wohl mittelfristig Entzündungen im Rachen verursachten, weswegen die Schlampen immer wieder rumheulten. Aber es war effizienter und ihm war letztendlich egal, ob sie Schmerzen hatten.

Als er B sechs Monate nach A zu sich holte, spielte er A als Trumpf aus, um den Willen der Neuen schneller zu brechen. Er stellte sie ihr als das Monster vor, an dem er gerade arbeitete, und sagte ihr voraus, dass auch sie bald so aussehen würde, bevor er sie in ihr eigenes Verlies sperrte. Er musste jedes Mal schmunzeln, wenn er sich an ihr schockiertes Gesicht erinnerte. Erst die Verwirrung, die sich abzeichnete, fast mitleidig, dann der Blick auf die Kleidung, die A angehabt hatte, als er sie mitnahm. Sie hing fein säuberlich neben der durchgelegenen Pritsche und erschien puppenhaft klein. Der nächste Blick wieder auf den unförmigen Körper mit dem erloschenen, fahlen Gesicht. Ein Gesamtkunstwerk, das nur er erschaffen hatte – allerdings begleitet von unsäglichem Geruch, den er selbst am Anfang kaum ertragen hatte. Nach allem Möglichen, was der Körper von sich gab – am Anfang, wenn sie sich permanent übergaben, der Eimer in der Ecke, den er einmal am Tag leerte, die in Schweiß getränkten Laken, die er irgendwann nicht mehr wechselte. Doch er gewöhnte sich langsam an den Geruch und rieb sich zusätzlich diese Mentholsalbe unter die Nase, die er aus Filmen kannte. Der Moment, in dem diese Schlampe realisierte, was hier passierte und dass das auch ihr blühen würde, den hatte er bei B am meisten genossen. Er hatte sie innerlich zerbrechen hören. Bei A hatte es länger gedauert, doch B hatte sein Werk bei A gesehen. Noch nicht vollendet, aber auf einem guten Weg dahin.

Irgendwie fühlte er sich beschwingt heute, er war froh, es hinter sich gebracht zu haben. Dass A nicht mehr da war und ihn anstieren konnte – er fühlte, dass er seinem Ziel näher kam. Er würde SIE treffen. Endlich würden sie zusammen sein können. Er würde IHR beweisen können, wie sehr er SIE liebte. Wie sehr er SIE vergötterte. Er würde seinen Test bestehen, egal wie sehr es ihn anekelte – heute Abend würde er SIE fragen, wann es endlich so weit sein würde. Der Gedanke daran erregte ihn. Er mixte die abendlichen Portionen für B, routiniert, stoisch und akribisch, sie konnte nach ihren sechs Monaten bei ihm schon einiges in sich behalten. Es war halb sechs, er musste sich beeilen, in einer halben Stunde war es so weit. »Wehe, du zickst jetzt rum«, raunte er, bevor er mit dem Trichter in der Hand Bs Verlies aufschloss.

-8-

Eine Mischung aus Formalin und scharfem Reinigungsmittel hing in der Luft der mit grellem Licht beleuchteten Pathologie, in der Peter Thiel mit seinem Team mit der Obduktion begonnen hatte. Oder besser mit dem Zusammensetzen der Teile. Sie standen noch ganz am Anfang, denn es hatte bereits mehrere Stunden gedauert, auf dem Feld alles einzusammeln.

Die Gerichtsmedizin war im Winterbergklinikum in Saarbrücken untergebracht und gut ausgestattet, nur wenige Hundert Meter Luftlinie bis zum Präsidium. Sie hatten hier die Möglichkeit, mit modernster Technik zu arbeiten. Trotzdem war es eine Sisyphusarbeit und Thiel hatte bereits vor eineinhalb Stunden einige Mitglieder seines Teams nach Hause geschickt. Es war kurz vor acht Uhr abends, als er einen letzten Blick auf den Zwischenstand warf und die Stirn runzelte. Es blieben noch so viele Fragen offen. Sie konnten einige Fakten schnell feststellen, beispielsweise, dass es definitiv der Körper einer korpulenten Frau war. Sehr korpulent, wenn man die Dicke der Fettschicht von einigen Körperteilen beurteilte und vor allem die Hornhaut betrachtete, die sich zwischen Hautlappen, die sie zusammenhängend gefunden hatten, gebildet hatte. Ansonsten schien die Haut sehr dünn, fast durchsichtig, als hätte sie längere Zeit keine Sonne gesehen. Wie alt und wie schwer das Opfer gewesen war und woran es letztendlich gestorben war, konnten sie noch nicht feststellen. Sie hatten viel Blut am Tatort gefunden, welches großflächig in der Erde versickert war. Das deutete darauf hin, dass sie noch lebte, als die Landmaschine sie erreichte. Thiel hatte mehrere wunde Stellen an Körperteilen gefunden, die er noch nicht alle eindeutig zuordnen konnte.

Er wollte später noch runter zu Veronika Hart und den Kollegen fahren, um einen ersten Bericht zu erstatten. Bis dahin würde er sich erst mal kurz in seinem Büro hinlegen, der Arzt hatte ihm eigentlich Ruhe verordnet, zumindest sollte er nicht mehr so viel arbeiten. »Dann kann ich mich auch gleich hier zu meiner Kundschaft legen«, dachte er. »Solange es noch geht, geht es. Mein alter Körper wird sich schon melden, wenn er die Flinte ins Korn wirft.« Er wollte sich seiner Krankheit noch nicht geschlagen geben und vor allem wollte er nicht, dass sich das komplette Präsidium das Maul zerriss oder, noch schlimmer, ihn aus allen Ecken mitleidig anschaute. Es reichte, dass diverse Gerüchte zu seinem Gesundheitszustand herumgeisterten und die Rothaarige in der Kantine ihm immer einen Extranachschlag ihres Krankenhausfraßes auf den Teller schob mit dem Hinweis: »Damit Sie mir gesund bleiben, gell!«

Am liebsten würde er ihr jedes Mal ins Gesicht springen, aber den Eklat konnte er bisher noch vermeiden. Morgen war auch noch ein Tag, dann lagen ihnen vielleicht die anderen Befunde vor und er kam der Antwort auf die Frage, weswegen die Dame hier auf seinem Tisch lag und nicht zu Hause auf der Couch, ein kleines Stückchen näher.

-9-

Die Wanduhr im 70er-Jahre-Schick hatte 19 Uhr gezeigt, als Langner als Letzter in ihrem Büro eintraf. Becker und sie hatten bereits die ersten Ergebnisse zusammengetragen. Zumindest das, was sie in den wenigen Stunden an Informationen sammeln konnten. Der Obduktionsbericht war noch nicht fertig. Ohne zu wissen, mit wem sie es zu tun hatten, konnten sie nur auf das warten, was Thiel zu berichten hatte.

Er wollte gegen 21 Uhr mit ersten Erkenntnissen vorbeischauen, bis dahin war noch Zeit.

Langner hatte mit insgesamt 48 Personen gesprochen, fast alle aus dem Dorf, einige wenige Touristen. Der Bürgermeister hatte ihm den Gemeindesaal als Anlaufstelle angeboten und die Bürgerinnen und Bürger schienen sehr kooperativ – zumindest bildete sich vor dem Saal eine lange Schlange mit allen, die etwas mitzuteilen hatten. Man sah ihm an, dass er sich gefühlte hundert Mal das Gleiche hatte anhören müssen. Schwammige Vermutungen, versteckte Fragen, deutliche Anschuldigungen. Es war alles dabei. Alle hatten etwas Entscheidendes und letztendlich doch nichts mit Sicherheit gesehen. Es schien Probleme mit den Erntehelfern zu geben, denn das war das allgemeine Lieblingsthema. Jedes Jahr kamen Hunderte in die Gegend und jedes Jahr häuften sich die Gerüchte, dass es mehr Einbrüche gab als sonst, sich mehr Frauen prostituierten und dass häufiger Autos gestohlen wurden. Nachweisen konnte man nichts und so blieb die Unsicherheit vor dem Unbekannten.

Zwei Spaziergänger hatten Gunnar Petersen mit seinem Häcksler vom Hof fahren sehen. Ihnen war nichts Ungewöhnliches aufgefallen. »Ach ja, und weitere sechs Personen sind im Laufe des Morgens mit ihren Hunden an der Fundstelle vorbeigekommen und haben ebenfalls nichts bemerkt. Auch die Hunde, die allesamt frei gelaufen sind, haben nicht angeschlagen«, berichtete er. Er fand das ungewöhnlich, aber da alle Zeugen das unabhängig voneinander angegeben hatten, konnte man davon ausgehen, dass das Opfer noch nicht lange dort gelegen hatte. Sie hatten einen Zeitkorridor von einer halben Stunde, der zwischen dem letzten Passanten und Petersens Anruf bei der Polizei lag.

Während Langner weiter in seinen Aufzeichnungen blätterte, notierte Veronika auf ihrem Whiteboard in Stichworten alles, was sie bisher ermittelt hatten.

Becker hatte ihr bereits vorab berichtet, dass Petersen nicht ansprechbar war. Aufgrund seines schweren Schocks hatten die Ärzte entschieden, ihn erst einmal schlafen zu lassen. Aber er konnte mit dessen Frau, Magda Petersen, sprechen. Sie war völlig verschüchtert und neben der Spur gewesen. So als hätte sie überhaupt nicht verstanden, was da passierte. »Sie ist wohl erst seit acht Jahren in Deutschland und hat nicht viel Rückhalt hier«, erklärte er seinen Kollegen. »Sie macht sich große Sorgen um ihren Mann. Die Ärzte haben versucht, sie zu beruhigen, und sie nach Hause geschickt, um sich zu erholen. Ich habe die Gelegenheit genutzt und mich angeboten, sie auf ihren Hof zurückzufahren. Der Kollege, der sie gebracht hatte, war nämlich wieder abgedampft«, schnaubte er verächtlich. Auf dem Hof hatte er sich ein erstes Bild vom Umfeld des Bauers machen können – alles schien normal und geordnet. Selbst ein frisch gebackener Apfelkuchen stand fertig auf dem Tisch. Und sie hatte ihm sogar noch ein Stück angeboten. Mehr Klischee der ländlichen Idylle ging eigentlich nicht.

−10−

Der Kommissar, der sie nach Hause gefahren hatte, war sehr freundlich zu ihr gewesen. Sie war froh, das leere Haus nicht allein betreten zu müssen. Immer noch blieben so viele Fragen, aber der Kommissar, dieser Sven Becker, hatte versprochen, sie auf dem Laufenden zu halten und sich zu melden, sobald es Neuigkeiten gäbe. Außerdem hatte er ihr seine Karte gegeben, mit der Handynummer, falls etwas sein sollte. Das beruhigte sie, denn sie kannte solche Situationen nur aus dem Fernsehen. Doch jetzt, allein in dem großen Haus, nur mit der warmen Schnauze ihres Labradors Leon neben sich, fühlte sie sich hilflos. Und vor allem machtlos. »Was würde Gunnar jetzt machen?«, fragte sie sich leise. »Er würde sich Sorgen um die

Ernte machen, um seine Maschine und darüber, was die Nachbarn sagen werden«, dachte sie weiter. Sollte sie etwa tagelang nur rumsitzen und nichts tun?

Der Polizist hatte gesagt, dass die Maschine erst noch von der Spurensicherung untersucht werden müsse – auch das klang wie im Fernsehen. Das Feld war nun ein Tatort und ebenfalls vorläufig gesperrt. Er hatte aber versprochen, herauszufinden, ob das für das gesamte Feld galt und was mit dem Mais war, der bereits eingefahren war. Konnte man den noch nutzen? Ihr wurde ganz schlecht, wenn sie an das dachte, was mit der armen Person da passiert war. Ob er oder sie ... Sie durfte nicht daran denken. Es gab noch drei Felder einzufahren, das war wichtig. Und sie wusste, dass das sicher Gunnars erste Frage sein würde, wenn er aufwachte. Sie hoffte es zumindest. Dass er wieder der Alte sein würde. Sie wusste ja, dass er nichts falsch gemacht hatte. Es war sicher ein Unfall und das würde sich schnell klären lassen. Trotzdem fühlte sie sich nicht wohl, so allein auf dem Hof. Das war das erste Mal, dass Gunnar nicht hier war. Nur gut, dass Leon an ihrer Seite schlief und ihr ab und zu beruhigend den Kopf auf die Knie legte. Aber sie musste ja weitermachen. Für ihren Mann. Für ihren Hof. Für ihre Zukunft. Nicht auszumalen, was man im Dorf tratschte.

Nach allem, was man über sie und Gunnar gelästert hatte, als sie frisch verliebt waren. Was man ihr vorgeworfen hatte. Dass sie ihm Unglück bringen würde. Das Saarland war eigentlich ein sehr offenes und gastfreundliches Fleckchen. Hier kannte jeder jeden und man half sich, wann immer es nötig war. Stets war ein Bekannter eines Schwagers zur Stelle, der einem etwas besorgen konnte. Vom typischen Schwenk-Grill von der Dillinger Hütte, einem der größeren Arbeitgeber in der Region, der schon viele Krisen überwunden hatte, bis hin zum Spielsand für die Sandkästen der Enkel. Sie liebte die Mentalität der Saarländer, wann immer sie auf sie traf.

Doch hier im Dorf war man nicht immer allem Neuen gegenüber aufgeschlossen. Auch wenn die Grenze zu Luxemburg nur einen Steinwurf weg war und viele Touristen entlang der Mosel und in den Dörfern unterwegs waren. Solange es nicht die eigene Dorfgemeinschaft direkt berührte, waren alle recht freundlich. Aber wehe dem, der sie infiltrieren wollte und nicht ins Bild der Dorfältesten, die sich regelmäßig zum Stammtisch in der Kneipe trafen, passte. Sie waren es, die die Stimmung im Dorf prägten. Wurde man am Stammtisch nicht akzeptiert, war man nirgendwo im Ort gerne gesehen. Weder beim Metzger noch beim Bäcker noch an der Supermarktkasse. Zumindest tickten die meisten der alten Generation so.

Zum Glück gab es auch noch die Jüngeren, die nicht mehr ganz so engstirnig dachten wie ihre Eltern und Großeltern. Die hatten Magda recht schnell in ihrer Mitte akzeptiert, ließen die Alten reden, würden sich aber niemals aktiv gegen die Rädelsführer stellen. Denn das konnte unbequem werden.

Viele der jüngeren Generation arbeiteten auf der anderen Seite der Grenze, entweder in Luxemburg oder in Rheinland-Pfalz. Hier gab es lukrativere Jobs, außerhalb des Tourismus. Denn die guten Jobs in der Nähe waren knapp. Neben dem Traditionsunternehmen Villeroy & Boch, welches nur wenige Kilometer entfernt in Mettlach agierte, hatten sich nur wenige größere Unternehmen in der Region angesiedelt.

Die anfängliche Diskussion um ihre Präsenz im Ort wich schließlich neuen, dringenderen Themen und so war auch irgendwann um Gunnar und sie Ruhe eingekehrt. Richtig herzlich waren die Leute, selbst nach den acht Jahren, die sie nun schon hier war, immer noch nicht zu ihr. Aber ganz langsam hatte sie dennoch in ihrer neuen Heimat Fuß fassen können, einer ihrer sehnlichsten Wünsche. Endlich zur Ruhe kommen. Denn Gunnar von hier wegzubewegen, wäre undenkbar. Er war ein typischer Saarländer, der seine Heimat liebte. Viele gingen erst einmal ein paar Jahre weg und kamen dann wieder, um zu bleiben. Aber durch den Hof war er sehr eng mit seiner Region verbunden.

Nun musste sie an ihre gemeinsame Zukunft denken, die Sache selbst in die Hand nehmen. So lange, bis er wieder fit war und die Zügel übernehmen konnte. Sie waren ja schließlich auf jede Ernte angewiesen. Also raffte sie sich auf und ging rüber in den Stall, um die Tiere zu füttern und die Boxen auszumisten. Das lenkte sie wenigstens ab.

-11-

Die roten Ziffern seines Digitalweckers verschwammen vor seinem benommenen Blick. Viertel nach sechs. Ihm wurde übel. Kalter Schweiß bildete einen schmierigen Film auf seiner Haut. Seine Hand zitterte, als er sich eine Zigarette anzünden wollte, doch das Feuerzeug gehorchte einfach nicht. Erst beim achten oder neunten Versuch sprang der Funke über und er konnte gierig den Rauch durch die Zähne inhalieren.

SIE hasste es, wenn er rauchte – aber was machte das schon? Würde das jetzt noch etwas ändern? Er saß regungslos, wie unter Schock, und hörte das Blut in seinen Ohren rauschen. Sein Herz schlug in einem unruhigen Rhythmus, er wünschte sich, dass es einfach aufhöre, ihn mit seinem unaufhörlichen Rhythmus am Leben zu halten. Was sollte er noch hier?

Er hatte seinen Laptop zugeklappt, denn auch wenn er nicht mit IHR skypte, fühlte er sich durch die Kamera über dem Bildschirm beobachtet. Was war gerade passiert? IHRE Reaktion hatte er überhaupt nicht kommen sehen, sie hatte ihn unvorbereitet und in Überschallgeschwindigkeit aus einem Höhenflug in eine Bruchlandung katapultiert.

Eben war er noch beschwingt und fast gut gelaunt aus dem Keller gekommen, B hatte kein Aufheben um ihre Fütterung gemacht und alles brav über sich ergehen lassen. Allein zu sein hatte ihr wohl etwas aufs Gemüt geschlagen. Ihm war es recht. Denn er hatte sich schon so auf IHRE Stimme gefreut, auf IHRE Reaktion auf das, was er heute für SIE erledigt hatte. Wieder und wieder hatte er sich IHRE Reaktion ausgemalt, wie SIE sich freute und wie SIE ihn loben würde. Dass er einen guten Job gemacht hatte.

Doch IHRE diabolische Mischung aus Wut und Hass, die ihm beim Klick auf das »Anruf annehmen«-Zeichen bei Skype entgegenschlug, hatte ihm den Boden unter den Füßen weggezogen und ihn sekundenlang in der Schwebe gehalten – zwischen Realität und Einbildung. IHR Blick war eiskalt. SIE hatte nicht geschrien oder getobt, nein, SIE hatte gezischt, hatte die Laute durch die Zähne gepresst und ihn damit bei lebendigem Leib filetiert. SIE hatte ihn mit IHREN Worten da getroffen, wo er am verletzlichsten war. Hatte seine Männlichkeit, seine Würde und seine Eignung, SIE zu treffen, infrage gestellt. Warum SIE IHRE kostbare Zeit mit ihm vergeuden solle, hatte SIE ihn gefragt. Mit so einem Versager, so einem lächerlichen Männlein. Doch SIE hatte ihn nicht zu Wort kommen lassen, was er zu sagen hatte, war für SIE irrelevant. Er habe nicht in IHREM Interesse gehandelt, so hätte SIE sich das nicht vorgestellt. Das musste bestraft werden. Dann legte SIE einfach auf und ließ ihn in einem emotionalen Vakuum zurück. SIE nahm ihm in wenigen Minuten alles, was ihn seit knapp einem Jahr am Leben hielt. Jede Sekunde seines Tages beherrschte. Seine Gedanken besetzte und sein Tun lenkte. Er hatte nach ihrer ersten virtuellen Begegnung sein bisheriges Leben weitergelebt, war zur Arbeit gegangen, ab und zu in die Kneipe oder zu Freunden. Alles, um den Schein zu wahren. Um so zu tun, als wäre er wie vorher. Doch das war nur ein Schatten seines eigentlichen Lebens gewesen. Das hatte erst begonnen, als SIE in sein Leben trat.

Die Zeit davor erschien ihm keine Erinnerung wert, er wollte kein Leben vor IHR haben. Er wäre bereit gewesen, alles auf der Stelle für SIE zurückzulassen. Doch SIE hatte andere Pläne mit ihm.

Er war in diesem Ort aufgewachsen und zur Schule gegangen. Er war jedes Wochenende nach Hause gekommen, um seine Mutter zu besuchen, als er in 45 Kilometern Entfernung an der Universität Trier sein Studium begonnen hatte und dort nur eine kleine Studentenbude bewohnte. Warum er sich für dieses Studium entschieden hatte? Es war der einzige Beruf, den sein Vater respektierte, den er anerkannte. Er hatte über die Wirtschaftsspinner und Rechtsverdreher geschimpft, die nur dazu da waren, die kleinen Leute auszunehmen. Die Bankenheinis, Quacksalber und Ingenieure, die sich ein Patent nach dem anderen erschwindelten. Vor niemandem machten seine Tiraden halt. Bis auf den Beruf, den er heute ausübte. Diesen hatte sein Vater, der selbst in einfachsten Verhältnissen aufgewachsen war, immer mit Allwissenheit und Autorität verbunden. Auch wenn er es bedauerte, dass die Prügelstrafe an den Schulen abgeschafft wurde.

Seine Eltern hatten ihm das Studium also ermöglicht, obwohl sie selbst nie eine höhere Schule von innen gesehen hatten. Da seine Schwester früh abgehauen war, blieb nur er als Hoffnungsträger der Familie. Seine Mutter hatte ihn regelrecht vergöttert, ihn mit Liebe überschüttet. Sie hatte Extraschichten im Supermarkt übernommen, um ihm alle Wünsche erfüllen zu können, die er als Kind hatte – auch wenn das hinter dem

Rücken seines Vaters passieren musste. Denn der war ein spießiges Arschloch, das es am Perler Bahnhof durch harte, angepasste Arbeit bis zum Bahnhofsvorsteher gebracht hatte und es liebte, Besucher für die kleinsten Vergehen zu verwarnen. Er genoss die Macht, nichts entging seiner Kontrolle. Das lebte er auch nach Feierabend aus. Er war ein Choleriker, der seinen Sohn für zu weich und viel zu weibisch hielt. Als kleiner Junge war er schmal und blass gewesen, was für seinen Vater ein inakzeptabler Zustand war. Er ließ ihn ständig spüren, dass er ihm nicht passte. Dass er ihm nichts recht machen konnte und er nahm ihn hart ran, wann immer sich ihm eine Gelegenheit bot. Seine ältere Schwester Clara hatte schnell das Weite gesucht und war bereits mit 16 Jahren ausgezogen. Er war damals noch klein gewesen und hatte nicht verstanden, warum Clara nicht mehr bei ihnen wohnte. Aber mit den Jahren verstand er, dass sein Vater daran nicht unschuldig gewesen war. Für ihn war seine Familie sein Besitz, mit dem er tun und lassen konnte, was er wollte. Die nach seiner Pfeife zu tanzen hatten, und wenn er es mit Gewalt durchsetzen musste. Am meisten litten seine Mutter und seine Schwester darunter, denn Frauen waren in den Augen seines Vaters nur schwaches Fleisch, welches man sich nehmen konnte, wann man wollte. Im Grunde hasste sein Vater Frauen, warum, das hatte er nie herausgefunden. Als kleiner Junge hatte er das nie verstanden. Auch nicht, warum seine Schwester und seine Mutter sich nicht wehrten und alles über sich ergehen ließen. Er konnte es erst nachvollziehen, als auch er die sadistischen Gewaltausbrüche seines Vaters zu spüren bekam. Seine Macht war allgegenwärtig und man hatte das Gefühl, ihr nicht entkommen zu können. Der Vater schien überall zu sein, sodass ihm als Kind die Angst vor seinem nächsten Übergriff aus jeder Pore quoll. Wenn er ihm mit aller Kraft in den Schritt griff, um sich an seinem schmerzerfüllten Gesicht zu erfreuen. Wenn er ihm den Umgang mit der Kreissäge beibrachte und dabei mehrmals so tat, als würde er ihm den Finger abschneiden. Er musste damals acht oder neun Jahre alt gewesen sein. Seine Mutter hielt trotz der Demütigungen immer zu ihrem Mann, war stets darum bemüht, seinen Zorn nicht zu wecken. Schlich um ihn herum, wenn seine Laune schlechter wurde. Versuchte ihn abzulenken, wenn er sich auf die Kinder einschoss. Beschwichtigte, beruhigte, versuchte, Ruhe zu bewahren. Außer, wenn er sich an ihrem Sohn vergriff – dann warf sie sich schützend wie eine Löwin vor ihn und bekam die Wut ihres Mannes am eigenen Körper zu spüren. Aufgeplatzte Lippen und zugeschwollene Augen waren an der Tagesordnung. Die Leute im Ort munkelten, aber niemand kam der Familie zu Hilfe. Sein alter Herr war ja schließlich ein angesehener Mann und am Stammtisch sehr beliebt, dann wird seine Alte das wohl verdient haben. Die wenigen Freundinnen, die sie hatte, sagten ihr, sie könne ja gehen. Aber sie verließ die Familie nicht. Zu groß war die Angst, ihre Kinder zu verlieren. Je älter und größer er wurde, desto weniger wurde die Gewalt, denn sein Vater hatte Respekt vor den athletischen Armen und der Gefühlskälte seines Sohnes.

Er war gerade 20 geworden, als seine Eltern auf menschenleerer Landstraße gegen einen Baum fuhren. Sie waren auf dem Weg zur Saarschleife gewesen und hinter dem Ortsteil Oberleuken von der Fahrbahn abgekommen. Sein Vater war sofort tot gewesen, seine Mutter hatte noch einige Stunden gelebt. Doch er hatte es von Trier nicht mehr rechtzeitig ins Krankenhaus geschafft. Weshalb das passiert war, hatte man nie herausgefunden. Im Inneren hatte er gehofft, dass seine Mutter sich selbst einen letzten Dienst erwiesen hatte, indem sie ihrem Mann beherzt ins Lenkrad gegriffen hatte, um den Albtraum zu beenden. Die von der Polizei überbrachte Nachricht hatte er teilnahmslos hingenommen und hatte fast Erleichterung gespürt, als er danach stundenlang im leeren, dunklen Haus gesessen hatte. Kein Spießrutenlaufen mehr, wenn er zu Besuch kam, kein wehleidig gezeichnetes Gesicht seiner Mutter, wenn sein Vater wieder ausrastete, keine scharfkantigen Sprüche, kein Atmen, kein Leben. In den Tagen danach ließ er die obligatorische Prozession der Nachbarschaft stoisch über sich ergehen, nahm Anteilsbekundungen und Geldumschläge entgegen und malte sich gleichzeitig dabei aus, wer von den faltigen kleinen Spießern als Nächstes wohl ins Gras beißen würde. Seine Schwester bekam davon nichts mit, zumindest meldete sie sich nicht. Mit dem gesparten Geld seiner Eltern und dem Haus, in dem er wohnen blieb, kam er gut über die Runden, konnte die Beerdigung bezahlen und sein Studium fertig finanzieren. Er entsorgte den alten Krempel seiner Eltern in kürzester Zeit, kaufte sich ein paar neue Möbel und löschte die Erinnerungen.

Kaum einen Monat nach dem Unfall war es, als hätten seine Eltern nie existiert. Das Haus duckte sich nach wie vor unauffällig und dunkel am Ortsrand, er kümmerte sich sporadisch um den Garten und reparierte etwas, wenn es kaputt ging. Man kannte sich im Ort und er hasste unangenehme Fragen – deshalb bemühte er sich, nach außen hin ein unauffälliges Leben zu führen. Einziger Anlass für den Dorftratsch war, dass man ihn immer allein sah. Nie in Begleitung einer jungen Frau. Nie flirtend bei einem der Dorffeste. Dazu hatte er jeden Annäherungsversuch bisher erfolgreich abgeblockt.

Denn mit den Mädels aus dem Ort hatte er noch nie ernsthaft etwas anfangen können. Natürlich hatte er mit 15 Jahren mit einer von ihnen hinterm Festzelt sein erstes Mal gehabt. Und danach ein bisschen mit verschiedenen, meist älteren Mädels herumprobiert, aber ihm war früh aufgefallen, dass ihn das Drumherum überhaupt nicht interessierte. Schnelle Befriedigung und wenig Gequatsche. Kein Knutschen, kein Fummeln und schon gar kein aufeinander rumjuckeln. Rock hoch oder Hose runter. Slip zur Seite und rein. Fertig.

Als sein Vater noch lebte, konnte er keine mit nach Hause bringen – also vögelte er sie auf irgendwelchen Schultoiletten oder in den Büschen am Baggerweiher im nahe gelegenen Remerschen hinter der luxemburgischen Grenze. Als das mit dem Internet losging, suchte er sich seine Kontakte dort und traf sie an anonymen Orten wie Hotels oder in speziellen Etablissements. Das ersparte ihm viel Stress von nicht befriedigten Erwartungen seitens der Tussis, die sich von ihm hatten knallen lassen. Und das, was er suchte, würde er sowieso nicht hier in diesem Kaff finden.

-12-

Thiel hatte so etwas in seiner gesamten Laufbahn noch nicht gesehen. Die Masse, die er bisher hier auf dem Tisch mühsam zusammengesetzt hatte, war außergewöhnlich umfangreich. Er hatte Mühe zu glauben, dass dies alles von einer Person kommen sollte. Beinahe fasziniert bestaunte er den Fleischberg vor sich, der kaum menschlich erschien. Seit knapp 30 Jahren machte er den Job nun, und er konnte nicht behaupten, dass er sich jemals gelangweilt hatte. Als Ursaarländer hatte er vor vielen Jahren sein Medizinstudium an der Universität des Saarlandes am Standort Homburg/Saar angetreten. Doch nach dem Abschluss zog es ihn, wie viele Saarländer, erst einmal in die Ferne. Er hatte Glück und fand eine Assistenzstelle in Kiel, wo er seine ersten Berufserfahrungen sammelte und

sein bis heute gefragtes Spezialwissen zu Wasserleichen aufbauen konnte. Nach einer weiteren Station an der Charité in
Berlin hatte es ihn vor 15 Jahren doch wieder in die Heimat
verschlagen, ein typisch saarländischer Werdegang eben. Dort
übernahm er die Leitung der Pathologie am Saarbrücker Winterbergklinikum sowie gleichzeitig an der Uniklinik in Homburg und kaufte sich aus reiner Nostalgie ein kleines Häuschen in seiner Geburtsstadt Saarlouis. Er hatte wirklich viel
gesehen in seinem Leben, aber das hier war außergewöhnlich,
vor allem störten ihn gewisse Details, die er bisher noch nicht
fassen konnte. Da passte etwas nicht zusammen. Er stutzte.
»Nein, du musst systematisch vorgehen, jetzt ja nicht auf das
alte Bauchgefühl verlassen«, sagte er sich leise.

Dem sichergestellten Fuß und einigen anderen Körperteilen
nach zu urteilen, handelte es sich bei diesem Opfer eindeutig
um eine Frau. Vor ihm lag also eine Jane Doe, wie man auch
international unbekannte weibliche Opfer nannte – das männliche Pendant wurde als John Doe bezeichnet. Sie hatten zwar
auch Teile des Kopfes gefunden, aber durch die Einwirkung
der Landmaschine waren sie in einem so schlechten Zustand,
dass eine Rekonstruktion des Gesichts, wenn auch nur virtuell,
Wochen dauern würde, trotz aller modernen Werkzeuge, die
es heutzutage gab. An einem Teil des Schädels hatten sie kurz
abrasierte Haare finden können, die waren ebenfalls zur Analyse gegeben worden.

Thiel hatte versucht, alles, was sich irgendwie identifizieren
ließ, der ursprünglichen Position zuzuordnen. Es glich einem
dreidimensionalen Puzzle. Immerhin waren einige der wichtigsten Knochen, vor allem in den Gliedmaßen sowie das Becken,
ganz gut erhalten geblieben. Angesichts der Verknöcherungen
in der Wachstumsfuge des linken Knies sowie den kaum vorhandenen Verschleißerscheinungen an den Wirbeln schien sie
noch recht jung gewesen zu sein, aber ausgewachsen. Sogar

recht groß gewachsen, denn mithilfe des Femurs und der Tibia, auch bekannt als Oberschenkelknochen und Schienbein, konnte er innerhalb kürzester Zeit mit der richtigen Formel ihre ungefähre Körpergröße ausrechnen – und kam auf eine stattliche Größe von 178 bis 180 Zentimetern. Das war bei einer Frau eher selten zu finden.

Er notierte alle Ergebnisse in seinem alten, abgewetzten, in schwarzes Leder eingebundenen Notizbuch. Es begleitete ihn seit seinem ersten Tag in Kiel und er tauschte nur regelmäßig das Innenleben durch frisches Papier aus, welches er extra in Florenz bestellte. Einer der wenigen Luxusartikel, die er sich gönnte. Seine Kollegen witzelten, dass er damit den Geruch der Pathologie in die weite Welt hinaustrug, aber das kümmerte ihn nicht. Ohne sein Buch konnte er nicht denken. Es war seine dritte Gehirnhälfte und jetzt, wo er älter wurde, sein Gedächtnis-Back-up. Zumindest würden das seine jüngeren, digital abhängigen Kollegen so bezeichnen.

Er betrachtete die Leiche eingehend. Was ihn vom ersten Moment an erstaunt hatte, war die Menge an Körperfett, die sie an den menschlichen Überresten vor Ort gefunden hatten. »Fettgewebe entsteht durch Einlagerung von Fetttropfen in Retikulumzellen aus dem retikulären Bindegewebe. In der Regel handelt es sich um weißes Fettgewebe, welches man auch als Bau- oder Speicherfett bezeichnet. Es dient als Wärmeschutz und Energiespeicher«, rezitierte er sein altes Anatomiebuch murmelnd. Na ja, in den üblichen Mengen zumindest, dachte er sich.

Sie hatten gleich zu Beginn alle Leichenteile, die sie akribisch vom Feld aufgelesen hatten, gewogen und die Werte zusammenaddiert. Sie kamen auf 176 Kilogramm, wobei aufgrund des Blutverlustes noch einmal sechs bis acht Prozent des Gewichts aufgerechnet werden mussten, der Anteil des Blutvolumens bei einem erwachsenen Menschen.

Da war noch etwas anderes. Es war die Haut des Opfers, zumindest dort, wo er größere Stücke hatte sicherstellen können. Nicht nur, dass sie sehr blass war. Sie wies auch an einigen Stellen subkutan massive Risse auf, die sogenannten Schwangerschaftsstreifen, die durch eine Überdehnung der Unterhaut entstanden und auf eine schnelle Gewichtszunahme schließen ließen. Sie war also nicht ihr Leben lang übergewichtig gewesen. Thiel nahm sich vor, dem auf den Grund zu gehen und in den kommenden Tagen noch weitere Untersuchungen durchzuführen. Vor allem Mageninhalt und den Zustand des Darms würde er sich genauer anschauen.

»Wenn ich mir die Haut so anschaue, dann hat unsere Jane hier schon vor ihrem Tod kein schönes Leben gehabt«, stellte er fest. Auch die Muskulatur schien stark verkümmert, zumindest das, was er in den wenigen Stunden identifizieren konnte. Hier würde er mit seinem Team noch sehr viel Zeit investieren müssen, um eine halbwegs valide Aussage machen zu können.

Sein Mitarbeiter Lennart kam gerade vom Labor zurück. »Die können uns die Ergebnisse frühestens morgen Nachmittag, wenn nicht sogar erst übermorgen mitteilen – die haben technische Probleme da oben«, nuschelte er vor sich hin. Lennart war kein Mann der großen Worte. Dafür hatte er genau den richtigen Beruf gewählt, konnte er doch mit den Toten oft besser umgehen als mit den Lebenden. Außerdem arbeitete er hart und sehr gewissenhaft – Thiel war froh, ihn in seinem Team zu haben.

»Okay, danke Ihnen, Lennart!«, gab er nachdenklich zurück. »Gehen Sie doch nach Hause, wir werden morgen alle Kraft und Gehirnzellen brauchen, die wir haben. Vor allem müssen wir herausfinden, ob sich in dem ganzen Chaos hier«, er machte eine ausschweifende Armbewegung in Richtung Obduktionstisch, »auch noch fremde DNA finden lässt. Das arme Ding wird sich doch nicht selbst ins Feld geschleppt haben. Außerdem müssen wir abschließend klären, ob dieses Ungetüm an Erntemaschine sie ante oder post mortem erwischt hat. Bisher haben wir hier nur eine Vermutung. Es gibt also einiges zu tun.«

Lennart kratzte sich am Kopf, nickte seinem Chef zu und machte auf dem Absatz kehrt. Der Typ war einfach eigen, aber trotzdem irgendwie liebenswert.

Auch Thiel kratzte sich am Kopf – war so etwas eigentlich ansteckend? Hier würde er erst mal nichts mehr ausrichten können. Die Müdigkeit schlängelte sich langsam wie eine valiumsüchtige Python seine Beine hoch und machte sie schwer wie Blei – es war kurz vor neun, als er aus seinen Katakomben die Treppen hochschlich und sich auf den Weg zum LKA machte. Immer wieder rasselten seine Lungenflügel und er musste etwas langsamer gehen, damit ihm nicht schwindelig wurde. »So ein Scheiß!«, fluchte er zischend. »Wenn der alte Körper jetzt nur nicht schlappmacht, stell dich nicht so an, Thiel – reiß dich zusammen!«

Wenig später, nachdem er seinen alten silbergrauen Mercedes-Benz W 123 mit H-Kennzeichen in einer Seitenstraße in der Nähe des Saarufers geparkt hatte, klopfte er, immer noch etwas außer Atem, an die Tür von Veronika Hart.

Jemanden zu dominieren, erregte ihn. Nicht wirklich der Schmerz, den er zufügen konnte, eher die Macht, die er über eine ihm unterwürfige Person hatte. Er konnte grausam, kalt und unerbittlich sein. Im Internet hatte er viele Frauen gefunden, von jung bis alt, die sich ihm für seine Fantasien zur Verfügung stellten. Er war dazu stets anonym geblieben und hatte sich in anderen Städten zu Treffen verabredet – Frankfurt, Stuttgart, München, Leipzig, aber auch in Belgien und Holland. Jede Einzelne hatte er nur ein einziges Mal getroffen, auch wenn sie ihn meistens danach anflehten, sie wiederzusehen. Das war ihm zu anstrengend. So konnte er bei dem einen Mal alles ausleben, was er sich im Vorfeld ausgemalt hatte. Musste keine Rücksicht nehmen auf die Vorlieben anderer oder sich auf irgendwelche privaten Gespräche einlassen. Er legte viel Wert auf Ästhetik. Die Frauen, mit denen er sich verabredete, waren gepflegt und hatten stets ein mehr als annehmbares Äußeres. Er selbst achtete ebenfalls auf sein Aussehen und hatte ein paar gute Gene mitbekommen. Er war groß gewachsen, hatte dichtes, blondes, leicht lockiges Haar, stahlblaue Augen und ein leicht kantiges Kinn. Als Mischung aus Surferboy und Dandy zog er das Interesse der Frauen schnell auf sich. Er schrieb nie von sich aus, sondern suchte sich aus denen die Richtige aus, die um ihn buhlten. Sie mussten sich bei ihm »bewerben«, er entschied dann, wem er seine Aufmerksamkeit schenkte. Bereits in der Schule und im Studium hatten ihm die Mädchen reihenweise zu Füßen gelegen, aber die waren selten für ihn interessant. Frust und Neid der anderen Jungs, die nur abbekamen, was er übrig ließ, führten zu Gerüchten über eine verkappte Homosexualität oder eine überhebliche Arroganz – aber das war ihm recht, denn so wurde er irgendwann in Ruhe gelassen.

Er hatte sich über die Jahre mit zahlreichen Frauen getroffen und war dabei sexuell immer voll auf seine Kosten gekommen. Dafür sorgte er und es genügte ihm. Er entschied, was wann wo von wem getan wurde. Wenn eine Frau ihn anflehte, etwas zu tun oder nicht zu tun, agierte er genau anders. Er empfand nichts bei diesen Treffen, außer der Befriedigung, wenn es vorbei war. Kein persönliches Wort, keine zärtliche Berührung, kein warmer Blick. Oft zog er sich noch nicht einmal aus und stellte so noch mehr Distanz her. Aber die Frauen, die er traf, standen darauf. Insofern eine Win-win-Situation für alle. Und wenn nicht, kümmerte es ihn nicht. Er sah sie sowieso nie wieder.

Bis er auf ihr Profil stieß. Sie war mehrfach auf seiner Seite gewesen, hatte ihn aber nicht kontaktiert. Das war ungewöhnlich und weckte sein Interesse, denn bei dieser Art der Partnerbörsen, in denen er verkehrte, ging es nicht um ein langes Vorspiel, sondern man kam direkt zur Sache. Es war vor allem ihr Bild, das ihn sofort in seinen Bann zog. Es war definitiv von einem professionellen Fotografen aufgenommen und zeigte eine kalte, noble Schönheit in kühlem Blond mit einer schmalen Nase und einem aristokratischen Kinn. Filigrane Hände umrahmten ihr makelloses Gesicht. Am meisten faszinierten ihn die geheimnisvollen Augen – mit denen sie direkt in die Kamera blickte. Das Bild ging ihm seit diesem Moment, an einem drückend heißen Spätsommerabend vor über einem Jahr, nicht mehr aus dem Kopf. Sie war zweifelsfrei wunderschön in Szene gesetzt und wirkte doch natürlich und erhaben zugleich. Entgegen seiner Gewohnheit hatte er sie nach einigem Zögern direkt angeschrieben, sie hatte seinen Jagdinstinkt geweckt. Er wollte sie haben. Er musste wissen, wer hinter dem Profilnamen »Little Daemon« steckte, fühlte sich in einen Bann gezogen. Zum ersten Mal ging es ihm nicht nur um den Sex oder um die Dominanz. Er brannte darauf zu wissen, wie ihre Stimme klang. Was hinter diesem Gesicht steckte, das sich da mit nur einem Blick in sein Leben gebrannt hatte.

Und sie antwortete tatsächlich nach einigen Tagen auf seine Kontaktaufnahme. Doch das Chatten verlief mühsam. Ihre Nachrichten ließen lange auf sich warten, und wenn, dann kamen sie nur in ganz kleinen Häppchen. Sie ging nicht auf alle seine Fragen ein, schrieb manchmal etwas völlig Belangloses. Am langen Arm ließ sie ihn lodern, goss immer wieder etwas Öl ins Feuer, gerade wenn es kurz vor dem Erlöschen war und er begann, die Lust zu verlieren. Dann fütterte sie ihn an, schickte ein Bild, auf dem sie nichts weiter als ein weißes Spitzentop trug, das sich leicht um ihre Brüste schmiegte. Dann war er wieder da, brannte mehr als je zuvor. Er war wie besessen, hatte keine Augen für und keine Lust auf andere Frauen – er wollte sie. Und so wurde sie zu SIE.

Sie begannen zu skypen – das erste Mal war so aufregend für ihn, dass er sich kaum an Details erinnern konnte. SIE saß stets in einem halbdunklen Raum, ihre rechte Körperhälfte von einer kleinen Lampe angestrahlt, der Rest lag im Dunkeln. IHRE Stimme war klar und bestimmt, manchmal aber auch ganz zart, wenn SIE merkte, dass er anfing, an IHREN Worten zu zweifeln. Er wusste nichts über SIE, nicht, wo SIE wohnte, noch war er sich sicher, ob er IHREN richtigen Namen kannte. Doch er wollte SIE treffen und SIE wollte es auch. Zumindest sagte SIE das. Aber er sollte IHR erst beweisen, dass er es wert war. Es sollte ein Spiel sein. Er sollte zeigen, wie sehr er SIE wollte. Wie sehr er bereit war, Grenzen zu überschreiten. Grenzen neu zu setzen. SIE wollte Rache, wofür, das hatte SIE ihm damals nicht verraten, aber das würde er noch herausfinden. Und er sollte dabei IHR Werkzeug sein.

14

Veronika mochte Thiel, denn er war gradlinig und engagiert, wenn auch manchmal etwas stoffelig, doch er schmückte sich nie mit den Federn anderer, sondern stellte den Teamerfolg in den Vordergrund. Das war ihr sehr sympathisch, denn sie hatte in ihrer Zeit in Frankfurt schon ganz andere Charaktere auf diesem Posten kennengelernt. Es war für alle ein langer Tag gewesen, deswegen war sie froh, dass er ihr in zehn Minuten kurz und knapp die ersten Erkenntnisse seiner Arbeit zusammenfasste. Bei dem noch nicht identifizierten Opfer handelte es sich um eine junge, sehr korpulente Frau, die mit rund 1,80 Metern und geschätzten 185 Kilo Körpergewicht eine Erscheinung gewesen sein musste. Es gab Anzeichen auf wenig Bewegung und wenig Sonnenlicht in den letzten Monaten, Genaueres wollte Thiel in den kommenden Tagen noch herausfinden. Bisher deutete alles auf eine zurückgezogen lebende Frau hin, die freiwillig oder unfreiwillig kaum vor die Tür ging, möglicherweise aus Scham oder weil ihr Körpergewicht jede Bewegung mühsam machte.

Bilder aus den Spätabendsendungen im Privatfernsehen kamen ihr in den Sinn, an denen sie gelegentlich beim lustlosen Zappen durch die Kanäle hängen blieb. Da wurden Meister im Abnehmen und Schwiegertöchter gesucht oder Frauen für eine Woche getauscht – und fast immer spielten solche tragischen Figuren eine zentrale Rolle, die sich irgendwo am Rande der Gesellschaft für 500 Euro in vorgegebenen Geschichten und gescripteten Dialogen zum Affen machten. Da fielen ihr unzählige Beispiele ein, von denen sie ihren Blick ungläubig, aber dennoch fasziniert nicht hatte lösen können.

Thiel holte sie schnell in die Realität zurück. Kopf und Gesicht des Opfers waren leider bis zur Unkenntlichkeit entstellt, die Schneidewerkzeuge der Erntemaschine hatten hier ganze Arbeit geleistet. Sie hatten raspelkurze hellbraune Haare und jede Menge Einzelteile gefunden, die es zu sortieren galt.

Das war alles, was er bisher an Daten liefern konnte. DNA-Ergebnisse und andere Spuren waren im Labor und sollten in den kommenden Tagen vorliegen.

Veronika nickte dankbar. Das war eine erste Basis und somit ihr Startpunkt für die Ermittlungen.

Gleich morgen früh würden sie mit den Vermisstenanzeigen aus der Region und ganz Deutschland anfangen. Mit diesen körperlichen Merkmalen sollte das nicht allzu schwierig sein. Außerdem würden sie bei Krankenhäusern, Sozialämtern, Beratungsstellen und sonstigen karitativen Einrichtungen nachfragen – vielleicht wurde dort jemand vermisst, der auf die Beschreibung passte. Gerade bei den deutlichen Hinweisen auf Verwahrlosung sollten sie diesen Weg dringend in Betracht ziehen. Sie machte sich Notizen. Die Kollegen in Frankreich und Luxemburg würde sie auch um Amtshilfe bitten, schließlich lag der Tatort in der Nähe der Grenze.

Auf jeden Fall musste geklärt werden, ob es ein Unfall, Selbstmord oder eine gesteuerte Tat war. Sie dankte Thiel, der gedankenverloren aus ihrem Fenster schaute, und schickte die verbleibenden Mitglieder ihres Teams nach Hause. So richtig produktiv war nun wirklich niemand mehr. Sie freute sich außerdem schon seit Stunden auf ihre Badewanne – und hoffte, dafür die Bilder vom Mittag in die dunkelste Ecke ihres Gedächtnisses verdrängen zu können.

Magda hatte schlecht geschlafen in dieser Nacht. Immer wieder hatten Geräusche sie aufhorchen lassen und sie saß stundenlang zusammengekauert auf ihrem Bett und lauschte in die Dunkelheit. Selbst ihr Labrador Leon, der von alledem unbehelligt am Fußende ihres Bettes schlummerte, konnte ihr nicht das gewohnte Gefühl von Sicherheit geben.

Dabei hatte der Tag so gut angefangen. Sie hatte einen leckeren Apfelkuchen gebacken, nachdem sie den Morgen ausnahmsweise etwas länger in den Federn verbracht hatten – Gunnar wünschte sich so sehr ein Kind und wollte jede Gelegenheit nutzen, um an ihrem Glück zu arbeiten. Dann war er vom Hof gefahren, fröhlich winkend und ihr einen Kuss zuwerfend, wie jedes Mal. Sie hatte aufgeräumt, die Kühe auf die Weide gelassen und hatte Leon im Garten spielen lassen, während sie die Wäsche aufhängte.

Und dann zogen in ihrer Erinnerung dunkle Wolken auf, die Polizei stand vor der Tür, sie fuhr ins Krankenhaus und erfuhr, was passiert war, warum ihr Mann plötzlich nur noch einem Schatten seiner selbst glich. Wie war das möglich? Wer war diese Person? Wieso lag sie einfach in seinem Feld? War es ein Unfall? Hatte sie noch gelebt und hatte Gunnar sie tatsächlich getötet? Hätte sie es womöglich verhindern können? Hätte sie spüren müssen, dass ein Unglück geschehen würde? All diese Fragen schossen Magda in Endlosschleife immer und immer wieder durch den Kopf.

Sie rief im Krankenhaus in Merzig an, um zu erfahren, ob es etwas Neues gab. Gunnar schlief noch, die Krankenschwestern versuchten sie zu beruhigen, sagten ihr, sie könne um die Mittagszeit vorbeikommen, dann wären auch die Ärzte da und sie könnten besprechen, wie es weitergehen würde.

So blieb sie rastlos, sprachlos, tonlos, hoffnungslos zurück. Auf ihrer Haut krabbelten Tausende von kleinen Ameisen, sie hielt es kaum aus, nur eine Sekunde auf einer Stelle stehen oder sitzen zu bleiben. Sie musste etwas tun. Sie wusste, dass Gunnar sie brauchte. Und sie wusste plötzlich, was zu tun war. Sie würde nun endlich etwas von dem zurückgeben können, was er ihr in den vergangenen Jahren geschenkt hatte. Vertrauen, Treue, sein Herz und ein Zuhause – gegen alle Widerstände, die ihm entgegengeschlagen hatten, als er sie damals mit nach Hause brachte. Man prophezeite ihm, dass sie nur sein Geld wolle, dass sie sich die deutsche Staatsbürgerschaft erschleichen und dann abhauen würde, dass man so einer nicht trauen dürfe.

Aber er hatte es getan, er hatte ihr vertraut, ihr Hof und Tür geöffnet und sie in sein Leben gelassen – er war zuvorkommend, lieb und hatte immer eine Überraschung für sie parat. Führte sie ins Theater aus, ins Kino oder brachte vom Markt einen großen Strauß Sommerblumen mit – es hätte sie besser nicht treffen können und liebte ihren Mann über alles. Also raffte sie sich auf. Er brauchte sie mehr denn je.

Im Arbeitszimmer ihres Mannes fand sie sein Telefonbuch. Sie rief Bauer Heinrich an, ihr Nachbar und ein enger Vertrauter der Familie, und bat ihn vorbeizukommen. Außerdem hatte sie noch die Nummer von dem netten Polizisten gestern, der sich für sie erkundigen wollte. Sie musste wissen, wie es mit dem Feld und dem Häcksler weitergehen würde. Denn in einigen Tagen wäre die Ernte dahin, da der Wetterdienst für die Zeit nach Erntedank heftige Regenfälle meldete.

Kriminaloberkommissar Becker bestätigte ihr am Telefon seine Vermutung von gestern: Die Spurensicherung hatte heute noch einmal ein Team an den Tatort geschickt und würde die Erntemaschine und die Umgebung rund um den Fundort der Leiche für mindestens zwei Tage absperren. Allerdings nur in einem Umfeld von 15 Metern – der restliche Teil des Feldes war bereits freigegeben.

Als Bauer Heinrich eintraf, glühten Magdas Wangen vor Aufregung. Sie hatte alles vorbereitet, Gunnars Terminkalender, in dem er seine Erntefahrten plante, auf den großen Eichentisch in der Küche gelegt. Sie war fest entschlossen, seine Arbeit abzuschließen. Er sollte sich keine Sorgen machen müssen, wenn er aufwachte.

Doch als Bauer Heinrich sie beruhigend in den Arm nahm, brach sie zusammen. Die Berührung und die Wärme, die ihr in seiner leicht muffeligen Wolljacke entgegenkam, ließen die Dämme brechen. Tränen rannen ihr über das Gesicht, ihre Knie zitterten und sie schaffte es gerade so, sich auf die Küchenbank zu setzen. Heinrich hatte das vorausgeahnt und seine Frau mitgebracht, Sigrid, die Magda erst einmal einen starken Kaffee kochte. Die beiden Landwirte waren schon mit Gunnars Eltern eng befreundet gewesen, sie waren beide Anfang 60. Und seit dem Tod seiner Eltern auch Gunnars engste Berater, fast ein Elternersatz. Heinrich hatte an manchen Stellen die Vaterrolle übernommen und versorgte Gunnar heute noch mit dem einen oder anderen Tipp, den sein eigener Vater ihm nicht mehr hatte mitgeben können.

Während sich Magda langsam entspannte, schaute Heinrich die Ernteplanung von Gunnar durch. Er war es, der ihm beigebracht hatte, alles so genau zu planen, dass man im Notfall jeden Schritt nachvollziehen konnte. Und jetzt war ein Notfall. Gunnars Vater hatte in dieser Hinsicht immer auf seinen Instinkt und seine Erfahrung vertraut und die genauen Planungen als Humbug abgetan. Nach seinem plötzlichen Tod vor fünf Jahren war dies Gunnar fast zum Verhängnis geworden.

»Mach dir keine Gedanken, Liebes. Wir bekommen das schon hin. Wenn dein Mann aus dem Krankenhaus kommt, kann er gleich in Urlaub gehen«, beruhigte er Magda. Dann führte er ein paar Telefonate und organisierte binnen kürzester Zeit einen zweiten Ernter sowie drei Kollegen, die zusätzlich zu ihrem eigenen Geschäft Gunnars Ernte einfahren würden, bevor der Regen einsetzte.

Hier im Saarland hielt man eben zusammen – und vor allem für jemanden wie Gunnar, der sein letztes Hemd für seine Freunde geben würde und schon oft mitten in der Nacht mit dem Traktor ausgerückt war, um jemanden mit seinem Auto aus dem Graben zu ziehen oder ausgebüxte Kühe wieder einzutreiben.

Es würde alles gut werden.

–16–

Es war zum Verzweifeln. Seit den frühen Morgenstunden durchforsteten sie zu zweit die Vermisstenmeldungen der vergangenen Monate. Keiner von ihnen hatte wirklich schlafen können, eine nervöse Unruhe beherrschte sie, sie brannten darauf, endlich den Anfang einer heißen Spur greifen zu können, die Licht ins Dunkel bringen würde. Kommissar Max Langner und sie hatten sich jeweils in ihren Büros verschanzt, gaben unterschiedliche Suchmerkmale ein und druckten seitenweise Beschreibungen von Personen aus, die zum Opfer passen könnten. Ein anderer Kollege telefonierte seit acht Uhr die verschiedenen Anlaufstellen durch, die Veronika am Vorabend noch identifiziert hatte. Sein verbissenes Gesicht, welches sie durch die Scheibe in ihrem Büro beobachten konnte, sagte ihr, dass er bisher noch nicht erfolgreich gewesen war.

Sie suchten nach einer jungen Frau, 20 bis 28 Jahre alt mit heller Hautfarbe und hellbraunen Haaren, mit einer Körpergröße von knapp 180 Zentimetern und einem Gewicht ab 130 Kilo aufwärts. Doch mit diesen Maßen hatten sie weder in der deutschen noch in der internationalen Vermisstendatei einen Treffer erzielen können. Hätten sie einen Mann gesucht, wären sie schneller fündig geworden, aber Thiel war sich ganz sicher, dass es sich um eine Frau handelte.

»Ich bin immer wieder schockiert, wie viele Personen allein bei uns in der Region vermisst werden. Nur ein Bruchteil davon taucht ja überhaupt in den Medien auf. Ich meine, manchmal bekommt man etwas über Facebook mit, aber wie die Sache ausgeht, erfährt man meistens nicht. Wenn ich mir nur die Vermissten aus den osteuropäischen Ländern anschaue, die in Deutschland in irgendwelchen Bordellen vermutet werden – die Liste platzt ja aus allen Nähten. Wenn man nur wüsste, wo man anfangen soll«, seufzte Langner, der erst seit einem Jahr im Team des Saarbrücker Dezernats LPP 213 für Straftaten gegen das Leben ermittelte.

»Und was machen wir, wenn sie gar keiner vermisst?« Dieser Einwurf kam von Becker, der gerade das Büro betreten hatte. Der erfahrene Kollege hatte den neuesten Bericht von Thiel in seiner Hand. »Ich meine, er schreibt hier, dass sie allen Anzeichen nach länger nicht draußen gewesen ist und stark übergewichtig war. Man kennt doch die Geschichten. Sie verlieren den Kontakt zu Freunden und Familie, schließlich zum Leben. Vielleicht hat sie sich ja selbst ins Feld gelegt, dann können wir lange suchen. Dann hat vielleicht noch niemand gemerkt, dass sie weg ist«, schloss er ab. Er fand den Fall einfach nur abstoßend. Beruflich und persönlich. Er wollte sich gar nicht vorstellen, wie die Frau vor dem Unfall ausgesehen hatte. Er hatte kein Verständnis für Menschen, die so die Kontrolle über ihr Leben verloren.

»Das reicht jetzt, Becker. Das sind nur Spekulationen«, mahnte ihn Veronika harsch. Sie mochte es nicht, wenn jemand so früh die Flinte ins Korn warf. Außerdem konnte sie ahnen, woran das bei ihm lag, denn sie kannte sein Frauenbild und sie hatte seine Blicke gesehen, die er im Raum schweifen ließ, als Thiel ihnen gestern Abend seinen vorläufigen Bericht präsentiert hatte. Aber egal, wie sie gelebt oder ausgesehen hatte – Veronika wollte herausfinden, wer sie war und was mit ihr passiert war.

»Wir machen weiter! Ist denn die Hundestaffel schon vor Ort? Ich habe gestern noch beim Kollegen in Bexbach Unterstützung angefordert, die sollen herausfinden, woher das Opfer kam, ob sie gelaufen ist oder gefahren wurde, oder was auch immer. Ein herrenloses Auto wurde bisher nicht gefunden, oder?«, fragte sie in die Runde.

Becker biss verkniffen die Lippen aufeinander und schüttelte den Kopf. Er hasste es, wenn sie ihn vor allen Leuten so anblaffte. Gut, sie war neu und musste den Kollegen noch zeigen, wo der Hammer hängt – gerade als Frau. Er ließ sie da gewähren, schließlich konnte sie nichts dafür, dass man ihn bei der Beförderungsrunde dieses Mal außen vor gelassen hatte. Er wäre eigentlich dran gewesen, zum Kriminalhauptkommissar ernannt zu werden. Aber so musste er weiter in seiner Besoldungsgruppe A10 als Kriminaloberkommissar herumdümpeln. Seine Frau hatte die spitzen Bemerkungen dazu schon aufgegeben, ihren Traum auf ein größeres Grundstück am französischen Stockweiher, an dem sie regelmäßig ihre Wochenenden verbrachten, auch. Nur seine Kumpels beim Altenkessler Handballverein, in dem er früher aktiv spielte und heute nur noch ab und zu ein paar Bälle warf und eher für ein kühles Bier vorbeischaute, hauten immer wieder einige spitzfindige Zoten raus.

Veronika Hart riss ihn aus seinen Gedanken. »Becker, bitte informieren Sie mich, wenn die Hundestaffel sich meldet. Es ist wichtig, dass wir bald wissen, womit wir es hier zu tun haben. Wenn sie nicht von selbst ins Feld kam, dann war mindestens noch eine zweite Person im Spiel und wir können eine Straftat nicht ausschließen. In zwei Stunden sichten wir unsere ersten Ergebnisse. Langner, Sie verschaffen sich einen Überblick über die Vermissten, die wenigstens in die Nähe unserer Kriterien kommen, und pinnen sie hier ans Whiteboard. Becker, Sie hängen sich ans Telefon, während ich den Bericht für Herrn Klein vorbereite. Den möchte er heute Mittag haben. Heute Nachmittag schauen wir, was die DNA-Ergebnisse sagen. Wer weiß, vielleicht haben wir Glück und es gibt einen Treffer«, spornte sie ihr Team an.

Becker schmunzelte in sich hinein. Herr Klein, damit meinte sie den Ersten Kriminalhauptkommissar Lothar Klein, der das Dezernat LPP 213 leitete. Becker selbst arbeitete bereits seit 15 Jahren mit Lothar zusammen, natürlich waren sie als alte Handballkumpels per Du und er wusste, dass seine Kollegin das sehr fuchste. Aber so war das hier im Saarland, ihre Väter hatten beide noch »uff de Grub geschafft« und sie hatten beide Handball gespielt, das schweißte zusammen. Becker fing Veronikas fragenden Blick auf, nickte und verzog sich schnellstmöglich in sein Büro. Sie konnte sich denken, was in ihm vorging – doch darum würde sie sich später kümmern müssen.

-17-

A hieß eigentlich Lena. Sie war 24 Jahre alt und studierte Mediendesign in Hamburg. Nebenbei modelte sie und lebte mit ihrer besten Freundin in einer WG am Rande von Sankt Pauli. Sie war hübsch, sehr hübsch. Wenn sie irgendwo hereinkam, zog sie gleich die Aufmerksamkeit aller Anwesenden auf sich. Ihre Maße, ihre Augen, ihr Lachen und ihre langen hellbraunen Haare waren eine Kombination, mit der sie zahlreiche Männerherzen zum Schmelzen brachte. Und neidvolle Frauenblicke auf sich zog. Gerade unter den Models aus ihrer Agentur entbrannten immer wieder heiße Diskussionen, wenn sie einen der Jobs an Land zog, den sich andere erhofft hatten. Für sie war es ein Hobby und es schien ihr alles so leichtzufallen. Sie nahm nichts wirklich ernst. Ihr machte es einfach Spaß, sich zu zeigen, die Welt dabei zu bereisen und nette Menschen zu treffen, und das Geld dafür nahm sie gerne mit. Warum nicht? Andere waren auf die Jobs angewiesen, um für ihren Lebensunterhalt zu sorgen. Lena nicht. Da sie noch studierte, steckten ihr ihre Eltern immer noch etwas zu, damit sie auch mal in Urlaub fahren oder sich die neue It-Bag kaufen konnte. Dabei hatte sie gar keinen ausschweifenden Lebensstil. Sie sparte das Geld und träumte von einem Häuschen auf einer der Nordseeinseln, in das sie später mit einem Rudel Hunde ziehen und in dem sie ein Tierasyl eröffnen würde. Sie genoss das Leben und baute sich auf Instagram und Snapchat als »LovelyLena« eine beachtliche Fanbase auf, die sie mit regelmäßigen Posts an ihrem Leben als Model und Studentin teilhaben ließ. Dass diese Fanbase, in deren Anerkennung sie sich so gerne sonnte, sie schnell wieder vergessen würde, konnte sie sich nicht vorstellen. Zwar geisterte die Verwunderung ihrer Follower noch einige Zeit durchs Netz, als sie plötzlich von heute auf morgen nichts mehr postete, gefolgt von wilden Spekulationen bis hin zu tiefer Betroffenheit, als jemand die Vermisstenmeldung auf ihren Profilen postete. Doch all das ebbte schnell ab und geriet in Vergessenheit. Die sozialen Medien waren dafür zu schnelllebig, jeden Tag wuchsen neue Influencer, die ihre Fans mit ihrem Lebensstil beeinflussen wollten, aus dem Boden. Tausende von weiteren oberflächlichen Kontakten – das Gefühl, zu einer großen Gruppe zu gehören, aber doch einsam zu sein. Alles ebenso oberflächlich wie das Modelbusiness.

Trotz der Erfolge war es ihr mit der Zeit zuwider geworden. Zu glatt, zu aufgesetzt und am Ende doch zu hinterhältig und egozentrisch. Mit ein paar wenigen Mädels war sie befreundet, mit einer größeren Gruppe über WhatsApp lose vernetzt, ohne wirklich einen Überblick zu haben, mit wem sie da kommunizierte. Aber von den meisten hielt sie sich fern. Immer wieder traf sie auf Typen, die nur mit ihr ausgehen wollten, weil sie als Model arbeitete und sie vor ihren Freunden mit ihr prahlen konnten. Nur wenige, die sie bei Jobs oder einschlägigen Partys kennenlernte, waren an ihr und ihrem Charakter interessiert. Sie fühlte sich oft wie eine Trophäe, die es zu erobern galt, und ihr Herz nahm dabei so manchen Schaden, weil sie eben doch die Hoffnung nie ganz verlor, dass es mal jemand wirklich ernst meinte. Manche gingen es subtiler an als andere, aber jedes Mal, wenn es ihr bewusst wurde, war sie schneller weg, als der Typ »Ferrari« sagen konnte.

Nur in ihrem Studium lernte sie noch nette Männer kennen, aber die waren oft zu schüchtern, um sie wirklich nach einem Date zu fragen. Dabei sehnte sie sich einfach nach einem normalen Freund, der ihr ein bisschen von der Nähe gab, die sie so vermisste. Sie wollte ins Kino gehen, Sonntage im Bett verbringen und in Jogginghose auf der Couch stundenlang Serien auf Netflix schauen. Aber es war niemand Passendes in Sicht.

Also machte sie sich im Internet inkognito auf die Suche nach einem passenden Mann. Sie wusste noch nicht genau, was sie suchte – aber hier war die Auswahl schließlich am größten. Mit einem neutralen Profilbild, welches sie nur von hinten vor einem Sonnenuntergang zeigte, surfte sie Abend für Abend durch die Singleportale, chattete ganze Nächte durch, verliebte und entliebte sich in wenigen Stunden, lachte und weinte versteckt in der Anonymität des Netzes. Zu einem Treffen war es bisher noch nicht gekommen, aber sie wusste jetzt viel genauer, was sie nicht wollte. Das verbuchte sie für sich schon als kleinen Erfolg. Ihre Mitbewohnerin zog sie damit regelmäßig auf.

Sie malte sich aus, wer hinter den oft wenig inspirierenden Namen wie »HeißerHengst76« oder »Braindoc« steckte. Bei manchen Fotos gruselte sie sich und amüsierte sich köstlich über die ungewollt komischen Einblicke in die männlichen Abgründe.

Ein Abend im Spätsommer veränderte plötzlich alles, als sich ein attraktiver Typ unter dem Profilnamen »The Teacher« bei ihr meldete. Beschwipst von drei Gläsern eiskaltem Rosé nach einer eher unspannenden »Recherche« an diesem Abend, weckte dieses Profil ihre Flirtlaune. »Na, dann bin ich mal gespannt, was du mir noch beibringen willst, Herr Lehrer.« Sie lächelte in sich hinein und begann unbekümmert mit einem leichten, angenehmen Kribbeln im Bauch mit schnellem Tippen auf ihrem iPad auf die Kontaktanfrage zu antworten. Dass er sie nicht zufällig ausgewählt, sie bereits seit Tagen über ihre Social-Media-Profile verfolgt hatte und sie dabei war, in eine Falle zu tappen, die mit unvorstellbaren Qualen und dem Tod enden würde, konnte sie zu diesem Zeitpunkt nicht ahnen.

Sein Blick war trüb, als er am späten Vormittag aus einem unruhigen Schlaf erwachte. Er hatte nachts eine Schlaftablette nehmen müssen, weil er hellwach an die Decke gestarrt hatte – jetzt spürte er nichts als Watte in seinem Kopf. Seine Gedanken irrten durch den Raum. Was war er? Warum war er? Wie war er so weit gekommen? Er schloss erneut die Augen. Ihm war schwindelig und flau im Magen. Er wollte einfach nur schlafen. Nie wieder aufwachen. SIE vergessen, sein Leben vergessen, die Monster, die er erschaffen hatte, vergessen. Er fiel erneut in einen tiefen, traumlosen Schlaf und wachte erst am frühen Nachmittag auf. Ihm war hundeelend, übel, er fühlte sich verkatert und schlapp. Hatte er das vielleicht nur geträumt? Hatte ihn einer seiner Albträume heimgesucht? Er blinzelte ins Licht. Nein, er hatte nicht geträumt. SIE hatte ihn gestern, mit jedem Wort, mit jeder Silbe, mit jedem Stich, den SIE ihm versetzt hatte, zerstört. Warum machte er das alles? Was sollte er tun, damit SIE ihm wieder vertraute? Er fühlte sich hilflos. Ihre Abmachung war, dass SIE ihn anrief, jeden Tag. Immer um die gleiche Uhrzeit, 18.00 Uhr, klingelte sein Telefon. Er kannte keine Nummer, keinen Nachnamen. Noch nicht einmal einen wirklichen Vornamen, denn bisher hatte SIE ihm viele Namen in den letzten Monaten genannt. Leonie, Corinna, Barbara, Clarissa – einmal hatte SIE gesagt: »Nenn mich einfach Donna. Meinen wirklichen Namen wirst du erfahren, wenn du hier bei mir bist.« Das war sein Ansporn, er wollte IHR gefallen, SIE erobern, die harte Schale durchdringen und IHRE Liebe gewinnen. Er war sich sicher, dass es nicht mehr lange dauern würde.

Aber würde SIE sich heute melden? Nach dem, was gestern passiert war? Nach dem Hass, den SIE ihn hatte spüren lassen? IHR hatte nicht gefallen, wie er sich As entledigt hatte. »Was soll diese Aufmerksamkeit? Hättest du sie nicht einfach geräuschlos verschwinden lassen können? Aber nein, der Herr Super-Ego muss ja die große Bühne wählen. Damit auch alle sehen, was für ein verkümmerter, kleinschwänziger Idiot er ist. Dass er zu dumm ist, einen einfachen Auftrag auszuführen. Dass er zu feige ist, selbst Hand anzulegen. Und dabei noch so dämlich, alle auf seine Spur zu bringen. Es ist nur eine Frage der Zeit, bis du auffliegst, du Null. Du bekommst wirklich gar nichts hin – du bist es noch nicht mal wert, dass ich hier mit dir meine Stimme vergeude. Überhaupt meine Zeit vergeude«, hatte sie ihm zugezischt.

Und wenn SIE sich nicht mehr meldete? Oder erst morgen, übermorgen oder in drei Wochen? Was machte er dann mit dem Monster da unten? Wie könnte er IHR dann beweisen, dass er nicht der schwache nichtsnutzige Muttersohn war, für den SIE ihn hielt. Er schluckte. Seine Spucke war sauer. Er stank nach kaltem Schweiß. Seine Laken und sein T-Shirt waren klamm. Er widerte sich selbst an.

»Raff dich auf, Arschloch. Da hättest du einfach früher drüber nachdenken sollen. Jetzt ist es zu spät. Wenn SIE sich meldet und dich so sieht, wird SIE gar keine Gnade haben. Jetzt gib dir mal Mühe!«, spornte er sich an, während er ins Bad schlurfte. Zahnpasta und eine heiße Dusche taten, was man von ihnen erwartete.

Schon 15 Minuten später stand er in weit besserem Zustand als vorher vor seinem Kleiderschrank und wählte eine schwarze Jeans, ein hellgraues T-Shirt und einen schwarzen Rollkragenpullover. Sein Kleidungsstil variierte kaum, in seinem Schrank lagen fünf schwarze Hosen, ein paar langärmlige Hemden, ein Stapel hellgraue T-Shirts, ein Stapel schwarze T-Shirts, ein Stapel weiße T-Shirts sowie schwarze Pullis in allen Variationen – mit Rollkragen, V-Kragen, Rundhalsausschnitt, mit Kapuze, mit Reißverschluss, mit Knöpfen. Alle aus Wolle oder Baumwolle, keine Synthetik. Er mochte einen klassischen, schlichten Stil.

Wenigstens waren seine Lebensgeister zurückgekehrt. Es gab noch einiges zu tun, aufräumen, waschen, B ihre Rationen geben, die hatte heute schon einige verpasst – schließlich war Wochenende und heute Abend das große Erntedankfest auf dem Kirchplatz. Das wollte er sich nicht entgehen lassen. Und er hoffte insgeheim, Magda zu sehen. Sie war die einzige Frau, die in der Zeit vor IHR etwas in ihm hatte bewegen können. Die einzige Frau, in die er vor IHR jemals verliebt war.

–19–

Thiel seufzte schwer. Sie hatten die vergangenen Stunden damit zugebracht, Körperteile zu identifizieren und zu sortieren. Die Maschinen des Feldhäckslers hatten ganze Arbeit geleistet. Bisher hatten sie nicht alle Teile eindeutig zuordnen können und nicht alle waren so unversehrt gewesen wie der rechte Fuß. Es war eine mühevolle Kleinarbeit, die vor allem die jungen Kollegen im Team sehr viel Überwindung kostete. Sie hatten sich zusätzliche Unterstützung vom Institut für Rechtsmedizin in Homburg geholt, so konnten sich seine erfahreneren Mitarbeiter schon einmal um die Zellproben und die Ergebnisse der Blutuntersuchungen kümmern. Vor allem der Zustand der Haut beschäftigte ihn. Die Dehnungsstreifen. Aber wie schnell das

Opfer zugenommen hatte, konnte er nicht sagen – das hing von der individuellen Beschaffenheit der Haut ab. Er hatte sogar extra einen alten Studienkollegen angerufen, der heute als Dermatologe praktizierte. Dieser hatte ihm seine Vermutung bestätigt – trotzdem ließ ihn der Gedanke nicht los, dass hier etwas nicht stimmte. Wieso nahm jemand so schnell zu? Bei der Analyse des Magen- und Darminhalts waren sie auf pures Fett gestoßen, was sie sich kaum erklären konnten. Niemand konnte so fettig essen, das war fast nicht möglich.

Ihm fiel eine Reportage aus den USA ein über Menschen, die andere aus Fetisch mästeten. In dem Fall waren beide Parteien damit einverstanden, aber es hatte ihn damals trotzdem befremdet. Wie hießen diese Menschen noch mal? Er suchte nach dem richtigen Begriff. Gab es das in Deutschland in der Form überhaupt? Er würde Lennart bitten, das im Internet zu recherchieren – der war da um einiges fitter als er.

Normalerweise versuchte er, ein möglichst neutrales Bild vom Opfer im Kopf zu haben, um die notwendige Distanz zu wahren. Aber es fiel ihm dieses Mal sehr schwer, sich von dem Bild zu lösen, das er vor Augen hatte. Ein armes, schweres Mädchen, das sich wegen ihres Gewichts nicht mehr vor die Tür traute. Aber es doch irgendwie geschafft hatte, sich im Feld mithilfe der Landmaschine das Leben zu nehmen? Nur wie sollte sie dahin gekommen sein? Vor allem unbemerkt? Anhand der Blutspuren konnten sie schließlich feststellen, dass sie noch gelebt haben musste, als sie überfahren wurde. Das arme Ding. Was musste das für ein Gefühl gewesen sein, nicht mehr weglaufen zu können? Die Ergebnisse der Bluttests würden spätestens morgen Nachmittag eintreffen. Er hatte angeordnet, das Blut auf Beruhigungsmittel oder sonstige Drogen zu testen.

»Und wenn da jemand dahintersteckt? Vielleicht ein Freund, der sie loswerden wollte?« Die Stimme seines Mitarbeiters platzte in die nachdenkliche Ruhe, die in der Pathologie eingekehrt war, und ließ ihn aufschrecken. »Was? Ich meine, was meinen Sie?« Thiel brauchte ein paar Sekunden, um sich zu orientieren, so gedankenverloren war er gewesen. Das passierte ihm im Alter immer häufiger, er wurde einfach langsamer, in allem, was er tat.

Lennart schien Gedanken lesen zu können: »Na ja, ich meine ja nur. Ich denke die ganze Zeit darüber nach, wie sie dorthin gekommen ist. Zu Fuß ist aus meiner Sicht unwahrscheinlich. Und ein Fahrrad und Auto haben wir nicht gefunden. Vielleicht hatte sie einen Helfer oder einen Mörder?«, versuchte der junge Kollege seine Theorie zu stützen.

Thiel ließ den Gedanken sacken, er war ein Faktenmensch und hasste es, dass seine Analysen durch vage Vermutungen ins Wanken gerieten, auch wenn es seine eigenen waren. Um Hintergründe sollten sich die Kollegen von der Kripo kümmern, er lieferte ihnen nur die Tatsachen. Aber dieser Fall war anders. Es gab einen Haken, das spürte er. Irgendetwas übersah er oder das Bild des Opfers, welches sich von Beginn an in seinem Kopf formiert hatte, war falsch. Was war es?

Es würde noch etwas dauern, bis ihm alle Details vorlägen. Bis er mit Gewissheit sein Zweifeln befriedigen könnte. Bis er die Antworten auf seine Fragen finden würde. Und bis er die Geschichte hinter der A-förmigen Narbe ans Licht bringen würde, die er auf einem der Körperteile gefunden und als Körpermerkmal katalogisiert hatte.

20

Stille. Nichts als Stille. Wärme und Stille. Und der stete Einschlag des Tropfens auf der Wasseroberfläche, die von kleinen Schauminseln bedeckt war. Die Augen geschlossen, der Atem angehalten, die Arme schwerelos neben ihrem Körper im Wasser. Veronika wollte am liebsten die Zeit anhalten. Die Bilder aus ihrem Gedächtnis verbannen, die sie seit dem gestrigen Tag beschäftigten. Die Erinnerung an das unangenehme Treffen mit ihrem Vorgesetzten Lothar Klein, der nicht verstehen wollte, warum sie immer noch nicht sicher sagen konnten, ob ein Verbrechen oder ein Unfall vorlag. Klar, sie war die Neue im Team, die gerade zur Hauptkommissarin befördert worden war. Sollte eine Mordkommission eingerichtet werden, würde sie die Leitung übernehmen. Aber sie konnten es einfach noch nicht sicher sagen. Die Spürhunde hatten keine wirklich neuen Einsichten gebracht, nur die sichere Erkenntnis, dass das Opfer mit einem Fahrzeug in die direkte Nähe des Tatorts gebracht worden war. Die Spur verlor sich bei beiden eingesetzten Hunden direkt am Wegesrand, also musste das Fahrzeug in Richtung Dorf unterwegs gewesen sein, wenn sie als Beifahrerin an Bord war. Es gab auch heruntergedrückte Halme an der Stelle, an der die Hunde angeschlagen hatten. Aber ob sie von dort allein gelaufen war oder was die genauen Umstände waren, ließ sich beim besten Willen aufgrund der zahllosen, sich überlagernden Spuren nicht einhundertprozentig festmachen. Ihr Chef hatte mit Unverständnis reagiert. Wahrscheinlich hatte er schon mit Becker in der Kantine zusammengesessen und seine Version der Dinge gehört. Auf jeden Fall schien er voreingenommen und hatte wenig Mitleid mit dem Opfer. Sie würde mit Becker reden müssen.

Thiel hatte sie, kurz bevor sie nach Hause aufgebrochen war, noch einmal angerufen und ihr von seinen Erkenntnissen und Vermutungen zu den Dehnungsstreifen auf der Haut und den Inhalten von Magen und Darm berichtet. Von diesem Phänomen der Feeder hatte sie schon einmal gehört, sie würde morgen Langner bitten, sich in den einschlägigen Internetforen umzuschauen. Becker wäre dazu schließlich völlig ungeeignet.

Fieberhaft hatten sie den ganzen Tag nach Zusammenhängen, Erklärungen, nach einem Anhaltspunkt, dem Haken gesucht, an dem sie ihre Ermittlungen würden einhängen können, damit endlich mehr Zug reinkam, damit sie endlich die Puzzlestücke zusammenfügen könnten. Es war zum Verzweifeln. Der Zustand der Leiche spiegelte sich im Zustand ihrer Ermittlungen. Fetzen, Bruchstücke, einzelne Hinweise, die nicht richtig zusammenpassen wollten. Die keinen Sinn machten. Das toxikologische Schnell-Gutachten hatte keinerlei Spuren von Beruhigungs- oder Schlafmitteln nachgewiesen. Warum war sie nicht weggelaufen? Es gab keine verwertbaren Augenzeugen, aber Hunderte von Mutmaßungen. Sie würden gezielt nach dem Fahrzeug suchen müssen. Und sie musste noch mal nach Perl fahren.

Prustend tauchte Veronika in ihrer Badewanne auf. Sie war nach der Arbeit kurz nach Hause geradelt, um den Kopf frei zu bekommen, bevor sie am Abend wieder nach Perl aufbrechen würde. Sie hatte abschalten wollen, um anschließend komplett neue Eindrücke auf sich wirken lassen zu können, und das ging in ihrer geliebten Badewanne am besten. Aber ihre Gedanken kreisten unaufhörlich um den Fall. Sie stand unter Druck. Ihr Gefühl sagte ihr, dass hier etwas nicht stimmte. Aber es fiel ihr schwer, das zu beweisen. Und ihr Chef, die Presse, die Öffentlichkeit, alle wollten Fakten. Das Opfer schien aus dem Nichts aufgetaucht zu sein. Niemand vermisste sie. Es gab wenig bis keine verwertbaren Spuren rund um den Tatort. Auf den Feldwegen war zur Erntezeit ein reges Treiben, Tausende von Reifenspuren, von Erdklumpen, Überresten von Kartoffeln, Zuckerrüben, selbst die Maische aus den nahe gelegenen Weinbergen säumte die Wege. Es würde unmöglich sein, dort Spuren zuzuordnen. Sie hasste Ermittlungen, die bei ihr ein ungutes Gefühl hinterließen, welches sie nicht erklären konnte. Der Schlüssel zu allem war die Identität des Opfers, aber die DNA war nicht in der Datenbank gespeichert. Die Suche über die vermissten Personen hatte auch nichts Konkretes ergeben. Europaweit waren in den vergangenen sechs Monaten insgesamt 195 Frauen als vermisst gemeldet worden, die ungefähr ins Profil passten – zumindest was Größe und Haarfarbe anging. Wenn sie die Merkmale und den Zeitraum erweitern würden, würde sich die Zahl vervielfachen. Selbst die Frage, was es mit der schnellen Gewichtszunahme, die Thiel vermutete, auf sich hatte, war noch offen. Ihr Instinkt sagte ihr, dass da ein dunkles Schicksal verborgen war. Ihr Verstand hämmerte mit kleinen, feinen Stichen in ihr Unterbewusstsein. Wo ist denn deine Lösung? Wie kann man nur so blind sein? Bestimmt übersiehst du etwas. Du willst eine geniale Ermittlerin sein? Veronika massierte sich die Schläfen. »Bleib konzentriert!«, sagte sie sich und rief sich mantraartig die Worte ins Gedächtnis, die ihre Mentorin ihr während der Profiler-Ausbildung auf den Weg mitgegeben hatte. »Wenn du den Eindruck hast, in einer Sackgasse zu stehen, geh langsam rückwärts wieder raus, schau dir ganz genau an, was du links und rechts übersehen haben könntest, und kehre mit frischen Eindrücken zum Ausgangspunkt zurück.« Morgen musste sie die Akten neu sortieren, vielleicht hatte Thiel bis dahin auch neue Ergebnisse aus den DNA- und Bluttests. Irgendwo sollte doch der richtige Anhaltspunkt zu finden sein. Jetzt machte sie sich aber erst einmal auf den Weg nach Perl. Die örtlichen Kollegen hatten ihr vom traditionellen Erntedankfest berichtet, das an diesem Abend stattfand. Nicht, dass ihr besonders zum Feiern zumute war, und aus Dorffesten, bei denen sie niemanden kannte, machte sie sich erst recht nichts. Viel lieber wäre sie mit Kater Rocky auf der Couch geblieben und hätte noch ein paar Folgen Game of Thrones geschaut. Kurz hatte sie sogar überlegt, eine ihrer Freundinnen zu fragen, ob sie mitkäme, aber das war eine dienstliche Angelegenheit und sie stand eh schon unter Beobachtung. Sie würde allein fahren und sich unter die Besucher mischen. Es würden alle Bewohner von jung bis alt auf den Beinen sein – wenn, dann würden sie nur wenige erkennen und so konnte sie ungestört herausfinden, ob der Anhaltspunkt nicht vielleicht sogar doch hier zu finden war. Sie stieg in ihre Levis-Jeans, zog ein weißes T-Shirt und ein schwarz-grau kariertes Hemd über und zögerte kurz beim Griff nach den Schuhen – bevor sie schließlich in ihre dunkelblauen Doc-Martens-Stiefel schlüpfte. Sie streichelte Kater Rocky, der maulig auf der Fensterbank saß, über den Kopf, verließ ihre Wohnung und stieg in ihren Mini Cooper, den sie gebraucht über Chris, den Freund ihrer Freundin Theresa, gekauft hatte. 40 Minuten Fahrt lagen vor ihr, um sich eine passende Strategie für den Abend zurechtzulegen. Jetzt galt es, alles ganz genau zu beobachten.

21

Sein Atem drückte sich gegen die morgendliche Nebelwand.
Schritt für Schritt für Schritt für Schritt kämpfte er gegen die
Schwere in seinem Kopf, gegen die düsteren Gedanken, gegen
das Unausweichliche. Bis jetzt waren ihm lediglich zwei entfernte Nachbarn mit ihrem Hund begegnet, die er höflich
begrüßt hatte, wie sich das hier gehörte. Ansonsten war der
Erdfleck, auf dem er unterwegs war, wie ausgestorben. Sicherlich lagen alle noch nach der durchzechten Erntedanknacht in
den Federn, kämpften nach etlichen Gläsern Riesling mit einem
faden Geschmack im Mund und pochenden Kopfschmerzen.
Körperlich war er fit, er hatte gestern nur pro forma ein Glas
Wein in der Hand gehalten, sich ein ruhiges Plätzchen an einem
Stehtisch im Festzelt gesucht und mit ein paar vorbeikommen-
den Schülern und ihren Eltern gesprochen. Aus der Ferne hatte
er die Hauptkommissarin gesehen, die gestern schon am Rande
der Absperrung für viel Gesprächsstoff gesorgt hatte. Das Saarland war eben doch ein Dorf und jemand kannte jemanden, der
mit dem Becker Sven Handball gespielt hatte, und der war ja
gestern auch vor Ort, aber nicht befördert worden, sondern
das junge Ding da. Die war ja noch nicht einmal von hier, sondern aus Hessen, ja fast aus dem Osten, auf jeden Fall weit
drüben. Er musste schmunzeln, wie sie da so verbissen drein-
schaute, etwas verloren am Eingang stand, mit ihrer Cola-Light
in der Hand, und die Menge beobachtete. War also ein dienst-
licher Besuch, ihn wunderte es, dass man hier überhaupt solche Getränke verkaufte. Aber sie hätte sich auch ein Blaulicht
auf den Kopf setzen können, so fehl am Platz wirkte sie hier.
Eine Zeit lang hatte er sie nicht aus den Augen gelassen, wie sie
von dem einen oder anderen gegrüßt wurde, ihr leicht verwirr-

tes Gesicht jedes Mal im Anschluss, weil sie die Personen einfach nicht zuordnen konnte. Wenn sie nur wüsste, dass er der Schlüssel zu ihrem Erfolg war. Dass er alle Antworten auf ihre Fragen hatte. Ganz langsam stieg in ihm ein Gefühl des Stolzes und der Macht auf. Sie war wegen ihm hier. Der Fall war in aller Munde. Jeder spekulierte wild, jeder hatte etwas dazu zu sagen. Er hielt seit As Fund das Dorf in Atem. Er hatte ihnen allen ein großes Rätsel aufgegeben, ohne es zu planen, doch es fing an, ihm zu gefallen. Dass er derjenige war, der noch ein weiteres Monster in seinem Keller gefangen hielt, und er entscheiden würde, wann er ihnen sein neues Werk zeigen würde. Sein Rücken hatte sich gestreckt, er hatte sein Kinn unmerklich nach oben geschoben, so erhaben hatte er sich selten in dieser Umgebung gefühlt.

Doch dann war sein Blick auf Magda gefallen. Und er sank wieder in sich zusammen, blitzartig durchzuckte ein stechender Schmerz sein Herz, er wollte unsichtbar werden, zwischen den Ritzen des Festzeltbodens verschwinden, um sie unbemerkt zu beobachten. Sie war die einzige Frau, die ihn im realen Leben jemals in ihren Bann gezogen hatte. Mit ihrem scheuen Blick, ihrem ergebenen Wesen, ihrer treuen Seele. Wie sie da inmitten einer Gruppe junger Frauen stand, die alle ganz besorgt dreinblickten, ihr abwechselnd die Schulter tätschelten oder sie bei der Hand nahmen. Sie schaute sich dabei immer wieder nervös um, blinzelte häufig und nickte mechanisch zum ständigen Zureden ihrer Freundinnen. Armes Ding. Und ihre Freundinnen, von denen sie vorher wahrscheinlich noch nicht mal wusste, dass sie welche waren, schoben sich engagiert die Ellbogen in die Rippen, um ja direkt neben Magda gesehen zu werden und somit später mit angeblichen Informationen aus erster Hand hausieren gehen zu können. Er sah förmlich die Gier nach Sensation, nach blutigen Details in ihren Augen, während sie gleichzeitig um sich herum schielten, wer sie gerade alles sehen konnte. Magda schien sich absolut nicht wohlzufühlen, schaute hilfesuchend um sich. Dabei kreuzten sich ihre Blicke, blieben aneinander hängen, gefühlte Minuten, doch er wendete in Sekundenschnelle den Kopf ab.

Er hatte sie damals haben wollen, besitzen, sie hätte ihn sicher glücklich machen können, mit ihrer Gefügigkeit und ihrer Ruhe, die sie ausstrahlte. Unaufgeregt, natürlich schön, ein Ruhepol an seiner Seite. Ihm hätte nichts mehr gefehlt, sein gesamtes Leben wäre anders verlaufen. Doch dann kam ihm Gunnar in die Quere, der grobe Klotz mit seinen stinkenden Tieren und seinem öden Hof am anderen Ende des Dorfes. Plötzlich war sie für ihn unerreichbar geworden, treu wie ein Schoßhündchen folgte sie Gunnar, trotz der bösen Gerüchte im Dorf, die er selbst noch mit angefacht hatte. Er wusste eben, welche Personen man wie triggern musste.

Sein Magen krampfte, als er eine schwere Hand auf der Schulter spürte. »Na, Herr Lehrer, wieder auf der Jagd? Da ist aber auch eine schöner als die andere. Hast du dir eine von denen ausgesucht? Oder darf es was ganz anderes sein?«, lallte es ihm weindunstig ins Ohr. »Vorsicht, die sind alle schon vergeben!«

Adrenalin schoss ihm durch die Adern, er fühlte, wie sein Kopf rot anlaufen würde, wenn er nicht schnellstmöglich aus der Situation rauskam. Er drehte sich langsam um, es war Björn, einer seiner alten Klassenkameraden, der ihn, die Augen auf Halbmast, anblinzelte – ein plumper nichtsnutziger Dorfdepp, der es noch nicht einmal zur mittleren Reife geschafft, dafür aber den gut gehenden Betrieb seines Vaters übernommen hatte.

Er schnaufte verächtlich: »Ach was, du kennst doch meine Ansprüche. Die hier kommen da nicht ran. Was soll ich denn mit solchen Dorftussen. Lass mal stecken!«, erwiderte er möglichst lässig, drehte sich um und ließ ihn stehen. Sein Herz pumpte. Wie er das hasste. Er stellte sein halbvolles Glas auf einen Stehtisch und ging nach Hause. Was für ein Idiot! Aber er war ja noch mal glimpflich davongekommen und Björn würde sich heute sicher nicht mehr an ihre kurze Unterredung erinnern.

Jetzt, am nächsten Morgen an der frischen Luft, beruhigten sich seine Gedanken allmählich. Er musste sich überlegen, wie es weiterging. Ob es weiterging. Falls es weiterging. Denn SIE hatte nicht angerufen. Nicht wie jeden Abend um 18 Uhr. Er hatte es befürchtet, dennoch wusste er nicht, wie er damit umgehen sollte. Sollte er versuchen, SIE zu erreichen? Das hatte SIE ihm eigentlich verboten. SIE bestimmte in ihrer »Beziehung« den Takt. SIE rief an, SIE suchte die Mädchen aus, SIE sagte ihm, was er mit ihnen machen sollte, wie er sie IHR präsentieren sollte, wenn SIE seine Fortschritte sehen wollte. SIE war der Boss.

Er lief schneller, stoßartig atmete er ein und aus, seine Muskeln waren angespannt, am liebsten würde er gar nicht mehr anhalten. Doch seine Kondition würde ihn irgendwann im Stich lassen. Er musste seinen Kopf aktivieren und genau überlegen, ob es einen Plan B gab.

Was wäre, wenn SIE sich gar nicht mehr melden würde? Was würde aus ihrem Projekt? Was würde aus ihrem Treffen? Was würde aus ihrer Zukunft? Was würde aus ihm?

22

Gunnar durfte heute nach Hause kommen. Körperlich war er unversehrt, aber der Schock saß noch tief und seelisch war er angeschlagen. Madga war froh und besorgt zugleich. Froh, nicht mehr allein zu sein, aber besorgt darüber, in welchem Zustand er wohl war. Hatte er es tatsächlich überstanden? Würde er sich hier wohlfühlen? Sie hatte alles organisiert, die Nachbarn holten ihn aus dem Krankenhaus ab. Er würde sich noch einige Tage hier zu Hause ausruhen können, die Arbeit auf dem Feld war koordiniert, um die Tiere kümmerte sie sich. Nervös saß sie am Küchentisch und kaute an ihrer Unterlippe, bis sie den metallenen Geschmack von Blut auf der Zunge spürte. Sie hatte eine Kürbissuppe gekocht, die liebte er, vor allem, wenn sie Ingwer und Chili hineintat. Er sagte immer, dass er sich da reinlegen könne. Und dazu noch frisch gebackenes Sonnenblumenkernbrot. Sie hoffte, ihn damit etwas aufmuntern zu können. Seit fünf Uhr war sie auf den Beinen. An Schlafen war nicht zu denken und das Erntedankfest am Vorabend hatte sich ohne Gunnar nicht richtig angefühlt. Aber sie hatte ihrer besten Freundin Rosie versprochen, wenigstens kurz vorbeizuschauen. Auch Gunnar hatte sie dazu ermutigt. Und schließlich war alles besser, als allein zu Hause zu bleiben. Doch Rosie hatte es nicht geschafft, dass sie sich auf dem Fest wohlfühlte. Plötzlich waren sie von zahlreichen jungen Frauen umzingelt, die sie zwar entfernt kannte, aber noch nie wirklich gesprochen hatte. Jede von ihnen tätschelte ihren Arm, redete auf sie ein und nickte zustimmend, wenn eine andere irgendeine wirre Vermutung aufstellte. Wie Hyänen schlichen sie um sie herum und hatten es sogar geschafft, Rosie abzudrängen. Magda war fast verzweifelt, wollte aber nicht unhöflich wirken. Sie verstand zunächst nicht, warum das alles passierte. Erst später dämmerte es ihr. Sie war am nächsten an Gunnar und dem Unglück dran und die sensationsgierigen Weiber suhlten sich in gespielter Betroffenheit, um später etwas erzählen zu können, was sie aus »erster Hand« hatten. Dabei hatte Magda den ganzen Abend über kaum ein Wort gesprochen. Sie hatte sich von allen Seiten beobachtet gefühlt und sie war sich sicher, dass die Leute hinter ihrem Rücken über sie redeten. Überhaupt schien der Vorfall auf Gunnars Feld das Thema des Abends zu sein. Ihr neuer Fanklub überbot sich an grotesken und abscheulichen Details, die sie aus sicheren Quellen erfahren haben wollten, jeder schien noch etwas mehr zu wissen. Dabei war ein Großteil davon nur skurrile Fantasie, die die Leute nutzten, um sich interessant zu machen. Vor allem die Dorfpolizisten, die auf dem Feld dabei gewesen waren, erfreuten sich an diesem Abend besonderer Beliebtheit. Im Gegensatz zu ihr schienen diese das aber zu genießen.

Wäre doch Gunnar dabei gewesen. Er war immer so mutig und stark, Gerede hatte ihm noch nie etwas ausgemacht. Im Gegenteil, er genoss es, auch mal anzuecken.

Im Krankenhaus hatte sie in seinen Augen etwas Neues entdeckt. Es schien, als wäre etwas in ihm zerbrochen. Und der Gedanke daran verpasste ihr jedes Mal kleine Nadelstöße ins Herz.

Das Gefühl, die ganze Zeit beobachtet zu werden, hatte sie nicht abschütteln können und es ließ ihr heute noch einen kribbelnden Schauer über den Rücken laufen. Sie hatte die ganze Zeit einen stechenden Blick im Rücken gespürt, sich immer wieder umgeschaut, aber nichts Konkretes entdecken können. Es war einfach zu viel los. Zu viele verzerrte Gesichter. Zu viele weinselige Nachbarn, Touristen und Jugendliche aus der Gegend, die sich durch die Menge schoben. Nur einmal hatte sich ihr Blick kurz mit dem von Paul gekreuzt, der aber schnell wieder weggeschaut hatte. Ob er sie beobachtet hatte? Er war ihr schon seit ihrem ersten Aufeinandertreffen irgendwie unheimlich. Ihre polnische Großmutter hätte gesagt, dass er einen diabolischen Blick hatte, wie ein Teufel. Unnahbar, kalt und arrogant, mit seinen kühlen hellblauen Augen. Einmal war sie mit ihm ausgegangen, ganz am Anfang. Er hatte sie fasziniert, irgendwie angezogen. Doch bei ihrem Treffen hatte er fast weich gewirkt, zerbrechlich. Sie konnte ihn nicht einordnen. Unmöglich, damit umzugehen. Doch seit sie mit Gunnar zusammen war, schaute er nur noch durch sie hindurch. Sie schüttelte den Gedanken ab. Am Ende würde sie noch verrückt werden.

Ihr Herz pochte, als sie den Wagen von Bauer Heinrich die Einfahrt heraufrollen hörte. Gleich würde sie wissen, ob sich in ihrem Leben mit Gunnar etwas verändern würde.

-23-

Das Fest war ein absoluter Reinfall für sie gewesen. Was für ein Aufwand für nichts. Einige hatten sie höflich gegrüßt, aber keiner hatte wirklich mit ihr gesprochen. Nicht einmal die Kollegin vor Ort, die sie auf das Erntedankfest hingewiesen hatte, wechselte mehr als drei Sätze mit ihr. »Wenn Sie sich zu uns setzen wollen, wir haben da hinten einen Tisch«, presste sie noch höflich-distanziert hervor, wedelte dabei aber vage in eine unbestimmte Richtung, was Veronika klarmachte, dass sie sich die Suche danach sparen konnte. Auch ihre Beobachtungen waren nicht wirklich hilfreich gewesen. Touristen wie Einheimische zwängten sich Weingläser balancierend durch das Festzelt, überall hatten sich Grüppchen gebildet, sie erkannte ein paar der Perler Polizeibeamten in Zivil, die wild gestikulierend inmitten solcher Gruppen standen und Geschichten zum Besten gaben. Sie hoffte nur, dass es kein Ermittlungswissen war, welches sie hier marktschreierisch verkündeten.

Sie hatte die Ehefrau des Landwirts Gunnar Petersen gesehen, die auf einem Foto an ihrer Wand hing und die sichtlich nervös und ziemlich verloren in einer Traube von aufgeregten jungen Frauen stand. Ansonsten zahllose, aufgedunsene Gesichter, die ihr entgegenwankten. Der grausige Fund vor der eigenen Haustür schien hier das Hauptthema zu sein. Sie erhaschte immer wieder Wortfetzen. Die Sensationsgier der Menschen nach solchen Vorfällen war wirklich grenzenlos. Doch mit ihr wollte niemand wirklich sprechen. Augen wurden leer, als sie erkannt wurde, ein kurzes Zunicken vielleicht, aber niemand wollte sich länger mit ihr sehen lassen.

Vielleicht, weil sie das Ausmaß des Vorfalls noch nicht greifen konnten. Niemand aus dem Ort wurde vermisst, also war niemand direkt betroffen – bis auf Petersen vielleicht. Aber jetzt war klar, dass jemand das Opfer in die Nähe des Fundorts gebracht hatte. Veronika repräsentierte den Verdacht, die Suche nach einem Schuldigen, diejenige, die wirklich daran interessiert war, die Wahrheit ans Licht zu bringen und nicht nur schaurige Details, die sich irgendwann in die traditionell-einfachen Überlieferungen der dörflichen Idylle einreihen würden. Sie stand dafür, dass es vielleicht jemand aus den eigenen Reihen war, der hier involviert war und der ein dunkles Geheimnis mit sich trug – und dabei war sie noch nicht einmal von hier, noch nicht einmal aus dem Saarland. Dass sich das schnell herumgesprochen hatte, merkte sie an den oberflächlichen Fragen, wie es ihr denn hier im »schönsten Bundesland der Welt«, wie man es hier gerne nannte, gefiele. Die Leute waren erstaunlich gut informiert.

Jetzt saß sie nach einer unruhigen Nacht wieder in ihrem Büro, die Rieslingschorle hatte ihr einen dumpfen Kopfschmerz verpasst, und so war sie früh aufgestanden und mit dem alten Peugeot-Rennrad ihres Vaters durch die feuchte Oktoberkälte zur Arbeit gekommen. Die frische Luft hatte ihr gutgetan und am liebsten hätte sie noch eine Runde entlang der Saar gedreht, aber die Arbeit rief. Sie brauchte etwas Handfestes.

Sie lehnte sich in ihrem Sessel zurück und betrachtete das riesige Whiteboard, das sie sich bei ihrem Einzug an der Wand hatte befestigen lassen. Hier fand sie alle Personen und Indizien, die bisher mit diesem Fall in Zusammenhang gebracht werden konnten, mit Pfeilen und Kästchen verbunden und mit Notizen versehen. Viel war es nicht. Sie hatten ein unbekanntes Opfer. Einen unbekannten Fahrer, der eventuell auch Täter sein konnte, wobei nicht klar war, worin die Tat konkret bestand. War das Überrollen des Opfers ein Unfall oder hatte Petersen mehr damit zu tun? Sie hatten ihn ausgeschlossen, aber vielleicht spielte er ihnen etwas vor?

Niemand hatte die junge Frau im Dorf je gesehen. Sie hatten die Meldung mit der möglichen Personenbeschreibung auch an die Medien gegeben. Bisher ohne Erfolg. Niemand hatte sich gemeldet. Wie lange war sie schon von der Bildfläche verschwunden? Was hatte sie für ein Leben geführt? Sie hoffte auf Thiel, hoffte, dass die detaillierteren Analysen etwas hergaben. Wenn sie nicht bald etwas Handfestes vorweisen konnte, würden die Ermittlungen eingestellt werden und der Fall käme zu den Akten. Sie kaute auf ihrem Daumen, dessen Haut seitlich des Nagelbetts schon ganz ausgefranst war. Schlechte Angewohnheit, ihre Freundin Ella würde ihr ganz schön auf die Finger klopfen.

Veronikas Kopfschmerzen suchten sich ganz langsam klopfend den Weg zurück in ihr Bewusstsein. Es würde ein Scheißtag werden.

SIE hatte angerufen. Nach zwei Tagen des Wartens, endlosen Stunden des Bangens und des Leidens, in denen er sich wie ein Tier in seiner Höhle gewunden und nur mechanisch funktioniert hatte. Seine Routinen abgespult hatte, dankbar für die Herbstferien, um nicht jeden Tag noch inmitten kreischender Jugendlicher stehen zu müssen und sich ihren bodenlosen Schwachsinn anzuhören. Ferngesteuert, fast apathisch lebte er in den Tag, und das alles in der Hoffnung, dass es nur eine kurze Pause, ein kleiner Zwischenstopp war. Ein böser Traum. Ab fünf Uhr nachmittags zerriss ihn die Anspannung fast, seine Nerven waren bis aufs Äußerste gereizt, er hatte versucht, mit B bei ihrer Nachmittagsration ein Gespräch anzufangen, nur um sich abzulenken, bis er selbst merkte, wie abstrus das war. Was sollte sie ihm schon groß erzählen, während er ihr den Trichter in den Rachen drückte?

Sein Leben war in der Schwebe, ihm schien der Sinn zu fehlen, der Antrieb. Sein Inhalt. Bis endlich das erlösende Geräusch der Skype-App erklang. Pünktlich um 18.00 Uhr. Das Spiel ging weiter.

B

Die Rache:

Emotionale Vergeltung für eine subjektiv als unrecht empfundene Tat, die den Rächer, die Rächerin oft nachhaltig prägte.

In der Luft lag der Geruch von kaltem Rauch und verbranntem Fleisch. Die ersten Vögel zwitscherten zögerlich in die Stille, froh, dass der kalte ungemütliche Winter bald ein Ende haben würde. Über das Moseltal hatte sich an diesem Aprilmorgen ein eisiger Dunst gelegt und die idyllische Landschaft mit einer milchigen Schicht aus feuchten Luftteilchen überzogen.

Es war sieben Uhr früh, als Veronikas dunkelblaue Doc Martens schmatzend im nassen Lehmboden versanken, der sich mit der vom Löschwasser aufgeweichten Asche vermischt hatte. Die gleiche Gemeinde, nur wenige Hundert Meter Luftlinie vom Fundort der letzten Leiche entfernt.

»Wie lange ist das jetzt her?«, fragte sich Veronika, als sie auf das träge in der Morgenbrise auf und ab wippende Absperrband zuging. Langsam zählte sie mit den Fingern die Monate zurück. »Verdammt, schon wieder sechs Monate. Wo ist nur die Zeit hin?«

Es kam ihr vor wie gestern, als sie an Weihnachten wie ein kleines Mädchen bei ihrer Mutter am Esstisch gesessen und mit einer Mischung aus Abwehrhaltung und wohlwollendem Interesse deren neuen Partner aus den Augenwinkeln beobachtet hatte. Natürlich hatte sie es kommen sehen. Ihr Vater war seit über 15 Jahren tot und ihre Mutter hatte sehr lange gebraucht, um einzusehen, dass sie noch zu jung war für ein Witwen-Dasein. Veronika hatte sie ermutigt, mehr zu reisen, sich mit Freunden zu treffen. Doch als dieser fremde Mann auf Papas Platz am Tisch saß, und ganz geschäftig, aber sichtlich nervös den Hausherrn raushängen ließ, da war es schon ein komisches Gefühl. Selbst jetzt, vier Monate später, blieb etwas von dem Unwohlsein zurück. Es hatte sich einfach nicht mehr wie ihr

Zuhause angefühlt, irgendwie fremd und falsch. Wie das Ende eines langen Prozesses, der mit ihrem Auszug vor 15 Jahren, kurz nach Papas Tod, angefangen hatte.

Thiels Stimme riss sie jäh aus ihren Erinnerungen.

»Hart, warten Sie, ich ... Mist, verdammt ... was ist ...?«, rief er ihr hinterher und strauchelte dabei ungünstig über einen umherliegenden Ast. Im letzten Moment fing er sich und wollte gerade wieder ansetzen, als er irritiert innehielt. Veronika beobachtete das Schauspiel aus wenigen Metern Entfernung, sie war nur noch zwei Schritte von der Absperrung entfernt. »Was ist denn, Thiel? Kommen Sie oder brauchen Sie noch eine Weile?«, zog sie ihn auf, doch sein Blick verriet, dass ihm nicht nach Scherzen war.

»Da ist Blut. Verdammt noch mal, an diesem Scheißholzstück klebt Blut und hier ist kein Zentimeter abgesperrt«, wütete er in eine unbestimmte Richtung los. Wo hinter der Absperrung gerade noch leise geschäftiges Treiben war, froren die Gesichter und die Bewegungen ein. Keiner wagte zu atmen. Thiels Gesicht lief dunkelrot an, seine Halsschlagader trat pochend unter seinem Schal hervor, seine Augen waren weit aufgerissen.

»Kann vielleicht jemand von euch Blindfischen endlich herkommen und seine Arbeit machen? Wie kann man denn so etwas übersehen?«, fuhr er bebend fort. Sein Blick wanderte über die betroffenen Gesichter und blieb an Lennart hängen. Mit einer kurzen ruckartigen Bewegung seines Kinns signalisierte Thiel ihm, dass er sofortiges Handeln erwartete, und zwar von ihm. Lennart sprintete los.

Als Thiel auf Veronikas Höhe ankam, war er immer noch außer Atem vor Aufregung. »Ich kann das einfach nicht ausstehen ...«, versuchte er sich flüsternd zu erklären.

Veronika nickte verständnisvoll und berührte ihn leicht am linken Arm. »Ich weiß, ich weiß, aber hier tun alle ihr Bestes. Bis vor Kurzem war es hier noch stockdunkel. Ich bin sicher, es ist nicht alles verloren«, versuchte sie ihn zu beruhigen. Sein

Zustand machte ihr Sorgen. Sie war jetzt seit knapp einem Jahr am Landespolizeipräsidium in Saarbrücken, seitdem hatte Thiel arg abgebaut und niemand kannte den wirklichen Grund dafür.

Gemeinsam näherten sie sich den qualmenden Resten eines riesigen Osterfeuers, in dessen Mitte die seltsam verformten Überbleibsel eines menschlichen Körpers mit ungewöhnlichen Ausmaßen lagen.

Veronika seufzte. Wieder Perl, wieder ein ähnliches Opfer. Das war kein Zufall.

−26−

Die Erleichterung gipfelte in purer Erregung und prickelnder Freude, die sich langsam in seinem Körper breitmachten, als er aus dem Küchenfenster in der Ferne die ersten Nachbarn beobachtete, wie sie sich aufgeregt über den Zaun unterhielten. Sein Haus lag knapp 150 Meter von den letzten Reihenhäusern in der Straße entfernt den Hang hoch. Seinem Vater war Distanz immer wichtig gewesen, das Grundstück dazwischen hatte er deshalb nie verkauft, egal, wie viel man ihm dafür geboten hatte. Früher hatte Paul sich oft gewünscht, die Nachbarn würden auch nur einen Bruchteil davon mitbekommen, was sein Vater ihnen antat, und ihnen, besonders seiner Mutter, helfen. Aber nun war er froh um diese Distanz.

Er war sie endlich los. Es hatte genauso geklappt, wie er sich das ausgemalt hatte. B war weg. Sie hatte schon lange nur noch genervt, war widerlich und hatte nach Schweiß und Talg gestunken, dass er es bei den Fütterungen kaum neben ihr ausgehalten hatte. Sie hatte sich am Schluss sogar geweigert, sich zu waschen, sodass er sie wenigstens ab und zu mit dem Schlauch abspritzte, um seinen Ekel einigermaßen in Schach zu halten.

Er hatte die Tage und die Stunden gezählt, bis sich der Tag ihres ersten Treffens, für B schicksalhafter als für ihn, endlich jährte und SIE ihm erlaubte, dem Elend ein Ende zu bereiten.

Dieses Mal hatte er SIE in seine Planungen mit einbezogen. Ein solches Desaster wie beim letzten Mal galt es unbedingt zu vermeiden, er hatte immer noch Albträume von IHREN Beschimpfungen und IHRER Kälte. Aber jetzt hatte er es geschafft, SIE mit seiner Euphorie anzustecken, mit der Genugtuung, der Polizei nebenbei noch unlösbare Aufgaben gestellt zu haben. Die Ermittler dermaßen im Dunkeln tappen zu lassen, dass sie noch nicht einmal verstanden, was hier genau passierte und wen sie überhaupt gefunden hatten. Niemand hatte je erfahren, wer die Schlampe war, die er ihnen im wahrsten Sinne des Wortes vor die Füße geworfen hatte. A. Er hatte die Pressemitteilungen der Staatsanwaltschaft verfolgt, sie wussten nichts. Und so waren sie meilenweit davon entfernt, seine und IHRE Verbindung zu den Opfern aufzudecken. Und das vor seiner Haustür. Sie beide hatten die Macht. Die Macht, alles aufzulösen, wenn sie wollten. Die Macht, weitere junge Frauen verschwinden zu lassen, ihre Leben zu zerstören, ihr Licht auszulöschen.

Nachdem SIE wegen seiner Vorgehensweise bei As Entsorgung ausgerastet war, hatte er in den folgenden Tagen und Wochen nach und nach IHR Vertrauen zurückgewinnen können. Er war unendlich erleichtert gewesen, als SIE ihn nach unendlichen Stunden des Bangens wieder angerufen hatte. Völlig distanziert und kühl hatte SIE ihm noch eine Chance eröffnet. Ein neues Projekt. Einen Namen. Seine letzte Möglichkeit. Es war C.

Er war bereit gewesen, alles zu tun, und hatte wieder Hoffnung geschöpft, SIE eines Tages doch persönlich zu treffen. Für ihn war das mittlerweile sein einziges Lebensziel, er war abhängig von IHRER Aufmerksamkeit, von IHRER Stimme, von den Gedanken an SIE. Ihre gemeinsame Welt, die SIE und er sich in seinem Keller geschaffen hatten. SIE über die Distanz und stets begleitet von einer leichten Verzerrung der Skype-Verbindung. Er mit seinen eigenen Händen, ganzem Einsatz.

Er war IHR Instrument, das SIE mit satanischer Eleganz zu spielen wusste. SIE hatte ihm das Ziel gesetzt, genau beschrieben, wie SIE die verhassten Frauen aus dem Weg räumen wollte. Wie das Ergebnis auszusehen hatte. Und SIE wies ihn an, wie er es zu dokumentieren hatte, welche Bilder er IHR schicken sollte, wie SIE die Schlampen sehen wollte. Manchmal war SIE bei den Fütterungen live dabei. Manchmal wollte SIE Videos, auf denen die fetten Kühe um ihr Leben bettelten. Manchmal reichten ihr auch Fotos aus den Verliesen, mit den Eimern für die Notdurft neben den Betten, den zeltartigen T-Shirts, den durchgehangenen Pritschen. SIE ergötzte sich an der Macht, die SIE hatte. Und er hatte gemerkt, dass IHR der Gedanke an öffentliche Aufmerksamkeit ebenfalls anfing zu gefallen. Es schmeichelte ihm, dass er IHR eine neue Facette eröffnet hatte – er war stolz darauf und übertraf sich in den vergangenen Wochen mit neuen Ideen für die anstehende »Entsorgung« von B.

Die Entscheidung fällte schließlich SIE. SIE wollte B brennen sehen. Alle sollten B brennen sehen.

Veronika und Thiel hatten sich schnell am Fundort der neuen Leiche einen Überblick verschafft. Nachdem das Feuer am Vorabend im Beisein des versammelten Dorfes feierlich von der örtlichen Winzergenossenschaft entzündet worden war, waren nur noch einige wenige Jugendliche übrig gewesen, die das Abbrennen der Reste überwachen sollten und die Wartezeit mit ein paar Bier überbrückten. Sie waren es auch, die gegen halb drei Uhr nachts die menschlichen Überreste entdeckten und die Polizei riefen.

Veronika ging rüber zu den drei Jungs, die zusammengekauert in goldglänzende Wärmedecken gewickelt in der offenen Hecktür eines Krankenwagens saßen. Ihre Augen waren dunkel umrandet, die Haut aschfahl.

»Warum habt ihr sie noch nicht nach Hause geschickt?«, fragte Veronika eine junge Kollegin von der örtlichen Polizei, die sie vor sechs Monaten kennengelernt hatte. »Wir wussten nicht, ob Sie noch mit ihnen sprechen wollten, Frau Hauptkommissarin. Aber die Personalien haben wir bereits aufgenommen«, entgegnete diese pflichtbewusst und knetete auf ihren Handballen. Veronika nickte ihr zu.

»Okay, Jungs, kann mir jemand von euch sagen, was hier passiert ist?« Sie blickte in stumme Gesichter. Dem einen Jungen, mit blonden raspelkurzen Haaren und Tausenden von Sommersprossen im Gesicht, liefen die Tränen über die Wangen. Der Kleinste von ihnen, mit braunen lockigen Haaren und einer runden Brille, ergriff das Wort.

»Ich, wir, ich meine, wir waren das nicht. Dieser Mensch, der war einfach da. Als wir das Holz vorgestern Abend gestapelt haben, da war das noch nicht so. Ganz ehrlich!«, stammelte er.

»Verstehe, ihr habt also das Holz gestapelt. Und das war vorgestern?«, fragte Veronika nach. Die Jungs nickten stumm. »Okay, und gestern war das hier den Tag über die ganze Zeit unbewacht, ja? War denn irgendetwas anders, als der Holzstapel angezündet wurde? Ist euch was aufgefallen? Die Person muss ja da irgendwie reingekommen sein«, hakte sie nach.

Die Jungs schauten sich an. Der Lockenkopf zuckte mit den Schultern. Hier würde sie nicht weiterkommen, dachte Veronika.

»Na ja, da war schon was«, sagte der Blonde plötzlich und zog geräuschvoll die Nase hoch. »An der einen Stelle war das Holz nicht mehr so gestapelt wie drumherum. Das war nicht mehr symmetrisch. Mir ist das aufgefallen, aber ich dachte, da hätte jemand nachgebessert, weil wir es nicht stabil genug gebaut hatten, oder so. Das war ja auch das erste Mal, dass wir hier so ein Feuer gemacht haben. Wir haben uns das auf YouTube angeschaut, wie man einen Stapel baut, wo man das Stroh hintut und so ... aber an der Stelle war es anders. Ich wusste ja nicht ... dass ...«, brach er ab und schluchzte.

Sie taten Veronika leid. »Ist schon okay, ihr habt nichts falsch gemacht. Ihr könnt nach Hause gehen, ich werde die Kollegen bitten, euch zu fahren, okay? Ihr habt uns wirklich sehr geholfen, wenn euch noch etwas einfällt, meldet euch bitte. Ja?«

Während die Jungs mit hängenden Köpfen zum Streifenwagen liefen, ging Veronika zurück zu Thiel und seinem Team. In seinen Augen sah sie, was sie bereits vermutet hatte.

Es gab Parallelen.

Veronika betrachtete eingehend die Position des Opfers. Kniend und vornübergebeugt schien es zu beten, der Kopf war nach rechts geneigt, die Arme lagen verkrampft neben dem Körper. Letzteres war typisch für die sogenannte Boxerstellung, die durch die hitzebedingte Schrumpfung der Muskeln entstand. Rücken, Hinterkopf und die rechte Gesichtshälfte wiesen schlimmste Verbrennungen auf, sie waren regelrecht verkohlt. Der Mund war geöffnet und die Zunge trat hervor, was wie ein grotesker Schrei aussah und ebenfalls durch die Schrumpfung der Gesichts- und Halsweichteile zustande kam, wusste Veronika noch aus ihren Exkursen in die Rechtsmedizin. Es war kein schöner Anblick. Veronika ging um die Leiche herum. Da klaffte ein großes Loch am Hinterkopf. Sie winkte Thiel zu sich, der sich einige Meter entfernt leise mit Lennart austauschte.

»Was meinen Sie, Thiel? Fremdeinwirkung oder direkte Hitzeeinwirkung?«, fragte sie ihn auf den Schädel deutend.

Thiel wiegte den Kopf hin und her und schürzte die Lippen: »Das ist sehr schwer zu sagen, das werden wir erst nach einer eingehenden Obduktion zu 100 Prozent feststellen können. Je nachdem, ob noch Knochensplitter im Schädel zu finden sind. Dann können wir davon ausgehen, dass man ihr noch einen drübergezogen hat, bevor sie hier eingebaut wurde. Das Stück Holz, was ich eben dort drüben gefunden habe, spräche ebenfalls dafür. Aber das sind nur Spekulationen. Nichts Genaues. Geben Sie mir ein bisschen Zeit dafür, Hart.«

Veronika nickte. Das Opfer war noch nicht bewegt worden, aber Veronika hoffte, dass die Unterseite weitestgehend unversehrt geblieben war und sie mehr Hinweise auf die Identität des Opfers finden würden als beim letzten Mal.

Denn eines war auf den ersten Blick klar: Körperumfang und -beschaffenheit glichen exakt den Merkmalen des Falls von vor sechs Monaten, der schließlich im vergangenen Dezember eingestellt worden war. Aus Mangel an Beweisen. Und weil man die Identität des Opfers nie hatte final ermitteln können.

28

Die Nachricht von dem neuen Leichenfund verbreitete sich rasend schnell im Dorf. Magda stand in der Küche und bereitete das Frühstück vor, als Gunnar im Flur den Anruf seines Freundes Heinrich annahm. Seine Stimme kippte, wurde brüchig. Neugierig trat Magda aus der Küche und erschrak beim Anblick ihres Mannes. Er war kreidebleich, Schweiß rann ihm aus allen Poren und er begann zu schwanken. Magda konnte ihn nur mit einem beherzten Einhaken davon abhalten, der Länge nach hinzufallen, und führte ihn in die Küche. Dort berichtete er ihr stammelnd, was man heute Nacht beim Osterfeuer gefunden hatte.

Die vergangenen sechs Monate waren für sie beide eine mühsame, schrittweise Annäherung an das normale Leben gewesen. Vor allem, dass man bis heute nicht wusste, wer die Frau gewesen war, machte Gunnar schwer zu schaffen. Er bekam immer noch regelmäßig Panikattacken und hatte Mühe, konzentriert seine Erntemaschinen zu bedienen. Er lief seine Felder mehrmals ab, bevor er hineinfuhr. Er hatte für viel Geld eine Wärmebildkamera nachgerüstet, dennoch war die Arbeit im Feld für ihn purer Stress.

Der Arzt nannte es posttraumatische Belastungsstörung. Magda hatte Wochen gebraucht, um sich dieses komplizierte deutsche Wort zu merken. Sie hatten ihr erklärt, dass es sich um eine verzögerte psychische Reaktion auf ein extrem belastendes Ereignis handelte, die sich durch verschiedenste Symptome der Verdrängung oder des Wiedererlebens manifestierte.

Dabei musste sie alle Geduld aufbringen, um nicht selbst verrückt zu werden. In den ersten Wochen waren die Nachbarn und Freunde stets zur Stelle gewesen, unterstützten und packten mit an, wo sie konnten. Doch das ebbte nach und nach ab, jeder von ihnen hatte ja noch seine eigene Landwirtschaft zu versorgen und seine eigenen Probleme. Und viele hatten nach wie vor Berührungsängste mit psychischen Erkrankungen. Sie hörte die Frauen im Dorf tuscheln, wenn sie einkaufen ging. Wie sie ihr zunickten und dann wieder die Köpfe zusammensteckten.

»Der Petersen soll sich nicht so anstellen.«

»Schaut euch die arme Frau an, wie lange soll sie sich denn noch um alles allein kümmern?« Auch zu den »Irren« nach Merzig wollten sie ihn schicken, wo es eine geschlossene Abteilung für psychisch Kranke gab. Schwäche wurde in den Dörfern vor allem bei Männern nicht lange toleriert und das ließ man ihn spüren. Am Anfang hatten alle zu ihnen gehalten, Dinge besorgt, hatten nach dem Rechten gesehen oder Kuchen vorbeigebracht. Aber nach ein paar Wochen sollte es dann gut sein.

So ging Gunnar irgendwann dazu über, einfach zu funktionieren, wie man das von ihm erwartete. Er engagierte sich wieder beim SPD-Ortsverein und half beim Aufbau des Weihnachtsmarkts an der Mosel.

Für ihr Privatleben war das jedoch fatal. Die Kraft, die er dafür aufwenden musste, fehlte ihm zu Hause und es kostete Magda viel Überwindung und Mühe, nicht den Mut zu verlieren.

Sie war nur froh, dass sie gestern Abend nicht zum Osterfeuer gegangen waren. Das hatte zum ersten Mal in ihrer Gemeinde stattgefunden, und da Gunnar sich nicht wohlgefühlt hatte, beschlossen sie, gemütlich zu Hause zu bleiben und später einfach Freunde zu fragen, was sie verpasst hatten.

Als Veronika heute Morgen zum Tatort gekommen war, wirkte alles wie ein Déjà-vu auf sie. Das idyllische Fleckchen Land, die kleine tuschelnde Menschentraube, die sich bereits an der Absperrung versammelt hatte, die staksend übers Feld laufenden Kollegen aus dem Dorf, einige wieder recht blass um die Nase. All diese Eindrücke, die sich ihr auf einen Blick in die Netzhaut brannten, erinnerten sie extrem an den Oktobertag im vergangenen Jahr.

Das schleichend-beißende Gefühl, versagt zu haben, welches sie im Dezember heimgesucht hatte, als sie den Fall zu den Akten legen mussten, kratzte wieder vehement an ihrem Selbstbewusstsein. Sie hasste es aufzugeben. Aber die Bürokratie schrieb es so vor. Den ganzen Winter über hatte sie daran gedacht, auch wenn sie mit kleineren Delikten und ein paar größeren Geschichten gut beschäftigt gewesen war. Dieser Fall war so voller unbeantworteter Fragen, dass er sie einfach nicht losgelassen hatte.

Diese Parallelen konnten kein Zufall sein. Sie hoffte, sie würden dieses Mal die entscheidenden Hinweise entdecken und herausfinden, was hinter den beiden Fällen steckte. Und sie würden den alten Fall wieder aufrollen, dagegen würde ihr Chef Lothar Klein nichts sagen können.

Sie war aus ihrem Team die Erste am Tatort gewesen, dabei wohnte Kommissar Max Langner in Völklingen und Oberkommissar Becker in Gersweiler, einem Vorort von Saarbrücken, beide entlang der A 620 in Richtung luxemburgischer Grenze – und damit eigentlich näher dran als sie. Aber gut, nicht jeder konnte so schnell auf der Piste sein wie sie. Wenn es fix gehen musste, reichten ihr zehn Minuten vom Aufstehen, bis sie mit ihrem Coffee-to-go-Becher im Auto saß. Und weniger als fünf Minuten, bis ihr Mini vom alten Marktplatz in St. Arnual, dem Daarler Markt, wie er hier hieß, auf der Autobahn beschleunigen konnte. Als die Kollegen endlich eintrudelten, gab sie ihnen eine kurze Zusammenfassung und wies sie in ihre Aufgaben ein. Ihr war klar, dass die Zeugenbefragung ähnlich erfolglos bleiben würde wie beim letzten Mal. Niemand würde jemanden oder etwas gesehen haben. Niemand würde eine Vermutung haben, niemand würde irgendetwas dazu sagen können. Aber vielleicht würden die Anwohner beim zweiten Mal nervöser werden.

Veronika hatte beim letzten Mal recherchiert, dass es hier in Perl knapp 8.500 Einwohner in 14 Ortsteilen gab. Zusätzlich dazu eine Vielzahl von Touristen, die das Weinbaugebiet Mosel regelmäßig besuchten. Sie kannte die Dynamik in einer solchen Gemeinde gut. Sie kam selbst aus einem Kaff mit nur knapp 2.500 Einwohnern. Hier waren viele ähnlich kleine Ortschaften zusammengeschlossen, die in sich miteinander verbandelt waren. Es würde nicht lange dauern, bis die Bewohner anfangen würden, ihre eigenen Schuldigen zu suchen. Hoffentlich ließ sich eine Hexenjagd im Dorf vermeiden.

Sie ließ den Blick schweifen. Der Tatort. Das Feuer war auf einem brachliegenden Acker entzündet worden. Traditionell wurde das in anderen Teilen Deutschlands ja gemacht, um die bösen Wintergeister zu verjagen. In diesem Fall war das eine neue Idee des Bürgermeisters gewesen, um die über den Herbst gesammelten alten Rebstöcke zu verbrennen. Dass dies nach diesem Vorfall zur Tradition werden würde, bezweifelte Veronika.

Ihr prüfender Blick fiel schließlich auf die Schaulustigen, die eine stumme Mauer zwischen dem Tatort und der ländlichen Idylle bildeten. Versteinerte Gesichter, aschfahl nach dem langen Winter, die sich murmelnd austauschten und ihrem Blick gekonnt auswichen. Mit einem kurzen Nicken wies sie den Fotografen aus Thiels Team an, die Szenerie am Rande des Tatorts ebenfalls auf der SD-Karte seiner Digitalkamera festzuhalten. Sie hatte sich angewöhnt, diese externen Faktoren am Tatort zu dokumentieren, um später in Ruhe alles auswerten zu können und ja nichts zu übersehen. So hatte sie während ihrer Ausbildung einen Tätertypus kennengelernt, der stets an den eigenen Tatort zurückkehrte und es genoss, die einsetzende Arbeit der Polizei und den Effekt seiner Tat auf die Anwesenden zu beobachten.

Beim letzten Mal hatten sie nichts Außergewöhnliches entdecken können, aber vielleicht gab es jetzt Parallelen – jeder Strohhalm zählte. Dieses Mal würde sie nicht versagen – nicht versagen dürfen.

–30–

Er ließ sich nicht aufhalten. Gunnar war wenige Minuten nach dem Anruf losgestürmt, er musste es mit eigenen Augen sehen. Magda hatte ihm gut zugeredet und ihn gebeten, nicht hinzufahren, und auch Bauer Heinrich hatte versucht, es ihm zu verbieten. Aber es war wie ein Zwang. Er musste sich seinem eigenen Albtraum stellen. Immer wieder hatte er geträumt, dass sie weitere Mädchen fanden, dass nach und nach alle um ihn herum verschwinden und sterben würden. Dass nie jemand erfahren würde, wer all diese Frauen waren. Als er seinen Lada neben dem Feld im Ortsteil Sehndorf parkte, huschten hektische Polizisten neben den noch qualmenden Überresten des Osterfeuers umher, machten Fotos, sammelten Beweise und befragten die Schaulustigen, die sich hier bereits versammelt hatten. Die Leiche war abgedeckt worden, aber allein der Anblick der Silhouette ließ ihn erstarren. Wie konnte das sein? Sein Herz raste, gleichzeitig legte sich eine schwere Müdigkeit wie ein dicker Mantel über seinen Körper, er nahm seine Umwelt nur noch durch einen milchigen, suppigen Nebel wahr, Geräusche wurden wie durch Watte gedämpft. Er hörte ein leises Tuscheln um ihn herum, alles begann sich zu drehen, die Gesichter der Umstehenden wurden zu wutverzerrten Fratzen, die ihn verhöhnten. Er würde noch den Verstand verlieren. »Gunnar, komm bitte mit mir!«, flehte ihn eine bekannte Stimme an. Magda war mit Heinrich gekommen, um ihn zurückzuholen. Er war wie gelähmt, konnte kaum reagieren. Sie schob ihre Hand in seine. »Bitte komm! Schau dir das nicht an! Ich flehe dich an, lass uns nach Hause gehen.« Magdas Stimme zitterte. Sie sah die Blicke der Leute, konnte den Gedanken nicht ertragen, in der Nähe einer Leiche zu sein. Sie wollte hier weg. »Los, Gunnar, deine Frau hat recht. Komm mit uns, dein Auto holen wir später. Lass uns gehen!«, raunte ihm Heinrich in den Rücken, packte ihn an der Schulter und drehte ihn sanft in die entgegengesetzte Richtung. Während er sich umdrehte, fiel Gunnars Blick auf die durchdringenden Augen der jungen Kommissarin, die ihn wohl schon eine Weile beobachtete. Kaum merklich hoben sich ihre Augenbrauen, als ihre Blicke sich kreuzten.

Ohne ein Wort zu sagen, brachten sie ihn nach Hause, wo er sofort hinter den Schuppen ging, um Holz zu schlagen. Heinrich legte die Hand auf Magdas Arm, als sie Gunnar hinterherlaufen wollte. »Lass ihn, Kind. Der muss jetzt erst mal Dampf ablassen. Wenn du Hilfe brauchst, melde dich, okay? Wir schaffen das schon«, versuchte er sie zu beruhigen.

Dann hörten sie, wie Gunnar mit voller Wucht die ersten Holzscheite zerschlug. Es fühlte sich gut an, er hatte es unter Kontrolle, er genoss den Schmerz seiner brennenden Muskeln unter dem klatschnassen Hemd. Aber er wusste, dass das Loch, in das er danach fallen würde, umso tiefer war. Also hörte er erst auf, als Magda ihm nach einer gefühlten Ewigkeit ihre zarte Hand auf die Schulter legte.

-31-

Was hatte der denn hier zu suchen?, fragte sich Veronika, nachdem Gunnar ins Auto bugsiert worden war. Sie hatte eine leichte Unruhe bei den Schaulustigen bemerkt, als er plötzlich auf dem Feld auftauchte. Aber in dem Fall machte es sie stutzig. Wieso kam er extra hierher, um sich das anzuschauen? Sie erinnerte sich, dass er schon den letzten Fund nicht gut verarbeitet hatte. Dass eine Person auf seinem Feld gelegen und er auch noch darübergefahren war, das hätte ihn fast seine Existenz gekostet. Man hatte ihr berichtet, dass er von der Insolvenz bedroht gewesen wäre, wenn nicht so viele Freunde ihn unterstützt hätten. Zumindest munkelte man das. Was wollte er also hier?

Das Auftauchen des Leichenwagens riss sie jäh aus ihren Gedanken. Jetzt musste es schnell gehen. Die Jungs der Spurensicherung gaben ihr ein Zeichen, dass sie hier fertig waren. Alles andere würden sie in der Gerichtsmedizin klären müssen. Sie nickte daraufhin den Beamten an der Absperrung zu, der

Wagen konnte passieren und holperte über das unebene Feld zum Fundort der Leiche.

»Wir brechen in zehn Minuten hier auf. Jeder weiß, was er zu tun hat. Langner, Sie befragen die Dorfbewohner, die heute nicht hier standen. Sind ja nicht mehr allzu viele. Becker, Sie kommen mit mir und wir nehmen uns noch einmal die Vermisstenfälle vor.«

Dass es sich dieses Mal um Mord handeln musste, war ihr sofort klar. Nachdem man bei dem ersten Mädchen zumindest die Option für Selbstmord noch in Betracht gezogen hatte, so gab es hier absolut keinen Zweifel.

Das Opfer war in das Osterfeuer verbaut worden. Holzscheite, lange Äste, Reisig und Stroh waren am Vorabend pyramidenförmig auf dem Feld aufgeschichtet worden – beteiligt waren daran laut erster Zeugenaussagen mindestens 20 Personen, allesamt von der ortsansässigen Burschenschaft. Die Wahrscheinlichkeit, dass alle in die Tat involviert waren und kollektiv schwiegen, bestand zwar, aber Veronika bezweifelte dies mit Blick auf die infrage kommenden Personen – insofern musste man davon ausgehen, dass jemand Fremdes im Laufe der Nacht die Konstruktion abgebaut und das Opfer darunter versteckt hatte.

Die Identität des Opfers stand im Mittelpunkt. Wenn sie dieses Mal herausfinden würden, wer da vor ihnen lag, hätten sie vielleicht eine neue Spur im Oktober-Fall.

Ihr Handy klingelte. Veronika schaute aufs Display, auf dem ihr ein Foto ihrer Freundin Ella entgegenblickte. Sie hatte wirklich ein Talent, zu den ungünstigsten Zeitpunkten anzurufen. »Nein, jetzt nicht!«, murmelte sie leise, als sie ihr Telefon wieder einsteckte. Sie würde sie später zurückrufen. Wahrscheinlich ging es eh nur um einen Typen, den sie unbedingt treffen musste, weil er so gut zu ihr passen würde.

Im Verlauf des Winters hatte sich Veronika gut hinter Bergen von Arbeit verstecken können. Außer an Silvester, das sie gemeinsam im Gasthaus Woll in Spicheren, kurz hinter der französischen Grenze, in typisch französischer Bistro-Atmosphäre bei Live-Musik und fulminantem Blick über Saarbrücken gefeiert hatten. Schon da hatte Ella zufällig einen Kollegen dabei, der gerade Single geworden und verkrampft auf der Suche nach einer neuen Partnerin war. Das hatte Veronika sofort abgeschreckt und sie hatte Ella verboten, sie noch einmal in eine so unangenehme Situation zu bringen. Aber jetzt im Frühjahr lief Ella als Kupplerin auf Hochtouren. In jedem Sportkurs, bei jedem Kinobesuch oder jeder Joggingrunde fand sie geeignete Kandidaten. Doch Veronika verdrehte jedes Mal die Augen. Ihre Vorstellungen von der großen Liebe sahen anders aus. Aber momentan hatte sie einen Fall zu lösen. Da brauchte sie weder Ablenkung noch sonstige Verpflichtungen – der vorwurfsvolle Blick von Kater Rocky, wenn sie abends wieder spät nach Hause kam, reichte ihr völlig, um ihr schlechtes Gewissen auf einem beachtlichen Stand zu halten.

–32–

Er hatte den Vormittag genutzt, um über die Grenze nach Frankreich in den Supermarkt zu fahren und ein paar Besorgungen zu machen. Als er wieder durchs Dorf fuhr, sah er den Bewohnern, die an fast jeder Ecke in kleinen Gruppen zusammenstanden, an, dass man B gefunden hatte. Seine Mühen hatten den gewünschten Effekt also nicht verfehlt. Er kam über die Landstraße 419 und bog auf die L 407 ab, von der man den Tatort sehen konnte. Im Vorbeifahren warf er einen kurzen Blick auf die schaulustige Menschentraube, die sich am flattrigen Absperrband versammelt hatte. Er konnte sich ihre Gespräche bildhaft vorstellen. Man war sicherlich sehr betroffen, schon wieder ein solch grausamer Fall. Und schon wieder mitten unter ihnen. Wer waren bloß diese Mädchen? Und warum traf es immer wieder das Dorf? Er war sich sicher, dass man früher oder später anfangen würde, sich gegenseitig zu verdächtigen. Zuerst die psychisch Labilen, dann diejenigen, die man stark am Glas wähnte, und schließlich die Stillen, die zurückgezogen Lebenden – davon gab es hier in der Grenzregion einige. Er verachtete diese simplen Denkmuster, aber dieses Mal spielten sie ihm in die Karten. Vielleicht sollte er beim nächsten Mal noch ein paar mehr Hinweise streuen, die jemanden konkret belasteten. Das wäre ein Spaß. Er könnte alles auf den Gunnar deuten lassen. Dass seine Wahl beim ersten Mal auf Gunnars Feld gefallen war, lag an der etwas versteckten Lage hinter dem Hammelsberg. Das hatte ihm gut in den Kram gepasst. Aber einen konkreten Hintergedanken gegen Gunnar hatte er damals noch nicht. Warum war ihm das nicht früher eingefallen? Er könnte sich doch gleich Gunnar vom Hals schaffen – dann hätte er zwei Fliegen mit einer Klappe geschlagen. Wenn er Magda nicht haben konnte, sollte es dieser Trampel auch nicht dürfen.

Seine Laune war auf dem Höhepunkt und er beschloss, sich im Zentrum etwas unter die Leute zu mischen und den unauffälligen Lehrer zu geben, der seine Osterferien mit Shoppen und Kaffeetrinken verbrachte und ganz erschüttert von den aktuellen Ereignissen war. Er könnte IHR ein Geschenk kaufen, dachte er. Etwas Schönes, Wertvolles, was von Herzen kam, aber nicht zu aufdringlich war.

Er spürte einfach, dass ihr Treffen zum Greifen nah war. Er hatte alles getan, was sie von ihm verlangt hatte. Hatte B bis zum Schluss ertragen, sie mitten in der Nacht zu ihrem Scheiterhaufen verfrachtet, sie dort niederknien lassen und ihr eigenhändig den Schädel eingeschlagen, damit die Schlampe nicht noch auf die Idee kam, ihren fetten Körper aus dem Holzhaufen zu manövrieren oder um Hilfe zu schreien. Dann hatte er in mühevoller Kleinstarbeit alles wieder gestapelt und sich, in tiefster Nacht nur mit einer kleinen Taschenlampe ausgestattet, versichert, dass man ihren Körper nicht von außen sehen konnte. Er war morgens, sobald es hell war, noch einmal vorbeigejoggt, um ganz sicher zu gehen. Denn B sollte ja brennen.

Vor sechs Monaten hatte er bereits C dazugeholt, sie Tag für Tag seiner Behandlung unterzogen und aus ihr ebenso schnell ein Monster gemacht wie aus den anderen. Vielleicht würde er sie nicht bis zum Schluss durchziehen müssen und sie schnell aus dem Weg räumen dürfen. Er fühlte sich beschwingt und sicher. Es war ein guter Tag.

<h1 style="text-align:center">-33-</h1>

Thiel hatte Veronika für den späten Nachmittag zu sich auf den Winterberg in die Rechtsmedizin einbestellt, um ihr erste Ergebnisse für das Meeting mit ihrem Chef am nächsten Morgen mitzugeben. »Was haben wir, Thiel?«, fragte Veronika den Rechtsmediziner, als sie die heiligen Hallen im Untergeschoss des Klinikums betrat.

»Same same but different!«, gab er nuschelnd zurück. »Gleicher Opfertypus, andere Todesursache. Während unser erstes

Opfer noch gelebt hat, als es Bekanntschaft mit den Klingen des Feldhäckslers machte, ist diese junge Frau hier post mortem verbrannt. Wir haben noch nicht alle toxikologisch-chemischen Analysen abgeschlossen. Aber ein Blick in ihre Lunge hat gezeigt, dass sie keine Rußpartikel eingeatmet hat. Auch hat sie keine sogenannten Krähenfüße um die Augen, das heißt, dass sie ihre Augen nicht fest zusammengekniffen hat, als das Feuer entzündet wurde. Sie war also schon tot, als das passierte. Wie lange, daran arbeiten wir gerade«, klärte er Veronika auf. Die Hauptkommissarin nickte, während sie sich Notizen machte.

»Konnten Sie erkennungsdienstlich schon Hinweise sammeln? Haben Sie irgendetwas gefunden, was auf ihre Identität hinweist?«, fragte sie ihn.

»Bisher leider nicht. Aber das Feuer hat glücklicherweise nicht alles zerstört. Die Jugendlichen, die den Körper in den Flammen entdeckt haben, konnten mit ihrem schnellen Eingreifen die komplette Zerstörung der Leiche verhindern. Wir hatten dabei Glück. Denn die haben hier Rebenknorzen verbrannt, also alte Weinreben, die entwickeln eine besonders hohe Hitze. Die Körperteile, die auf dem Boden lagen, weisen nur leichte Verbrennungen auf. Auf der Vorderseite ist sie also fast intakt. Diesmal kein Puzzle«, resümierte er zynisch. »Zur Wunde am Kopf sowie zu Körpergröße und zum genauen Gewicht kann ich Ihnen noch nichts sagen, das müssen wir näher betrachten und ausrechnen. Aber der Zustand der Asche rund um das Opfer lässt auf eine Menge subkutanes Fett schließen, das hier verbrannt ist. Das war alles extrem schmierig. Wir haben Proben davon mitgebracht – wenn Sie es sehen wollen?« Veronika winkte ab. Das musste jetzt wirklich nicht sein.

Sie versuchte, diese ersten Informationen in ihrem Kopf zusammenzusetzen und sich dabei die Details aus dem Herbst noch einmal ins Gedächtnis zu rufen. Ein nervöses Kribbeln kroch in ihr hoch, sie war sich sicher, dass dies mit dem ersten

Fall zu tun haben musste. Diese Parallelen konnten kein Zufall sein. Das war unmöglich.

-34-

B hieß eigentlich Larissa, war 22 Jahre alt und kam aus München. Ihre letzten Stunden hatte sie wie in Trance wahrgenommen. Allein das Gehen war ihr unendlich schwergefallen. Sie hatte sich monatelang nicht mehr bewegt und jetzt sollte sie die Treppen aus diesem stinkenden Höllenloch allein hinaufsteigen. Er hatte sie beschimpft, an ihr gezerrt, sie geschoben und schließlich brutal auf die Ladefläche seines Vans gestoßen. Sie hatte keine Kraft mehr, sich gegen irgendetwas zu wehren. Zu lange dauerte dieser Höllentrip bereits, zu lange hatte sie schon aufgegeben. Es war irgendwie erleichternd zu wissen, dass das ihr letzter Weg, ihre letzte Qual werden würde.

Anfangs hatte sie nicht glauben können, dass ihr so etwas passierte. Dass das möglich war. Dass es Menschen gab, die bereit waren, anderen solche Dinge anzutun. Sie kannte diesen Typen doch noch nicht einmal richtig, sie hatte ihm nichts getan. Sie hatte niemandem jemals etwas getan. Wieso passierte ihr das?

Als er sie hergebracht hatte, dachte sie erst, dass es sich um eine Verwechslung oder einen blöden Scherz handelte. Doch er war plötzlich so anders gewesen als während ihres Dates. Dort war er charmant und zuvorkommend, hatte sie zum Lachen gebracht. Bis ihr komisch wurde und er sie aus dem Restaurant rausbrachte. Sie war erst wieder aufgewacht, als er sie in den Keller tragen wollte, sie war noch zu müde, um sich zu wehren.

Dann hatte sie Lena gesehen, wie sie apathisch auf ihrer Pritsche in ihrem eigenen Gestank saß. Die Haare abrasiert, die Haut fettig glänzend und voller entzündeter Pickel. Larissa musste unwillkürlich an eine Buddha-Figur denken, so viele Hautfalten legten sich um Lenas Körper.

Natürlich verbot er ihnen, miteinander zu sprechen, aber jedes Mal, wenn sie sein Auto wegfahren hörten, unterhielten sie sich flüsternd und versuchten, sich Mut zuzureden. Doch Lena machte ihr wenig Hoffnung. Als Larissa ihn getroffen hatte, im April, war Lena bereits sechs Monate hier. Sie berichtete ihr von den Fütterungen, den Foto- und Videoaufnahmen und den Demütigungen. All das ließ sie bereits stoisch über sich ergehen, aber das Schlimmste waren die Schmerzen. Der entzündete Rachen wegen des Trichters, die gerissene, trockene Haut, die wunden Stellen, die sie nicht richtig reinigen konnte, dort, wo die Haut sich bereits in Lappen gelegt hatte. Und der Gestank. Er ließ sie sich nicht waschen, stellte nur manchmal einen Eimer Wasser hin, ohne Seife, ohne Handtücher. Nur wenn sie ihre Regel bekamen, sorgte er für die passenden Hygieneartikel.

Lena war damals schon in einem desolaten Zustand. Sie wog bereits über 100 Kilo und konnte sich kaum mehr bewegen, weil ihr Körper es nicht mehr gewohnt war. Alles tat ihr weh.

Aber Larissa wollte nicht aufgeben. Nicht kampflos. Sie verzog keine Miene, als er ihr diesen dämlichen Buchstaben auf den Oberarm brannte. Ein B. Was sollte das sein? Erst später hatte sie verstanden, dass das ihr neuer Name war. Dass er sie so katalogisierte. Sie wehrte sich gegen alles, war stundenlang in ihrer Zelle auf und ab gegangen, hatte mit Kniebeugen und Sit-ups versucht, Kalorien zu verbrennen, und verweigerte sich mit aller Macht gegen das Füttern mit diesen widerlichen Substanzen. Er gab ihnen pures Fett, es schmeckte ekelhaft und sie kämpfte regelmäßig gegen den Würgereiz, den sie ihm auf keinen Fall zeigen durfte. Sie hatte geweint, geschrien und um sich geschlagen – und dabei schwer einstecken müssen, wenn sie seine Geduld überstrapaziert hatte. Er war stark und drahtig und hatte Arme wie Schraubstöcke. Und er wurde zusehends wütender, weil sie nicht schnell genug zunahm, und so verdoppelte er die Rationen. Doch ihre Kräfte schwanden, er war einfach zu mächtig. Ihre letzten Reserven brachen zusammen, als er Lena wegbrachte. Wie sie später erfuhr, war es im Oktober, knapp ein halbes Jahr nachdem er sie so hinterhältig entführt hatte. Sie gab auf, was er mit einem wohlwollenden Grinsen zur Kenntnis nahm.

Doch in den Wochen vor ihrem letzten Gang war er nur noch genervt von ihr und bemühte sich noch nicht einmal, seinen Ekel zu verbergen. Sie konnte sich selbst nicht mehr riechen und fand die Fleisch- und Fettmassen, die sie umgaben, nur noch widerlich. Das war nicht mehr ihr Körper. Das war nicht mehr sie. Sie wollte nicht mehr leben. Sie konnte sich noch nicht einmal mit Erinnerungen an die echte Larissa trösten, die vor ihrem Verschwinden ihr Leben in München in vollen Zügen genossen hatte.

Sie war schon immer groß und schmal gewesen und hatte essen können, was sie wollte – wofür sie ihre Freundinnen beneideten. Selbst als sie neben dem Studium als Model arbeitete, war sie eine der wenigen, die sich keine Gedanken um das Essen machen mussten. Das, was sie hier erleben musste, war eine Qual, so etwas hatte sie sich vorher in ihren schlimmsten Albträumen nicht vorstellen können. Das passierte noch nicht einmal im Horrorfilm. Nachdem er Lena abgeholt hatte, war sie in Panik verfallen, ihm und seinen Grausamkeiten jetzt allein ausgeliefert zu sein.

Gleichzeitig keimte in ihr die Hoffnung, dass es irgendwann vorbei sein würde.

Aber sie war nicht lange allein gewesen. Wenige Tage nach Lenas Verschwinden kam er mit einem neuen Mädchen. Draußen war bereits Oktober. Die Neue hieß Anna-Maria und war so voller Leben und Gegenwehr. Sie plante ihre Flucht und würde Larissa dann befreien. Das versprach sie, in den ersten Tagen redete sie nur davon, wenn sie unter sich waren. Sie war sich sicher, dass man sie suchen würde. Irgendjemand würde kommen und sie abholen. Doch auch diese Hoffnung schwand Tag für Tag. Larissa erinnerte sich dunkel, dass sie dasselbe empfunden hatte, am Anfang. Doch wer wusste, wo sie war. Sie hatte niemandem von ihrem Kontakt im Internet erzählt. Niemandem gesagt, dass sie sich online in einen Mann mit dem Pseudonym »The Teacher« verknallt hatte und dass sie sich mit ihm heimlich treffen wollte. Ihre Freunde hätten sie für verrückt erklärt, versucht, sie davon abzuhalten. Für ihr gesamtes Umfeld war sie einfach spurlos verschwunden, samt ihrem Handy und ihrem Tablet, welche sie seit ihrem Essen mit ihm nicht mehr gesehen hatte.

Und jetzt war sie an der Reihe. Er holte sie ab. Während sie auf der Ladefläche des Vans lag, erzählte er ihr, warum sie bei ihm gewesen war. Dass ihn jemand schickte, dass er einen Auftrag ausführte für eine Frau, die sich an ihr rächen wollte. Dass er nicht genau wusste, was gerächt wurde, aber er war sich sicher, dass es berechtigt war. Dass sie all diese Qualen verdient hatte. Dass sie nicht nur sterben, sondern davor zerstört werden sollte. Larissa traute ihren Ohren nicht – fantasierte sie etwa schon? Was erzählte er da? Sie hatte niemandem etwas getan, hatte sich nie etwas zuschulden kommen lassen. Aber es war zu spät, was hätte sie erwidern können? Der Weg bis hierhin war zu schwer gewesen und unumkehrbar, der Tod erschien ihr wie eine lang ersehnte Erlösung. Die Tränen rannen ihr übers Gesicht. Dann waren sie da. Wie in einem Film wankte sie über ein Feld auf einen Scheiterhaufen zu. Es war fast zu skurril. Sie dachte an ihre Eltern, an ihre kleinen Brüder, an ihre Freunde. Die dachten sicher seit Monaten, dass sie tot war. Das war vielleicht auch besser so. Sie hoffte, dass niemand jemals erfahren würde, was ihr passiert war. Das würde sie umbringen. Sie wollte als B sterben, nicht als Larissa. Wieder lief ihr eine Träne die Wange hinunter. Dann ließ sie sich auf die Knie fallen und spürte kurz darauf einen heftigen dumpfen Schlag auf den Hinterkopf, der ihr fast zeitgleich die Lichter ausknipste. Es war vorbei.

-35-

Thiel konnte einfach nicht aufhören. Nachdem Veronika Hart seine Katakomben verlassen hatte und er einen Großteil seines Teams nach Hause geschickt hatte, widmete er sich eingehend dem Schädel der Toten. Haut und Haare waren am Hinterkopf vollständig verbrannt, der Schädelknochen wies ein großes Loch auf. Nun musste er genau untersuchen, ob dieses Loch aufgrund der direkten Hitzeeinwirkung durch eine Aufsprengung des Hirnschädels entstanden war oder ob man dem Opfer vorab eins übergezogen hatte. Er entnahm Proben aus dem Gehirn und sicherte innerhalb einer halben Stunde Knochen- und Holzsplitter in der aufgeweichten Hirnmasse. Dann verglich er die Holzsplitter mit dem gesicherten Beweisstück, welches etwas weiter entfernt auf dem Feld gelegen hatte – das Holz stimmte überein. Ebenso wie das Blut, welches er darauf gefunden hatte, mit dem des Opfers übereinstimmte. Okay, seine Vermutung hatte sich bestätigt. Das Opfer war hinterrücks erschlagen und dann in der Osterfeuer-Konstruktion versteckt worden.

Jetzt musste er nur noch den ungefähren Todeszeitpunkt herausfinden. Wer auch immer der jungen Frau dies angetan hatte, der war davon ausgegangen, dass er mit dem Feuer jegliche Spuren vernichten würde. Das dachten viele, aber das war ein Irrtum. Um eine Leiche vollständig verbrennen zu lassen, musste man Bedingungen schaffen wie in einem Krematorium. Abgeschlossener Raum, Hitze an die 1.000 Grad Celsius. Oder man musste mit den entsprechenden Mengen an Brandbeschleuniger arbeiten. Bei dem hier vorliegenden Feuer war zwar durch den pyramidenförmigen Aufbau ein Kamineffekt entstanden und die Temperaturen wurden extrem heiß, aber das Opfer lag mit dem Bauch auf der kühlen, feuchten Erde, sodass die Vorderseite fast vollständig erhalten blieb. Hier hatte er auch die Totenflecken entdeckt, anhand derer er den Todeszeitpunkt auf vier Stunden zwischen Mitternacht und vier Uhr morgens eingrenzen konnte. Eine weitere Bestätigung für seine Theorie.

Er war zufrieden. Jetzt würde er eine schnelle Zigarette rauchen und dann seinen vorläufigen Autopsiebericht diktieren.

Dazu würde er seinen Kopf in einen Zustand der totalen Leere versetzen, so wie er sich das über die Jahre hinweg angewöhnt hatte, um sich ohne Ablenkung ganz auf seine Sinne und Eindrücke verlassen zu können.

Konzentriert betrachtete er jeden Zentimeter des ausladenden Körpers, drehte und wendete die Gliedmaßen, während er seine Beobachtungen in das Diktiergerät nuschelte. »Die verbleibende Haut im vorderen Bereich des Körpers ist blass und sehr dünn. Es sind starke Einrisse in der Unterhaut zu beobachten. Das Opfer weist entzündete Hornhaut in den Hautfalten des Bauches auf. Teile des Körperfetts sind verbrannt und haben als Brandbeschleuniger gewirkt, Fleisch und Haut am Rücken sowie Organe wie Nieren und Leber sind vollständig verbrannt. Der Mageninhalt konnte sichergestellt werden und befindet sich auf dem Weg in die Analyse. Hals und Rachen sind erhalten geblieben, sie enthalten keine Rußpartikel, sodass von einer posthumen Verbrennung ausgegangen werden kann. Allerdings ist der Rachen des Opfers stark entzündet, das Gewebe ist verändert. Dies muss näher analysiert werden. Anhand der Knochenlänge war das Opfer 1,75 Meter groß. Das Körpergewicht vor dem Feuer wird auf rund 195 Kilo geschätzt.«

Er stutzte. Was war das? Auf dem rechten Oberarm, der unter dem Körper gelegen hatte, fand er eine Brandnarbe in der Haut des Opfers. Es sah aus wie ein Zeichen. War das eine dieser neumodischen Körpermodifikationen, wie nannte man die, Brandings? Es war ein B! Einfach der Buchstabe B. Er suchte weiter – konnte aber keinen Hinweis auf einen weiteren Buchstaben oder ein anderes Symbol finden. Vielleicht waren die mit verbrannt.

Aber was bedeutete das B? War es eine Initiale? Ihr Vorname, Nachname, der Name ihres Freundes, ihres Kindes?

Gerade wollte er mit seinen Beobachtungen und Aufzeichnungen weitermachen, als ein Erinnerungsblitz ihn erneut innehalten ließ. Er hatte so etwas doch schon mal gesehen, dem aber keine weitere Bedeutung zugemessen. Täuschte ihn jetzt sein Gedächtnis?

Er rief in den Flur hinaus: »Lennart, suchen Sie mir bitte die Bilddokumentation von dem Herbstfall raus. Recherchieren Sie im Bericht, ob wir was zu besonderen Merkmalen, Tätowierungen oder sonstigen körperlichen Veränderungen festgehalten haben. Ich habe eine dunkle Erinnerung, aber ich bin nicht mehr sicher.«

Verdammt, sein Gedächtnis war auch schon mal besser gewesen, aber gleich würde er Gewissheit haben. Lennart war schnell und sie würden bald wissen, was es mit seiner dunklen Erinnerung auf sich hatte.

-36-

Veronikas Handy brummte nun schon zum wiederholten Male in ihrer Jackentasche, beinahe vorwurfsvoll, sodass sie es nicht mehr weiter ignorieren konnte. Ihr »trio infernal«-Chat bei WhatsApp, den sie mit ihren Freundinnen Ella und Theresa unterhielt, lief Sturm. Auf den bescheuerten Namen war Ella gekommen, sie liebte so etwas. Veronika war es egal gewesen, aber sie freute sich über die Möglichkeit, auf diese Weise stets auf dem Laufenden darüber zu sein, was bei ihren Freundinnen gerade passierte, ohne sich ständig selbst aktiv beteiligen zu müssen. Veronika musste schmunzeln. Es war neun Uhr abends und die beiden hatten ihr ein Bild von ihrem Stammplatz bei ihrem Lieblingsitaliener »Da Pino« im Nauwieser Viertel geschickt. Sie liebte diesen Laden. Er war zwar etwas hochpreisiger, aber dafür war das Essen ein Gedicht. Die besten hausgemachten Nudeln, ein sensationelles Thunfisch-Tatar mit Avocado und selbst die Nachspeisen waren zum Niederknien. Und dazu guten Wein, Crémant und Limoncello zum Abschluss.

»Was kommt mir da zu Ohren, meine liebe Vero? Du bist auf dem Winterberg und hältst es nicht für nötig, mir wenigstens kurz Hallo zu sagen? Der alte Thiel sitzt nicht einmal fünf Minuten von mir weg. Ein Skandal ist das ...«, schrieb Theresa und setzte glücklicherweise noch einen zwinkernden Smiley dahinter.

Da oben in der Klinik blieb nichts geheim. Theresa war promovierte Biologin und leitete die molekulare Diagnostik am Bioscience-Labor, das ebenfalls seinen Sitz auf dem Winterberg hatte. Sie kannte Thiel schon seit Jahren, die beiden trafen sich manchmal zum Essen am Tabaksweiher, am Fuße des Winterbergs, um der Klinikkantine zu entfliehen. Sie kamen gut miteinander aus und es war Thiel gewesen, der seine Kollegin der neuen Hauptkommissarin vorgestellt hatte. Er hatte von vornherein gewusst, dass sie sich gut verstehen würden.

»Ich weiß, tut mir leid. Wir haben einen neuen Fall und mir steht der Kopf auf halb acht. Das nächste Mal komme ich vorbei, versprochen. Arrghhhh. Ich wäre so gerne bei euch. Komme gerade hier nicht weiter«, schrieb Veronika und schob zur Verstärkung ihrer Botschaft noch ein traurig schauendes Emoticon hinterher. Sie wusste, was jetzt kam.

»Na, dann komm schnell. Pino sagt, er macht dir die Linguine mit Scampi, wenn du in der nächsten halben Stunde da bist. Er schickt dir ein Taxi. Hui, jetzt legt er sich aber ins Zeug. Also, wenn du mich fragst ...?«, schrieb Ella.

»Tut sie aber nicht«, unterbrach sie Theresa schreibend. Moment, saßen die nicht eigentlich an einem Tisch, fragte sich Veronika lachend.

»Und du, Madame Hart, schau, dass du deinen Arsch herbewegst. Es ist neun Uhr abends, du bekommst jetzt eh nichts mehr hin und was gibt es Besseres, als mit deinen zwei besten (und einzigen) Freundinnen eine gute Nudel und ein Glas Wein zu genießen? Mach schon!«, schloss sich Theresa an. Sie hatte einfach immer die besten Argumente und liebte es, Veronika aufzuziehen.

Sie schaute sich in ihrem Büro um. Morgen früh stand das Treffen mit ihrem Chef an, die Infos von Thiel hatte sie schon aufbereitet, einen ersten Report ans Team verschickt. Langner und Becker waren bereits nach Hause gegangen, und wenn sie so in sich reinhörte, war das ihr Magen, der da seit Stunden vor sich hin grummelte und damit drohte, sich selbst zu verdauen. Wann hatte sie eigentlich das letzte Mal etwas gegessen? Heute jedenfalls noch nicht.

»So, jetzt reicht es aber. Reiß dich zusammen! Wem willst du hier was beweisen?«, mahnte sie sich selbst und schüttelte den Kopf. In Windeseile fuhr sie ihren Rechner herunter und schwang sich wenig später auf ihr Rennrad, radelte die Mainzerstraße in Richtung St. Johanner Markt hinunter, um schließlich ohne Vorwarnung und unter großem Hallo bei ihrem Lieblingsitaliener einzufallen und nach den versprochenen Linguine zu fragen.

Sobald sie auf ihrem Stammplatz saß, den ersten Schluck Rotwein genippt hatte und Ellas Berichten über militante Impfgegner unter den Eltern ihrer Grundschulkinder zuhörte, fiel die Spannung des Tages wie eine kiloschwere Rüstung von ihr ab. Was täte sie nur ohne ihre Freundinnen? Hierherzukommen war die beste Idee seit Langem gewesen.

Das Auftauchen von Gunnar am Tatort schien das gesamte Dorf zu beschäftigen. Zumindest schienen sie nichts Besseres zu tun zu haben, als sich darüber das Maul zu zerreißen. Magdas Freundin Rosie hatte sie angerufen und gefragt, ob es stimme, was man sich da erzählte. Natürlich hatte jeder etwas hinzugedichtet und so ging das Gerücht um, dass Gunnar mit Gewalt vom Tatort hätte entfernt werden müssen. Dass Bauer Heinrich ihm eine Ohrfeige gegeben hätte, weil er außer sich war. Dass er geweint hätte und dann wieder teuflisch gelacht. Dass er nun endgültig den Verstand verloren hätte.

Magda hatte kein gutes Gefühl dabei. Hatten sie nicht schon genug durchgemacht? Was hatten sie denn mit diesem Fall zu tun? Das war ja noch nicht einmal bei ihnen in der Nähe, geschweige denn waren sie irgendwie in das Osterfeuer involviert gewesen. Auch wenn Rosie versuchte, sie zu beruhigen, und es für dummes Dorfgeschwätz hielt, an das sich nächste Woche keiner mehr erinnern würde, so hatte Magda eine böse Vorahnung, dass diese Sache sie noch einmal einholen würde. Warum war er bloß hingefahren? Wieso hatte er ihr das angetan? Würde der Spießrutenlauf wieder von vorne losgehen? Sie stürmte ins Wohnzimmer, wo Gunnar wortlos ins Leere starrte.

»Warum bist du nicht einfach hier bei mir geblieben? Warum musstest du dir das unbedingt anschauen?«, schrie sie ihn an. Er rührte sich nicht. »Gunnar, um Gottes willen, antworte mir. Was geht uns das alles an? Wieso musstest du dich dort zeigen? Jetzt zerreißen sie sich die Mäuler über dich, über uns! Das kann dir doch nicht egal sein.« Ihre Stimme überschlug sich. Er reagierte nicht. Er hörte zwar, was sie sagte, aber er wusste nicht, was er sagen sollte. Er war selbst nicht sicher, warum er dorthin gefahren war. Er hätte es am liebsten ungeschehen gemacht. Er schämte sich und Magda tat ihm leid, wie sie da zitternd vor ihm stand. Langsam rann ihm eine Träne die Wange hinunter.

Das gab ihr den Rest. Sie brach weinend vor der Couch zusammen. Es war einfach alles zu viel für sie. Die letzten Monate hatten sie unendlich viel Kraft gekostet, der Hof, ihr Mann, der immer noch unter diesem posttraumatischen Dings litt, der nachts wach lag und tagsüber unkonzentriert und fahrig wirkte. Sie tat alles, um den rosigen Schein nach außen zu bewahren. Sie lächelte tapfer jeden mitleidigen Blick weg. Sie beteiligte sich an allen Aktivitäten im Dorf und stand nachts in der Küche und backte unzählige Kuchen für die Adventsbasare der Kirche, der Landfrauen und des Karnevalsvereins. Sie hatte das Gefühl, ihren Namen reinwaschen zu müssen. Die Normalität in ihr Leben zurückzubringen. Als sie noch glücklich waren. Als sie noch Pläne hatten, sich mit Freunden verabredeten und ihre Zweisamkeit genossen.

Jetzt war da nur noch Schweigen, eine große Leere. Selbst über das Baby, das sie sich so sehr wünschten, traute sie sich nicht mehr zu sprechen. Ihr Leben verlief auf Zehenspitzen schleichend.

Alles schien zu zerbrechen. Gunnar hatte sich, ohne es zu wollen, wieder ins Gespräch gebracht. Wo gerade über die alte Sache Gras gewachsen war. Er war ein gefundenes Fressen für diese sensationshungrigen Hyänen da draußen, die ihr ins Gesicht lachten, aber hinter ihrem Rücken nur Böses zu berichten wussten. Sie als Polin in ihrem Dorf. Sie hatte Gunnar auf den falschen Weg geführt. Sie hatte ihn verrückt gemacht. Es musste mit ihr zu tun haben, vorher war er ein so starker und gesunder junger Mann gewesen. Und Kinder konnte sie ihm auch keine schenken. Was er sich da angelacht hatte. Magda betete inständig, dass sich ihre schlimmsten Bedenken nicht bewahrheiten würden. Doch sie wusste in ihrem Inneren ganz genau: Die Hexenjagd war eröffnet.

-38-

Er dachte an Magda. Er war wie besessen von ihr gewesen, hatte versucht, Zufälle zu inszenieren, um in ihrer Nähe zu sein. Er hatte sich nie getraut, mit ihr länger zu sprechen, sie einzuladen oder ihr auf sonstige Art und Weise seine Gefühle zu gestehen. Einmal waren sie gemeinsam aus gewesen, es hatte sich zufällig ergeben. Noch nie war er so aufgeregt und glücklich gewesen. Doch dann hatte sie sich für Gunnar entschieden. Und er hatte sie fallen gelassen, sie keines Blickes mehr gewürdigt. Als hätte sie ihm nie etwas bedeutet.

Sein eigenes Selbstwertgefühl, was ihn nach außen hin so unnahbar erscheinen ließ, stand ihm im Weg. Er hatte panische Angst vor Zurückweisung, davor, mit seinem Charakter und seinem Innern nicht überzeugen zu können. Davor, dass er sie abschrecken und sie sich bewusst gegen ihn entscheiden würde, dass dann alle über ihn lachen würden und in ihm nicht mehr den Überflieger sahen, den er so gerne darstellte.

Es kostete ihn wahnsinnig viel Kraft, dieses Image aufrechtzuerhalten. Und niemandem zu zeigen, wie es in ihm aussah. Es gab nur einen Menschen auf der Welt, der das genau wusste. Der in ihm immer noch den kleinen verängstigten Jungen sah, der permanent versuchte, vor den Augen seines cholerischen Vaters unsichtbar zu werden. Und das war seine Schwester Clara, die nach ihrem Auszug versucht hatte, den Kontakt zu ihm aufrecht-zuerhalten. Doch er hatte das vehement blockiert. Nachdem alle Formalitäten zum Nachlass seiner Eltern geklärt waren, schaltete er seinen Festnetzanschluss ab und wechselte seine Handynummer. Er wollte mit seinem alten Leben nichts mehr zu tun haben. Und Clara war weit weg.

Und nun war B auch weg. Als er IHR abends Bericht erstattete, wirkte SIE zufrieden. SIE war stolz auf ihn gewesen. SIE hatte es zwar nicht ausgesprochen, aber er hatte es gespürt. An IHREM angedeuteten Lächeln erahnt. Seit sie sich zum ersten Mal über Skype kontaktiert hatten, hatte er SIE stets nur im Halbdunkel gesehen. Das halbseitige Licht wirkte wie IHRE Aura und machte SIE noch mystischer, noch begehrenswerter. Doch seine gute Laune hielt nicht lange – er hatte gehofft, dass er das mit C nur noch zu Ende bringen musste und das Treffen mit IHR damit in greifbare Nähe rücken würde. Aber SIE hatte noch einen Namen für ihn. Noch eine Aufgabe. Noch einmal diese aufreibende Prozedur von Kennenlernen, Umwerben, Treffen – und schließlich in seinen Keller verfrachten. Noch einmal das Ganze. Noch einmal so ein widerliches Monster. Noch einmal von vorne. Ein dicker Kloß wuchs in seinem Hals. Er spürte, wie seine Augen vor Wut brannten, wie er kaum seine Stimme kontrollieren konnte. Er mühte sich, ruhig und locker zu sprechen. »Ja, aber wann sehen wir uns? Ich kann es wirklich kaum erwarten und ich habe dir bewiesen, dass ich es ernst meine, dass ich alles tun werde, um dich glücklich zu machen.« Er versuchte sein Glück.

»Das reicht noch nicht. Du glaubst doch nicht, dass ich so einfach zu haben bin!«, schmetterte es zurück. Er fühlte sich wie ein kleines Kind, wie früher, als sein Vater ohne merklichen Grund ausrastete und ihn vor die Wahl stellte – alles oder nichts. Es lähmte ihn, es lähmte seine Gedanken, seine Würde und sei-

nen Stolz – nein, nicht jetzt. Ernüchterung machte sich in ihm
breit, aber es war ein zu steiniger Weg gewesen, jetzt würde er
es durchziehen, egal, wie lange es dauerte. Er beteuerte seine
Bereitschaft, für SIE jeden Weg zu gehen, jede Hürde zu nehmen und jede Frau zu zerstören, die SIE ihm nennen würde. Er
würde es wieder für SIE tun.

-39-

Thiel war mit bestimmtem Schritt in ihr Büro gestürmt. Es war
halb neun Uhr morgens, er musste direkt von zu Hause gekommen sein. Ohne Anklopfen, ohne Gruß und mit hochrotem
Kopf hielt er ihr seine Notizen vor die Nase. Veronikas Schädel brummte an diesem Morgen, das dritte Glas Rotwein war
eindeutig zu viel gewesen. Sie hatte nicht mehr schlafen können, was bei ihr in Verbindung mit Alkohol erst in den vergangenen zwei Jahren aufgetreten war, und war gerade dabei, die
Zeugenaussagen durchzugehen, die die Kollegen in Perl gestern
noch gesammelt hatten. Veronika blinzelte Thiel erschrocken an.
»Ich habe gestern Abend versucht, Sie zu erreichen, Hart. Sie
waren nicht mehr da. Wir haben da etwas gefunden«, schnaufte
Thiel. »Einen ersten Ansatzpunkt. Ich denke, Sie bekommen
Ihre Mordkommission.« Veronika überhörte die Spitze zu ihrer
Abwesenheit am Vorabend und betrachtete eingehend die zwei
Computerausdrucke in DIN A4, die er ihr auf den Schreibtisch
gelegt hatte. Es waren Aufnahmen von weißem Fleisch, auf bei-

den war jeweils ein vernarbter Buchstabe auf der Haut zu sehen. Beide Buchstaben, ein A und ein B, waren tief eingebrannt worden. Sie brauchte einen Moment, um zu begreifen, was sie da sah.

»Ist das jeweils bei einem der beiden Opfer?«, fragte sie zögerlich. Ihr Gehirn funktionierte noch nicht reibungslos.

Thiel nickte. »Und was bedeutet das? Kannten sie sich? Gibt es so etwas wie eine Clique, eine Sekte, eine Gruppe, die ein Erkennungszeichen trägt? Oder kommt das vom Täter?«

In Veronikas Kopf drehten sich die Gedanken, sie überschlug in Windeseile alle Möglichkeiten, die ihr spontan einfielen, sortierte sie vor ihrem inneren Auge und versuchte, die plausibelsten zu identifizieren. Das würde ein langer Tag werden, aber es war ein Anfang. Vielleicht der Schlüssel zur Lösung. Ihr Herz pochte etwas lauter, sie durfte nur nicht die Konzentration verlieren und in die falsche Richtung laufen. »Reiß dich zusammen!«, sagte sie sich. »Jetzt bloß keinen Fehler machen.«

Sie trommelte ihr Team zusammen und ließ Thiel noch einmal kurz seine Erkenntnisse vorstellen – danach sammelten sie gemeinsam auf dem Whiteboard ihre ersten Ideen – aus allen sprudelten die Vorschläge und Ansatzpunkte nur so hervor, sie fühlten, dass das der erste Schritt sein könnte.

Veronika hatte für das erste Brainstorming eine goldene Regel eingeführt – alles durfte, nein, musste sogar genannt werden, nichts war zu abwegig oder unrealistisch. Erst wurde alles gesammelt, dann wurde diskutiert, priorisiert, recherchiert und wieder diskutiert. Nie wurde eine Idee weggewischt, nichts durfte aus dem Blickfeld verschwinden – auch wenn längst eine andere Spur verfolgt wurde.

Diese Vorgehensweise hatte sie in ihrer Zusatzausbildung gelernt und sie half ihr, in solchen Momenten, in denen die Euphorie auf ihren Verstand übergriff, den Überblick zu bewahren und vor allem stets dem Gefühl vertrauen zu können, an alles gedacht zu haben. Ihre Kollegen hatten sich anfangs schwer damit getan, alle hatten eine enorme Angst davor, etwas Dummes zu sagen. Aber mit der Zeit hatten sie Gefallen daran gefunden, auch mal um die Ecke denken zu dürfen und ganz verrückte Sachen zu sagen, die sie manchmal sogar zur richtigen Spur inspirierten.

Zwei Stunden später saß Veronika immer noch vor der weißen Wand, auf der sie zahlreiche Begriffe und Pfeile aufgezeichnet hatte. Ihr Team war wieder an die eigenen Aufgaben gegangen, jetzt musste sie sich in Ruhe eine Strategie für ihren Chef überlegen. Sie wollte ihn davon überzeugen, dass sie das zweite Opfer desselben Täters gefunden hatten. Ihre Augen glitten über die Aufzeichnungen. Ihnen war jede Menge eingefallen, unterschiedlichste Richtungen –, aber sie waren sich einig, dass es einen Zusammenhang gab.

»Stempel« – ihr Blick blieb an diesem Begriff hängen. War das wirklich ein Täter, der seine Opfer markierte? Die Brandmale waren älter, also waren sie länger bei ihm? Aber waren sie das freiwillig? Ihr Jagdinstinkt war geweckt! Sie würde das Rätsel lösen. Sie musste.

–40–

Fing das jetzt alles wieder von vorne an? Würde dieser Horror ihn schleichend einholen, ihn erneut im Vakuum gefangen zurücklassen, ohne dass auch nur eine Emotion oder ein Quäntchen Kraft ihn berühren konnte? Er hatte es nicht glauben wollen, er hatte sich sein eigenes Bild machen wollen, wollte mit eigenen Augen sehen, dass es wieder passiert war. Dass es wieder in seinem Heimatdorf passiert war. Gleich in seiner Nähe. Es schien ihn zu verfolgen. Gunnar vergrub sein Gesicht in den kantigen Händen.

Er war gerade mit letzter Kraft aus einem tiefen Depressionstal geklettert, hatte versucht, die Erinnerung, den Schock und den Anblick, der ihn vor fast genau sechs Monaten auf seinem Feld von den Füßen gerissen hatte, in eine dunkle Schublade seines Unterbewusstseins zu verbannen. Magda hatte die ganze Zeit an seiner Seite gekämpft wie eine Löwin. Sie hatte den Laden am Laufen gehalten, hatte die Fäden im Hintergrund gezogen, damit er sich in Ruhe erholen konnte. Doch Gunnar hatte den Druck von außen gespürt und er machte sich enorme Vorwürfe, dass er nicht mehr das leisten konnte, wozu er vorher in der Lage gewesen war. Jedes Mal, wenn er im Dorf unterwegs war, spürte er die Blicke auf sich, das Getuschel hinter seinem Rücken. Er konnte irgendwie damit leben, er wohnte schließlich schon sein Leben lang hier und kannte das Gerede der Bewohner. Irgendwann würden sie ein neues Opfer finden und sich darüber ihre Mäuler zerreißen. Aber Madga litt darunter, das sah er ihr an. Sie war so zart und einfühlsam, es war ihr wichtig, von allen gemocht zu werden, nicht aufzufallen – aber ihr wurde der Start im Dorf nicht einfach gemacht. Vor allem von den Familien, die ihre Töchter gerne mit ihm und seinem Hof verkuppelt hätten. Einfach eine von außerhalb zu nehmen, auch noch eine von den Saisonarbeiterinnen – das war ein Skandal gewesen.

Er wollte ihr das nicht noch einmal antun. Er würde sich zusammenreißen und für sie da sein müssen. Er würde sie in den Arm nehmen, ihr über die Haare streicheln und ihr zuflüstern, dass alles gut werden würde. Dass er nicht wieder in sein tiefes Loch verschwinden und sie mit allem zurücklassen würde.

Doch er konnte sich nicht bewegen. Er starrte in die sich senkende Dunkelheit und dachte an die Bilder, die sich unweigerlich in sein Gedächtnis gebrannt hatten. Wie sollte er das je vergessen können? Niemand ahnte, zu was für einem Spießrutenlauf sein Leben geworden war. Der Ekel, den er verspürte, wenn er nur auf sein Feld rausfahren musste. Wenn er den Trecker anwarf, wenn er die scharfen Messer des Feldhäckslers anschaute. Es war nicht mehr wie früher.

Magda kam ins Wohnzimmer. Sie schlich wie eine Katze, sie machte kein Geräusch, sie war unsichtbar. Ihr Blick war gequält, ihre Augen unendlich traurig.

Gunnars Kehle schnürte sich zu. »Schatz, ich … bitte, ich werde …«, stammelte er. Er versuchte die Arme zu heben, die bleischwer in seinem Schoß lagen. Doch schon rannen ihm die Tränen über die Wangen. Er bekam kein Wort mehr heraus. Sie verstand. Sie würden zusammenhalten müssen, er war zu schwach, um sich dem anstehenden Sturm entgegenzustellen. Sie würde alles tun, damit sie auch diese Welle überstanden. »Lass uns schlafen gehen, mein Herz«, sagte sie, »es war ein anstrengender Tag.«

Und langsam führte sie ihn am Arm in ihr gemeinsames Schlafzimmer.

-41-

Veronika hatte es endlich nach Hause geschafft. Was für ein Tag. Die Unterredung mit Thiel, das Teammeeting, das Verteilen der Aufgaben, das Treffen mit ihrem Chef, gleich im Anschluss eine größere Runde mit dem Leiter der Abteilung LPP 21 – Deliktorientierte Kriminalitätsbekämpfung – Kriminalrat Gerhard Müller, dem Chef ihres Chefs. Beide Führungskräfte entschieden, die Mordkommission Perl einzurichten und ihr als Hauptkommissarin die Leitung zu übertragen. Dann die hastig einberufene Pressekonferenz, die in den kommenden Tagen eine Anfragewelle auslösen würde. Zwischendrin musste sie das Team für ihre Mordkommission zusammenstellen, was ihr nach dem knappen Jahr, das sie in Saarbrücken war, noch nicht allzu leichtfiel.

Aber jetzt hatte sie es für heute geschafft. Ihr Kopf brummte von all den Informationen, die sie gesammelt hatten. Von all den Fragen, die auf sie eingeprasselt waren. Von all den Entscheidungen, die sie hatte treffen müssen. Handelte es sich tatsächlich um einen Serientäter, der seine Opfer markierte? Beide waren jung gewesen und sehr korpulent, eher fettleibig. War es jemand, der einen Hass auf stark übergewichtige Menschen hatte? Oder handelte es sich hier um Feeder und Feedees, wie sie in der Szene genannt wurden? Veronika hatte darüber gelesen, dass in solchen Beziehungen häufig Abhängigkeitsverhältnisse und sadomasochistische Verhaltensmuster entstanden. Vielleicht war hier etwas schiefgegangen und der Feeder hatte entschieden, seine Gespielinnen loszuwerden. Also war es Mord.

Ihr Team hatte heute bereits nach Selbsthilfegruppen gesucht, bei Ärztekammern und Krankenversicherungen nachgefragt. Mit wenig Erfolg. Auch die DNA dieses Opfers war, wie im ersten Fall, in keiner Datenbank registriert. Es war wirklich wie verhext.

Um herauszufinden, wer die Opfer waren, mussten sie wissen, wie lange sie schon nicht mehr gesehen worden waren. Ob sie überhaupt vermisst wurden. Vielleicht hatten sie auch ganz anders ausgesehen, als sie verschwanden? Thiel hatte ja im ersten Fall von der histologischen Untersuchung berichtet, bei der vergleichbar wenig Zytokine, also Entzündungsstoffe in den Zellen gefunden worden waren, was für eine nicht lange anhaltende Fettleibigkeit sprach. Sie würde den Pathologen morgen noch einmal darauf ansprechen. Vielleicht war das im zweiten Fall ähnlich.

Wenn sie tatsächlich anders ausgesehen hatten, suchten sie in der Vermisstenkartei nach der Nadel im Heuhaufen. Sie brauchten nähere Hinweise oder Anhaltspunkte, es waren einfach zu viele, vor allem, wenn sie das Ausland mit einbezogen. Frankreich und Luxemburg waren nur einen Steinwurf entfernt, im Sommer und Herbst kamen die Touristen aus ganz Deutschland sowie Tausende von Erntehelfern in die Region. Aus Polen, Rumänien, der Ukraine. Es war fast unmöglich, hier die richtige Person ausfindig zu machen. Es war zum Mäusemelken.

Aber jetzt musste sie abschalten, dringend, sonst würde die nervöse Unruhe, die sie gerade langsam beschlich, überhand gewinnen und sie könnte ebenso gut wieder ins Büro fahren. Sie hatte, seit sie bei der Polizei war, schon genügend Kollegen zusammenbrechen sehen, die alle Belastungen, Eindrücke und Traumata mit nach Hause nahmen. In ihrem letzten Jahr in Frankfurt, bevor sie nach Saarbrücken wechselte, war sie auch kurz davor gewesen. Damals arbeitete sie an einem grenzüberschreitenden Fall von Menschenhandel mit jungen Mädchen aus dem Ostblock. Eine von ihnen hatte sich ihr anvertraut und war dafür übel zugerichtet worden. Veronika hatte alles drangesetzt, die Schweine zu fassen. Sie hatte den Fall zu ihrem persönlichen Rachefeldzug gemacht, hatte kaum geschlafen, sich keine freie Minute gegönnt und ihr gesamtes Leben danach ausgerichtet. Ein typischer Anfängerfehler – sie war frisch am Präsidium, hatte gerade ihre Profiler-Ausbildung hinter sich und wollte beweisen, was sie konnte. Fast bis zur totalen Erschöpfung, bis sie absolut keine Kraft mehr hatte. Ihr Frankfurter Chef, der lange ihr Mentor war, zog sie gegen ihren Willen von dem Fall ab und verdonnerte sie zu Zwangsurlaub. Die Kollegen lösten den Fall, aber sie hatte sich nie wirklich davon erholt. Das wollte sie nicht noch einmal erleben.

Also ließ sie sich ein Bad ein. Die alte, gusseiserne Badewanne war ihr absoluter Lieblingsplatz in ihrer Zweieinhalb-Zimmer-Wohnung – neben ihrer wohlig-weichen Couch vielleicht – und der Ort, an dem sie am besten entspannen konnte. Während sie alles für einen gemütlichen Abend vorbereitete, versuchte sie, die vorwurfsvollen Blicke ihres Katers Rocky zu ignorieren, der ihr auf Schritt und Tritt folgte. Es war Zeit für sein Futter, und das schon seit zwei Stunden. Nichts hasste er mehr, als auf sein Essen warten zu müssen. Zumindest deutete sie seinen Blick so. Rocky war eine Diva, er konnte lustig und verspielt sein, aber die meiste Zeit ignorierte er sie einfach, bis es so weit war, ihm sein Essen zu servieren. Dann konnte er schnurren und um ihre Beine streichen, sich auf den Rücken werfen, um sich den leeren Bauch streicheln zu lassen – aber wehe, es ging ihm nicht schnell genug.

Veronika lachte leise: »Beruhig dich, mein Großer. Es gibt ja gleich was, nur noch eine Sekunde, ich will bloß noch … Au, jetzt lass das! Ist ja gut. Mann!« Wütend rieb sie sich den schmerzenden Knöchel, in den kurz zuvor der Kater die scharfen Krallen seiner rechten Vorderpfote gerammt hatte. »Du Diktator«, brummte sie und stieß ihn sanft mit dem Fuß weg. Wenn er sie so mit schiefem Kopf anschaute, konnte sie ihm einfach nicht lange böse sein. Sie war ja froh, dass wenigstens einer da war, wenn sie nach Hause kam.

Seine hilflose Wut vom Vorabend war wilder Entschlossenheit gewichen. Und diese entwickelte sich in unbändigen Hass, während er das »Frühstück« für C zubereitete. Hass gegen die Situation, in die er sich gebracht hatte. Gegen die Abhängigkeit, in der er sich emotional befand und die immer stärker wurde, je schlechter SIE ihn behandelte. Gegen den Ekel, den er empfand, wann immer er die Treppe seines Hauses hinabsteigen musste, um das Projekt am Laufen zu halten und diese Wesen zu erschaffen.

Für ihn war es das Schlimmste, dass er gerade diese Aufgabe von IHR bekommen hatte. Er, der jedes Gramm Fett bei sich und anderen als pure Zumutung und ästhetische Folter empfand. Er, der akribisch trainierte und, seit er denken konnte, nach einem strengen Ernährungsplan aß, um seinen eigenen Körperfettanteil im untersten Bereich zu halten. Er hatte früh gemerkt, dass sein Körper das Einzige war, was er in seinem Leben wirklich kontrollieren konnte. Was er formen konnte, ohne dass ihm jemand wie sein Vater reinredete. Der hatte immer abfällig über übergewichtige Menschen gesprochen, obwohl er selbst kein sportlicher Typ gewesen war, sondern einfach nur dünn und drahtig. In seinen Augen hatten diese Menschen die Kontrolle verloren, waren faul und gefräßig. Das hatte ihn geprägt.

Alles ekelte ihn, vor allem der Anblick der immer fetter werdenden Körper und der Gestank. Auf der anderen Seite half es ihm, schnell auf Distanz zu gehen und diese Kreaturen zu entmenschlichen. So entstand kein Mitleid, nur Abscheu.

Was wäre nur aus ihm geworden, wenn sich Magda damals für ihn entschieden hätte? Wäre er glücklich und zufrieden geworden? Oder auch so verkorkst?

»Hätte, hätte …!« Voller Unmut wischte er die Reste des kalorienhaltigen Aufbaushakepulvers vom Küchentisch.

Zugegeben, da draußen merkte niemand, wie es in ihm aussah. Er hatte sein schauspielerisches Talent schon seit seiner frühesten Kindheit perfektioniert.

Seiner Schwester war das nie gelungen. Sie hatte die Verachtung, die ihr Vater ihr entgegenbrachte, weil sie ein Mädchen war, und seine Besitzansprüche nicht mehr ausgehalten und war bei der ersten Gelegenheit getürmt. So gut er es heute verstehen konnte, verziehen hatte er es ihr nie. Sie war seine Verbündete gewesen und hatte ihn mit seinen sieben Jahren einfach allein gelassen. Ohne ihm zu erklären, dass es unrecht war, was da bei ihnen passierte. Dass er nicht die Schuld daran trug, sondern dass er ein Opfer war.

Sein Brustkorb verengte sich, er atmete schwer. So wie jedes Mal, wenn er daran dachte. In seinem Haus am Rande des Hammelsbergs erinnerte nichts mehr an seine Eltern. Seitdem war kein anderer Mensch mehr hier gewesen. Seine Freunde waren es von klein auf gewohnt, dass er niemanden mitbringen durfte, und so wunderte sich niemand, dass er das beibehielt.

Der einzige möblierte Raum war sein ehemaliges Kinderzimmer, hier standen ein Bett und ein Schreibtisch sowie eine Kommode, in der er seine Sachen aufbewahrte. Außerdem benutzte er die Küche, die er komplett schwarz gestrichen hatte, sowie das Bad, welches unverändert in grünem 8oer-Jahre-Schick geblieben war.

Alle anderen Räume des knapp 150 Quadratmeter großen Hauses aus den frühen 20er-Jahren befanden sich im Rohbauzustand, die grauen Klappläden waren nur im ersten Stock halb geöffnet, ansonsten hielt er sie verschlossen. Er lebte hier nicht, um sich wohlzufühlen. Für ihn allein hätte sich das nie gelohnt. Und seit er SIE kannte, wartete er hier auf den nächsten Schritt. Darauf, dass SIE ihm zeigen würde, warum er noch existierte. Warum er lebte. Warum er atmete. Jetzt war erst einmal Fütterungszeit.

43

Bereits im Morgengrauen hatte Thiel sein Labor aufgeschlossen und die Fenster geöffnet, um die kühle Aprilluft reinzulassen. Er versuchte, tief einzuatmen – zumindest soweit es ihm seine Lungen erlaubten.

Bevor er sich an die Arbeit machte, blätterte er durch die Saarbrücker Zeitung, die er sich jeden Morgen mitbrachte. Dabei konnte er seine Gedanken sortieren und der Kaffee war besser als bei ihm zu Hause. Da er sowieso die meiste Zeit im Institut verbrachte, hatte er nie in eine teure, private Kaffeemaschine investiert, sondern eine für sein Labor besorgt. Und so rann der erste Kaffee wohlduftend bereits durch die Maschine, auf SR 2 spielten sie Brahms – es war der perfekte Morgen.

Die Presse hatte bisher nur am Rand von den Leichenfunden berichtet. Im Oktober war keine große Sache daraus gemacht worden, man spekulierte auf einen tragischen Unfall oder gar Suizid, hatte viele Details aus den Ermittlungen weggelassen und noch nicht mal mehr vermeldet, dass Letztere eingestellt worden waren.

Doch diesmal war die Sache anders.

Dass schon wieder etwas in Perl passiert war und man auf den ersten Blick Parallelen entdecken konnte, hatte die Journaille aufgeschreckt. Die ersten Reporter der Privatsender waren mit ihren Kamerateams durchs Dorf gezogen und hatten die Bewohner für ihre Nachmittagssendungen befragt. Die hatten sich durch die Bank natürlich tief betroffen und schockiert gezeigt und konnten sich beim besten Willen nicht vorstellen, wer die Personen waren und wieso dieses Schicksal nun schon zum zweiten Mal das Dorf ereilte.

Die Printmedien hatten erst nach der gestrigen Pressekonferenz im Landespolizeipräsidium reagiert und über die Bildung der Mordkommission und einige Details aus dem letzten Jahr berichtet. Außerdem gab es ein Porträt zu Veronika Hart, wobei er sich wunderte, wo sie das so schnell ausgegraben hatten.

Jetzt, wo sie die öffentliche Aufmerksamkeit hatten, würde der Druck auf das gesamte Team immens steigen. Man würde schnell Ergebnisse sehen wollen und vor allem einen Verdächtigen.

Es galt, die nächsten Schritte einzuleiten. Er würde sich Schädel und Knochen näher anschauen, vielleicht ließ sich dort ein erster Anhaltspunkt finden.

Noch knapp zwei Stunden, bis seine Mitarbeiter kamen. Er liebte diese Stille, wenn er einfach in seinem Tempo arbeiten konnte, mit niemandem sprechen musste, sondern nur seinen Gedanken nachhängend die anfallenden Aufgaben, die Routinen, die er bei jedem einzelnen Opfer abspulte, durchlaufen konnte.

Und es gab noch viel zu tun. Sie hatten Spuren unter den Fingernägeln des Opfers gefunden, die das Feuer überstanden hatten, weil der Arm unter dem Oberkörper eingeklemmt gewesen war. Wenn sie fremde DNA fänden, würden sie die heute mit den Resultaten des ersten Opfers vergleichen müssen. Damals gab es keine Treffer in der Datenbank, vielleicht hatte sich dies geändert. Zumindest könnten sie aber nachweisen, dass dieselbe Person mit den Opfern vor ihrem Ableben in Kontakt gestanden hatte.

Er erwartete heute Vormittag noch einen Rückruf von einer Studienkollegin, die sich an einer Klinik in Heidelberg auf Lipödeme, eine weit verbreitete schmerzhafte Fettverteilungsstörung, und deren Behandlung spezialisiert hatte.

Sie mussten heute einfach einen guten Schritt weiterkommen.

Er hatte ihr ein C auf den Oberarm gebrannt, so groß wie ein Centstück. Der Stempel, den er dafür benutzte, sah aus wie aus dem Bastelladen. Solche Dinger, mit denen fleißige DIY-Influencerinnen bei YouTube ihre Leder- und Holz-Accessoires kunstvoll verzierten. Er hatte einen Stuhl in ihren Verschlag gezerrt, sie darauf festgebunden und die Metalloberfläche des Stempels mit einem Gasfeuerzeug erhitzt. Ihr liefen die Tränen herunter, als sie beobachtete, wie das Metall anfing zu glühen, wie er ausdruckslos zwischen der Flamme und ihrem Gesicht hin und her schaute. Sie hatte ihn angefleht, sie laufen zu lassen, es nicht zu tun. Sie hatte ihm alles angeboten. Aber er hatte noch nicht einmal die kleinste Regung gezeigt, selbst als er das glühende Metall mit einem zischenden Geräusch auf ihren Oberarm presste.

Sie hatte nicht schreien wollen, wollte ihm nicht noch mehr Schwäche zeigen und so presste sie lediglich ein langgezogenes schmerzerfülltes Stöhnen zwischen den Zähnen hervor. Er hatte sie markiert, ein kleines Stück ihrer Hoffnung starb in diesem Moment. Dass er ihr im Anschluss auch noch die Haare abrasierte, nahm sie kaum mehr wahr. Ihre langen rotbraunen Haare, die sie jahrelang gehegt und gepflegt hatte und die zu ihrem Markenzeichen geworden waren, schienen jetzt nicht mehr wichtig.

Larissa hatte er den Buchstaben B verpasst. Lena ein A. Diese Lena hatte sie nie kennengelernt, aber Larissa hatte ihr von Lena erzählt, die er kurz vor ihrer eigenen Ankunft weggebracht hatte. Was sollte das alles? Es war so surreal, sie hoffte immer noch, aus einem schlimmen Traum zu erwachen und einfach ihr altes Leben weiterzuleben. Sie hätte nie gedacht, dass ihr so etwas passieren konnte. Dabei hatte sie sich immer auf ihre Menschenkenntnis verlassen können. Als er sie zum ersten Mal online kontaktiert hatte, schien er so nett und interessiert. Sie war überrascht gewesen, dass es so attraktive Männer in diesen Portalen gab. Er hatte ihr erklärt, dass er wegen seines guten Aussehens Probleme hatte, Frauen kennenzulernen, die es ernst mit ihm meinten. Dass er auf der Suche nach der Richtigen war und nicht als Trophäe enden wollte. Sie wusste, was er meinte, sie fühlte sich gleich mit ihm verbunden.

Deswegen hatte sie nichts dagegen, sich schnell auf ein Treffen mit ihm einzulassen. Warum Zeit vergeuden, wenn man gleich so ein gutes Gefühl hatte. Auf den ersten Blick hatten ihr seine eisblauen, freundlichen Augen gefallen und dass er sich alles gemerkt hatte, was sie ihm in den Tagen zuvor über den Chat geschrieben hatte. Es war fast zu schön, um wahr zu sein. Sie hatten sich in Frankfurt verabredet, dorthin konnte sie mit dem ICE-Sprinter von Berlin aus fahren – er habe dort beruflich zu tun, sagte er. Er hatte für ihr Date einen schicken Italiener mit leckerem Essen und feinen Weinen im Frankfurter Nordend ausgesucht. Sie erinnerte sich noch dunkel daran, dass sie das Restaurant gemeinsam verließen, nachdem sie sich plötzlich unwohl gefühlt hatte. Vielleicht hatte sie zu schnell zu viel Wein getrunken? Oder etwas im Essen nicht vertragen? Ihr war ganz schummrig geworden und ihre Beine sackten immer wieder weg. Sie erinnerte sich noch, wie unangenehm es ihr vor ihm war und wie sehr sie sich über seine starken Arme gefreut hatte, die sie auffingen. Er wollte sie ins Hotel bringen, doch aufgewacht war sie mit starken Kopfschmerzen und einem unangenehmen Geschmack im Mund, als sie vor einem fremden Haus hielten. Benommen und ohne Orientierung ließ sie sich von ihm hineinführen, vom Flur direkt in den Keller. Sie hatte überhaupt nicht verstanden, was da vor sich ging. Ihm sogar noch vertraut.

Das war das erste Mal, dass sie Larissa ins Gesicht sehen konnte – danach sprachen sie nur noch durch die Wände der Verschläge miteinander, in denen sie hausen mussten. Das letzte Mal sah sie Larissa, als er sie abholte.

Es war gut, nicht allein zu sein. Auch wenn die Geschichten, die sie sich erzählten, aus einem fernen Leben stammten, in dem sie vieles gemeinsam hatten. Obwohl sie sich persönlich nie vorher begegnet waren, hatten sie viele gemeinsame Bekannte und waren sogar im selben WhatsApp-Chat gewesen: »The German Chicks«. Den unterhielt eine größere Gruppe von deutschen Nachwuchsmodels, die sich auf unterschiedlichsten Shootings kennengelernt hatten und sich über diesen Kanal über Jobs untereinander austauschten oder bei Modeschauen verabredeten. Sie konnten sich beide nicht mehr genau erinnern, wie viele sie dort eigentlich gewesen waren, Larissa schätzte, 80, sie selbst, 120 Mädels. Wenn eine neu dazukam oder austrat, sah man das nur an den kurzen Infos, die die Software automatisch in den Chat postete. Wenn sich aber eine nicht mehr aktiv an der Kommunikation über diesen Kanal beteiligte, merkte das niemand. Sie hatten sich trotzdem gefragt, ob es dort irgendjemandem aufgefallen war, dass sie schon eine Weile nicht mehr aktiv waren. Bei welcher der anderen wäre es ihnen aufgefallen? So richtig aktiv nutzten die Chatgruppe vielleicht 15–20 Mädels, die anderen lasen nur mit oder schickten mal ein Emoticon. Sie selbst fand das manchmal einfach nur nervig, aber sie brachte es nicht übers Herz, auszutreten. Larissa war es ähnlich gegangen. Beide bevorzugten eigentlich bei ihren Jobs die persönlichen Kontakte zu den Mädels, die sie häufiger trafen. Das waren eh schon viel zu viele, um von Freundschaften zu sprechen – aber einige dieser Mädels kannten sie beide. Und diese Gemeinsamkeit hatte Larissa auch mit Lena gehabt.

Sie wussten, dass sie nicht zufällig hier waren. Sie hatten das Gefühl, handverlesen worden zu sein, weil seine Masche bei allen dreien die gleiche gewesen war. Aber sie hatten keinen Schimmer, warum er sie ausgewählt hatte. Was sie falsch gemacht hatten und wem er diese erniedrigenden Videos und Bilder schickte, die er von ihnen anfertigte und kommentierte. Als würde er jemanden direkt ansprechen und ihm stolz zeigen, was er hier tat. Dabei merkten sie, dass er es eigentlich nicht so gerne machte, wie er vor der Kamera behauptete.

Als sie sich mit ihm getroffen hatte, brachte sie knapp 55 Kilo auf die Waage. Heute fühlte sie sich wie in einem fremden Körper, alles schmerzte, beim letzten Wiegen zeigte das digitale Display über 100 Kilo.

Diese unendlichen Qualen, dieses widerwärtige Mästen – sie wollte und konnte es einfach nicht mehr ertragen. Sie hatte versucht, sich zu wehren. Anfangs. Hatte versucht, alles wieder herauszubrechen, sich nicht von ihm bändigen zu lassen. Aber er hatte einfach zu viel Kraft. Und er war entschlossen. Egal wie oft sie sich erbrach, er stopfte alles wieder in sie hinein, wartete, bis sie sich ergeben hatte. Drückte ihr den Kiefer auf, wenn sie sich weigerte, den Mund zu öffnen. Schlug und würgte sie, wenn sie sich zu sehr wehrte. Irgendwann gab sie sich auf, so wie Larissa es lange vor ihr getan hatte. Gemeinsam versuchten sie schöne Erinnerungen im Kopf zu behalten, erzählten sich von früher und versuchten weiter zu hoffen, dass jemand sie hier finden und befreien würde.

Larissa war jetzt nicht mehr da. Er hatte sie geholt, wie lange war das her? Acht oder neun Mahlzeiten. Sie selbst hatte geweint und geschrien, sie wollte nicht zurückbleiben und vor allem hatte sie Angst um Larissa. Die hatte kein Wort gesagt, hatte sich von ihm die Stufen hochschleifen lassen, während er sie wüst beschimpfte. Durch die Bretter konnte sie sehen, was von dem Mädchen, das für einige große Designer gelaufen war, übrig geblieben war. Vielleicht war der Tod doch die beste Lösung?

Seitdem war es still hier geworden.

Wie würde es für sie weitergehen? Welcher Tag war heute, welcher Monat? Warum suchte niemand nach ihr, nach Anna-Maria? Wieso rettete sie keiner, wieso hatte keiner die beiden anderen gerettet? Sie dämmerte immer wieder weg, ihr Körper fühlte sich schwer wie Blei an, sie konnte sich kaum bewegen, selbst das Atmen fiel ihr schwer. Der Tod schien ihr wie eine süße Erlösung. Sie wollte einfach sterben. Dann hörte sie seine Schritte.

−45−

Sie hatte wieder schlecht geschlafen. Solche Fälle ließen sie einfach nicht los. Auch wenn ihre Nächte traumlos waren, wälzte sie sich hin und her, wachte schweißgebadet auf, nur um im nächsten Moment zitternd vor Kälte nach ihren Socken und der dicken Strickjacke zu greifen, die unter ihrem Nachttisch lagen. Veronika quälte sich durch die Morgenstunden, blickte im Viertelstundentakt auf ihren Radiowecker und war fast froh, als sie um sechs Uhr klebrig und gerädert aus dem Bett kriechen konnte. Die Wechseldusche am Morgen wirkte wie immer Wunder. So würde sie den Tag überstehen.

Ihr erster Blick nach der Morgendusche galt den Nachrichten auf ihrem Tablet, neben den regionalen hatten sogar zwei überregionale Portale die Geschichte aufgenommen. Mit beiden Journalisten hatte sie gestern noch telefoniert, sie hatten ihre Aussagen eins zu eins übernommen. Immerhin etwas.

Mit ihrem alten Rennrad machte sie sich auf den Weg zur Arbeit, nicht ohne sich vorher noch ausgiebig von Kater Rocky zu verabschieden, der schnurrend auf der Fußmatte vor der Haustür Streicheleinheiten eingefordert hatte. Die Bewegung am Morgen tat ihr gut, gab ihr Schwung für den Tag. Die Aprilluft war angenehm kühl und roch nach feuchtem Gras und den ersten Blumen. Sie wäre am liebsten auf den Radweg entlang der Saar, den Leinpfad, abgebogen und nach Frankreich rübergefahren, hätte sich in ein Café in Sarreguemines gesetzt, ein frisches Croissant und einen Milchkaffee bestellt und die ersten Sonnenstrahlen genossen – aber das war nicht drin. Sie hatte einen Fall zu lösen.

Im Büro erwarteten sie bereits mehrere E-Mails von ihren Kollegen, die erste hatte Thiel um 4.30 Uhr geschrieben. Der frühe Vogel, sieh mal an. Da konnte wohl noch jemand nicht schlafen, dachte sie. Er war einfach ein Arbeitstier, sie wunderte sich, woher er jeden Tag dazu die Kraft nahm. Hoffentlich würde sich sein Einsatz auszahlen. Sie brauchten jetzt einfach weitere Anhaltspunkte, vor allem was die Identität der Opfer anging.

Sie überflog die restlichen Mails, darunter zwei von ihrer Freundin Theresa, die ihr mitten in der Nacht Screenshots von einem Onlinedatingportal geschickt hatte, von irgendwelchen Typen, die nach Theresas Meinung zu ihr passen würden. Dabei hatte sie ihr schon hundertmal gesagt, dass sie solche Mails bitte an ihre private E-Mail-Adresse schicken sollte. Aber das ging Theresa einfach nicht in den Kopf. Sie betrachtete die Profile mit geneigtem Kopf und schnaubte. Nee, also echt. Ella und Theresa nervten langsam mit diesen Verkupplungsaktionen. Und überhaupt, mit diesem Onlinedating. Das wusste doch jeder, dass da nur hoffnungslose Fälle unterwegs waren – oder Irre. Theresa war selbst mal auf so einen Typen reingefallen, der sich wie der Märchenprinz 2.0 präsentierte, sich aber schließlich nicht mal als Frosch, sondern eher als fiese Zecke herausgestellt hatte. Nach ihrem ersten und einzigen Treffen fing er an, ihr nachzuspionieren, ihr vor der Tür aufzulauern und Freunde von ihr zu kontaktieren, um sie von ihm zu überzeugen. Theresa hatte das erst abgetan, aber irgendwann wirklich Angst bekommen. Sie hatte Veronika erst wenige Tage gekannt und ihr dann von diesem Typen erzählt, keine halbe Stunde später standen zwei uniformierte Kollegen von der Streife vor seiner Tür und zeigten ihm seine Grenzen auf. Auf die Jungs war eben Verlass. Seitdem hatte sich Prinz Zecke, wie Veronika ihn nannte, nicht mehr gemeldet. Nur manchmal sahen sie ihn, wenn sie mal ausgingen, bei einem Konzert in der »Garage« verloren an einer Säule stehen. Allen dreien lief es dann immer kalt den Rücken runter – und Theresa musste eine Runde geben. Wer den Schaden hatte …

Ihre eigenen Vorstellungen von Romantik sahen anders aus, daran wollte sie einfach, trotz ihrer momentanen Erfolglosigkeit in Beziehungsfragen, festhalten. Sie war seit drei Jahren Single, ihr letzter Freund war ein Physiotherapeut aus Frankfurt gewesen, den sie im Supermarkt beim Katzenfutterkaufen kennengelernt hatte. Immerhin waren sie zweieinhalb Jahre zusammen gewesen, aber ihre Arbeitszeiten und seine waren einfach nicht kompatibel gewesen.

»Ich bin noch nicht verzweifelt«, sagte sie laut vor sich hin – und erntete dabei eine hochgezogene Augenbraue des Azubis aus der Personalabteilung, der gerade auf dem Flur vorbeilief.

Auch ihr Chef hatte eine E-Mail geschrieben, er wollte heute um 10.00 Uhr den nächsten detaillierten Bericht haben.

Sie verdrehte die Augen und verwarf die ersten Punkte ihrer To-do-Liste, die sie heute Nacht im Kopf erstellt hatte, griff nach dem Hörer und wählte die Nummer der Pathologie.

Thiel war sofort am Apparat, wie schaffte er das nur immer? Er saß gerade an den Auswertungen der Gewebeproben und der DNA-Analysen und fing an, ihr von den Arbeitsschritten zu berichten, die sie gestern noch bis tief in die Nacht erledigt hatten. Veronika dachte an die frühe Mail heute Morgen, sagte aber nichts dazu.

»Wir können mit ziemlicher Sicherheit sagen, dass beide Opfer vor ihrem Ableben mit derselben Person in Kontakt gestanden haben. Es handelt sich hierbei um einen Mann. Leider ist es uns nicht erlaubt, nähere Merkmale in der DNA zu bestimmen, da streitet sich ja aktuell die Politik drüber. Einen Treffer in der DAD gab es dazu bisher nicht. Die Suche nach eventuellen Verwandten läuft aktuell noch«, erklärte er ihr.

»Außerdem habe ich mir das Gewebe und die Organe angeschaut und etwas gefunden, das meine Hypothese des schnellen Zunehmens stützt. Haben Sie Zeit für einen kurzen Exkurs in die Biologie?«, er wartete Veronikas Antwort nicht ab und fuhr direkt fort. »Normalerweise produzieren Fettzellen bei übergewichtigen Menschen sogenannte Adipokine, das sind Substanzen, die in den Fettzellen, den Adipozyten, gebildet werden und Entzündungen an den Gefäßwänden hervorrufen, die Verengung von Gefäßen begünstigen und die Auflösung von Thromben verhindern können. Sind die Fettzellen übermäßig vergrößert, so findet eine Massenproduktion von diesen Entzündungsstoffen statt, die sich über die Jahre überall im Körpergewebe anlagern. Dies konnte ich hier nicht nachweisen, also keine Anzeichen von bereits chronischen Entzündungen. Ich habe dazu auch meinen Heidelberger Kollegen Professor Zimmermann konsultiert, der mir meine Vermutung bestätigt hat. Auch der Zustand der Kniegelenke deutet nicht auf einen besonders hohen Verschleiß hin, den wir bei diesem Gewicht eigentlich vorfinden müssten«, schloss er seine Ausführung.

Veronika ärgerte sich, dass sie nicht doch in die Pathologie auf den Winterberg gefahren war. Diese ganzen Informationen über das Telefon zu erhalten und dann schnell richtig zu verarbeiten, war am heutigen Morgen eine echte Herausforderung.

»Okay, lassen Sie mich das kurz zusammenfassen. Wir haben in beiden Fällen die gleiche DNA einer männlichen Person gefunden, die aber bisher noch nicht aktenkundig ist. Bezüglich der Körper sagen Sie, dass beide Opfer sehr schnell zugenommen haben müssen und aufgrund der fehlenden Verschleißerscheinungen wenig Bewegung hatten. Außerdem waren sie mit Buchstaben markiert«, versuchte Veronika zu rekapitulieren. Sie stockte. Vor ihrem inneren Auge ging ein Film los, wie ein Trailer zu einem Horrorfilm. Sie schüttelte den Kopf. »Kann man denn sagen, über welchen Zeitraum sie zugenommen haben? Ich bekomme einfach kein konkretes Bild in den Kopf, ich habe das Gefühl, wir sehen nur die Spitze des Eisbergs, da ist noch mehr dahinter.«

Thiel grummelte ins Telefon: »In diese Richtung habe ich auch schon gedacht, denn der Prozess des Zunehmens muss sich ja über einige Zeit ziehen, man nimmt ja nicht von heute auf morgen plötzlich zu. Es kommt natürlich auf das Anfangsgewicht an, ein normaler Mensch würde bei viel Fast Food und wenig Bewegung bestimmt bis zu zwei Jahre brauchen, bis er 100 Kilo zugenommen hat, wenn nicht noch länger, und auch nur, wenn man es wirklich darauf anlegt. Krankhafte Veränderungen der Schilddrüse haben wir im Übrigen bei beiden nicht feststellen können, es wurde also nur über die Ernährung getriggert. Wenn wir uns den Magen- und Darminhalt der Opfer anschauen, zumindest das, was wir identifizieren konnten, dann war da pures Fett. Als hätten die eine Fritteuse leer getrunken. Aber wer macht so etwas?«, ergänzte er.

Veronika wurde schlecht. Sie hatte noch nichts gefrühstückt, aber die Vorstellung, die Thiels Beschreibung gerade ausgelöst hatte, beendete sofort jegliches Hungergefühl. Veronika versuchte, sich die letzten Tage des Opfers vorzustellen.

»Gut, wenn wir wissen, dass sie nicht allein war, gehen die Überlegungen vielleicht doch in Richtung Feeder. Entweder das war eine freiwillige Sache zwischen beiden, die irgendwann, und da hätten wir dann die Straftat, beendet wurde. Oder, und das wäre einen Schritt weiter, wir haben hier jemanden mit einem extremen Hass auf Übergewichtige, der sie weiter füttert und dann umbringt. Waren da nicht die Spuren im Rachen beim ersten Opfer, die auf Zwangsernährung deuteten? Konnten Sie die bei Nummer zwei auch feststellen?«, hakte Veronika nach. Sie versuchte krampfhaft, sich auf alles einen Reim zu machen.

Die Art, wie er sie umbrachte, die Erste lebendig zerhäckselt, die Zweite erschlagen und verbrannt. Da war so viel Hass, so viel Zerstörung.

»Ja, darauf haben wir Hinweise gefunden. Ich schaue noch mal, was ich weiter finden kann«, riss Thiel sie aus ihren Gedanken. »Ich melde mich, sobald wir mehr haben. Den Bericht haben Sie in der nächsten Stunde per Mail.«

Veronika bedankte sich und legte auf. Ihre Gedanken fuhren Achterbahn. Ihre Horrorversion war, dass da jemand Frauen in Käfigen sitzen hatte, die er über Monate oder Jahre mästete und dann brutal entsorgte. Aber das konnte nicht sein, wer machte denn so etwas!? Und dann auch noch hier im beschaulichen Saarland? Wie nah sie damit an der Realität war, ahnte sie nicht.

Wenn sie schon nicht an die Identität der Opfer kamen, musste sie sich schleunigst an das Täterprofil setzen, das war ja schließlich ihre Spezialität. Jetzt war Tempo angesagt. Ihr Chef würde in weniger als zwei Stunden mehr auf dem Tisch haben wollen als ein paar vage Vermutungen und ihr Bauchgefühl.

Magda merkte an den Blicken, dass etwas nicht stimmte. Sie merkte, dass die Köpfe hinter ihr zusammengesteckt wurden, dass getuschelt wurde. Sie merkte, dass es passiert war. Leonie, die sonst immer so freundlich hinter der Bäckertheke war, konnte ihr nicht in die Augen schauen. Frau Friedrich, die mit ihr im Landfrauenverein war, blickte weg, als Magda an ihr vorbeiging.

Die Nachricht, dass man erneut die Zeugen aus dem Ort befragen und in Ermangelung brauchbarer Zeugen mit Gunnar anfangen würde, hatte sich vom Polizeipräsidium in Saarbrücken über die Polizeidirektion Merzig und den Polizeiposten Perl in Windeseile in die Perler Gerüchteküche transportiert und köchelte dort nun seit den frühen Morgenstunden lebhaft vor sich hin. Ebenso wie bei den ermittelnden Beamten wuchs auch bei den Anwohnern die Ungeduld, endlich zu erfahren, wer hinter diesen grausamen Funden steckte. Und wie so häufig, wenn etwas unerklärlich schien, versuchte man mit aller Gewalt in wilden Vermutungen Erklärungen zu finden. Man begann sogar, in den eigenen Reihen nach mutmaßlichen Tätern Ausschau zu halten, nur um die wachsende Ungeduld zu befriedigen. Da Gunnar als Erstes genannt wurde, fragte man sich, ob das alles Zufall war. Kannte man ihn wirklich so gut? Vielleicht wollte er das erste Opfer ja unbemerkt entsorgen und hatte sich überschätzt? Die Spekulationen flüsterten sich leise durch die Gänge der Supermärkte, an den Kassen, den Gartenzäunen und an der Tankstelle, nach dem Wie und Warum fragte niemand. Magda fühlte sich auf ihrem Weg durch den Supermarkt von den bekannten Gesichtern, die plötzlich so fremd und bedrohlich wirkten, umzingelt. Es schnürte ihr die Kehle zu, bis sie es nicht mehr aushielt und den Markt fast fluchtartig mit knapp einem Drittel ihrer geplanten Einkäufe verließ. War das der Anfang einer Hexenjagd? Sie kannte die Dynamik im Ort und das Gefühl, wenn man nicht Teil, sondern Zielobjekt dieser Bewegung war.

Panik stieg in ihr auf und so trieb sie ihr Fahrrad mit schnellen Tritten zurück nach Hause. Gunnar war bei den Tieren, so wie jeden Morgen. Sie setzte sich in die Küche und wartete. Wartete, bis es an der Tür klingeln würde. Wartete, bis die Unruhe aus dem Dorf an diesem Mittwochmorgen auch hier ankäme. Und sie kam.

Zwei Polizisten standen eine halbe Stunde später an der Tür, um ihnen ein paar Fragen zu stellen. Sie kannte die beiden nicht, die sich als Polizeimeister Marquard und Polizeiobermeister Krämer vorstellten, sie mussten wohl von der Polizeidirektion Merzig hergeschickt worden sein. Magda ließ sie ins Haus und warf schnell einen Blick auf die Gruppe Spaziergänger, die sich zufällig in Sichtweite getroffen hatten und jetzt die Hälse in ihre Richtung reckten. Rein zufällig!

Schaut ihr nur, ihr Hyänen. Ihr werdet es noch früh genug erfahren, was hier passiert, dachte sie sich grimmig und folgte den Beamten in die Küche.

Es sei eine reine Routinebefragung, sagten sie. Sie würden alle Zeugen und Anwohner besuchen und ihnen Fragen stellen, sagten sie. Es würde nicht lange dauern, sagten sie.

Doch Magda zweifelte an dieser Unverbindlichkeit. Sie kannte es aus diesen TV-Krimis, dass die Ermittler spätestens nach dem Fund des zweiten Opfers unter Druck gerieten und händeringend nach Verdächtigen suchten. Sie brauchten jemanden, den sie der Öffentlichkeit präsentieren konnten, damit es nach schnellen Ergebnissen aussah. Und ihre Zweifel waren berechtigt.

Gunnar war bei der Befragung absolut nicht bei der Sache. Er antwortete fahrig auf die Fragen, die sie ihm stellten. Ließ sich endlos viel Zeit bei scheinbar einfachen Antworten. Stammelte, korrigierte sich, konnte sich nicht mehr genau erinnern. Ihm war offensichtlich nicht klar, was hier auf dem Spiel stand, und er ignorierte ihre flehenden Blicke. Magda kochte innerlich, sie kam sich vor, als würde sie hilflos einem Schauprozess beiwohnen, bei dem der Angeklagte keinen blassen Schimmer hatte, welche Rolle ihm zugewiesen worden war. Sie hätte ihn schütteln können, ihm ins Gesicht schlagen, damit er endlich aufwachte.

»Herr Petersen, wie ist es Ihnen nach dem Fund der ersten Leiche im Oktober ergangen? Sie hatten sie ja auf Ihrem Feld entdeckt«, fragte der ältere der beiden Beamten.

»Hmm, wie soll es mir schon ergangen sein? Nicht gut. Ich meine, ich fuhr da einfach auf meinem Feld, wie bereits Hunderte Male vorher, und da war plötzlich dieser Körper, diese Körperteile, und das Blut überall. Aus dem Nichts. Ich … ähm … das hat mich lange nicht losgelassen. Diese Bilder, diese Vorstellung. Das ging mir alles sehr nahe und ich habe lange gebraucht, um das zu verarbeiten«, nuschelte Gunnar vor sich hin.

»Wir haben gehört, dass Sie sich danach aus dem aktiven Leben hier im Dorf zurückgezogen haben. Man hätte Sie kaum noch gesehen, sagt man. Was haben Sie in dieser Zeit gemacht?«, wollte der andere Polizist wissen.

Magda wurde hellhörig. Was hatte das denn mit den Toten zu tun? Was sollte er in der Zwischenzeit schon gemacht haben? Wer erzählte denn so etwas?

»Na ja, ich brauchte einfach Zeit. Ich hatte die volle Unterstützung meiner Frau, die den Hof hier in der Zwischenzeit geführt und mir den Rücken freigehalten hat, damit ich mich erholen konnte. Ich war auch in ärztlicher Behandlung, aber ich bin nach und nach wieder eingestiegen und wir kommen eigentlich sehr gut zurecht, nicht wahr, mein Schatz?«, er blickte zu Madga. »Ich weiß gar nicht, was das hiermit zu tun hat und wer das überhaupt herumerzählt. Im Winter gibt es hier sowieso nicht viel zu tun, da arbeitet jeder für sich. Mich würde wundern, wenn jemand außerhalb meines Bekanntenkreises einen Überblick hätte, wann ich wo arbeite«, Gunnar erwachte langsam aus seiner Lethargie und schaute die Beamten mit hochgezogener Augenbraue an.

»Gut, das verstehen wir natürlich. Wir wollten nur sichergehen, dass es nicht noch einen anderen Grund gab, der Sie mehr beschäftigt hat als sonst«, wich der junge Beamte aus. »Eine letzte Frage: Sie waren direkt nach dem Fund der zweiten Leiche an der Absperrung in der Nähe des Osterfeuers. Warum?«

Magda hielt den Atem an. Sie hatte geahnt, dass dazu etwas kommen musste. Die Reaktionen der Schaulustigen vor Ort auf sein Erscheinen hatten Bände gesprochen.

Gunnar schaute die beiden mit großen Augen an, es sah aus, als würde er nachdenken, als würden seine Gedanken abschweifen. Er atmete hörbar aus, setzte mehrfach mit dem Sprechen an, doch seine Unterlippe begann zu zittern. Er neigte den Kopf, hob die Schultern, als wolle er seinen Kopf dazwischen verstecken, und brachte dann schließlich seufzend heraus: »Ich weiß es nicht. Ich weiß es einfach nicht. Vielleicht wollte ich mich vergewissern, dass es stimmte. Dass man wieder jemanden gefunden hatte. Dass schon wieder etwas Schlimmes passiert war. Ich konnte es einfach nicht glauben, ich dachte, der Spuk wäre vorbei. Vielleicht wollte ich auch die Bilder aus meinem Kopf überlagern, die mich einfach nicht loslassen, die mich bis in den letzten Winkel meines Lebens verfolgen. Aber das hat einfach nicht funktioniert, im Gegenteil. Ich hätte nicht gedacht, dass es noch schlimmer werden könnte«, schloss er mit zitternder Stimme, er war den Tränen nahe.

Die Beamten nickten sich wissend zu. Magda ahnte, dass sie ihm nicht glaubten. Sie fuhr sich nervös durch die Haare.

»Herr Petersen, wo waren Sie am späten Freitagabend, dem Vorabend des Osterfeuers?«, fragte schließlich Polizeiobermeister Krämer.

Gunnar wirkte abwesend, ganz in Gedanken versunken.

»Na hier, bei mir zu Hause. Ich habe mit diesem ganzen Osterfeuerkram nichts am Hut, da haben sich komplett die Jungen drum gekümmert. Ich halte da nicht so viel von, das ist gefährlich, wenn das Feuer um sich greift. Also, ich war jedenfalls früh im Bett und habe geschlafen, die ganze Nacht. Wo soll ich denn sonst gewesen sein?«

»Das kann ich bestätigen«, warf Magda ein. »Er war hier, bei mir. Wie jeden Abend und jede Nacht.« Ihre Stimme klang bissiger, als sie es wollte.

»Gut, dann sind wir hier so weit durch. Danke für Ihre Zeit, Herr und Frau Petersen. Herr Petersen, eventuell brauchen wir eine weitere Aussage von Ihnen auf dem Präsidium, wir würden Sie also bitten, in der Nähe zu bleiben«, schloss der junge Beamte die Befragung. Gunnar nickte stumm, während Magda seine Hand nahm. Das Ganze gefiel ihr gar nicht. Während die beiden Polizisten das Haus verließen, streichelte sie ihrem Mann beruhigend über den Rücken. Es würde alles gut werden.

−47−

In der Schule gab es kein anderes Thema mehr. Es war der erste Tag nach den Osterferien und er war zurück in seinem Alltag. Seine Schüler brannten förmlich darauf, über den Leichenfund zu sprechen. Die luxemburgischen Schüler aus seiner Klasse waren nicht auf dem neuesten Stand, und so überschlugen sich die Einheimischen förmlich mit Vermutungen, Verschwörungstheorien und Horrorszenarien. Er war verwundert, wie detailliert sie Bescheid wussten und wie viel mittlerweile hinzugedichtet worden war. Er stellte sich insgeheim vor, wie er ihnen, die so großspurig und unerschütterlich taten, statt des Unterrichtsstoffs die Bilder zeigen würde. Die Bilder, die SIE bei ihm in Auftrag gab. So hatte er beispielsweise Videos davon, wie die Schlampen zum ersten Mal ihr Verlies sahen, wie der Schreck ihre Augen weitete und die Erkenntnis langsam in ihr Bewusstsein sickerte, dass das hier kein Spaß war. Dann nahm er regelmäßig auf, wie er sie fütterte, die Qual, wenn der Trichter nicht richtig saß, sie sich übergaben und alles wieder zu sich nehmen mussten. Bis es drinblieb. Er hatte genau dokumentiert, wie sie sich körperlich veränderten, wie die ersten Fettrollen wuchsen, die Brüste, die Dellen am Körper. Wie ihnen ihre Klamotten zu eng wurden und er sie nach und nach durch unförmige T-Shirts und Boxershorts ersetzte. Das Entsetzen und dann die Selbstaufgabe in ihrem Blick, wenn er sie in erniedrigende Posen zwang. Wenn er das Fett mit leichten Schlägen zur Wallung brachte, während er sich selbst davor ekelte.

Das gefiel IHR, SIE schien sich richtig am Leid dieser Mädchen zu ergötzen. Und er war jedes Mal stolz, wenn er IHR die Bilder schickte. Wie ein Künstler, der eine Auftragsarbeit ausführte. Er hatte etwas nach IHREN Vorgaben erschaffen, um SIE stolz zu machen. Und IHR gefiel, was SIE sah. Er lächelte in sich hinein.

Die Schüler hatten nun die Gespräche in die Hand genommen und diskutierten untereinander, woher die Opfer kommen könnten und welchen Menschen solche Taten zuzutrauen wären, während er abwesend den Blick über die aufgeregten Gesichter schweifen ließ. Was für sensationsgierige Biester das doch waren, wie sie sich daran aufgeilten, dass endlich etwas in diesem Kaff passierte.

Plötzlich horchte er auf. War da nicht gerade Gunnars Name gefallen? Er versuchte, seine ganze Aufmerksamkeit auf das schwitzige, leicht aufgedunsene Gesicht von Kevin Wiegand, dem Sohn des Metzgers, zu lenken.

Ein Durchschnittsschüler mit Durchschnittsintellekt und Durchschnittsaussehen. Der dann aufblühte, wenn er irgendwo einen Wissensvorsprung hatte, und diese Situation bis aufs Letzte auskostete. »Doch, das stimmt. Das hat mir mein Vater erzählt. Der stand ja direkt neben ihm an der Absperrung, als der Heinrich ihn eingesammelt hat. Der Petersen war völlig weggetreten, war im Herbst auch schon so. Der konnte ja nix mehr, haben die alle erzählt. Und jetzt wollen sie den Petersen befragen, das hat mein Vater heute Morgen am Großmarkt erfahren und hat es gerade über unseren Familien-Chat bei WhatsApp geschickt. Danach will die Polizei noch weitere Leute verhören, wahrscheinlich wollen sie wissen, was der Petersen so für einen Eindruck macht und ob er sich schon mal verdächtig verhalten hat, da bin ich sicher. Ich meine, seit der diese Ostblocktussi in sein Haus geholt hat, hängt dem bestimmt die Russenmafia am Hals. Ist doch klar. Vielleicht sind das Mädels, die nicht mehr gespurt haben, und die hat der Petersen dann erledigt. Platz genug hat er ja auf dem Hof«, behauptete Kevin, der sich in Rage geredet hatte, während seine Klassenkameraden an seinen Lippen hingen. Pauls Interesse war geweckt.

Eines der Mädchen, Julia, unterbrach ihn schneidend: »Was für ein Quatsch, erzähl doch nicht so einen Scheiß rum. Du glaubst auch jeden Mist, den dein versoffener Vater verzapft. Die beiden sind voll nett. Von wegen Mafia. Als könnte der Gunnar nur einer Fliege was zuleide tun«, echauffierte sie sich. Ihr war es schon immer egal gewesen, was die anderen von ihr dachten. Ein Mädchen, vollgepumpt mit Selbstvertrauen. Sie war noch nicht fertig: »Was glotzt ihr denn so? Ihr kennt ihn doch auch, jede unserer Scheißfamilien ist mit den Petersens befreundet oder verwandt. Ihr habt sie nicht mehr alle«, blaffte sie ihre Mitschüler an und machte eine Scheibenwischerbewegung vor ihrem Gesicht.

Paul musste einschreiten, um eine weitere Eskalation zu vermeiden, denn Kevin holte bereits zum Gegenschlag aus. Den versoffenen Vater würde er nicht auf sich sitzen lassen.

»So jetzt reicht's! Es ist ja schön, dass ihr euch solche Gedanken macht. Aber beschuldigen sollte man niemanden, vor allem nicht, wenn man keinerlei Beweise hat. Wie heißt es auf Latein? Weiß das jemand? Na ja, in dubio pro reo. Im Zweifel für den Angeklagten. Und bis jetzt ist noch niemand angeklagt, soweit ich weiß. Die Polizei wird in Ruhe ihre Arbeit machen und den Täter überführen. Den Rest könnt ihr von mir aus in der Pause regeln, aber nicht in meinem Unterricht. Los, Blätter raus. Wir schauen mal, ob ihr bei der Geschichte der Wiedervereinigung auch so gut aufgepasst habt. Wir schreiben einen Test«, unterbrach er die aufgebrachte Meute.

Die Schüler stöhnten auf und beschwerten sich lautstark. Doch er hörte nicht mehr hin. Innerlich vibrierte er vor Anspannung, vollbrachte Freudentänze und rieb sich die Hände. Während er den Schülern drei Aufgaben diktierte, schmiedete er schon heiße Pläne, wie er sich die Situation zu Nutze machen könnte und so zweigleisig zum Ziel seiner Träume käme. Das hatte er nicht zu hoffen gewagt – er sah eine Möglichkeit am Horizont, Gunnar gleich mit aus dem Weg zu räumen. Die Polizei hatte ihm den Weg dazu gezeigt.

EKHK Lothar Klein, Leiter Dezernat LPP 213 – Straftaten gegen das Leben und die sexuelle Selbstbestimmung –, stand an der Tür des Büros, in dem sie seit einer halben Stunde auf glühenden Kohlen ihrem Chef gegenübersaß. Sie wurde langsam nervös, denn nachdem sie ihn kurz über den aktuellen Sachstand informiert hatte, blätterte er nun schon seit einigen Minuten wortlos brummend in den eigens für ihn zusammengestellten Unterlagen. Darunter waren Thiels erster Zwischenbericht, Bilder vom Fundort der Leiche, Auszüge aus den Aussagen der Anwohner, der Abschlussbericht des Herbst-Falls. Veronika begann der Schweiß den Rücken runterzulaufen. Auch wenn der April bisher frühlingshaft frisch und sonnig war, so empfand sie das Büro ihres Chefs heute Morgen als extrem stickig und heiß. Hatte er die Heizung auf höchste Stufe aufgedreht, um sie ins Schwitzen zu bringen? Dies war ja eine beliebte Methode bei Verhören, um das Gegenüber aus dem Konzept zu bringen. Aber jetzt dachte sie einfach, sie würde hier demnächst ersticken. War hier überhaupt noch Sauerstoff in der Luft? Oder war sie einfach nur zu warm angezogen? Sie widerstand dem unbändigen Impuls, aufzustehen und das Fenster aufzureißen, und versuchte, sich auf ihre Atmung zu konzentrieren. Kleine Schweißperlen bildeten sich auf ihrer Oberlippe, die sie unwirsch mit dem Ärmel abwischte. Sie wollte nicht, dass ihr Chef das sah.

Jetzt sagen Sie doch was!, flehte sie ihn gedanklich an.

Endlich seufzte er tief, rückte die Blätter des Berichts fein säuberlich auf einen Stapel und betrachtete sie eingehend.

»So, und was sind jetzt Ihre nächsten Schritte, Hart? In welche Richtung wollen Sie ermitteln? Wir wissen weder, wer die Opfer sind, noch, welches Ausmaß die Taten haben. Diese Fetisch-

Nummer ist ja vielleicht ganz medienwirksam, aber wenn wir niemanden haben, den wir darüber identifizieren können, werden uns die Medien die Bude einrennen. Es wird Zeit, dass wir ihnen etwas präsentieren. Ich meine, ich will ja keinen Druck aufbauen, aber das Kaff ist so winzig, es wird kaum möglich sein, dass dort ohne Aufsehen ein Mörder agiert. Haben Sie die Kollegen in Frankreich und Luxemburg informiert? Die Grenzregion dürfen wir ja nicht außer Acht lassen. Vielleicht kommt da nachts jemand über die Grenze und lädt die Opfer ab. Sind die Ersuche auf Amtshilfe schon raus?«, wollte er schließlich wissen.

»Ja, Herr Klein. Da hat sich Kommissar Langner drangesetzt. Wir stellen gerade das finale Team für die Mordkommission zusammen. Wir verfolgen alle Spuren, die sich uns bieten. Ich würde gerne einen Kollegen von der IT-Forensik hinzuziehen. Außerdem jemanden von der Telekommunikationsüberwachung. Vielleicht können wir über die Handymasten herausfinden, wer da nachts noch eingeloggt war, der da nicht in die Region gehört«, erklärte sie. »Außerdem haben in den aktuellen Befragungen einige der Anwohner häufiger einen Namen genannt, der sich im aktuellen Fall auffällig verhalten hat. Es ist der Mann, der das erste Opfer auf seinem Feld gefunden hat. Da haken wir noch einmal nach. Thiel ist aktuell dabei, nach weiteren Indizien zu suchen. Wir haben dieses Branding gefunden, also bei beiden Leichen je ein Buchstabe, der ihnen eingebrannt wurde – oder den sie sich selbst eingebrannt haben. Leider hat die Suche in den Vermisstendateien bisher noch nichts ergeben. Je breiter wir uns mit den Suchkriterien aufstellen, desto mehr Vermisste sind es. Selbst wenn wir nur davon ausgehen, dass das Opfer in Deutschland verschwunden ist. Auf internationaler Ebene lässt es sich kaum überblicken, es sind einfach zu viele«, fuhr sie fort, doch er unterbrach sie:

»Frau Hart, ist ja gut. Sie brauchen mir jetzt nicht die Gründe für Ihre fehlenden Ergebnisse zu erklären. Ich weiß ja, dass

Sie sich Mühe geben. Das kann ich mir alles schon denken, ich mache den Job nicht erst seit gestern. Mir ist das noch zu vage. Schauen Sie zu, dass wir den Medien bald ein paar konkretere Details und im Idealfall schon einen Verdächtigen präsentieren können – dann sind die zumindest kurz ruhiggestellt. Vielleicht können wir auch die Öffentlichkeit aktivieren, wenn wir mehr Details rauslassen. So viele werden diesem Fetisch ja nicht frönen und zumindest im zweiten Fall können wir definitiv von Mord sprechen, wenn ich Thiels Ergebnisse bezüglich der Kopfverletzung richtig deute. Ich erwarte jetzt jeden Morgen um 10.30 Uhr ein kurzes Update auf meinem Tisch. Fokussieren Sie sich auf das Wesentliche und machen Sie einfach Ihren Job!«, fertigte er sie schließlich ab.

Damit war sie entlassen, zumindest für heute. Veronika nickte kurz. Sie hatte verstanden. Als sie das Büro verließ, kam ihr ein frischer Windzug entgegen. Sie atmete tief durch.

»Okay, das ist nicht gut gelaufen, aber es hätte schlimmer kommen können«, sagte sie sich. Sie war ja selbst am unzufriedensten mit sich, ihr ging das alles nicht schnell genug. Aber es nun auch vom Chef zu hören und zu wissen, dass man sie als Hauptkommissarin unter besonderer Beobachtung hatte – das setzte sie zusätzlich unter massiven Druck. Noch einmal tief durchatmen. In Gedanken sortierte sie ihre nächsten Schritte durch. Sie musste jetzt souverän bleiben und sich keine Schwäche anmerken lassen, sonst war sie erledigt. Sie würde wetten, dass sich Becker diese Gelegenheit, sie in die Pfanne zu hauen, sicher nicht entgehen lassen würde. Sie musste gleich ein Teammeeting einberufen und sich um die Unterstützung durch die anderen Dezernate kümmern.

Was wohl an dem Verdacht gegen diesen Petersen dran war? Er müsste ein guter Schauspieler sein. Hatte er nicht sogar im Herbst einen Nervenzusammenbruch erlitten? Vielleicht war es ja nicht der Schock gewesen, sondern die Schuldgefühle? In diese Richtung hatten sie im Oktober noch überhaupt nicht gedacht. Ihr Kopf schwirrte. War das schon ein erster Lichtblick?

-49-

»Veronika Hart, Hauptkommissarin am LPP Saarbrücken!« SIE spuckte den Namen förmlich vor sich auf den Boden. Dieses kleine unscheinbare Mäuschen wollte sich IHR also entgegenstellen? Mit ihrem sportlich-praktischen Kurzhaarschnitt und dem burschikosen Gesichtsausdruck. Eine Mischung aus grimmig und verwirrt. Der Kragen des hellblauen Poloshirts halb aufgestellt, eine Haarsträhne stand wie eine Antenne vom Kopf ab. Wer veröffentlichte denn bitte so ein Bild von sich? SIE betrachtete das Porträt, das neben einem ihrer Zitate in dem Nachrichtenportal abgebildet war, eingehend, wie ein seltenes Tier. SIE hatte überprüfen wollen, was man über das tragische Lebensende von B in den Medien berichtete.

Auf der Webseite von BILD Saarland wurde sie fündig:

»Erneuter Horrorfund in der saarländischen Grenzregion – handelt es sich um einen Serientäter?« Mit dieser Publicity hatte SIE eigentlich nicht gerechnet, darum ging es IHR auch nicht bei dieser ganzen Sache. Aber als SIE den Text überflog und feststellte, dass alle absolut im Dunkeln tappten und noch nicht einmal die Identität dieser hässlichen Fotzen herausgefunden hatten, wärmte ein zufriedenes Kribbeln IHR Herz.

»Das ist doch gar nicht mal so schlecht!«, murmelte SIE vor sich hin. Dann haben wir alle etwas davon, und die saarländische Polizei ist ein bisschen beschäftigt. Seit dem Ende von der »Familie Heinz Becker« freuen die sich doch sicher über jede Abwechslung. In ihm, Paul, dem unnahbaren Schönling, hatte SIE sich nicht geirrt. Was für ein Vollidiot, der war wirklich irre. SIE hätte nie gedacht, dass SIE tatsächlich jemanden finden würde, der so etwas bereit war zu tun. Und das alles, nur um SIE zu treffen. Er war wie eine Marionette, die für SIE tanzte, wann immer SIE es wünschte. Und was SIE sich wünschte! Diese Fantasien, diese Schlampen nacheinander Stück für Stück qualvoll zu zerstören, besetzten IHRE Gedanken schon länger, einzig das Werkzeug hatte IHR gefehlt. Da war er nun, Paul, der IHR wie ein kleiner Junge hörig war. Den SIE am langen Arm zappeln ließ und der sich seit eineinhalb Jahren für SIE abstrampelte.

Die Idee dazu, wie SIE es machen würde, hatte er ihr, ohne es zu wissen, geliefert. Um IHR zu beweisen, was er für ein Ästhet war, hatte er IHR gleich bei einem ihrer ersten Chats beschrieben, wie sehr er sich vor Fett und unästhetischen Frauen ekelte und wie wichtig ihm gesunde Ernährung war. Da wusste SIE, was SIE von ihm verlangen würde. SIE wollte ihn testen, ihm vor Augen führen, dass er es nicht durchziehen würde. SIE wollte ihn dazu bringen, aufzugeben, bevor es angefangen hatte. SIE kannte Typen wie ihn, davon hatte SIE in IHREM Leben schon genügend kennengelernt. Deswegen hatte SIE ihn gezielt ausgesucht. SIE wollte mit dem Feuer spielen, die Grenzen testen und seine arrogante Schale brechen.

Aber er war doch irgendwie anders, er liebte auf eine ungesund aufopfernde und masochistische Weise. Und egal, was SIE verlangte. Er machte, wider Erwarten, bei allem mit. SIE wusste noch nicht, wie lange SIE das durchziehen würde. SIE wusste nur, dass IHRE Rachsucht noch lange nicht gestillt und die Liste derjenigen, die diese noch zu spüren bekommen sollten, lang war. Jede Einzelne beobachtete SIE in den sozialen Netzwerken, seit SIE aus dem Krankenhaus draußen war. SIE wusste, wo sie zu Abend aßen, mit wem sie sich trafen, welche Jobs sie machten. Nicht alle von IHRER Liste waren aktuell für IHREN Plan geeignet. Manche hatten geheiratet, eine war sogar schwanger. Die würde sich auf die Nummer mit dem Date nicht einlassen und so auch nicht spurlos verschwinden können. Andere waren prädestiniert, launig und sprunghaft, immer unterwegs, stolz auf ihre oberflächlich schicke Unabhängigkeit und ihre Schönheit. Sie waren perfekt und so besiegelte SIE ihr Schicksal, indem SIE ihm einzeln die Namen durchgab. Einen nach dem anderen.

Doch wie lange würde er das mitmachen, der kleine, dumme Paul? So langsam schien er die Geduld zu verlieren.

»Ach, wen interessiert das? Ich bin von niemandem mehr abhängig. Dann suche ich mir eben den nächsten Irren und wenn ich dafür bezahlen muss. Niemand schreibt mir was vor. Ich tue das, was ich will. Oder lasse es eben tun«, sagte SIE sich laut, während SIE die nächsten Artikel auf IHREM Tablet überflog.

Diese Hart schien ja von der besonders eifrigen Truppe zu sein. So jung schon so weit oben. Und dabei so farblos. Straßenköterblond, noch nicht einmal ansatzweise geschminkt, ein Allerweltsgesicht eben. SIE gab den Namen bei Google ein. »Mal sehen, was wir über dich finden, Schätzchen!«

Nach noch nicht einmal einer halben Stunde wusste SIE alles über diese kleine Möchtegern-Miss-Marple. SIE hatte im Internet ihren Lebenslauf gefunden, wusste, wo sie Abitur gemacht hatte, mit wem sie auf den Abschlussball gegangen war, was für ein abscheuliches Kleid sie getragen hatte – sie hatte ausgesehen wie Rumpelstilzchen im Pseudo-Prinzessinnen-Albtraum in Taubengrau. SIE erfuhr im Netz, dass Veronikas Vater auch

Polizist gewesen und dass er früh an Krebs erkrankt und verstorben war. SIE wusste, seit wann Veronika in Saarbrücken lebte und arbeitete, wie sie stocksteif bei offiziellen Anlässen im Präsidium in die Kamera blinzelte. SIE würde sie beobachten, bevor diese übermotivierte Alte IHR noch die Tour versaute. Das Internet vergaß nichts und niemanden und da waren immer wieder diese Idioten, die alles Mögliche von sich preisgaben, nur um ein bisschen Aufmerksamkeit zu erhaschen. Erbärmlich.

Zum Spaß gab SIE auch IHREN eigenen Namen in die Suchmaschine ein und fand Hunderte von Bildern verschiedenster Fashionshows, von Fotoshootings und glamourösen Partys, Beiträge aus IHREM eigenen Modeblog, den SIE eigentlich schon gelöscht hatte. Die letzten Einträge waren eineinhalb Jahre her. Kurze Meldungen zu IHREM »Unfall«, wie es einige nannten. Danach nichts mehr. Keine Erwähnung mehr. Keine Nachricht, kein Bild, kein Lebenszeichen.

SIE war von der Bildfläche verschwunden. Seit eineinhalb Jahren. Heute agierte SIE im Untergrund, zog aus IHRER Wohnung heraus die Fäden, lebte, wenn man das Leben nennen konnte, nachts. Die Medikamente, die SIE brauchte, bezog SIE über Onlineapotheken. Die Rezepte bekam SIE per Post. Auch die meisten IHRER Lebensmittel ließ SIE liefern, IHRE Nachbarin, eine ältere Dame, nahm die Bestellungen an und stellte sie IHR freundlicherweise vor die Tür. Dafür gab es alle vier Wochen dann eine Flasche Eierlikör, das erfreute das seniorige Herzchen.

Das Vergessenwerden hatte SIE anfangs nicht wahrhaben wollen. Alle diese Freundinnen, die vor dem Vorfall um SIE herumschwirrten, um IHRE Gunst buhlten, SIE auf Partys begleiten wollten. All die anderen Models, IHRE Agentin, Pseudo-Modebloggerinnen, die sich mit IHR schmücken wollten. Nur ganz wenige hatten sich nach dem »Unfall« gemeldet, aber schnell aufgegeben, als es zu unangenehm wurde. Niemand hatte gefragt, ob SIE Hilfe brauchte, als SIE wieder in IHRE Wohnung zog. Ob man was tun könne. Wie es IHR ginge. Mit einem Teil IHRES Gesichts war auch SIE verschwunden. Von der Bildfläche und aus dem Leben der anderen, während neue Sternchen aufgingen und in wenigen Wochen IHREN Platz einnahmen.

Und nun sollten diese oberflächlichen Fotzen dafür bezahlen, sollten auch vergessen werden, auch verschwinden – nichts sollte von ihnen und ihrem Körper übrig bleiben. Ihre Schönheit sollte ihnen Stück für Stück geraubt werden, während SIE dabei zusah. Wie sie langsam aufquollen und sich schließlich auflösten.

–50–

Dieser Trichter. Diese Qual. Mit Gewalt drückte er ihr den Schlauch in den Schlund, und das Tag für Tag, morgens, mittags und abends. Die Schmerzen in der Speiseröhre, die es nicht gewohnt war, solche Mengen aufzunehmen, die gereizt war von den Strapazen. Und dann der Magen. Der sich bis auf sein Maximum ausdehnte, bis sie glaubte, er würde reißen. Platzen. Einfach explodieren und sie in den erlösenden Tod katapultieren. Aber nichts passierte. Wenn er wieder ging, blieben die Schmerzen. Und der Geruch, nach Hefe, Öl und gärendem Weizen, nach Schleim und nach Erbrochenem. Und die Erinnerung an seinen Blick – voller Ekel und Abscheu. Und die Frage.

Die Frage, warum sie überhaupt hier war. Warum die anderen Mädchen hier gewesen waren. Seit wenigen Tagen war sie allein. Das machte ihr Angst. Die Anwesenheit von Larissa hatte sie irgendwie beruhigt. Sie hatten sich das Leid geteilt. Konnten über schönere Dinge sprechen, wenn sie sicher waren, dass er nicht da war. Er wollte nicht, dass sie sich austauschten. Aber sie hörten sein Auto wegfahren, jeden Morgen, nachdem er bei ihnen unten war. Einige Stunden später kam er zurück. Seine Geschichte mit dem Lehrer schien also zu stimmen – falls er tatsächlich arbeiten ging, passte das zusammen.

Anfangs hatte sie noch versucht, ihn in Gespräche zu verwickeln, die ersten Tage setzte sie all ihren Charme ein, der im Restaurant noch so gut funktioniert hatte, aber er ließ sich nicht ablenken, behandelte sie wie Luft. Weder Larissa noch sie hatten ihren Freunden von dem Treffen mit ihrem Onlinedate erzählt. Es hätten sie alle für verrückt erklärt. Sie waren verrückt gewesen. Oder zumindest naiv, denn das hier war das Ergebnis. Sie erlebte die Qualen ihres Lebens. Sie hätte sich so etwas vorher nie vorstellen können. Was würde als Nächstes kommen? Würde er noch eine bringen? Wie lange würde das noch weitergehen? Warum suchte niemand nach ihr? Wieso konnte sie nicht einfach auch sterben?

Dann fiel ihr Blick auf das Seil, mit dem er sie manchmal festband, wenn er sie filmen wollte. Wenn sie sich zu sehr wehrte. Wenn er sie noch mehr demütigen wollte. Er hatte es genau vor ihrem Verschlag liegen lassen. Sie stand langsam auf und kniete sich vor die Stelle. Sie war so schwerfällig geworden. Ihr Herz raste aus Angst, er würde zurückkommen und sie könnte sich nicht schnell genug wieder auf ihre Pritsche zurückwuchten. Sie lauschte. Nichts. Ihre Hand passte bis zum Gelenk gerade so durch die Bretter. Mit den Fingern konnte sie das raue Seil berühren. Das war ihre Hoffnung. Ihre Erlösung. Sie hielt inne, lauschte noch einmal nach oben. Nichts. Mit langsamen Bewegungen zog sie das Seil zu sich heran. Bis sie es ganz in den Händen hielt. Faserig, rau, stark.

Es würde sie befreien.

−51−

Es war bereits später Nachmittag, als sie ihn abholten. Gunnar war noch nicht mal wirklich überrascht. Er wirkte apathisch, realisierte nicht, was da gerade passierte. Sie hatten ja angedeutet, dass er eventuell noch einmal zur Polizeiinspektion nach Merzig kommen musste, um eine Aussage zu machen. Dass es aber so schnell gehen würde, damit hatte er nicht gerechnet.

Erst als sie ihm den Durchsuchungsbeschluss unter die Nase hielten, wurde er stutzig. Er kannte solche Szenen nur aus der Tatort-Serie, die er jeden Sonntag mit Magda im ersten Programm schaute. Dort wurden allerdings nur die Wohnungen der Verdächtigen auf den Kopf gestellt. Aber was suchten sie bei ihm?

Er ließ sich widerstandslos nach Merzig bringen, wo er auf die Saarbrücker Kommissare treffen sollte, wie ihm der Polizist im Streifenwagen berichtete. Als dieser ihn in den Vernehmungsraum brachte, informierte er Gunnar, dass er das Recht habe, sich anwaltlichen Beistand hinzuzuholen, wenn er das wünsche. »Wieso, brauche ich denn einen?«, fragte er den Beamten erstaunt. Jetzt verstand er gar nichts mehr, das wurde ja immer besser. Doch der zuckte nur mit den Schultern.

»Wenn Sie einen Anwalt wollen, sagen Sie einfach Bescheid«, murmelte er noch über die Schulter und ließ Gunnar allein im Vernehmungsraum zurück.

»Ja, wem denn?«, fragte der noch ins Leere und fiel ins Grübeln. Was sollte er denn mit einem Anwalt? Wozu würde er ihn brauchen? Schließlich würden sie nur seine Aussage aufnehmen und dann könne er wieder gehen, hatten sie gesagt.

Sein Anwalt war spezialisiert auf Rechtsstreitigkeiten, die es häufig zwischen Nachbarn gab, wenn mal wieder ein Trecker über das falsche Stück Land gefahren war. Oder es Ärger mit den Großhändlern gab. Der würde sich bedanken, wenn er ihn jetzt anriefe, dachte er und schnaufte dabei durch die Nase.

Als die Hauptkommissarin in den Raum kam, war Gunnar noch keine plausible Erklärung für seine Situation eingefallen. Doch er war froh, Veronika Hart zu sehen. Den Namen hatte er sich gut merken können, er hatte damals direkt an die alte amerikanische Fernsehserie »Hart, aber herzlich« denken müssen. Außerdem war sie im Oktober schon so nett zu ihm und Magda gewesen. Er beruhigte sich langsam. Das würde jetzt sicher schnell gehen.

»Herr Petersen, ich will nicht lange um den heißen Brei reden«, überfiel sie ihn gleich nach einer kurzen Begrüßung.

»Es gibt ein Problem. Wir haben einen anonymen Hinweis erhalten. Man soll Sie in der Nacht vor dem Osterfeuer in der Nähe des Tatorts gesehen haben. Man behauptet, dass Sie mit Ihrem Fahrzeug da waren und etwas Schweres ausgeladen haben. Was können Sie mir dazu sagen?«

Die Kommissarin klatschte ihm diese Worte eiskalt ins Gesicht. Sie hatte sich noch nicht einmal bedankt, dass er so schnell herkommen konnte. Was hatte sie gesagt? Er wäre in der Nähe des Osterfeuers gewesen? Er habe etwas ausgeladen? Das stimmte doch nicht, er hatte mit dem Aufbau und dem ganzen Fest drumherum nichts zu tun gehabt. Das musste ein Irrtum sein.

»Ich komme öfter dort vorbei, aber rund um das Osterfeuer hatte ich nichts zu tun. Da muss sich jemand geirrt haben. Wer erzählt denn so etwas und was soll ich da denn ausgeladen haben? Das Holz kam von den Winzern und ... Moment ... Sie glauben doch nicht, dass ich etwas mit der toten Frau zu tun habe?«, stammelte er. »Dass ich sie abgeladen habe, ich meine, wie das schon klingt, ich habe damit überhaupt nichts zu tun, wer erzählt denn so etwas, das kann doch nicht sein, dass das schon wieder anfängt ...«, fuhr er fort, während ihm Tränen in die Augen stiegen. Er presste die Hände aufeinander, bis seine Fingerknöchel weiß hervortraten. Er hatte das Gefühl, keine Luft mehr zu bekommen.

»Herr Petersen, beruhigen Sie sich. Wir müssen solche Hinweise verfolgen. Leider ist das eine der konkretesten Spuren, deswegen sind Sie jetzt hier und die Kollegen suchen bei Ihnen zu Hause nach Spuren«, erklärte Veronika ihm. »Außerdem habe ich Sie am Tatort beobachtet, Sie waren ja am Tag des Leichenfundes an der Absperrung. Sie müssen zugeben, dass das ein etwas merkwürdiger Auftritt war. Wissen Sie, es gibt Täter, die noch einmal an ihren Wirkungsort zurückkehren, um die Reaktion der Ermittler und der Öffentlichkeit hautnah zu erleben. Als ob sie eine Bestätigung suchten. Nicht, dass wir Sie für den Täter halten, aber vielleicht ist das alles kein Zufall. Wir wollen nur sichergehen, dass wir nichts übersehen. Sie haben doch sicher ein Alibi für den Freitagabend?«

Gunnar traute seinen Ohren nicht. Was sollte das heißen? Glaubten die wirklich, dass er damit zu tun hatte? Er, der keiner Fliege etwas zuleide tun konnte. Jetzt musste er sich zusammenreißen.

»Ich war zu Hause bei meiner Frau, wie jeden Abend. Ein paar Bekannte hatten gefragt, ob ich beim Aufbau des Feuerturms helfen wollte, aber ich hatte kein Interesse. Das ist bei uns keine Tradition und ich halte nicht viel davon. Außerdem habe ich einen Riesenrespekt vor Feuer, ich meine, wenn das auf die Felder übergreift, stehen wir alle am Ende des Jahres mit leeren Händen da. Das habe ich Ihren Kollegen schon gesagt. Meine Frau wird Ihnen das bestätigen. Sie durfte ja nicht mitkommen, wegen der Hausdurchsuchung, aber Sie können sie gerne fragen«, antwortete er ihr mit fester Stimme.

Veronika ließ sich damit nicht zufriedenstellen. Warum sollte jemand einen so konkreten Hinweis geben? Mit genauer Beschreibung des Landwirts, der sich gerade vor ihr bemühte, einen souveränen Eindruck zu machen. Sogar das passende Kfz-Kennzeichen hatte der anonyme Anrufer durchgegeben, das hatten sie gleich geprüft. Das konnte doch kein Zufall sein. Und sie brauchten Ergebnisse.

Immer und immer wieder stellte sie Gunnar die gleichen Fragen, auch über die Ereignisse im Oktober. Sie ließ ihn Situationen beschreiben, die er durchlebt hatte, Personen nennen, die ihn gesehen haben könnten. Er versuchte sich zu konzentrieren, doch ihm wurde langsam schwindelig vor lauter Fragen. An viele Sachen konnte er sich gar nicht mehr richtig erinnern, die liefen im Alltag so durch. Manchmal wusste er noch nicht einmal, wo er überall lang gefahren war, wenn er zu Hause ankam. Vor allem aber der Oktober war in einer tiefen dunklen Schublade seines Gedächtnisses vergraben, er hatte kaum noch Erinnerungen an die Tage vor und nach dem Vorfall.

So merkte er nicht, dass er sich immer mehr verstrickte, sich mehrfach selbst widersprach, als er versuchte, einige Tage und Vorgänge zu rekonstruieren. Er konnte sich einfach nicht richtig erinnern. Er wollte, dass sie aufhörte zu fragen. Dass sie eine Pause machte. Dass sie ihn nach Hause schickte. Aber als er endlich einen Anwalt verlangte, war es bereits zu spät. Veronika hatte sich entschieden.

»Wir können Ihren Anwalt gerne für Sie anrufen. Allerdings muss ich Sie bis zur Klärung der gerade entstandenen Ungereimtheiten in Ihrer Aussage vorläufig festnehmen. Wir werden Sie einem DNA-Test unterziehen, wenn Sie diesem nicht freiwillig zustimmen, werden wir dies richterlich anordnen lassen. Weil aufgrund der Nähe zu den Bundesgrenzen Fluchtgefahr besteht, werden Sie nach dem Besuch Ihres Anwalts in Untersuchungshaft überführt«, erklärte ihm die Hauptkommissarin, legte beide Hände auf den Tisch und schaute Gunnar herausfordernd an.

Der rührte sich nicht. Er war starr vor Schreck. Was? Machte sie Witze? Er sollte in Untersuchungshaft gebracht werden? Was würde Magda dazu sagen? Das war doch alles ein Albtraum, er war sich sicher, gleich aufzuwachen. Er wollte schreien. Wegrennen. Gegen die Türen hämmern. Dieser aufgeblasenen Kommissarin beweisen, dass sie falschlag. Dass er nichts damit zu tun hatte. Aber er war wie gelähmt und starrte auf die Türklinke, die sich gerade vor seiner Nase verschlossen hatte.

−52−

Heute war ein guter Tag. Ein sehr guter sogar. Was war er doch für ein guter Mitbürger. So vorbildlich.

Er triumphierte. Sein Einfall, so einfach wie genial, war ihm heute Morgen in der großen Pause gekommen. Warum sollte man der ganzen Sache nicht auf die Sprünge helfen? Also hatte er sich eines der von seinen Schülern konfiszierten Prepaidhandys aus seinem Spind geschnappt und von der Toilette aus mit unterdrückter Rufnummer bei der Polizei angerufen. In den Zeitungsartikeln hatten sie ja schließlich extra eine Hotline angegeben, bei der sogenannte sachdienliche Hinweise gesammelt wurden. Also hatte er dort erzählt, dass er Gunnars dunkelgrünen Lada mit Anhänger in der Nähe des Fundorts der Leiche gesehen habe – und zwar am Vorabend des Osterfeuers. Er kannte sogar das Kennzeichen auswendig, da Gunnar zu den Menschen gehörte, die ihre Initialen und ihr Geburtsdatum auf dem Nummernschild verewigt hatten. Er gab sich also als sehr aufmerksamer Bürger aus, dem das mit Blick auf die aktuellen Ereignisse komisch erschien und der es deshalb hiermit melden wollte.

Es war fast zu einfach gewesen, denn offensichtlich hatten sie es sofort geschluckt. Schon am späten Nachmittag, als er bei der Post kurz vor Feierabend eine neue Shake-Lieferung abholte, tuschelten zwei Frauen in der Schlange vor ihm darüber, dass sie den Gunnar abgeholt hätten.

Diese Neuigkeit hatte sich in Windeseile im Ort herumgesprochen und schien ebenso schnell die Meinung zu prägen, dass er tatsächlich etwas damit zu tun haben könnte – wo er doch in der Vergangenheit immer mal wieder aufgefallen war. Und schon zerbrach man sich den Kopf, in welchen Gefahren man sich befunden hatte, als er beim Weinfest nur einen Tisch weiter stand.

Die Menschen waren einfach zu leicht zu manipulieren. Er jubilierte innerlich. Bingo, der erste Schritt seines Plans war schon einmal aufgegangen.

Jetzt musste er Schritt zwei einfädeln. Heute Nacht würde er seine Laufschuhe schnüren und die Kleidung der beiden Schlampen, die sie bei ihrem Verschwinden getragen hatten und die er in einer Kiste auf dem Dachboden aufhob, auf Petersens Hof verstecken. Ein geeigneter Ort würde sich schon finden. Er war sich sicher, dass sie nach der Festnahme irgendwann das Haus durchsuchen würden – vielleicht ja wieder mit diesen wild gewordenen Spürhunden –, und spätestens dann würde die Polizei eins und eins zusammenzählen.

Er fühlte sich wie ein Regisseur, der alle Fäden in der Hand hielt. Sie waren seine Marionetten. Gunnar bliebe keine Chance, sich aus der Sache herauszureden. Die DNA-Spuren würden ihn entlarven. Diese Kommissarin hatte im Fernsehinterview ausgesehen, als würde sie händeringend einen Verdächtigen brauchen. Vielleicht würden diese Beweise ihr ja schon reichen?

Egal, Hauptsache, der Typ war aus der Schussbahn und er könnte sich Magda vielleicht wieder annähern. Mal sehen.

Allein die Vorstellung ließ sein Herz warm werden. Das waren nicht dieselben Gefühle, die er für SIE hatte. Das war etwas anderes.

Es war halb sechs, gleich würde SIE anrufen und er musste sich noch um C kümmern. Der Tag war bis jetzt einfach zu gut gelaufen. Sie hatte ja heute Morgen schon ihre große Portion bekommen, also verzichtete er auf den Trichter und stellte ihr zwei große Shakes hin. »Du hast bis morgen früh Zeit, sonst bekommst du die doppelte Portion reingefüllt! Ärger mich ja nicht!«, drohte er ihr und drehte sich auf dem Absatz herum. Er hatte ihr noch nicht einmal ins Gesicht geblickt und ihre fest entschlossenen, hasserfüllten Augen gesehen. Sonst hätte er ahnen können, dass hier etwas nicht stimmte.

Fick dich, du Wichser! Die Scheiße wirst du in Zukunft selbst fressen können. Das waren Anna-Marias letzte Gedanken, bevor sie sich die aus dem Seil geformte Schlinge um den Hals legte. Sie hatte nicht gewusst, wie man eine solche Schlinge knüpfte, aber irgendwie hatte sie es dann geschafft, auch wenn sie nur hoffen konnte, dass das Konstrukt sein raufaseriges Versprechen halten würde. Die Deckenhöhe in diesem Keller, in dem sie seit so vielen Monaten vor sich hin vegetierte, war für ihre Größe kein Problem. Sie hatte sich nur ein wenig strecken müssen, um das Seil an den Kupferrohren an der Decke zu befestigen, die sie seit Monaten auf ihrer Pritsche liegend anstarrte. Jetzt werdet ihr mir ja noch nützlich, ihr hässlichen Dinger, hatte sie dabei gedacht, immer darauf bedacht, bei ihrem Manöver keinen Lärm zu verursachen. Jetzt blieb ihr nur noch zu hoffen, dass die Rohre unter ihrem Gewicht nicht zusammenbrachen. Sie hatte schließlich beim letzten Wiegen 108 Kilogramm auf die Waage gebracht. Damit war er zwar nicht zufrieden gewesen, aber für sie war es dennoch der blanke Horror.

Erst vor knapp zehn Minuten war er noch hier gewesen und hatte ihr dieses widerliche Zeug vor die Nase gestellt. Ihr »Abendessen«. Er würde heute Abend also nicht mehr herunterkommen.

Endlich war es so weit. Ihr Leben war nicht mehr ihr Leben. Sie würde die Qualen nicht mehr ertragen können, nicht mehr ertragen müssen. Sie würde dieses Mal die Kontrolle übernehmen. Sie würde ihm, auch für Lena und Larissa, einen Strich durch seine perversen Pläne machen. Was auch immer er damit bezweckte.

Ein letztes Mal dachte sie an ihre Eltern und an ihre Freundinnen. Ob sie überhaupt noch glaubten, dass sie am Leben war?

Sie hatte keine Angst. Sie saß auf ihrer Pritsche, schaute sich ein letztes Mal in ihrem Verlies um, das Seil spannte um ihren Hals, die Fasern legten sich rau auf ihre Haut, schnitten sich ganz leicht in sie hinein. Dann ließ sie sich langsam nach vorne gleiten, rutschte von der Pritsche auf die Knie. Die Rohre hielten an der Decke. Sie war entspannt, sie würde frei sein. Bereits nach fünf Sekunden verlor sie das Bewusstsein. Ihr Körper wehrte sich zuckend gegen den Sauerstoffmangel im Gehirn. Fünf Minuten später hörte ihr Herz auf zu schlagen.

Er hatte sie nicht besiegen können. Sie hatte gewonnen.

-54-

Veronika war letztendlich doch zufrieden mit diesem Tag. Dabei hatte er so beschissen angefangen. Erst die Ansage von ihrem Chef, dann ein mürrisches Team, welches Tausend verschiedene Ideen und Vermutungen in petto hatte, aber keine plausiblen Lösungsansätze anbieten konnte. Alle waren irgendwie mürbe und nölig, keiner hatte Lust, irgendetwas zu machen. Sie drückten sich regelrecht vor der Arbeit. Sie selbst war fast mit ihren Nerven am Ende gewesen und hatte schließlich kurzerhand alle zu einem gemeinschaftlichen Mittagessen in der Undine, dem Restaurant des Ruderklubs direkt an der Saar, verdonnert. Eine perfekte und vor allem dringend notwendige Maßnahme zum Teambuilding bei Wurstsalat und Bratkartoffeln und originalem Dibbelabbes, einem traditionellen saarländischen Gericht aus Kartoffeln, Zwiebeln und Dörrfleisch, in das sich Veronika schon beim ersten Probieren verliebt hatte.

Die Stimmung war um einiges besser im Team, als am frühen Nachmittag der anonyme Anruf im Präsidium einging, und sie klammerte sich an diese neue Information wie an den letzten Strohhalm.

Sie brauchte dringend eine heiße Spur, zumindest einen Verdächtigen, ihr Chef hatte ihr ganz deutlich die Pistole auf die Brust gesetzt. Und dieser Petersen hatte sich bei der anschließenden Befragung um Kopf und Kragen geredet. Unter anderen Umständen wäre sie das anders angegangen. Aber so, was blieb ihr denn übrig? Sie musste abliefern.

Trotzdem fehlten ihr noch entscheidende Details, um den Fall vollständig lösen zu können. Das Motiv, die Identität der Opfer, die Tat. Das würden sie alles schon aus ihm herausbekommen.

Sie war gerade nach einem Zwölfstundentag erschöpft nach Hause geradelt, den Kopf voller Gedanken, die sie mit jedem Tritt in die Pedale mehr abschütteln konnte. Sie würde jetzt nicht allein zu Hause bleiben können. Sie wollte sich nicht den Abend verderben mit irgendwelchen Zweifeln und so schickte sie ihren Freundinnen eine mitleidserregende Nachricht per WhatsApp und wurde mit zwei prompten Zusagen belohnt. Heute Abend würden sie ein wenig um die Häuser ziehen, ihre Stammkneipen am Sankt Johanner Markt abklappern und schließlich, wie immer, für einen letzten Absacker bei Da Pino landen. »YOLO – You only live once«, zitierte sie den im Internet kursierenden Lieblingsspruch der heutigen Jugend, bevor sie sich gut gelaunt und hoch motiviert wieder aufs Rad schwang und in Richtung Innenstadt radelte. Heute konnte alles passieren.

Ihr Diensthandy ließ sie zu Hause und so konnte sie Thiels E-Mail zu den ersten Ergebnissen des DNA-Abgleichs ihres Verdächtigen mit den gefundenen Rückständen unter den Fingernägeln der Opfer nicht mehr lesen.

Sie wollte sich auf andere Gedanken bringen und ein Mädelsabend mit endlosen Lachsalven und heißem Gossip über bekanntere und weniger bekannte Personen war genau das richtige Mittel dafür. Und auch wenn sie am nächsten Tag wieder fit sein wollte und deshalb nur mit angezogener Handbremse an ihren Gin Tonics nippte, nahm sie zur Feier des Tages den süßen Kellner, der sie seit Monaten anflirtete, mit nach Hause. Zur großen Zufriedenheit von Ella und Theresa, die nicht mehr daran geglaubt hatten, dass sie so etwas wie ein Sexualleben überhaupt noch in Betracht zog. Sie war wohl doch kein hoffnungsloser Fall.

Auch wenn die Nacht mit ihm ihr nicht besonders in Erinnerung bleiben würde, tat es ihr gut, mal nicht allein in ihrem Bett zu liegen. Bevor sie die Augen schloss, wand sie sich aus seiner klammernden Umarmung und schrieb den beiden: »Mädels, ich fürchte, wir müssen uns einen neuen Italiener suchen. Der Typ war kein Glücksgriff, mehr dann die Tage. Falls ich ihn morgen früh losbekomme. Schlaft gut, war wie immer schön mit euch!!!«

Die Reihe Emoticons, die ihre Freundinnen ihr daraufhin zurückschickten, sah sie nur noch aus den Augenwinkeln. Ebenso wie den Blick ihres Katers Rocky, der sie mürrisch und vorwurfsvoll von seinem Sessel aus in der Ecke des Raumes anstarrte. Da besetzte doch tatsächlich jemand seinen Platz. Er würde sie mindestens drei Tage lang ignorieren, da war sie sich sicher. Doch darum konnte und wollte sie sich jetzt nicht mehr kümmern und schlief mit einem tiefen Seufzer endlich ein.

–55–

Es war fast Mitternacht, als SIE in der dunklen Aprilkälte auf IHREM Balkon in der Bremer Innenstadt saß, eine Zigarette in der Hand und ein Glas rauchigen Whiskeys auf dem Tisch, unbeobachtet von neugierigen Blicken der Nachbarn. Wie SIE es so oft tat. In der klaren Nachtluft roch man das Meer, das SIE so liebte. Ein wenig Wehmut kam auf, denn SIE konnte sich noch gut daran erinnern, wie SIE voller Energie und Lebensfreude ungestüm an den schönsten Stränden dieser Welt IHR Leben in vollen Zügen genossen hatte. SIE schluckte die Bitterkeit dieser Erinnerungen runter.

SIE hatte keine Lust auf Sentimentalitäten. In wenigen Tagen sollte es so weit sein. Dieser Depp machte sich aktuell ganz gut, er spielte artig seine Rolle mit und überraschte SIE sogar mit eigener krimineller Energie. SIE spürte, dass er eine eigene kleine Rechnung offen hatte. Zumindest hatte er heute Abend etwas angedeutet, und solange er keine weiteren Fehler mehr machte, war es okay für SIE.

Endlich hatte er SIE heute mit neuen Bildern versorgt und SIE empfand jedes Mal eine kribbelnde Erregung, wenn SIE auf die kleinen Icons klickte, die seinen Nachrichten angefügt waren. Er hatte B fotografiert, wie sie zu diesem Scheiterhaufen gewankt war, wie ein kolossales Wesen auf zu klein geratenen Füßen, die Gliedmaßen bedeckt von dicken Fettschichten. Dann ein Bild ihres Gesichts, kurz nachdem er ihr erzählt hatte, wer hinter diesem Projekt steckte. Ungläubig dreinblickende Schweinsäuglein, die SIE da anschauten, darunter ein verzerrter Mund im schweißnassen Gesicht. Ein klägliches Etwas, das von der Schlampe noch übrig war. Das nächste Bild zeigte den eingeschlagenen Schädel. SIE hatte schlucken müssen, dieser Anblick war auch für SIE etwas hart. Aber SIE hatte sich nichts anmerken lassen. Die Bilder von C zeigten ebenfalls einen deutlichen Fortschritt, endlich nahm auch sie richtig zu. Auch wenn sein Werk an ihr noch lange nicht vollendet war, so sah SIE doch in den trüben Augen, dass ein Teil von ihr bereits für immer zerstört war. Das war IHR Triumph.

SIE würde ihm also bald den nächsten Namen nennen. Wieder ein Mädchen, dessen Leben SIE zerstören könnte. Wieder ein Mädchen, das sich bisher für unsterblich gehalten hatte und das bis zum Schluss nicht verstehen würde, warum gerade ihr das passierte.

Der Gedanke daran ließ ein zufriedenes Lächeln über IHR Gesicht huschen. Es schmerzte immer noch ein wenig, wenn die lederne, taube Gesichtshälfte an der gesunden zog. Seit eineinhalb Jahren lebte SIE nun damit, seit eineinhalb Jahren ging SIE tagsüber nicht mehr aus dem Haus. Nur wenn es Nacht wurde, und dann auch nur mit dunklen Kapuzenpullis bekleidet, huschte SIE an den Häuserwänden entlang in eine heruntergekommene Kneipe mit dem schillernden Namen »Die Ritze«, wo man SIE so akzeptierte, wie SIE aussah. Wo SIE regelmäßig mit Schnäpsen den Hass in IHREM Körper zu ertränken suchte. Wo sich unter den wenigen Stammgästen, bestehend aus Taxifahrern und Hafenarbeitern, immer jemand fand, der IHR den Schmerz aus der Seele vögelte. Wo niemand fragte, wie SIE hieß und was mit IHREM Gesicht passiert war. Es war zu IHREM zweiten Zuhause geworden.

In ihrem ersten Leben war SIE nach Paris, London und Mailand gejettet, war für die großen Designer gelaufen und hatte sogar das eine oder andere Zeitschriftencover erobert. SIE galt als Nachwuchshoffnung für die deutsche Modelszene, die Kritiker liebten IHREN modernen Look, das elfenhafte Gesicht mit den großen Augen, den lässigen Blick, die leicht geschwungenen Lippen, die kleine Zahnlücke zwischen IHREN Schneidezähnen. SIE hielt sich für unsterblich, machte sich wenig Gedanken über die Zukunft, lebte von Tag zu Tag und nahm alle Chancen mit, die sich IHR boten.

Das Leben als Model war ein Leben voller harter Konkurrenz, jeden Tag kamen andere Mädchen, die sich in den Vordergrund drängten, die auch ein Stück vom Kuchen abbekommen wollten. Aber SIE war eine Gewinnerin. Die Kunden waren zufrieden und IHR Freund vergötterte SIE. IHR Freund. Yevgeni. Ein wunderschöner, gut gebauter Asket mit stechend grünen Augen und russischen Wurzeln. Sie hatten sich bei einem Job in Mailand kennengelernt, er lebte in London und St. Petersburg. SIE war so glücklich gewesen, dass es jeden Funken Misstrauen sofort erlöschen ließ. Er wurde ungehalten, wenn er eifersüchtig war – und das war er immer. Immer wenn SIE nicht bei ihm war. SIE schluckte die Beschimpfungen und Drohungen runter, wenn er sich nicht unter Kontrolle hatte, wenn er doch eine Line Koks zu viel gezogen hatte. SIE hätte wissen müssen, dass das irgendwann schiefgehen musste. Dass SIE dafür bezahlen musste.

Aber jetzt würden erst einmal andere dafür bezahlen. Dafür, dass sie sofort IHREN Platz eingenommen hatten. Dass sie IHRE Jobs übernommen hatten, als SIE noch auf der Intensivstation lag. IHRE Kleider in Mailand und Paris getragen hatten, als man SIE zum sechsten Mal wiederbelebte.

Mit der Säure hatte sich auch der Hass unwiderruflich in SIE eingebrannt.

C

Die Panik:

Extremform der Angst, die die Körperfunktionen in einen Ausnahmezustand versetzt und zu irrationalen Handlungen verleitet.

Er war wie gelähmt. Sein Gehirn konnte nicht verarbeiten, was seine Augen vor sich sahen. Da passte etwas nicht in das gewohnte Bild, welches er allmorgendlich die letzten Monate vorgefunden hatte. Da lag ein lebloser Körper im Verschlag. Das passte nicht. Nicht wie gewohnt auf der ausgeleierten Pritsche, sondern schlaff und kraftlos vornübergebeugt, der Kopf gehalten in einer Seilschlinge. Seine Synapsen konnten diesem Bild einfach nicht die richtige Bedeutung zuweisen. In seinem Kopf herrschte ein Vakuum, das sich nur sehr langsam mit der Erkenntnis füllte, dass sie ihm zuvorgekommen war. Sie hatte seinen Plan durchkreuzt, hatte das Steuer übernommen.

Was hat sich diese Schlampe erlaubt?, fragte er sich, während er langsam wieder zu sich kam. Er war doch noch nicht fertig mit ihr. Wie Blitze schossen ihm seine Gedanken durch den Kopf, stellten ihn vor unbeantwortbare Fragen, die ihm jedes Mal ein bisschen mehr den Atem raubten. Wie zum Teufel war sie an das Seil gelangt? Was sollte er tun? Wo sollte er so schnell noch eine Leiche entsorgen? Und vor allem, was würde SIE dazu sagen? Würde SIE wütend sein, weil er nicht aufgepasst hatte? Weil er versagt hatte? Würde spätestens jetzt alles vorbei sein?

Die Wände des Kellerraums drehten sich immer enger um ihn herum. Der Boden schwankte, ihm wurde heiß und kalt, er schnappte nach Luft. Die gelblich schimmernde Lampe blinkte flimmernd in seinen Augen. Minutenlang starrte er auf die reglose Hülle, die im Verschlag von der Pritsche gerutscht war und nun davor kniete, die Arme schlaff neben dem unförmigen Oberkörper, die Beine waren unnatürlich abgewinkelt, es sah unbequem aus. Die Haut am Hals, dort wo der Strick sein

Werk vollendet hatte, war etwas aufgerissen, kleine Blutspuren waren ihr den Hals hinabgelaufen, als ihr Herz noch Blut durch den sterbenden Körper gepumpt hatte.

Doch sein Blick blieb immer wieder an ihrem Gesicht hängen. Sie schaute ihn an. Aus den Winkeln ihrer halbgeschlossenen Augen starrte sie ihn mit totem Blick herausfordernd an. »Du elendes Miststück!«, zischte er zwischen zusammengepressten Zähnen hervor. Seine Wut kroch unaufhaltsam in ihm hoch, er spürte, wie sie die Fassungslosigkeit verdrängte. Sie dehnte sich langsam aus, erfasste seine Muskeln, seine Atmung, schließlich seinen ganzen Körper. Er löste sich aus der Starre, riss die Tür des Verschlags auf und begann, mit aller Kraft und Gewalt auf C alias Anna-Maria einzutreten. Ihr Kopf rutschte aus der Schlinge und knallte auf den Boden, er hörte ihre Rippen brechen und spürte, wie die Zähne nachgaben, als er ihr den Kiefer brach. Er trat gegen die weichen Rundungen, gegen die Fettschürze, die sich in den vergangenen Monaten gebildet hatte, er hätte sie am liebsten kurz und klein getreten, bis nichts mehr übrig war. Aber seine Kraft schwand nach endlos scheinenden Minuten.

Keuchend ließ er von ihr ab. Es lief kein Blut, aber ihr Gesicht war merkwürdig deformiert und ihre Körperposition hatte sich durch die dumpfen Tritte, die in den letzten Minuten die einzigen Geräusche im Raum verursacht hatten, stark verändert. Tränen der Wut und der Verzweiflung liefen ihm über die Wangen. Er würde versuchen müssen, die Situation zu retten. Er würde versuchen müssen, es IHR schonend beizubringen. Er würde versuchen müssen, keinen weiteren Fehler mehr zu machen. Er musste jetzt ganz genau nachdenken. Keinen Fehler, keinen einzigen Fehler mehr. Vielleicht reichte es IHR, dass sie tot war. Ansonsten würde SIE ihm nie verzeihen.

Er ließ C liegen, nahm auf dem Weg ins Obergeschoss zwei Stufen auf einmal, wusch sich unter der Dusche Schweiß und

Panik ab und machte sich auf den Weg zur Schule. Ihm würde schon etwas einfallen.

-57-

»Machen Sie sich keine Sorgen, das wird schon. Wir holen ihn da raus. Ich melde mich wieder, sobald es etwas Neues gibt«, mit diesen Worten hatte sie ihr Anwalt gestern Abend am Telefon beruhigt. Das war kurz nachdem er ihr mitgeteilt hatte, dass Gunnar in Untersuchungshaft saß, weil man ihn verdächtigte, etwas mit den toten Frauen zu tun zu haben. Sie hatte die ganze Nacht kein Auge zugemacht. Sich in dem viel zu großen Bett hin- und hergerollt, sich den Kopf zerbrochen. Es musste sich um ein großes Missverständnis handeln, da hatte ihn jemand verwechselt, sie wusste, dass man ihn nicht gesehen haben konnte. Das war einfach eine falsche Information, ein blöder Zufall. Sie war sich sicher, dass die Polizei dies auch bald merken und Gunnar wieder nach Hause lassen würde. Wenn sie nur an den Spießrutenlauf im Dorf dachte, der sie jetzt erwartete. Sie würden sich die Mäuler zerreißen. Ihr armer Gunnar.

Am frühen Morgen, als es noch dunkel draußen war, stand ihr Entschluss fest. Sie würde sich nicht unterkriegen lassen. Auch dieses Mal nicht. Magda war bereit, alles dafür zu tun, um Gunnars Unschuld zu beweisen.

Nun war sie auf dem Weg zum Stall, um die Kühe zu füttern und die Ställe auszumisten. Auf ihren Fersen folgte ihr Labrador Leon, der sie nie aus den Augen ließ, wenn sein Herrchen nicht im Haus war.

Die Arbeit tat ihr gut, obwohl ihre Gedanken immer wieder bei Gunnar landeten. Wie es ihm wohl ging? Er hatte sicher nicht gut geschlafen. Ob er Angst hatte?

Leons hektisches Bellen riss sie aus den Gedanken. Sie schob gerade eine Schubkarre mit Kuhmist in Richtung Misthaufen, als ihr der schwarze Vierbeiner schwanzwedelnd mit einem roten Stück Stoff entgegenkam.

»Wo hast du das denn jetzt schon wieder gefunden?«, fragte sie ihn, während sie versuchte, ihm den Stoff aus dem Maul zu nehmen. Er ließ nur widerwillig von seiner Beute ab, erst nach mehrmaligem »Aus« und einem bösen Blick, der Magda bei Leon immer schwerfiel. Er ließ den roten Fetzen schließlich fallen und verschwand schwanzwedelnd wieder hinter den Ställen. Magda stockte. Das war Seide, weiche hochwertige Seide, wie sie sie nur aus den teuren Geschäften in Luxemburg oder Saarbrücken kannte. Wo hatte Leon die her? So etwas hatte sie selbst noch nie besessen. Sie folgte den kratzenden Geräuschen hinter den Stallungen und fand Leon inmitten des Misthaufens grabend, aus dem er noch weitere Stoffteile befördert hatte. Was passierte hier? Wo kam das alles nur her?

Sie ging zögerlich näher und griff nach einem weiteren Stoffteil, das ihr Hund neben dem Misthaufen abgelegt hatte. Es war ein Lederminirock. Das war nicht ihrer. So etwas trug sie nicht. Wem gehörte das?

Eine kribbelnde Unruhe kroch in ihr hoch. Da stimmte etwas nicht. Erst Gunnars Verhaftung, jetzt das.

Sie stocherte weiter im Misthaufen und zog noch mehr Kleidungsstücke heraus. Ein schwarzes Tanktop, ein blaues Paillettenkleid, eine schwarze, enge Jeans. Ihr wurde schlecht, als langsam Panik in ihr aufstieg.

Das musste jemand hier versteckt haben. Das konnte unmöglich von Gunnar sein. Aber wer? Und warum hier?

Sie musste die Polizei rufen. Würden die ihr glauben? Jetzt, wo Gunnar im Gefängnis war? Wer würde ihr überhaupt glauben? Bauer Heinrich? Ihre Freundinnen? Und wenn sie damit Gunnar noch mehr in Schwierigkeiten brachte? Aber wenn sie es nicht meldete, was dann? Ihre Gedanken drehten sich wie wild. Was sollte sie nur tun?

Sie könnte die Kleider auch einfach verschwinden lassen. Als hätte sie nie etwas gesehen. Als wüsste sie von nichts. Doch was würde passieren, wenn es irgendwann rauskam? Dann hätte sie tatsächlich etwas Schlimmes getan und würde bestraft werden.

Magda sackte in sich zusammen. Ihr Kopf kriegte die Informationen nicht mehr zusammen, ihre Gedanken überschlugen sich. Gunnar konnte nicht dahinterstecken. Das war ausgeschlossen, dafür würde sie ihr Leben geben. Aber wer würde denn hier Kleidung verstecken? Und wie lange lag das schon dort? Wollte ihnen jemand etwas unterschieben? Erst der anonyme Hinweis, jetzt das hier. Verzweiflung breitete sich in ihr aus. »Mein Gott, Gunnar. Was soll ich denn nur tun?«, murmelte sie tränenerstickt vor sich hin – und zuckte erschrocken vor ihrer eigenen rauen Stimme zurück. Auch Leon richtete seine Aufmerksamkeit auf sein Frauchen, er war begeistert von der Abwechslung und kaute enthusiastisch auf einem Schnürsenkel.

»Leon, lass das und komm da raus. Es reicht, mein Schatz. Komm zu mir!«, ermahnte sie ihn, diesmal mit weicher Stimme, und atmete tief durch.

Sie schaute sich die Kleidungsstücke noch einmal genauer an. So etwas würde sie nie selbst tragen, das war überhaupt nicht ihr Stil. Sie würde noch nicht mal reinpassen. Die Kleider waren höchstens Größe 36, wenn nicht kleiner. Aber hatte das wirklich etwas mit den toten Frauen zu tun?

Das beklemmende Bauchgefühl blieb. Etwas in ihr sagte ihr, dass sie jetzt das Richtige tun musste. Sie wollte dieses Zeug nur noch loswerden.

−58−

Veronikas Handy klingelte, als sie gerade völlig außer Atem über die Fußgängerbrücke am Saarbrücker Heizkraftwerk radelte. Sie war heute Morgen spät dran und musste sich beeilen. Sie hasste es, als Letzte ins Präsidium zu kommen und die süffisanten Sprüche der Kollegen über sich ergehen lassen zu müssen.

»Na, auch schon wach?« oder »Halben Tag frei gemacht?« oder »Da kommt die Spätschicht!« Natürlich teilte sie bei den anderen auch ordentlich aus, aber das Einstecken fiel ihr in ihrer neuen Position schwerer als in der Vergangenheit. Und sie war wirklich schon viel zu spät dran. Das lag an dem nächtlichen Begleiter. Bis sie ihn loswerden konnte, hatte es etwas länger gedauert. Er war noch ganz verzaubert am Morgen und hatte bereits mit der Planung ihrer nächsten Dates begonnen. Den Zahn musste sie ihm erst einmal ziehen. Sie hoffte nur, dass er verstanden hatte, dass nichts weiter zwischen ihnen laufen würde. Auch wenn ihr die ungewohnte Aufmerksamkeit und das leicht schleimige, aber durchaus charmante Umschmeicheln schon gutgetan hatten.

Genervt bremste sie mitten auf der Brücke und zerrte ihr Handy aus der Jackentasche. Wenn das die Kollegen waren, die jetzt schon auf ihrer Unpünktlichkeit rumreiten wollten, dann flippte sie aus. Unbekannte Nummer. Also nicht das Präsidium. Sie wischte über ihr Display und nahm das Gespräch an.

»Ah, guten Morgen, Frau … ähh, okay. … Ja, verstehe. Hmm … Sind Sie sicher? … Stimmt, das ist komisch. … Beruhigen Sie sich bitte. Das wird sich aufklären. … Ja, wir kommen sofort … Lassen Sie alles so liegen und versuchen Sie, so wenig wie möglich anzufassen. … Ja, bestimmt … Beruhigen Sie sich doch. Ich schicke Ihnen so schnell wie möglich jemanden vorbei, wir selbst kommen dann in circa einer Stunde! Ja, Sie haben alles richtig gemacht … auf jeden Fall. Ja, bis gleich.«

Sie legte auf. Jetzt musste sie nachdenken. Das Adrenalin hatte sich innerhalb kürzester Zeit durch ihre Adern gepumpt. Ihre Nervenenden waren hypersensibel, ihr Kopf arbeitete auf Hochtouren.

Sie stand immer noch mitten auf der Brücke, als sie die Nummer ihres Teams tippte. Ihr Kollege Max Langner ging dran, dem sie am Vorabend noch in einem Anflug von kollegialem Zusammengehörigkeitsgefühl das Du angeboten hatte.

»Ja, hallo, Max. Ich bin's. Ja, ich weiß, wie spät es ist. Ich musste noch etwas erledigen. Jetzt hör bitte zu! Ich bin in acht Minuten da. Bestell die Spurensicherung und einen Wagen, wir müssen sofort los. Ja, wir treffen uns vor der Tiefgarage. Und bring mir bitte einen Kaffee mit. Sonst sterbe ich auf der Strecke. Ach so, und schick zwei Kollegen aus Perl direkt zu Frau Petersen. Die sollen sich kümmern, bis wir da sind. Alles klar, danke dir, bis gleich.«

Sie stopfte das Telefon zurück in ihre Tasche und trat fest in die Pedale. Die arme Frau war völlig durch den Wind gewesen. Vielleicht war das ja ein Ablenkungsmanöver, um ihren Mann zu schützen. Die Spurensicherung würde hoffentlich schnell etwas finden und dann wusste sie mehr. Vielleicht hatte der Typ auch einfach eine Affäre und die Klamotten versteckt, bevor sie ihn geholt hatten. Aber was, wenn nicht? Was, wenn da tatsächlich ein Zusammenhang bestand? Dann würde das ihre Ermittlungen einen großen Schritt weiterbringen. Hoffentlich.

Bereits eine halbe Stunde später fuhren sie im Konvoi auf der A 620 in Richtung Luxemburg. Immer entlang der Saar, die in der Frühlingssonne glitzerte. Vorbei am Weltkulturerbe Völklinger Hütte, deren triste Stahlkonstruktionen als stumme Zeitzeugen von einer wirtschaftlich stabileren Zeit des Saarlandes berichteten. Sie waren auf direktem Weg zum Bauernhof der Familie Petersen. Über die Freisprechanlage telefonierte sie mit den Kollegen im zweiten Auto, die vor Ort die Spuren aufnehmen sollten, und berichtete, was Magda ihr am Telefon erzählt hatte. Auch die Kollegen der Polizeiinspektion Merzig, die für die Region zuständig waren, informierte sie. Sie hatten in den vergangenen Monaten eng kooperiert und sie wollte sicherstellen, dass jemand vor ihnen da war und so schnell wie möglich die Fundstelle absperrte.

Eine knappe Dreiviertelstunde später saß sie mit Magda in der Küche. Sie hatte sich am Fundort der Kleidung ein Bild gemacht und jetzt wollte der ländliche Geruch nicht mehr aus ihrer Nase. Sie fühlte sich davon immer an ihre Kindheit erinnert. Als sie sich mit ihren Freundinnen in ihrem Dorf zwischen Bad Hersfeld und der deutsch-deutschen Grenze zu Thüringen in die Ställe der Bauern geschlichen hatte, um die Kühe zu striegeln, die sie mit ihren großen Kulleraugen anschauten. Sie hatte sich immer eingebildet, dass sie sich freuten, wenn die Mädchen kamen. Das war lange her.

Jetzt versuchte sie, Magda zu beruhigen: »Es war gut, dass Sie mich angerufen haben. Genau richtig. Wir werden herausfinden, was es damit auf sich hat. Das verspreche ich Ihnen. Okay?«

Magda nickte stumm. Sie versuchte, die Fassung zu bewahren und einen guten Eindruck vor der Kommissarin zu machen, die nur wenig älter als sie selbst schien. Sie blickte ihr direkt ins Gesicht.

»Bitte, Sie müssen mir helfen seine Unschuld zu beweisen. Ich weiß, dass mein Mann damit nichts zu tun hat. Er hat ein Herz aus Gold. Wieso sollte er so etwas tun? Ich habe ein schlechtes Gefühl bei den Sachen da draußen. Es wäre mir aufgefallen, wenn die schon länger da liegen würden – oder zumindest dem Hund. Das ist doch komisch, oder?«

»Unsere Spurensicherung wird das herausfinden, ganz sicher, Frau Petersen. Die sind gut und jeder hinterlässt Spuren. Wenn die nicht von Ihrem Mann sind, dann werden wir das herausfinden«, beruhigte sie sie.

Veronika wollte ihr ja helfen, aber was meinte die denn, wie oft sie so etwas schon gehört hatte. Ausflüchte, Entschuldigungen, Ratlosigkeit. Irgendwie tat sie ihr leid. Sie ließ Magda noch ein paar Fragen über die genaue Fundsituation beantworten, wann sie wo gewesen war, was sie angefasst hatte, wo sie entlanggelaufen war, ob sie Besuch gehabt hatte, mit wem sie gesprochen hatte. Und so weiter. Dass der Hund da draußen ein riesiges Chaos veranstaltet hatte, würde ihre Arbeit erschweren, aber die Kleidung schien gut erhalten.

Dann verabschiedete sie sich und ging zu den Jungs der Spurensicherung raus, die bereits fleißig den Misthaufen Schicht um Schicht abtrugen. Tatsächlich hatten sie noch ein weißes T-Shirt gefunden, mit geometrischen Formen auf der Brust. Die Kollegen hatten bereits alle Beweisstücke in Plastiktüten gesichert und waren dabei, Fußspuren und Fingerabdrücke zu suchen. In der matschigen Umgebung und mit der aufgewühlten Erde würde das ein sehr schwieriges Unterfangen werden.

»Hier sind Fußspuren, ich würde mal tippen, dass die von Männerschuhen sind«, rief einer der Neuen. »Da ist jemand aufs Grundstück, bis kurz vor den Misthaufen, hat umgedreht und ist wieder zurückgelaufen.«

»Okay, Spur aufnehmen, Bilder machen, alles genau unter die Lupe nehmen. Jungs, wir brauchen dringend Fakten«, machte

Veronika lautstark klar und erntete dafür genervte Blicke. Jeder tat hier sein Bestes. Das wusste sie, sie hoffte nur so sehr auf einen Durchbruch – ob für oder gegen Petersen, das war ihr erst einmal egal. Hauptsache, nicht mehr im Dunkeln auf der Stelle trippeln.

-59-

Eine klebrige Panik saß ihm den gesamten Morgen über tief in den Poren, sein Herz schien immer wieder auszusetzen und ihm die Luft zu nehmen, sodass er befürchtete, komplett die Fassung zu verlieren und alles hinzuschmeißen. Seine Fassade bröckelte, wirre Gedanken drehten sich in seinem Kopf und malten grelle Bilder von Exit-Strategien aus seiner ausweglos scheinenden Situation. Er war unaufmerksam, fahrig, nervlich völlig am Ende. Jetzt hier vor seinen Schülern zu sitzen und die Realität, die er noch vor wenigen Stunden in seinem Keller gefunden hatte, zu vergessen, überforderte ihn. So ließ er sie Texte lesen, Aufsätze schreiben oder im Internet recherchieren. Hauptsache, sie waren still, während er sich hinter seinem Laptop versteckte und auf den schwarzen Bildschirm starrte.

Nach der dritten Stunde meldete er sich krank. Es ging nicht mehr, er konnte den Gedanken nicht ertragen, dass C dort tot in seinem Keller lag. Auch wenn er kein bisschen an dieser verdammten Schlampe hing, war er derjenige, der entschied, was passierte. Und das hier hatte er nicht entschieden. Er würde sich etwas einfallen lassen müssen.

Mit dem Gefühl, jeden Moment zu ersticken, fuhr er nach Hause und stieg auf weichen Knien die Stufen in den Keller hinab. In ihm schlummerte noch eine leise Hoffnung, dass er sich das alles nur eingebildet hatte. Dass es nur ein böser Traum gewesen war, dass sie ihn gleich mit ihren traurigen Augen und ihrem aufgedunsenen Gesicht anschauen würde und der Knoten um seine Luftröhre endlich platzen könnte.

Aber so war es nicht. Kein Traum, keine Einbildung. Der unförmige Körper lag noch genauso da, wie es sich in seine Netzhaut eingebrannt hatte. Die Haut verfärbte sich langsam grau, das Gesicht war immer noch deformiert, der Körper lag genauso gekrümmt auf dem Boden, wie er ihn nach seinem Wutausbruch verlassen hatte. Er hatte das Gefühl, dass sich der Gestank, der hier seit Monaten herrschte, noch intensiver in seine Nasenschleimhaut fraß. Süß-säuerlich stieg ihm die Galle hoch. Er musste sie loswerden. So schnell wie möglich.

Doch wo? B hatte er ja gerade erst entsorgt, im Dorf waren alle in Aufruhr, die Polizei war ständig unterwegs. Und auch an den Grenzen zu Frankreich und Luxemburg würden sie die Augen offen halten. Und wie sollte er sie überhaupt transportieren – er würde sie ja schlecht in seinem normalen Kofferraum wegfahren können. Oder? Er überlegte fieberhaft. Sie war in den sechs Monaten schon ziemlich schwer geworden, knapp 110 Kilo. Die anderen waren ja noch mitgelaufen, wenn er sie die Treppen hochgeschleift hatte, aber das würde er bei ihr nicht packen.

Er dachte angestrengt nach: Was würde SIE wollen?

Er musste unbedingt eine Art und Weise der Entsorgung finden, die auch IHR gefallen würde. Beim Gedanken an SIE stockte sein Atem. Was würde SIE überhaupt dazu sagen? SIE würde ausrasten. SIE würde ihn beschimpfen. SIE hasste es, wenn etwas nicht so lief, wie SIE sich das wünschte. SIE ertrug es nicht. Er war noch lange nicht fertig mit C gewesen, sein

Auftrag war nicht vollendet. Fasziniert angewidert starrte er den deformierten Körper zu seinen Füßen an.

»Jetzt denk nach! Es muss spektakulär sein, voller Hass und Brutalität. Es muss zerstörerisch wirken. Das gefällt IHR«, murmelte er vor sich hin.

Er betrat das Verlies und versuchte, sie zu bewegen. Er schob, zerrte und drückte. Aber keine Chance, er schaffte nur wenige Zentimeter. Er begann zu schwitzen, er hatte das Gefühl, keinen Sauerstoff mehr in seine Lungen zu bekommen, er atmete schwer. Es hatte keinen Zweck.

Wenn ich sie nicht im Ganzen bewegen kann, dann eben in Stücken, dachte er sich und wog die Alternativen ab. Da musste er jetzt durch.

In den kommenden Stunden verwandelten sich Szenen, die er selbst nur aus blutigen Low-Budget-Filmen kannte, in Realität. Er hatte durchsichtige Malerfolie aus der Garage geholt und die kleine Kammer damit so gut wie möglich ausgekleidet. Auch der Boden war bis zum Ausguss in der Mitte des Raumes abgedeckt. Mit Gewalt riss er ihr die ausgeleierte Kleidung vom Körper, bis nur noch das weiße tote Fleisch vor ihm lag. Seine Tritte und Schläge hatten keine blauen Flecken hinterlassen, sie sah fast friedlich aus, nur die seltsam verzerrte Form ihres Kopfes, als wäre ihm eine Kugel Knete auf den Boden gefallen, irritierte das Bild. Ihre Hände und Füße waren stumpf und ungepflegt, ihre Körperbehaarung wucherte überall – was er sah, war meilenweit entfernt von der Person, die er vor wenigen Monaten das erste Mal getroffen hatte. Jung, lebensfroh und schön. Selbstbewusst hatte sie ihn angeflirtet und all ihre Reize spielen lassen, voller Vorfreude auf einen schönen gemeinsamen Abend. Damals.

Dann griff er zur Kettensäge und begann, ihre Gliedmaßen nach und nach vom Körper abzutrennen. Das wabbelige Fleisch wehrte sich gegen die alten Ketten, die seit Jahrzehnten nicht mehr benutzt worden waren. Immer wieder rutschte er ab. Was in Horrorfilmen so einfach aussah, wurde zu seinem persönlichen Horrorszenario. Die Haut zerfetzte unter der Berührung mit den metallenen Kanten, das Fleisch riss auf. Auch wenn kein Blut floss, wurde ihm mehrmals zwischendurch schlecht und er übergab sich, spätestens als er zu den Knochen vorgedrungen war, die mit einem knirschenden Splittern unter dem Rotieren der Säge brachen. Sein Kreislauf sackte ab. Er musste immer wieder Pause machen, an die frische Luft, er schwitzte, seine Haut war nasskalt und salzig. Stunde um Stunde mühte er sich ab, überwand sich, kämpfte gegen die Übelkeit und verlor wieder und wieder. Aber er war entschlossen, es gab keinen Weg zurück. Er trennte Oberschenkel und Unterschenkel, durchtrennte den Rumpf in der Mitte und trennte als Letztes den Kopf vom Körper. Ihm schien, als würde ihn ihr verzerrtes Gesicht die ganze Zeit bei seiner Arbeit beobachten. Als würde sie ihm zu verstehen geben: »Müh dich nur ab, ich habe sowieso gewonnen.«

Stunden später betrachtete er sein Werk. Der Geruch war unerträglich, er rang nach Atem. Aber er war fast am Ziel, auch wenn sein wattig-dumpfer Kopf immer wieder in eine Ohnmacht abzudriften drohte. Mit dem Wasserschlauch spülte er die aufeinandergeschichteten Körperteile sauber. Liter um Liter flossen die Belege seines Kampfes in den Abfluss und hinterließen einen nassen, glänzenden Film auf der Haut seines Opfers.

Opfer, waren sie wirklich Opfer? So hatte er es nie gesehen. Es waren Täterinnen, die IHR Leben zerstört hatten. Die diese Wut in IHR entfacht hatten, die er für SIE lindern wollte. Das hatte SIE ihm oft genug eingetrichtert, immer und immer wieder. Sie waren die Monster, sie mussten bestraft werden. Und das hatte er getan.

Jetzt musste er die Leichenteile nur noch loswerden, und während er sich noch mit den Körperstücken abmühte, wusste er auch schon genau, wohin er sie bringen würde. Heute Nacht.

Dorthin, wo er schon einmal gewesen war. Wenn sie heute Gunnar weggebracht hatten, würden sie morgen den gesamten Hof absuchen. Und dann würden sie morgen dort eben mehr finden als nur ein paar Fetzen Stoff. Er war sich seiner Sache sehr sicher. Das würde Gunnar den Rest geben. Vielleicht würde er ihm ja auch noch die Kettensäge unterjubeln können. Oder er warf sie einfach in die Mosel.

Jetzt musste er sich eine gute Geschichte für SIE ausdenken, SIE würde niemals erfahren dürfen, was wirklich geschehen war.

-60-

Er war anders als sonst. Wie er SIE da durch die kleine Webcam an seinem Computer anstarrte. Hatte er Schweiß auf der Stirn? Da stimmte etwas nicht, das war ihr von der ersten Sekunde an klar. War das doch alles zu viel für ihn? Kam er mit dem Druck nicht klar, den die Ermittlungen in seiner Umgebung auslösten? Schließlich hatte er die Leichen ja in seinem Dorf abgelegt, anstatt sie irgendwohin zu bringen. Tat es ihm leid? Wollte er gar abspringen?

SIE überlegte, was wohl in ihm vorging, während SIE das flackernde Skype-Bild beobachtete. Seine Augen zuckten von links nach rechts, er sah fertig aus, schaffte es nicht, SIE direkt anzuschauen. Egal was es war, SIE musste ihn wieder zurückbekommen – ihn anfüttern, damit ihre gemeinsame Geschichte noch ein bisschen weiterging.

»Ist alles in Ordnung mit dir, mein Herz?«, fragte SIE ihn also leise. Bei »mein Herz« zuckte er zusammen und schaute SIE mit großen, fiebrigen Augen an. Wie ein kleiner hungriger Welpe, dem man einen Riesenknochen vor die Nase hielt, den er nur selten zu sehen bekam.

»Ja, es ist nichts. Danke, dass du fragst. Es ist alles okay. Ich habe nur viel zu tun und hier im Ort ist ein bisschen was los. Ich will einfach nur keine Fehler mehr machen. Ich war vielleicht etwas zu leichtsinnig beim letzten Mal«, räumte er hastig ein.

»Okay, ich habe mir schon Sorgen gemacht. Nicht, dass du krank wirst. Jetzt, wo ich dir deine nächste Aufgabe geben wollte. Und damit auch deine letzte – wenn du diese kleine Herausforderung erfolgreich hinter dich bringst, werden wir endlich zusammen sein können. Dann hast du alle Prüfungen erfüllt. Und ich verspreche dir, dass es dieses Mal nicht so lange dauern wird. Ich habe neue Ideen.«

SIE spürte, selbst über die Distanz und die zwei Bildschirme, die zwischen ihnen wie emotionale Staudämme wirkten, wie das Adrenalin durch seinen Körper schoss. Wie das Leben farbenfroh und pochend in ihn zurückkehrte. Wie seine Atmung schneller wurde, er sich gerade hinsetzte und das Kinn reckte. Er war zurück im Spiel. Wie einfach das jedes Mal ging. Ein Lächeln umspielte IHRE Mundwinkel. Er war so leicht zu manipulieren und langweilig berechenbar. Fast ödete er SIE an.

»Aber bleiben wir erst einmal im Hier und Jetzt. Wie geht es unserem aktuellen Projekt? Kommst du gut voran? Hast du neue Fotos? Ich will sie sehen«, umschmeichelte SIE ihn. Er wurde starr, fixierte einen Punkt unter dem Bildschirm, sein Gesicht verfärbte sich aschgrau. IHR Triumph war in Sekundenschnelle verflogen.

»Okay, raus mit der Sprache. Was ist mit dir? Jetzt rede endlich!«, fuhr SIE aus der Haut.

SIE hasste es, wenn man etwas vor IHR verheimlichte. Was

hatte dieser Idiot angerichtet. Es konnte doch nicht so schwer sein.

»Ich, ich …«, stammelte er.

»Ich, ich, was?«, herrschte SIE ihn an.

»Ich, ich habe sie umgebracht. Sie ist tot. Sie wurde unverschämt und stank fürchterlich. Und da habe ich es nicht mehr ausgehalten. Dieses dreckige Stück Scheiße hat mich provoziert und da bin ich einfach ausgerastet. Es tut mir leid, ich hätte das Projekt gerne für dich anders beendet, genauso wie du es dir vorgestellt hast, aber ich habe sie anders bestraft«, log er SIE mit bebender Stimme an.

Es war seine einzige Chance. Dass sich C mit einem Selbstmord IHR entzogen hatte, würde SIE nicht akzeptieren. Er hielt den Atem an und den Blick gesenkt, während er aus den Augenwinkeln ganz genau IHRE Reaktionen beobachtete. War das das Ende? Vielleicht war alles vorbei und alles umsonst gewesen. Er hatte versagt.

»Wie hast du es gemacht?«, fragte SIE in die Stille mit heiserer Stimme.

Jetzt musste er überzeugend sein: »Ich war rasend vor Wut und habe einfach auf sie eingetreten. Gegen den Körper, die Arme, die Beine, mehrmals in den Bauch und gegen die Rippen, bis sie brachen. Sie hat geschrien und Blut gekotzt, schließlich kaum noch Luft bekommen. Dann habe ich ihr gegen den Kopf getreten, so lange, bis sie sich nicht mehr bewegt hat. Dabei habe ich sie angeschrien, dass sie dir das nicht hätte antun dürfen, dass sie selbst schuld ist und dass ich die Schnauze voll von ihr habe. Ich bin einfach ausgerastet. Es ging nicht mehr. Es tut mir leid, dass ich unser Projekt nicht beenden konnte. Wirklich, Corinna, es tut mir von Herzen leid.«

Nun war SIE es, die zusammenzuckte. Er hatte IHREN Namen gesagt. Eigentlich hatte SIE es ihm verboten, denn er kannte ihn nur wegen eines blöden Versehens. Wegen eines schwachen Moments, in dem SIE ihm IHREN richtigen Namen genannt hatte. Das war schon einige Monate her, damals hatte sie sich dazu gezwungen gesehen, weil er mal wieder nicht mehr richtig mitmachte – doch SIE hatte es augenblicklich bereut, auch wenn es in dem Moment die erwünschte Wirkung erzielt hatte.

Seitdem hatte er ihn in IHRER Gegenwart nicht mehr benutzt. SIE hatte fast vergessen, dass er ihn kannte. SIE schwieg, einerseits ärgerte es SIE, wenn etwas nicht nach Plan lief. Aber wenigstens hatte die Schlampe gelitten. Das gab IHR zumindest ein bisschen Befriedigung.

»Okay, dann sollte es wohl so sein. Was wirst du mit ihr machen?«, fragte SIE ihn schneidend. Er war erleichtert, er hatte Schlimmeres erwartet. So beschrieb er IHR vorsichtig seinen Plan, stets darauf bedacht, nichts Falsches zu sagen und SIE damit nicht doch noch gegen sich aufzubringen. Nichts passierte. SIE schien zufrieden.

Er blieb IHR Werkzeug, der SIE für Ungerechtigkeiten, die IHR widerfahren waren, rächte. Er war IHR Verbündeter in einem Kampf, dessen Auslöser er nicht kannte – aber seine Liebe schien grenzenlos. Und so gab SIE ihm in diesem Moment sein neues Projekt mit neuem Namen und neuen Eckdaten durch. Jessica Bauer – alias CurlySue – das würde also D werden.

Mit einer Engelsgeduld hatte Thiel den ganzen Nachmittag kleine Stofffetzen aus den Beweisstücken geschnitten, die auf direktem Weg vom Fundort zu ihm gebracht worden waren. Eigentlich war das Aufgabe der Spurensicherung, nicht des Pathologen, aber da Hart auf einen schnellen DNA-Abgleich mit dem Opfer Wert legte, hatte er sich der Bastelarbeit angenommen. Das beschäftigte ihn wenigstens ein bisschen, während es in den anderen Fällen momentan nichts mehr für ihn zu tun gab.

Auf den ersten Blick konnte er bereits sagen, dass die Kleidungsstücke nicht lange im Misthaufen gelegen hatten. Sie waren zwar verdreckt und stanken ziemlich, doch die Fasern waren nur oberflächlich betroffen, vor allem die durch den Geruch zu identifizierenden Harnstoffe hätten das Gewebe zersetzen beziehungsweise zumindest mehr verfärben müssen. Er schätzte, dass die Kleidung dort keine 24 Stunden gelegen hatte, belastbare Angaben würde das Team der Spurensicherung aber erst nach einer genauen Analyse machen können.

Parallel ließ er eine DNA-Probe extrahieren, die er mit den Daten der gefundenen Mädchen vergleichen würde. Wenn sich hier eine Übereinstimmung ergäbe, würden sie die Ermittlungen von Neuem aufsetzen müssen. Soweit er sich erinnerte, hatten die Größenprofile in der bisherigen Personensuche nicht mit den hier identifizierten Kleidergrößen von 34–36 beziehungsweise Small übereingestimmt. In wenigen Stunden würden sie mehr wissen.

So lange wollte er noch warten und in der Zwischenzeit seine Gedanken sortieren. Auch wenn es der Fall von Veronika Hart war und er hier ungern vorgriff, machte er sich gern ein eigenes Bild der Geschehnisse. Er hatte schließlich schon viel gesehen und noch mehr gelesen in seiner Karriere, eigentlich konnte ihn also nicht wirklich etwas überraschen.

Doch der Fundort der Kleidungsstücke irritierte ihn. Wenn jemand sie dort versteckt hatte, damit sie verrotteten, hätte dieser jemand sehr viel Geduld mitbringen müssen. Vor allem die synthetischen Fasern wären hier noch über Jahrzehnte nachweisbar gewesen. Vielleicht eine Kurzschlussreaktion? Hatte Petersen denn gewusst, dass man ihn abholen würde? Und warum hatte er sie nicht früher entsorgt? Da stimmte etwas nicht, so handelte kein kaltblütiger Mörder.

Er wählte Veronikas Nummer, um mit ihr seine Gedanken zu teilen und sie auf den neuesten Stand zu bringen.

»N'Abend, hier ist Thiel. Wollte nur mal eine kleine Wasserstandsmeldung vom Winterberg geben. Ich habe dem Ganzen hier oberste Priorität gegeben, ich dachte mir schon, dass Sie jetzt schnelle Ergebnisse brauchen. Die Kleidung lag auf jeden Fall nur wenige Stunden dort, maximal 12 bis 14, würde ich schätzen. Kein wirklich gutes Versteck, wenn Sie mich fragen. Aber noch was anderes. Als Sie den Petersen gestern abgeholt haben. Wusste er, dass die Kollegen kommen würden? Hätte er etwas in Panik verstecken können?« Veronika verneinte. »Hmmm, ja, das dachte ich mir. Da stimmt etwas nicht. Die Kleidung hätte dort noch in 20 Jahren gelegen, vor allem der Polyesterkrempel. Das weiß man als Landwirt, da bin ich mir sicher. Vielleicht war er es ja nicht, sondern jemand, der sich damit nicht so gut auskennt. Nur ein Gedanke. Okay. Ich melde mich, sobald wir hier Ergebnisse haben. Bis später.«

Er legte auf. Veronika hatte trotz ihres jungen Alters das Zeug zu einer guten Kommissarin, da war er sich sicher. Sie dachte in dieselbe Richtung wie er, folgte ihren Instinkten und ließ sich nicht von zu offensichtlichen Spuren blenden. Auch wenn sie unter Druck stand. Dass sie Petersen verhaftet hatte, war vielleicht etwas vorschnell gewesen, aus seiner Sicht waren die Indizien zu dünn dafür und na ja, ein anonymer Hinweis eben. Aber sie hatte Biss. Das gefiel ihm.

Als er ihre Nummer wenige Stunden später, die Nacht war bereits über die Stadt gekrochen, erneut wählte, hatte er Neuigkeiten, die ihr gefallen würden.

-62-

Das Gespräch mit IHR hatte ihm einen neuen Schub gegeben. SIE war nicht sauer geworden, wie er befürchtet hatte. SIE hatte sogar recht entspannt reagiert, auch als ihm IHR Name rausgerutscht war. Wenn es tatsächlich IHR richtiger Name war. Er schöpfte neue Hoffnung, vielleicht war doch nicht alles umsonst, vielleicht war es der richtige Weg, um an IHRER Seite zu sein. Und SIE hatte ja gesagt, dass es dieses Mal nicht mehr so lange dauern würde. Auch wenn SIE ihn über IHRE Absichten im Dunkeln gelassen hatte, auch wenn er oft zweifelte, er hatte schon so viel hinter sich gebracht, dass er unmöglich jetzt abbrechen konnte. Den Point of no Return hatte er längst überschritten.

Die Erleichterung wich der Anstrengung, mit der er kurz darauf im Schutz der Dunkelheit sein Auto belud. Er hätte nicht gedacht, dass einzelne Körperteile so viel wiegen könnten. Darüber hatte er sich im Grunde noch nie Gedanken gemacht.

Wieder wählte er den anonymen Lieferwagen, den er vorher mit Folie ausgelegt hatte. Auch weil er dort mit der Schubkarre reinfahren konnte und so die Körperteile nicht einzeln in seinen Kofferraum heben musste. Mit großer Mühe bekämpfte er die immer wieder in ihm hinaufkriechende Übelkeit, jedes Mal, wenn er sich bewusst machte, was er da gerade tat. Die Übelkeit fraß sich in seine Organe und ließ sich auch durch tiefes Einatmen an der frischen Luft nicht verdrängen.

Als er schließlich ihren Kopf hinaustrug, übergab er sich taumelnd in den Vorgarten, wobei ihm der Schädel mit den starren Augen fast aus den Händen rutschte. Er konnte ihn gerade noch absetzen, bevor sich das Innere seines Magens den Weg nach draußen suchte.

Obwohl es bereits dunkel war, wartete er noch bis nach Mitternacht, um seine makabre Fracht auszuliefern. Er wollte schließlich vermeiden, einem derjenigen zu begegnen, die ihre Köter noch auf späten Gassirunden entleerten und nur allzu neugierig auf Fahrzeuge reagierten, die nachts über die hauptsächlich landwirtschaftlich genutzten Wege schepperten.

Und so begegnete er niemandem, als er in zäher nervenaufreibender Schrittgeschwindigkeit und ohne Licht auf den Hof von Gunnar Petersen zurollte. Er wollte das einfach hinter sich bringen. Was er erst gestern noch in Seelenruhe erledigt hatte, ließ ihn jetzt vor Nervosität zerspringen. Es war einfach zu viel gewesen. Der Schock, die Anspannung, die Anstrengung und die Übelkeit – einfach der ganze Tag.

»Reiß dich zusammen, Paul, und bring das hinter dich!«, herrschte er sich selbst an. Hektisch schaute er sich um, lauschte auf jedes verdächtige Geräusch. Der Hof lag im Dunkeln und auch das Auto der Petersens stand nicht vorm Haus. Da waren die Vögelchen wohl ausgeflogen.

Er hatte einen Plan. Er hoffte nur, dass es nicht Magda sein würde, die sein Präsent an Gunnar irgendwann finden würde.

Er zog Handschuhe und Gummistiefel an und ging die wenigen Schritte zum Haufen und tastete nach der Mistgabel, die am Abend zuvor noch rechts daneben gestanden hatte.

»Scheiße, das gibt es doch nicht«, zischte er und suchte mit den Händen weiter in der Dunkelheit nach dem Werkzeug, bis er es wenige Meter von seinem ursprünglichen Standort entfernt entdeckte.

Auch wenn seine Augen sich langsam an die Dunkelheit gewöhnten, fiel ihm nicht auf, dass sich noch weitere Dinge verändert hatten. Das Gras rundherum war von den vielen Polizeibeamten am Vormittag plattgetreten worden, der Misthaufen war einmal komplett durchsucht worden, Stroh und Mist lagen nun lockerer und weiter verteilt aufeinander. Doch er war zu konzentriert auf die Abläufe, die er in den letzten Stunden wieder und wieder im Kopf durchgespielt hatte, um irgendeine dieser kleinen Veränderungen in seiner dunklen Umgebung wahrzunehmen.

Er wiederholte im Kopf die Arbeitsschritte: mit der Mistgabel die oberste Schicht des Haufens entfernen, die Körperteile aus dem Auto nehmen und auf dem Mist verteilen, bis alles wieder unter der oberen Schicht versteckt werden konnte.

Was in seinem Kopf so schnell und unkompliziert verlaufen war, das entpuppte sich als weiterer Kraftakt. Die Körperteile schienen immer schwerer zu werden. Doch er arbeitete lautlos und konzentriert und so war es innerhalb von 20 Minuten erledigt.

Gerade noch rechtzeitig startete er den Motor seines Lieferwagens, als er im Rückspiegel die ersten Scheinwerfer einer Autokolonne erblickte, die in die Straße zu Gunnars Hof abbogen. Wo kamen die denn her?

Er drückte aufs Gaspedal und beschleunigte im Dunkeln ohne Scheinwerfer in die andere Richtung. Er kannte die Feldwege hier wie seine Westentasche, hatte in seiner Kindheit Tausende von Kilometern auf ihnen mit dem Fahrrad zurückgelegt, nur um nicht nach Hause zu müssen. Einen kleineren Umweg rund um den Hammelsberg würde er in Kauf nehmen müssen, aber auch diese Wege führten ihn nach Hause. Seine Mission war erfüllt. Zufrieden stellte er das Autoradio an und lauschte den Klängen der ARD-Pop-Nacht auf SR 1.

-63-

Magda hatte nicht schlafen können. Sie konnte die Informationen, die heute im Laufe des Tages auf sie eingeprasselt waren, nicht mehr verarbeiten. Sie hatten Gunnar noch nicht nach Hause gelassen, obwohl sie sicher war, dass er nichts mit den toten Frauen zu tun hatte. Sie hoffte, dass es das Richtige gewesen war, der Kommissarin von den Kleidern zu erzählen. Die war am Telefon zwar freundlich, aber dennoch kühl und distanziert gewesen. Sie hatte das Gefühl, dass sie ihr nicht vertraute. Wie auch, sie war ja die Frau eines Verdächtigen.

Also irrte Magda ziellos wie ein verletztes Tier durch das Haus, wischte Staub, wusch die Vorhänge und sortierte das Altpapier. Immer wieder stand sie am Fenster und schaute auf die Weide, auf der ein Teil ihrer Jungbullen friedlich im Schein des Halbmondes im Gras lag. Da sie alle Lichter im Haus gelöscht hatte, konnte sie die nähere Umgebung ihres Hofes gut überblicken. Sie verlor sich im Anblick der Sterne, die sich über ihr im Firmament aufgespannt hatten.

Es war kurz nach Mitternacht, als sie eine schimmernde Bewegung auf dem Feldweg zu ihrem Haus wahrnahm. Angestrengt blinzelte sie ins Dunkel, es war zu weit weg. Hatte sie sich getäuscht? Doch da blitzte es wieder und einige Meter weiter kroch eine kastenförmige Silhouette über den Asphalt. Ein Auto. Ganz entfernt hörte sie ein leises Brummen durch das gekippte Fenster. Wer zum Teufel fuhr um diese Zeit hier entlang? Und dann auch noch ohne Licht.

Magda erstarrte. Sie lauschte angespannt auf die Geräusche, die durch die Dunkelheit zu ihr drangen. Außerhalb ihres Blickfeldes, ungefähr in Höhe der Scheune, kam das Fahrzeug zum Stehen. Sie hörte, wie sich eine Autotür öffnete. Würde jemand zu ihr kommen? Waren da Schritte in der Einfahrt? Was war dieses Kratzen? Sie traute sich kaum zu atmen. Doch dann hörte sie nichts mehr. Minutenlang verharrte sie am Fenster, versuchte jedes Geräusch einzuordnen, lauschte hypnotisiert in die Stille.

»Die Polizei – ich muss die Polizei rufen!«, murmelte sie plötzlich vor sich hin. Sie schlich zum Telefon und wählte die Nummer des Polizeipräsidiums. Sie hatte die Visitenkarte der Kommissarin heute so lange angestarrt, dass sie die Nummer auswendig konnte. Um diese Uhrzeit kam sie bei der Notrufzentrale raus und bemühte sich, den Sachverhalt kurz und verständlich zu schildern. Doch die Beamten brauchten etwas Zeit, bis sie verstanden, um welchen Fall es sich handelte, und versprachen, die Kollegen vor Ort vorbeizuschicken. Warum hatte sie die nicht direkt angerufen? Sie hatte einfach nicht daran gedacht, so präsent waren ihr heute die Saarbrücker Kommissare gewesen.

Was, wenn sie zu spät kommen und nichts mehr vorfinden?, fragte sich Magda und fasste sich im selben Moment ein Herz.

Ihren treuen Hund Leon, der es sich auf der Couch gemütlich gemacht hatte und der heute Morgen mit seinem Fund die Lawine ins Rollen gebracht hatte, schloss sie im Wohnzimmer ein. In die Dunkelheit lauschend, schlich sie aus der Haustür. Da waren sie wieder, die Geräusche. Knirschende Schritte im Kies, angestrengtes Stöhnen, zaghaftes Kratzen. Sie kamen aus der Nähe des Stalls. Was zur Hölle passierte da?

Sie musste es mit eigenen Augen sehen und war froh, dass die Bewegungsmelder der Außenbeleuchtung bereits seit Wochen defekt waren, auch wenn sie Gunnar deshalb fast genauso lange in den Ohren gelegen hatte, dass er sie doch endlich reparieren solle. Aber so konnte sie sich unbemerkt mit leisen Schritten an der Hauswand entlangdrücken, bis sie an die Ecke kam, von der sie bis zum Vorplatz vor den Stallungen blicken konnte.

Hier stand ein dunkler Lieferwagen am Wegesrand, und eine dunkel gekleidete Person schien Mist auf den Misthaufen zu schaufeln. Was machte der da? Sie traute sich nicht, auf sich aufmerksam zu machen, und beobachtete die Szene zitternd wie Espenlaub. Beim besten Willen konnte sie nicht erkennen, wer das war, denn der Mondschein reichte nur, um die Konturen und einige Farben zu erkennen.

Nach wenigen Minuten war die Person, in deren Bewegungen sie eine männliche Statur erkannte, fertig und stieg zurück ins Auto. Just in dem Moment, in dem aus der Ferne die ersten Motorengeräusche zu hören und Scheinwerfer der Polizeiautos zu sehen waren. Der Lieferwagen brauste in die entgegengesetzte Richtung davon und wurde innerhalb weniger Sekunden von der Nacht verschluckt. Nur ein leises Motorengeräusch blieb in der Luft hängen.

Magda hielt immer noch den Atem an und bewegte sich erst, als die Polizeiautos routiniert in die Einfahrt einbogen.

»Hinterher, Sie müssen ihm hinterherfahren!«, schrie sie ihnen entgegen. Doch es würde zu spät sein.

Mitten in der Nacht vibrierte Veronikas neues iPhone neben ihrem Bett. Sie brauchte nicht lange, um sich zu orientieren, und griff noch rechtzeitig nach dem Mobiltelefon, bevor es sich durch die Vibration langsam von ihr wegbewegte und vom Nachttisch fiel. Es war eine ihrer schlechten Angewohnheiten, ihr Handy permanent in Griffweite zu haben, auch wenn sie schlief oder Urlaub hatte. Das hatte ihr Vater ihr so vorgelebt, damals ohne mobile Endgeräte, dafür aber immer in Bereitschaft. Urlaube in der Ferne, ein verlängertes Wochenende, genügend Zeit mit der Familie zu verbringen – all das war damals für ihren Vater nicht drin gewesen, es widersprach für ihn dem Berufsethos eines guten Polizisten. Und diese Einstellung war Veronika schon von klein auf in Fleisch und Blut übergegangen. Sie hatte ihren Vater für seine Hingabe immer bewundert, nur heute zweifelte sie manchmal daran, ob sie gut daran tat, es ihm nachzumachen. Er war früh gestorben. Und sie selbst folgte unbewusst seinem Beispiel. Stets mit dem Eindruck, dass andere das so von ihr erwarteten, was sie schon öfter an ihre Grenzen geführt hatte.

All das schoss ihr in Millisekunden durch den Kopf, während sie das Handy ungelenk ans Ohr führte. Sie hatte sonst einen leichten Schlaf und war schnell hellwach, musste jetzt aber Mühe aufbringen, Langners Worten zu folgen, der ihr die aktuelle Lage in Perl skizzierte.

Er selbst war bereits im Auto, ebenso wie Becker. Sie würde sich beeilen.

Und so brauchte sie auch nicht lange, bis sie sich aus ihrer Liegeposition befreit, in Jeans und Sweatshirt geschlüpft und mit einem Coffee-to-go-Becher mit Einhornmotiv bewaffnet, den ihr ihre Freundinnen geschenkt hatten, startklar in der Tür stand. Sie warf einen letzten Blick zurück ins Schlafzimmer, in dem der italienische Kellner noch selig schlummerte, kritisch beäugt von Rocky, der sich mürrisch auf die Fensterbank verdrückt hatte. Sie überlegte, ob sie ihn wecken sollte, denn die Vorstellung, dass er sich allein in ihrer Wohnung aufhalten würde, verursachte ein unangenehmes Gefühl. Doch sie musste unbedingt los und irgendwie brachte sie es nicht übers Herz, ihn um diese Uhrzeit rauszuschmeißen, deswegen musste ein kleiner Zettel reichen. Sie hasste solche Situationen. Vielleicht war sie deshalb auch Single. Unverbindlicher Spaß war das eine, aber mit so viel Nähe musste sie erst einmal klarkommen. Wieso brachte sie sich immer wieder in solche blöden Situationen?

Nach dem Telefonat am Vorabend mit Thiel hatte sie einfach rausgemusst. Die DNA auf den Fasern stimmte mit denen der Opfer überein, es waren ihre Kleidungsstücke. Doch anhand der Größen war klar, dass sie von einem anderen Suchprofil ausgehen mussten. Und noch etwas hatte Thiel gesagt – ein komplettes Outfit konnte keiner der beiden zugeordnet werden. Auch nicht Magda Petersen. Hieß das, dass es noch eine Weitere da draußen gab?

Ihr Kopf war voller Eindrücke und neuer Ideen gewesen, sie musste sich sortieren und war planlos durch die Stadt gelaufen. Bis sie wie von einer unsichtbaren Schnur gezogen bei ihrem Lieblingsitaliener gelandet war. Eine kleine Pizza und ein Rotwein können jetzt nicht schaden, hatte sie sich gedacht und war reingegangen. Sie war vorher noch nie allein dort gewesen. Aus dem Glas Rotwein wurden drei und der süße Kellner begleitete sie schließlich wie selbstverständlich nach Hause. Und sie hatte es geschehen lassen. Aber darüber würde sie sich später Gedanken machen müssen.

Langner hatte ihr eine Streife vorbeigeschickt, die sie zum Hof von Bauer Petersen bringen würde.

So langsam kann ich mir da in der Nähe ein Zimmer nehmen, dachte sie mürrisch, als sie in das Dienstfahrzeug ein-
stieg. Auf der Fahrt telefonierte sie noch zweimal mit Langner, der sie auf den neuesten Stand brachte.

Frau Petersen hatte um 20 nach 12 die Polizei alarmiert,
weil sich ein unbeleuchtetes Fahrzeug ihrem Hof genähert
hatte und in der Nähe der Stallungen stehen geblieben war.
Die Frau hatte sich herangeschlichen und eine vermutlich
männliche Person beobachtet, wie sie sich am Misthaufen zu
schaffen machte. Nach ersten Vermutungen wollte jemand
die Kleidung wohl wieder rausholen. Aber bisher hatten die
Kollegen vor Ort ohne Spurensicherung nichts anfassen wollen. Zum Glück. Etwas Konkretes wusste man deshalb eben
noch nicht.

Die SpuSis, wie man die Kollegen in ihren weißen Ganz-
körperanzügen im Präsidium liebevoll nannte, waren zeitgleich mit ihr informiert worden und trafen schließlich kurz
nach Veronika ein.

Nur wenige Minuten später beleuchteten fünf LED-Schein-
werfer den mutmaßlichen Tatort vor Petersens Scheune tag-
hell und ein routiniertes Treiben begann.

Die Beamten, welche sich direkt nach Magdas Hinweis
auf die Suche nach dem flüchtenden Fahrzeug gemacht hatten, kehrten erfolglos zurück. Es hatte zu viele Abzweigun-
gen gegeben, einige davon direkt in den Wald, andere in Richtung französischer Grenze. Selbst mit mehreren Fahrzeugen
wäre die Suche unter diesen Bedingungen aussichtslos gewesen.

Auch Thiel hatte es sich nicht nehmen lassen und unter-
stützte seine Kollegen von der Spurensicherung beim Sichern
des Tatorts und der Beweise. Alle anderen waren erst einmal
zum Nichtstun verdammt, während Veronika mit Langner die
völlig in sich versunkene Magda im Haus detailliert nach den
Vorkommnissen des Abends befragte.

Sie hoffte insgeheim, dass sie hier keinem Laienschauspiel beiwohnten, welches sich später als Ablenkungsmanöver entpuppen würde.

Doch diese Gedanken hätte sie sich sparen können. Becker kam wenige Minuten später zu den dreien ins Wohnzimmer und wimmelte etwas harsch den vor Freude mit dem Schwanz wedelnden Labrador ab: »Frau Hauptkommissarin, könnten Sie bitte mal nach draußen kommen? Wir haben da was.«

Sie hasste es, wenn er sie vor Externen so nannte, aber er war ganz blass um die Nase, also verkniff sie sich eine bissige Bemerkung, als sie schnellen Schrittes zu den Kollegen eilten.

Ihr erster Blick fiel auf zwei tote Augen, die sie starr aus einem kahlrasierten weiblichen Schädel anblickten. Okay, noch eine Leiche. Sie schluckte, glücklicherweise machte ihr der Anblick von Toten nicht so viel aus wie anderen Kollegen. Es war trotzdem jedes Mal ein mulmiges Gefühl, sodass sie schnell versuchte, eine emotionale Distanz zu dem Gesehenen aufzubauen und es zu abstrahieren. Erst auf den zweiten Blick merkte sie, dass an der Szene etwas nicht stimmte. Auf den Kopf folgte kein Körper. Sie sah zwar noch einen Arm und ein Bein – aber nicht in der Reihenfolge, in der ihre Kognition dies erwartet hätte. Es waren Einzelteile, die die Kollegen, mitten im Misthaufen stehend, nach und nach ins Scheinwerferlicht beförderten. Nichts fehlte.

Veronika atmete stoßartig aus. Blitzschnell versuchte ihr Gehirn das Gesehene zu verarbeiten. Vor wenigen Stunden hatte sie erfahren, dass es den DNA-Spuren auf der Kleidung nach noch ein drittes Opfer geben könnte. Betrachtete man die Form der Gliedmaßen und des Kopfes, erinnerte sie an die der ersten beiden Opfer, wenn auch nicht ganz so voluminös.

War das also Nummer drei? Würden sie ein C auf ihr finden? Hatte ihr Serientäter wieder zugeschlagen?

Ein Schrei riss sie aus ihren Überlegungen. Magda war ihr gefolgt und hatte den grausigen Anblick, der sich ihr bot, nicht verkraftet. Ohnmächtig sank sie in die Arme eines herbeieilenden Kollegen.

»Na, prima. Bitte, bringen Sie sie rein und rufen Sie einen Krankenwagen«, bat sie ihn. Dann wandte sie sich an ihr Team: »Liebe Kollegen, ich fürchte, wir können hier aktuell nicht mehr allzu viel ausrichten. Die Spurensicherung wird sicherlich noch alle Hände voll zu tun haben, aber wir Ermittler sollten Kräfte sparen und vielleicht noch ein paar Stunden Schlaf finden. Es ist jetzt Viertel nach zwei Uhr früh. Um zehn Uhr treffen wir uns zum großen Teammeeting, bitte informieren Sie auch die anderen Kollegen aus der MK Perl und sammeln Sie bis dahin alle verfügbaren Erkenntnisse zusammen. Doktor Thiel hat uns gestern Abend Infos zu den gefundenen Kleidungsstücken zukommen lassen – wir müssen morgen einiges neu überdenken. Es wird Zeit, dass wir die Identitäten zuordnen können, sonst kommen wir keinen Schritt weiter. Thiel, schaffen Sie es, morgen dazuzukommen?«

Thiel nickte nur stumm in ihre Richtung, sein Kopf arbeitete bereits auf Hochtouren. Er betrachtete die Fundstücke aus der Nähe, die Gliedmaßen waren abgesägt worden, den Ausfransungen der Wunden nach zu urteilen mit einer stumpfen Säge, wahrscheinlich motorbetrieben. Näheres würde er nach einer genauen Analyse sagen können. Sein erster Eindruck sagte ihm, dass dieser Fund nicht ins Schema passte, falls es überhaupt eins gab. Die Grausamkeit, die lokale Nähe, die Verbindung zu Petersen, die Körpermaße des Opfers. Alles schien ähnlich, aber zwischen dem Auffinden der beiden ersten Opfer lagen knapp sechs Monate, zwischen dem zweiten und dem dritten nur wenige Tage. Entweder verlor der Täter die Geduld oder es war etwas in seinem Muster schiefgelaufen. Er würde es herausfinden, dachte er sich, während er den Kollegen der Spurensicherung half, die Körperteile in die dafür vorgesehenen Plastiksäcke zu verpacken.

-65-

Er hatte es geschafft. Der gestrige Tag und die Nacht waren die reinste Hölle gewesen, aber kurz nach der Rückkehr von seinem nächtlichen Ausflug und nach einer heißen Dusche war er in einen traumlosen Schlaf gefallen. Das erste Mal seit Monaten lebte er wieder allein im Haus. Musste sich um niemanden kümmern. Keiner ging ihm auf die Nerven. SIE würde sicher stolz auf ihn sein, wenn er IHR von der Entsorgung heute Abend berichten würde.

Auf dem Weg zur Schule widerstand er dem Drang, an Petersens Hof vorbeizufahren, um sein Werk noch einmal bei Tageslicht zu betrachten. Aber es lag nicht wirklich auf dem Weg und was, wenn man ihn dabei entdeckte? Außerdem war er spät dran.

Und so erfuhr er erst im Lehrerzimmer des Schengen-Lyzeums beim allgemeinen morgendlichen Tratsch, bei dem er sich in der Regel raushielt, von dem nächtlichen Polizeieinsatz und dem Leichenfund. Dass die Polizei bereits nachts im Einsatz gewesen war, wunderte ihn dann doch. Wenn das gestern die Fahrzeuge der Polizei gewesen waren, die sich mit ihren Scheinwerfern angekündigt und ihm rechtzeitig das Signal zum Aufbruch gegeben hatten, war es wirklich knapp gewesen. Wie hatten sie so schnell davon erfahren?

Ein ungutes Gefühl machte sich in ihm breit. Wieso hatten sie sie so schnell gefunden? Hatte man ihn beobachtet? War doch jemand auf dem Hof gewesen? Hatte etwa Magda etwas bemerkt?

Er versuchte sich zu beruhigen. Wenn sie ihn erkannt hätte, wäre die Polizei längst bei ihm gewesen. Beiläufig befragte er die stets gut informierte Sekretärin des Direktors, die ihn so gerne anflirtete, um weitere Details und Fakten aus ihr herauszubekommen. Sie wusste allerdings auch nicht mehr als das, was man sich überall erzählte. Das ungute Gefühl blieb. Hatte er vorschnell reagiert? Hätte er es besser durchdenken müssen? In jedem Fall war das wieder nicht wie geplant verlaufen.

Sein Mund blieb den ganzen Morgen über staubtrocken, er konnte sich kaum konzentrieren, lauschte den Schritten auf dem Flur, jede Bewegung ließ ihn aufhorchen, kalter Schweiß stand ihm auf der Stirn.

Konnte er es sich erlauben, sich wieder krankzumelden? Er könnte einen Virus vortäuschen, der nach gestern eben noch nicht auskuriert war. Und wenn das auffiel? Was, wenn sie ihn schon beobachteten? Und nur darauf warteten, dass er Schwäche zeigte? Es kam ihm vor, als würde er ein Schild mit der Beschreibung seiner Taten auf der Stirn tragen. Er konnte sich kaum mehr vorstellen, dass man ihm nicht ansah, wozu er fähig war.

»Herr Oltmann, geht es Ihnen nicht gut?« Die Frage einer Schülerin ließ ihn zusammenzucken. »Doch, doch, alles in Ordnung. Habe nur schlecht geschlafen. Wo waren wir stehen geblieben?« Er musste die Fassung bewahren. Es durften einfach nicht noch mehr Fehler passieren.

Thiel war von Perl aus direkt in seine Katakomben auf dem Saarbrücker Winterberg gefahren und hatte die restliche Nacht im Labor verbracht und die Körperteile untersucht, die ihm die weiß gekleideten Kollegen dankenswerterweise noch auf direktem Weg vom Fundort ins Labor gefahren hatten. Diesmal war es nicht so schwierig wie beim ersten Mal, die Leichenteile zusammenzufügen, denn sie waren von Hand abgetrennt worden. Die Schnittkanten deuteten bei näherem Hinsehen und wie er bereits vermutet hatte, auf eine Säge hin und darauf, dass hier jemand nicht sehr routiniert vorgegangen war. Das zeigten die Verletzungen auf der Haut rund um die Schnitte und ein paar fehlgeschlagene Ansätze, die er am Rumpf erkennen konnte.

Wieder war eine junge Frau das Opfer. Er schätzte sie auf Anfang 20. Ihr Körpergewicht hatte er dank seiner Waage präzise feststellen können. Knapp 110 Kilogramm und damit weit weniger als das Gewicht der anderen Opfer.

Die Verletzungen waren ihr post mortem zugefügt worden, das erkannte er am Zustand der Wunden. Außerdem stellte er fest, dass das Opfer bereits 24 Stunden tot sein musste. Auch das sagte ihm die Beschaffenheit des Gewebes sowie die Anzahl der Todesflecken. Weitere Spuren auf der Haut hatte er bisher nicht identifizieren können, der Täter musste das Opfer nach dem Zerstückeln noch einmal gewaschen haben, beziehungsweise die Körperteile.

Trotz der großen Schäden, die man ihr zugefügt hatte, lag die dritte Jane Doe wie ein offenes Buch vor ihm.

Sie war nicht nur nach ihrem Tod zerstückelt worden, sondern wurde auch vorher oder währenddessen übel zugerichtet. Thiel konnte die Wut, die man an ihr ausgelassen hatte, in den deformierten Körperteilen noch spüren. Nachdem er Röntgenbilder der einzelnen Körperteile angefertigt hatte, konnte er mehrfache Frakturen der Rippen sowie des rechten Oberarms und der linken Elle feststellen. Joch- und Nasenbein waren ebenfalls zertrümmert, der Kiefer luxiert und einige Zähne abgebrochen. Hierbei identifizierte er auch zwei Implantate im Kiefer, die er gleich am Morgen von Lennart zur näheren Analyse entfernen lassen würde.

Selbst die Todesursache war schnell ermittelt. Der Täter hatte den Kopf unterhalb des Kehlkopfes abgetrennt, sodass Thiel eine äußere Strangmarke, die bereits braun-rot verfärbt war, deutlich erkennen konnte. Des Weiteren stellte er Blutungen im Unterhautfettgewebe fest sowie punktförmige Stauungsblutungen in der Bindehaut der Ober- und Unterlider und in den Augäpfeln. Dies sprach eindeutig für atypisches Erhängen. Das bedeutete, dass sich der Körper des Opfers zum Todeszeitpunkt nicht vollständig in der Luft befunden hatte und der Tod langsam durch Abdrücken der Blutversorgung zum Gehirn eintrat. In solchen Fällen reichte ein Druck von wenigen Kilos, um die Halsschlagader zu verschließen, knapp 15 bis 30 Kilogramm, um die Wirbelschlagadern abzudrücken. Auf diese Weise konnte aufgrund des Sauerstoffmangels im Gehirn innerhalb von zehn Sekunden die Bewusstlosigkeit und nach fünf bis zehn Minuten der Tod eintreten.

Thiel hatte bereits viele solcher Fälle auf seinem Tisch gehabt, vom Suizid über tragische Unfälle beim Baumklettern oder Wäscheaufhängen bis hin zur Hinrichtung durch organisierte Kriminalität. Jedes Mal faszinierte es ihn, den Körper der Opfer nach solchen Fällen zu »lesen«, um die Schuldfrage eindeutig klären zu können. Einige seiner Klienten waren sogar nach dem Tod erhängt worden, um die eigentliche Todesursache zu vertuschen, aber diesem Täuschungsversuch war er bisher jedes Mal auf die Schliche gekommen.

»Sie hatte bestimmt einmal ein schönes Gesicht«, murmelte er leise, als er schließlich den Kopf näher untersuchte. Veronika Hart hatte ihm aufgetragen, nach einem eingebrannten Buchstaben zu suchen. Und tatsächlich fand er eine kleine, C-förmige Brandverletzung auf dem Oberarm des Opfers und sprach dieses Detail, wie all die anderen davor, auf sein laufendes Diktiergerät.

Die Sonne hatte die Stadt Saarbrücken gerade in ein bläulich schimmerndes Licht getaucht, als seine Mitarbeiter langsam im Labor eintrudelten. Er hatte gar nicht gemerkt, wie schnell die Zeit vergangen war, so sehr hatte er sich in die ersten Analysen vertieft.

Auch wenn er sich innerlich über die Unterstützung freute, da sein Körper diesen Nachtschichten einfach nicht mehr gewachsen war, blieb er stets grimmig und gab seinem Team mit knappen Worten zu verstehen, was als Nächstes zu tun sei.

»Lennart, übernehmen Sie das Entfernen der Implantate. Vielleicht verraten uns diese Schätzchen etwas über ihre Trägerin. Ich werde mich nur ein bisschen ausruhen, Füße hoch, ein großes Glas Milch und eine Zigarette, dann geht es weiter«, wies er seinen Mitarbeiter an und machte sich auf den Weg in sein Kellerbüro. Ein bisschen schummrig war ihm von all dem Kaffee, den er nebenbei in sich hineingeschüttet hatte. Er konnte sich auch nicht mehr richtig erinnern, wann er das letzte Mal gegessen hatte. Er würde später einen der Jungs bitten, ihm in der Kantine etwas zu holen. Das abgesessene schwarze Ledersofa, das sein Büro mehr bedrohlich dominierte als schmückte, seit er als Leiter der Pathologie diese Räumlichkeiten bezogen hatte, war schon öfter sein Ersatzbett gewesen. Und so übermannte ihn der Schlaf, kaum dass sein Kopf die Lehne berührte, und er tauchte in einen wirren Traum von Seilwinden und wankenden Klettergärten ein.

Und so kämpfte er sich gerade durch ein wackliges Spinnennetz aus rauen Seilen, die seine Hände blutig einschnitten und ihm die letzte Kraft in den Armen raubten, als ihn ein leises Klopfen aus dem Schlaf schrecken ließ. Er hatte das Gefühl, nur Sekundenbruchteile geschlafen zu haben, doch seine Weltzeituhr auf dem Regal zeigte Viertel nach neun. Er hatte sich dann doch zwei Stunden Ruhe gegönnt.

»Ja, bitte?«, antwortete er mit belegter Stimme.

Lennart betrat zögerlich den Raum, in der Hand einen großen Teller mit einem Fleischkäse- und einem Lyoner-Brötchen. Er kannte die deftigen Gelüste seines Chefs nach durchgearbeiteten Nächten und freute sich über Thiels anerkennendes Brummen, als er sein Frühstück erblickte. Aus seinem Gesicht, den erwartungsvoll blickenden Augen und dem Lächeln, das seine Mundwinkel umspielte, konnte Thiel lesen, dass sie etwas entdeckt hatten. Lennart hatte absolut kein Pokerface, sondern ein ehrliches und offenes Gesicht, was jeder, neben seiner permanenten guten Laune, sehr an ihm schätzte. Der 27-Jährige war eine wichtige Stütze im Team geworden.

»Was habt ihr gefunden, Lennart?« Der junge Mitarbeiter blickte etwas verdutzt: »Woher wissen Sie, dass …?« Der fast schelmische Blick seines Chefs ließ ihn innehalten. Er verstand. »Na ja, ist ja auch egal«, fuhr er fort. »Die Implantate konnten wir extrahieren, war etwas knifflig, aber es ging. Sie sehen nach Qualitätsarbeit aus, ein deutsches Fabrikat. Die Seriennummern sind vollständig erhalten, den Hersteller haben wir bereits ausfindig gemacht, die Anfrage läuft. Wenn alles gut geht, haben wir in Kürze die Identität unserer Unbekannten geklärt«, berichtete er stolz.

Thiel brummte anerkennend. »Gute Arbeit, sehr gute Arbeit. Das wäre ein Durchbruch. Bleibt dran, die sollen Gas geben. Hängt euch ans Telefon und macht Druck. Je schneller wir die Identität haben, desto schneller können wir herausfinden, wer hier sein Unwesen treibt.«

Mühevoll hatte er sich von der Couch aufgerafft. Er hatte ein gutes Gefühl, das konnte der Schlüssel sein.

67

»Ich will zu meiner Frau, Magda Petersen, sie ist heute Nacht
eingeliefert worden. Bitte, wo finde ich sie?«, wandte sich Gunnar aufgeregt an die Empfangsdame im Klinikum Merzig, in
dem er selbst vor knapp sechs Monaten noch gelegen hatte. Er
konnte kaum glauben, dass er jetzt hier war, als freier Mann.
Ein Beamter hatte ihn heute Morgen um halb sieben aus seiner
U-Haft-Zelle im Saarbrücker Lerchesflur-Gefängnis abgeholt
und ihm lediglich mitgeteilt, dass er seine Sachen mitnehmen
solle. Vor der Schleuse stand die Hauptkommissarin Veronika
Hart höchstpersönlich und berichtete ihm, was in der Nacht
auf seinem Hof vorgefallen war und dass diese Vorkommnisse
ihn entlasten würden. Deshalb würde sie ihn auch gleich mitnehmen und zu seiner Frau bringen lassen, die man nach Merzig in die Klinik gebracht hatte. Der Haftbefehl gegen ihn sei
aufgehoben worden, der Richter hatte wenige Minuten zuvor,
noch am Frühstückstisch sitzend, Veronika am Telefon münd-
lich sein Okay gegeben. Die Kommissarin konnte hartnäckig
sein, wenn sie etwas erreichen wollte.
»Herr Petersen, bleiben Sie gerne, solange Sie wollen, bei
Ihrer Frau. Das wird ihr sicher guttun. Ich postiere einen Kollegen vor der Tür. Er wird Sie nach Hause bringen, wann immer
Sie das möchten. Ich fahre jetzt noch einmal zu Ihrem Hof und
schaue, wie weit die Spurensicherung vor Ort gekommen ist.
Bitte wundern Sie sich also nicht, rund um die Stallungen und
den Misthaufen stehen noch die Polizeizelte, einige Abschnitte
sind mit Absperrband gesichert. Ich bitte Sie, dieses Gelände
erst zu betreten, wenn Sie von den Kollegen der Spurensicherung grünes Licht bekommen. Einen Zugang zu den Stallungen haben wir Ihnen freigelassen. Ich verspreche Ihnen, wir

werden uns bemühen, so schnell wie möglich herauszufinden, wer hinter den Taten steckt und wieso Sie dort mit reingeraten sind. Ich werde mich in den kommenden Tagen bei Ihnen melden. Wenn Ihnen vorher noch etwas auffällt, rufen Sie mich auf dem Handy an, okay?«

Gunnar nickte stumm. Mit einem leisen »Bis später« verabschiedete sich die Kommissarin und ließ Gunnar nach Merzig fahren.

Magda hatte, wie auch er vor einem halben Jahr, einen Nervenzusammenbruch erlitten und schlief jetzt dank der Beruhigungsmittel tief und fest. Der Anblick der gefundenen Körperteile, der Druck und die Aufregung der letzten Tage, die Ungewissheit – das war alles zu viel für sie gewesen. Der angeforderte Notarzt hatte empfohlen, sie für einige Tage stationär zu behandeln, damit sie zur Ruhe kam. Jetzt würde er sich um sie kümmern, nahm er sich vor und blieb an ihrem Bett sitzen.

Erst gegen Mittag öffnete sie langsam die Augen und blinzelte ihn lächelnd an. Der Anblick ihres Mannes und die Wirkung der Beruhigungsmittel führten dazu, dass Magdas Welt wieder in Ordnung schien. Sie schlief rasch wieder ein.

Je länger er Magda anblickte, desto größer wurde seine Wut. Wer tat ihnen das an? Und warum? Sie hatten niemals jemandem etwas Böses angetan. Das war alles ein schlimmer Albtraum, der ihr Leben für immer verändert hatte.

Nachdem er sich beim behandelnden Arzt versichert hatte, dass seine Frau noch einmal ein paar Stunden schlafen würde, ließ er sich von dem Beamten zum Hof fahren. Er wollte nach seinem Hund sehen und hatte schließlich auch noch die anderen Tiere zu versorgen.

68

Veronika kam gerade von ihrem Abstecher am Lerchesflur ins Büro zurück, als Thiel hereingestürmt kam. Ihr war es wichtig gewesen, Petersen so schnell wie möglich aus der Zelle zu holen. Es bestand nach den Vorkommnissen der Nacht kein dringender Tatverdacht mehr gegen ihn und sie war stets darauf bedacht, Fehleinschätzungen gleich aus der Welt zu räumen. Auch wenn sie ihm gegenüber den Fehler nicht direkt eingestanden hatte, so war sie doch froh, seine Erleichterung zu sehen, dass er wieder zu seiner Frau durfte, trotz der tragischen Umstände.

Thiel schien etwas Wichtiges auf dem Herzen zu haben, als er sich schnaufend in den Sessel ihr gegenüber fallen ließ. Er sah schlecht aus, übermüdet und völlig dehydriert, aber er schien euphorisch.

»Die Implantate! Die Implantate sind der Schlüssel«, presste er atemlos hervor. Er schien die paar Kilometer vom Winterberg selbst heruntergerannt zu sein. Sobald er etwas mehr Luft hatte, kam er ohne Umschweife zum Punkt. »Wir haben uns das Gebiss des Opfers angesehen. Ihr fehlten im Unterkiefer auf der linken Seite drei Zähne, die Nummern 34 bis 36, vielleicht durch einen Unfall in der Jugend. Auf jeden Fall ist dies schon einige Jahre her und sie wurden in hervorragender Zahnarztarbeit durch Keramikimplantate ersetzt – man hätte von außen nicht erkannt, dass hier etwas nicht natürlich war. Hier hat jemand keine Kosten und Mühen gescheut. Wirklich gute Arbeit«, schloss er seine Beschreibung.

»Okay, Thiel, aber wie hilft uns das?«, erwiderte Veronika ungeduldig. Er rollte mit den Augen, ein kleines, aber wichtiges Detail hatte er bei seiner Erklärung vergessen. »Ach so, klar. Also, bei Zahnimplantaten werden Seriennummern vergeben. Anhand dieser kann man den behandelnden Zahnarzt und dann die Patientin eindeutig zuordnen. Lennart hat heute früh schon alle Schritte eingeleitet, wir warten auf den Rückruf des behandelnden Arztes. Es ist ein Kieferchirurg aus Hamburg. Nobelste Adresse. Die fangen erst später an zu arbeiten, die Herrschaften«, ergänzte er spitz.

Veronika traute ihren Ohren nicht, ihr Herz pochte und eine nervöse Vorfreude stieg in ihr auf. Der erste Name war zum Greifen nah, das könnte der Durchbruch in dem Fall sein. »Mein Gott, Thiel. Das sind ja hervorragende Neuigkeiten, sehr gute Arbeit.« Jetzt musste sie sich sortieren, das Team noch einmal vorbereiten, bis der Anruf von Lennart kam. Noch nie hatte sie das Klingeln eines Telefons so sehr herbeigesehnt.

Sie rief das Team zusammen und Thiel berichtete vom aktuellen Stand. Er informierte über den Zustand der Leiche, das Brandmal und einige weitere Details, die er in der Nacht entdeckt hatte. Außerdem platzierte er die These, dass sich das Opfer, den Strangmalen nach zu urteilen, durchaus auch selbst umgebracht haben könnte. Veronika merkte, dass in ihrem Team die Nervosität stieg.

»Was haben wir sonst Neues?«, wandte sie sich an die Anwesenden. Langner begann gleich mit seinen Ausführungen.

»Auf Basis der Information, dass die gefundenen Kleidungsstücke auf dem Petersenhof den Opfern zugeordnet werden konnten, haben wir die Vermisstensuche heute früh mit den neuen Parametern gefüttert und angeschoben. Dazu haben wir Thiels Berechnungen genutzt und die Suche auf mehrere Jahre zurück erweitert. Zumindest schien uns das als Zeitraum der Gewichtszunahme realistisch. Bis jetzt haben wir knapp 800 Treffer in Deutschland, weitere erwarten wir noch von der europäischen Datenbank. Leider ist nur von einem Bruchteil der Vermissten die DNA in der Datenbank erfasst, diese werden wir gleich im Anschluss prüfen lassen. Das haben wir noch nicht geschafft. Mit den Informationen der Pathologie und des Zahnarztes können wir das vorab schon mal eingrenzen.«

»Okay, danke dir, Max. Becker, was haben Sie Neues?«, wandte sich Veronika an ihren älteren Kollegen. Sie hatte schon wieder sein Gesicht gesehen, als Langner vom Gewicht der Opfer gesprochen hatte. Wenn die Lage nicht so ernst gewesen wäre, hätte sie ihm dazu am liebsten einmal ein paar Takte gesagt. Aber so verkniff sie sich einen bissigen Kommentar.

Becker berichtete ungerührt: »Wir haben möglichst viele Anwohner und Nachbarn gleich heute früh noch nach dem dunklen Lieferwagen befragt, den Frau Petersen heute Nacht gesehen hat. Bisher nur mit mäßigem Erfolg. Davon fahren Hunderte durch die Gegend, vor allem die Erntehelfer scheinen regelmäßig mit solchen Bussen anzureisen. Solange wir keine exakte Farbe, kein Fabrikat oder Kennzeichen haben, wird das schwierig. Wir bleiben dran. Gestern Abend scheint zumindest keiner etwas Außergewöhnliches bemerkt zu haben. Aber so langsam werden die Leute nervös. Die Touristensaison geht gerade wieder los und da schaden so viele ungewöhnliche Todesfälle dem idyllischen Image. Es gab wohl auch schon erste Stornierungen bei den Hotels.«

Wenn das ihre einzigen Sorgen sind, dann ist ja gut, dachte sich Veronika mürrisch und notierte die Infos. Nachdem auch die anderen Kollegen ihre jeweiligen Zwischenstände berichtet hatten, schritt sie an ihr Whiteboard und rekapitulierte. Sie hob ihr Kinn fragend in Richtung Thiel, der kopfschüttelnd auf sein Telefon schaute. Lennart hatte sich noch nicht gemeldet.

»Nun aber noch einmal zu den Opfern. Wie Langner schon sagte, stimmen die Kleidergrößen nicht mit dem Körpergewicht der Leichen bei ihrem Fund überein. Hier ist noch ein großes Fragezeichen. Auch wissen wir nicht, wann die Opfer verschwunden sind und in welcher Beziehung sie standen. Außerdem ist noch offen, was sie hier in diese Gegend geführt hat und wie sie in Kontakt mit dem Täter kamen. Ich denke, von der Hypothese mit den entführten Erntehelferinnen können wir uns, zumindest was Opfer Nummer drei angeht, schon verabschieden. Eine so teure Zahnbehandlung in Hamburg hätte sich eine normale Erntehelferin wahrscheinlich nicht leisten können. Auch die Kleidung spricht für gehobenere Verhältnisse der Opfer«, schloss sie ihre Zusammenfassung ab.

Sie platzierte ein Fragezeichen hinter den Begriff »Erntehelfer« auf ihrer Tafel und notierte »Geld«, »Escort/Callgirl« daneben.

»Gut, dann lassen Sie uns weitermachen. Thiel, schicken Sie mir bitte Ihren Bericht zu, sobald er fertig ist. Wir müssen uns auch noch einmal die Selbstmordthese anschauen. Und melden Sie sich direkt, wenn Sie den Namen haben. Ich habe in eineinhalb Stunden einen Termin mit dem Chef und dem zuständigen Staatsanwalt. Die beiden erwarten Fortschritte, vor allem nachdem ich heute früh noch vor dem Frühstück den Richter rausgeklingelt habe. Je mehr wir haben, desto besser.«

Sie nickte noch einmal aufmunternd in die Runde, als die Tür aufsprang und Lennart außer Atem hereingeplatzt kam.

»Wir haben sie, wir kennen den Namen. Sie heißt Anna-Maria. Anna-Maria Fischer, 26 Jahre alt. Stammt aus Hamburg, wohnte aber in Berlin. Ihr Zahnarzt kennt sie seit ihrer Kindheit, ist sogar mit ihren Eltern befreundet. Er sagte mir, dass sie seit Oktober letzten Jahres vermisst wird.« Allen stockte der Atem. Das war er. Der entscheidende Schritt. Veronika würde mit den Hamburger Kollegen telefonieren müssen.

Er fühlte sich wie in einem Vakuum gefangen. Seine Emotionen waren Nano-Schwingungen ausgesetzt, kleine, feine Nuancen zwischen Panik und Wut, die ihn in eine watteähnliche Trance versetzten. Nur dumpf drangen äußere Einflüsse an ihn heran, wurde er direkt angesprochen, nuschelte er etwas von »Grippe« und »bald wieder besser« und versuchte, sich halbwegs aus der Affäre zu ziehen. Als er nach sechs quälenden Schulstunden endlich seine Sachen im Lehrerzimmer zusammenpackte, überfiel ihn die Sekretärin des Direktors mit Neuigkeiten, die sie offensichtlich zuerst mit ihm teilen wollte. Anscheinend hatte sie nach seinen Rückfragen gestern Morgen den Eindruck gewonnen, dass ihn der Fall besonders interessierte. »Haschde schon geheert, Paul? Die hann dem Petersen Seins ins Krankehaus ingeliefert. S'Magda Petersen, die hat das alles wohl nit so verkraft. Kee Wunner, die hann das jo irgendwie schommo mitgemacht, die arme Leit. Und denne Gunnar hann se heit frih aach schon ausm Gefängnis rausgelosst. Der is nämmich gleich druff bei seiner Fraa am Krankebett uffgetaacht. Ohne Polizeischutz, is also jetzt e freier Mann«, tischte sie ihm unverblümt im breitesten saarländischen Dialekt auf. Wie er das hasste. Nicht nur, dass sie einfach alle im Kollegium duzte, es kümmerte sie auch nicht, dass er selbst in der Schule noch nie ein Wort Saarländisch gesprochen hatte und deshalb eigentlich auch erwartete, dass man hochdeutsch mit ihm sprach. Aber das war jetzt sein kleinstes Problem. Er versuchte, diese Informationen in seinem Gehirn zu verarbeiten, ohne dabei völlig die Fassung zu verlieren. Er wollte nur noch hier raus. Als er etwas darauf entgegnen wollte, verkrampfte sich seine Stimme, als würde sein Hals von einer imaginären eiskalten Hand umklammert. »Woher wissen Sie das?«, presste er heiser hervor.

»Ach herrjeh, dich hat's awwer erwischt, Paul. Du armer Knopp«, zwitscherte sie vergnügt darüber, dass sie über so exklusive Informationen verfügte. »Ei, das weeß ich von meiner Schweschder, mit dere hann ich grad telefoniert. Die is doch Krankeschweschder do in Merzig un war heit uff de Nachdschicht. Die Welt is ewe doch e Dorf. Awwer jetz gehschd du dich emol auskuriere, sischd joh schlimm aus.« Sie zwinkerte ihm keck zu und verschwand mit wallender Seidenbluse und engem Etuirock in Richtung einer kleinen Lehrergruppe am anderen Ende des Raumes, um auch ihnen die brühwarmen Neuigkeiten mitzuteilen.

So eine geschwätzige dumme Kuh, dachte er sich, während er Mühe hatte, seine sich ins Unermessliche steigernde Wut unter Kontrolle zu halten. Er ärgerte sich über sich, über seine offensichtlichen Fehler, die Polizei, die Gunnar rausgelassen hatte, darüber, dass es Magda schlecht ging, dass er die Kontrolle verloren hatte. Sein Atem wurde schneller, sein Puls vibrierte unter der Haut und seine Augen blieben regungslos auf der wild gestikulierenden Mittfünfzigerin haften, die ihre Zuhörer wortreich unterhielt.

Wie sehr er sie in diesem Moment hasste. Irgendwann würde auch sie dafür büßen müssen, irgendwann würde er seinen eigenen persönlichen Rachefeldzug starten, dann würden ihn diese fiebrigen kleinen Augen anflehen, sie zu verschonen. Dann würde sie endlich erkennen, was eigentlich in ihm steckte, wer er war. Irgendwann. Aber jetzt musste er weg. Raus hier. Sonst würde er ersticken. Lautlos verschwand er aus dem Lehrerzimmer.

Er musste einfach weitermachen. Den Namen hatte er ja schon. Es hatte dreimal geklappt. Und sie waren tot. Wenn er sich beeilte, konnte er der Polizei einen Schritt voraus sein. Sie hatten bisher nicht herausgefunden, wer die Schlampen waren, wie sollte man dann auf ihn kommen. Er hatte kaum Spuren hinterlassen, dachte er zumindest. Falls er jetzt nicht weitermachte, würde er SIE verlieren.

Heute Abend musste er neu starten. Mit starrem Blick zielgerichtet nach vorne. Als wäre nichts geschehen.

−70−

Traumlos. Erschöpft. Leer. Die Beruhigungsmittel, die sie ihr gegeben hatten, hatten sie in einen bleiernen Schlaf geschickt, der bitter schmeckende Watte in ihrem Kopf hinterlassen hatte. Ihr Körper schien zwar entspannt, aber sie hatte keine Kraft in ihren Gliedmaßen. Auch in ihrem Kopf lief alles in Slow Motion ab. Sie vergaß immer wieder, warum sie hier war, die letzten Tage erschienen bruchstückhaft und verschwommen vor ihrem inneren Auge. Es war hell draußen, als Gunnar mit einem unsicheren Lächeln im Gesicht die Türe reinkam. Ihn zu sehen machte sie einfach nur glücklich. Sie schöpfte Hoffnung. Sie hatten ihn aus dem Gefängnis rausgelassen. Würde dieser Albtraum also doch bald vorbeigehen?

Sein Besuch im Krankenhaus zog sie aus ihrer mentalen Lethargie. Sie blickte in seine sorgenvollen Augen, hielt seine klammen Hände ganz fest in ihren. Die letzten Tage hatten ihn ganz schön aus der Bahn geworfen. Seine Haare hingen schlaff am Kopf, sein Gesicht war müde und aschfahl. Er bemühte sich, gute Miene zu machen. Ihr ein Lächeln aufs Gesicht zu zaubern und sie auf andere Gedanken zu bringen. »Mach dir keine Sorgen um mich, mein Herz«, versuchte ihn Magda zu beruhigen. »Das war einfach alles ein bisschen viel. Ich dachte, es wäre überstanden und nur ein blöder Zufall – aber dass es uns so nah kommt.« Sie stockte, ihr schossen heiße Tränen in die Augen, ihre Kehle schnürte sich zu.

Er legte den Arm um sie, liebevoll und zuvorkommend wie immer. Ihr Gunnar. Er hatte keine Antwort, keine Erklärung. So etwas Abscheuliches und Grauenvolles hatte er noch nie erlebt. Noch nicht einmal in den Polizeithrillern spätabends im Fernsehen gesehen. Er konnte es nicht in Gedanken fassen und sich vorstellen, was hinter diesen rätselhaften Funden steckte. Seine Fantasie war in diesen Bereichen blockiert. Sie hatten niemandem etwas getan und doch schienen diese grausigen Funde wie ein Bumerang um ihn herumzufliegen und immer wieder zu ihm zurückzukommen.

»Ich weiß nicht, was ich sagen soll, mein Schatz. Das haben wir nicht verdient. Ich bin sicher, sie finden denjenigen bald, der all diese schrecklichen Dinge tut und der es auch auf uns abgesehen hat. Und dann hat das alles ein Ende.« Hoffentlich, dachte er. »Jetzt komm du erst einmal auf die Beine, dann sehen wir weiter.«

Er blieb, bis sie wieder eingeschlafen war. Die Ärzte hatten ihr Ruhe verordnet und wollten sie noch einige Tage zur Beobachtung behalten. Sie warteten auf die Ergebnisse der Blutuntersuchung, um sicherzugehen, dass sie nichts übersahen. Magda war in guten Händen. Er würde jetzt zum Hof zurückfahren, wenn auch mit einem mulmigen Gefühl. Eine Leiche auf dem Feld zu finden, war die eine Sache, aber jetzt, direkt neben ihrem Haus, auf seinem eigenen Grundstück. Das fühlte sich anders an.

Wie sollten sie sich dort noch sicher fühlen, wenn jemand da draußen herumlief, der unschuldige Frauen ermordete und ihn da noch mit reinziehen wollte.

SIE würde ihn heute nicht anrufen. Sollte er doch in der Hölle schmoren. Dieser Dilettant. Was ging da unten vor sich? Verkaufte er SIE für dumm? Er habe alles im Griff, hatte er gesagt. Sie würden nichts finden. Niemand würde eine Verbindung zu ihm herstellen – und schon gar nicht zu IHR. Ja, wie auch, du Idiot!, hatte SIE sich gedacht. Du weißt gar nichts.

SIE hatte die Nachrichten verfolgt. War ins Darknet abgetaucht, um sich auf den Plattformen derjenigen zu informieren, die den Polizeifunk abhörten. Die Polizei hatte Kleidungsstücke und Leichenteile an ein- und derselben Stelle gefunden. Allerdings an zwei verschiedenen Abenden. Auf dem Hof des Landwirts, der damals auch A gefunden hatte – der sich aber bis vor Kurzem noch in U-Haft befunden hatte. Was sollte dieser Nebenschauplatz? Was lief da genau zwischen dem Idioten und dem Bauern?

Eines war klar, er fing an, Fehler zu machen. Und zwar massive Fehler. Wie blöd war er eigentlich? Konnte er diese Quallen nicht etwas weiter weg entsorgen? Musste er das quasi vor seiner Haustür machen?

Egal wie gut seine Tarnung war, das würde auffliegen – und er würde IHREN Auftrag nicht fertigstellen können. Das war alles, was SIE interessierte. Sollte er doch im Knast verrotten, der Verlierer.

Auf IHRER Liste standen fünf Namen. Drei waren durchgestrichen. Fünf Schlampen, die ihre gerechte Strafe bekommen sollten. Fünf Schlampen, die SIE in IHRER bittersten Stunde verhöhnt hatten. Die das Leben genossen, das eigentlich IHRES war. Die IHRE Jobs absahnten, während SIE nur im Dunkeln das Haus verließ. Erst wenn er damit fertig war, wäre IHR Werk vollbracht. SIE betrachtete sich im Spiegelbild IHRES Bildschirms. Schemenhaft sah SIE die Umrisse IHRES Gesichtes. Ohne es anfassen zu müssen, wusste SIE, wie sich jede einzelne Stelle der verätzten Haut anfühlte. Das ledrig vernarbte Gewebe, das über dem Wangenknochen spannte und über dem Auge eingefallen war. Die fehlende Augenbraue, das verhärtete Fleisch in IHRER Wange, das sich anfühlte, als hätte SIE einen Kieselstein im Mund versteckt.

SIE blickte auf die Uhr. Viertel nach sechs. Er saß bestimmt schon wie auf glühenden Kohlen, weil SIE sich nicht meldete. Aber es war IHR egal. Sollte er doch. Er wusste, was zu tun war. Er hatte den nächsten Namen. In den nächsten Tagen würde SIE sich versichern, dass er weiter auf Spur blieb und auch funktionierte, wenn SIE sich nicht jeden Tag mit ihm wie ein Babysitter mit einem aufmerksamkeitsgeilen, nach Liebe sabbernden Säugling beschäftigte. SIE würde jetzt andere Saiten aufziehen. Fehler mussten bestraft werden, das würde er schon früh genug merken.

»Wenn du denkst, dass du über irgendetwas die Kontrolle hast, dann bist du falsch gewickelt, mein Freund«, flüsterte SIE vor sich hin. »Ich habe hier die Macht, ich allein. Über dich, über die Schlampen, über die gesamte Situation. Ich bestimme, wer als Nächstes stirbt. Wer als Nächstes dran ist. Nur ich!«

IHRE Hände ballten sich zusammen, IHRE Atmung wurde schwer. Aufregung war nicht gut für SIE. Die starken Medikamente, die SIE tagtäglich gegen die Schmerzen nehmen musste, hatten Spuren am Herzen hinterlassen.

Heute Abend würde SIE es krachen lassen. Einen der betrunkenen Trucker abschleppen, die nicht so genau hinsahen, was sie da vögelten. Das konnte SIE jetzt brauchen. Belanglosen, schmutzigen Sex, ohne Gesäusel und Getue. Das würde SIE auf andere Gedanken bringen. Um den mickrigen Wurm würde SIE sich immer noch kümmern können.

D

Die Jagd:

Das zielgerichtete Verfolgen eines Lebewesens mit dem Ziel, dieses zu töten oder zu fangen.

72

Jessica schmunzelte, das Chatten begann ihr Spaß zu machen. Der Typ, der ihr da virtuell gegenübersaß, wirkte ganz smart. Auf jeden Fall schienen sie auf einer Wellenlänge zu liegen. Genau das Richtige nach so einem Tag. Sie hatte stundenlang für einen Modekatalog vor der Kamera gestanden, hatte sich ewig von den Visagisten und Hairstylisten hin- und herschieben lassen, in gefühlt Hundert verschiedenen Outfits posiert, gelächelt, arrogant geschaut, dann wieder »edgy«, wie der schmierige Fotograf so gerne sagte, der ihr ständig rüberrief, welchen Ausdruck ihr Gesicht nun haben sollte. Sie war einfach nur genervt gewesen von diesem oberflächlichen Getue und hatte sich den ganzen Tag auf einen gemütlichen Abend zu Hause gefreut, mit einer kalten Flasche Weißwein und ihrem iPad. Kaum in ihrer Wohnung angekommen, ließ sie sich aufs Sofa fallen und rief nacheinander ihre Profile auf verschiedenen Datingportalen ab. Sie las ihre Nachrichten, durchforstete die Seiten der Jungs, die ihr von den Algorithmen der Systeme vorgeschlagen wurden, und verlor sich langsam in den immer gleichen Beschreibungen, den immer gleichen Vorlieben, dem immer gleichen, verzweifelten Trieb nach Aufmerksamkeit. Für sie war das ein Spiel, ein Zeitvertreib. Sie suchte nicht ernsthaft nach einem festen Freund, sie war gerade erst 20 Jahre alt geworden und viel unterwegs. Aber ab und zu flirtete sie gern, schlüpfte in verschiedene Charaktere, war mal verrucht, mal unschuldig, spielte mit dem Feuer oder ließ sich erobern. Erst wenige Male hatte sie sich auch mit jemandem getroffen – da musste der Typ aber wirklich überzeugen. Die meisten waren allerdings nur arme Blender, mit dicken Armen und wenig Esprit, die stets begeistert von ihrem Aussehen alle vergaßen, sich auch für ihre Persönlichkeit zu interessieren. So blieb sie lieber in der Anonymität ihres Chatprofils unter dem Pseudonym »CurlySue«, der ein wenig zu ihrer lockigen blonden Mähne passte. Aber vor allem liebte sie den gleichnamigen amerikanischen Film mit James Belushi von 1991, der lange vor ihrer Geburt entstanden war.

Sie hatte an diesem Abend gleich vier Chats am Laufen, mehr oder weniger verbindlich, aber der mit »The Teacher« lief ganz gut an. Er war neu in ihren Kontakten, hatte sie heute erst mit einer netten, kurzen Nachricht kontaktiert. Normalerweise ließ sie die Kerle immer erst ein paar Tage schmoren, aber seine Mail hatte Charme. Warum also nicht? Er schien Humor zu haben, neckte sie mit leicht anzüglichen Spitzen, ließ durchscheinen, dass er nicht auf den Kopf gefallen war, sondern sich für vieles interessierte – Kunst, Musik, Wein. Er schien sich in diesen Bereichen gut auszukennen, empfahl ihr seine Lieblingsweine und aktuelle Newcomer-Bands, die sie sich unbedingt anhören sollte, fragte nach ihrem Geschmack, nach ihren Träumen, nach ihren Wünschen. Nach und nach ließ sie die anderen Chats auslaufen und widmete sich nur noch diesem einen. Für Jessica war diese Aufmerksamkeit wie Balsam für die Seele, es kribbelte sogar ein bisschen, wenn sie ihm zurückschrieb, und jedes Mal war sie in gespannter Erwartung, was er darauf antworten würde. Irgendetwas an ihm reizte sie. Sein Foto war geheimnisvoll, guter Körper, gepflegte Erscheinung, sein Gesicht war nur schemenhaft im Dunkeln zu sehen. Plötzlich brach er die Unterhaltung ab, er müsse noch etwas erledigen. Sie war irritiert, ernüchtert – normalerweise war sie es, die so etwas abbrach. Minutenlang starrte sie auf sein »Bis bald!«, klammerte sich daran fest und hoffte, dass er sich wieder melden würde.

Und ob er das würde, sogar schon sehr bald.

»Fisch am Haken, würde ich sagen«, murmelte er vor sich hin. Es war schon lange 18.00 Uhr vorbei, SIE hatte ihn heute nicht angerufen. Dabei, schien ihm, war sein Verlangen danach noch nie so groß gewesen. Ob SIE etwas von dem mitbekommen hatte, was hier los war? Ob SIE wusste, durch welche Hölle er heute gegangen war? Er nahm sich vor, die Medien zu checken, was und wie von diesen Fällen berichtet wurde. Vielleicht beobachtete SIE das Treiben aus der Ferne und war sauer, dass er schon wieder etwas falsch gemacht hatte? Dass er versucht hatte, Gunnar mit reinzuziehen? Das hatte SIE ihm nie aufgetragen, SIE kannte den Trottel ja noch nicht einmal. Und er hätte IHR auch nie erklären können, wieso dieser ihm so ein Dorn im Auge war. Würde SIE seine Gefühle für Magda verstehen? Wohl kaum. Er ärgerte sich, weil er wieder einmal in der Luft hing.

»Ach komm, das wird schon«, versuchte er sich zu beruhigen. »Konzentrier dich auf diese Aufgabe. D wartet!« Auch wenn SIE sich nicht gemeldet hatte oder vielleicht sogar gerade deshalb: Sein Projekt lief weiter. »Dschässiga...!«, zischte er höhnisch ihren Namen so, wie ihn die Schulsekretärin ausgesprochen hätte. Wie sie sich geziert hatte, ganz auf Unschuld vom Lande hatte sie gemacht. Hatte sich von ihm die Welt erklären lassen. Mit ihrem professionellen Modelbild als Profilfoto. Welche Typen glaubte sie damit anzuziehen? Die wird sich noch wundern.

Langsam bekam er Übung in seiner Verführungsmasche. Egal wie hübsch und unnahbar sie schienen, er wusste, wie er die Schale knacken konnte. Ihn interessierte gar nicht, was sie zu erzählen hatten, welche Kleinmädchenträume sie bewegten, welche Dinge sie noch erreichen wollten, was ihnen Angst machte. Aber er tat verständnisvoll, erzählte von seiner kleinen Schwester, um die er sich sorgte, wenn sie zu spät nach Hause kam, tat auf einfühlsamen Schönling mit vielseitigen Interessen, die zufällig immer perfekt zu ihren passten. Was für ein Zufall, wo sie doch dank Instagram und Facebook so transparent wie Klarsichtfolie waren. Sie checkten es einfach nicht, dass nur wenige Klicks reichten, um ihr ganzes Leben, ihre Lieblingsorte und ihre Vorlieben zu kennen. Sie liebten Chai Latte und träumten von einem Urlaub auf Santorin? Klar, da war er dabei. Eigentlich ödete es ihn einfach nur an.

Ob SIE wohl morgen anrufen würde? Es quälte ihn, verging doch kaum eine Sekunde am Tag, in der er nicht an SIE dachte. Für ihn war SIE einfach wunderschön, obwohl er SIE noch nie ganz gesehen hatte. IHRE ganze Erscheinung umgab eine magische Aura, IHRE Stimme war schneidend streng, konnte aber weiche Züge annehmen – was sein Herz jedes Mal höherschlagen ließ. SIE wusste genau, was SIE wollte. SIE gab ihm das Gefühl, auserwählt zu sein, dass er irgendwann an IHRER Seite stehen könne. Er war bereit. Bereit, alles aufzugeben – seinen Job, sein Haus, sein Leben. SIE musste nur das Signal geben. Und er war bereit, alle Aufgaben zu erfüllen, die SIE ihm gab, die SIE glücklich machten, die ihn IHR ein bisschen näherbringen würden.

Nun war diese Jessica also seine nächste Herausforderung. Er hatte mittlerweile Routine und wusste, was ihn erwartete. Manchmal fand er es erschreckend, wie einfach es war. Wie gut er sich und dieses »Spiel« im Griff hatte, wie wenig Chance sie gegen ihn und seine Masche hatten. Und wie wenig Mitleid er empfinden konnte. Er empfand gar nichts, sie taten ihm kein bisschen leid. Diese Monster mussten IHR, seiner großen Liebe, etwas Schreckliches angetan haben, damit SIE so viel Hass empfand. Er wusste nicht, was es war, aber er spürte IHRE Qual und er wollte SIE dafür rächen.

-74-

Veronika war erschöpft, aber zufrieden. Sie waren heute entscheidende Schritte weitergekommen. Das erste Opfer von dreien war identifiziert, immerhin etwas. Sie hatte sich von den Kollegen aus Berlin die Akte zuschicken lassen. Vom Foto lächelte sie eine wunderschöne Frau an, schulterlanges rotbraunes Haar, sinnliche Lippen, mandelförmige Augen. Bei Beruf stand »Fotomodell«, sagte man das heute überhaupt noch? Sie googelte die Agentur, die als Arbeitgeber in den Akten stand. Caramba Models, mit Sitz in Paris. So viele schöne und dennoch unterschiedliche Menschen hatte sie noch nie auf einer Seite gesehen, da war wirklich für jeden Kundengeschmack etwas dabei. Anna-Maria Fischer war nicht mehr in der Auswahl, Veronika würde mit den Geschäftsführern sprechen müssen.

Es war trotzdem irgendwie surreal. An der Wand in ihrem Büro hingen neben dem Foto dieser wunderschönen jungen Frau die Bilder der Leichenteile, die sie erst heute Morgen gefunden hatten. Die Gesichter, die Gliedmaßen, die Haare. Sie wirkten wie Puzzleteile, die nicht zueinander passen wollten. Aber die Zähne und die DNA-Analyse ließen keine Zweifel, es war Anna-Maria Fischer. Seit sechs Monaten vermisst. Seit sechs Monaten von ihrer Familie und ihren Freunden gesucht.

Sie war froh, dass sie nicht diejenige war, die den Angehörigen in Hamburg die schreckliche Nachricht überbringen musste, dass man ihre Leiche heute identifiziert hatte. Das übernahmen die Kollegen vor Ort. Dennoch würde sie ihre Angehörigen befragen müssen, vielleicht gab es irgendeinen Zusammenhang zwischen Hamburg oder Berlin und dem Saarland, den sie bei den ersten Befragungen außer Acht gelassen hatten.

Das Team rund um Thiel hatte heute ganze Arbeit geleistet. Unter Hochdruck hatten sie, trotz Nachtschicht im Rücken, die Analysen gefahren, sich mit den Kollegen in Berlin vernetzt und Datenbanken abgeglichen. Sogar ihr Chef war sehr zufrieden mit den Ergebnissen gewesen. Immerhin.

Für morgen früh hatte er gleich eine Pressekonferenz anberaumt. Er liebte es, der versammelten Pressemeute von »seinen« Erfolgen zu berichten. Das hieß für Veronika, dass sie ihm heute Abend noch ein umfassendes Briefing zusammenstellen musste. Er nannte es immer »Stellen Sie mir doch bitte ein paar kurze Stichpunkte zusammen, Hart!«, aber da er sich bisher kaum für den Fall interessiert hatte, waren seine Vorkenntnisse entsprechend dürftig. Und was er am meisten hasste, war, wenn er noch so kleine Fragen der Journalisten nicht beantworten konnte. Das bedeutete für sie nun eine lange Nacht. Erneut, aber die ersten Erfolge motivierten sie, also machte sie sich an die Arbeit.

Obwohl sie noch nicht so lange in Saarbrücken war, kannte sie die Journalisten der ortsansässigen Medien, die ihren Einladungen folgten, und sie wusste, was ihre ersten Fragen sein würden. Meist kamen sowieso nur Vertreter des Saarländischen Rundfunks, der Saarbrücker Zeitung und manchmal noch von Radio Salü, eine eher überschaubare Runde. Also durchforstete sie noch einmal die Vermisstenakte, ob sie nicht vielleicht doch irgendeine Verbindung in die Region entdeckte. Eine Partnerschaft oder Affäre, ein ehemaliger Arbeitgeber, ein geplanter

Urlaub, eine Weinköniginnen-Wahl. Irgendetwas, was sie mit dieser im Südwesten Deutschlands gelegenen Region verband. Aber da war einfach nichts. Sie war zwei Jahre Single gewesen, ihr Ex-Freund lebte in London, sie selbst pendelte beruflich eher zwischen Hamburg und Berlin, manchmal war sie auch für Modeljobs in München oder Paris. Ihre Freunde beschrieben sie als offen, lebenslustig und unkompliziert. Sie genoss ihr Leben, wollte Spaß haben. Eine Freundin gab an, dass sie sich in Datingportalen angemeldet hatte und sich ab und zu mit Männern traf, rein aus sexuellem Interesse.

Auch wenn es zu klischeehaft klang, vielleicht war es ein erster Anhaltspunkt?

Niemand wusste, was sie an dem Abend ihres Verschwindens vorhatte. Da ihre Freunde nicht begeistert von diesen zwanglosen Treffen mit fremden Männern waren, erzählte sie ihnen immer weniger davon. Eine Nachbarin hatte ausgesagt, dass sie Anna-Maria beim Verlassen der Wohnung gesehen hatte und dass sie aussah, als würde sie ausgehen. Das hatte sie gewundert, da es am frühen Nachmittag gewesen war.

Vielleicht war sie noch irgendwo hingefahren, zu einem Treffen, das am Abend stattfinden sollte?

Dann verlor sich ihre Spur. Kein Bahn- oder Flugticketkauf über Kreditkarte, keine Hotelreservierung auf ihren Namen, keine ungewöhnlichen Geldabhebungen, keine weiteren Auffälligkeiten. Wenn sie ein Ticket bar bezahlt hatte, würde man das nicht mehr rekonstruieren können. Auch auf die lokalen Aufrufe rund um Berlin und Hamburg, ob sie jemand an diesem Tag gesehen hatte, gab es kaum Reaktionen. Die üblichen Verdächtigen, die sich immer meldeten, aber sonst keine heiße Spur.

Das wunderte Veronika nicht. Die Menschen achteten einfach nicht mehr so sehr aufeinander. Wer neben ihnen beim Mittagessen saß oder wer im Bus vor ihnen stand. Heute war man viel zu sehr damit beschäftigt, auf Handydisplays zu starren und in der virtuellen Welt Kontakte zu pflegen. Veronika nahm sich da nicht aus. Eine Nachricht hier, ein kurzer Check auf Facebook dort. So ging die reale Welt schnell an einem vorüber.

Jetzt, ein halbes Jahr später, würde es schwierig werden, hier jemanden zu finden, der sich an Anna-Maria erinnern würde. Aber einen Versuch war es wert. Sie würde die Suche auf das Saarland und angrenzende Bundesländer und Regionen ausweiten. Sie sollten morgen in der Pressekonferenz auf jeden Fall ihr Bild zeigen und um aktive Mithilfe bitten.

-75-

Magda bat bereits am nächsten Tag um ihre Entlassung. Sie fühlte sich noch nicht wirklich fit, aber sie konnte auch nicht einfach daliegen und nichts tun, während sich Gunnar allein um den Hof und die Tiere kümmerte. Sie vermisste ihren Mann und die Müdigkeit, die ihr schon vor dem Ereignis in den Knochen gesteckt hatte, würde sicher bald weggehen. Frische Luft und Bewegung taten ja immer gut. Sie wartete nun nur noch auf das Abschlussgespräch mit dem Arzt. Gunnar hatte sich gleich nach ihrem Anruf auf den Weg gemacht und würde sie in einer halben Stunde abholen kommen. Sie freute sich, so schnell wie möglich in die Normalität zurückzukehren.

So saß sie also mit baumelnden Beinen und den Händen im Schoß auf dem Krankenbett, neben sich die gepackte kleine Reisetasche, die Gunnar ihr gestern vorbeigebracht hatte, und wartete, zählte die Lamellen des Krankenhausschrankes, folgte den Fugen des Linoleums mit den Augen, zählte die Kratzer auf den Platten, die Anzahl der Flusen und Haare auf dem Boden. Von den Schwestern hatte sie sich bereits höflich verabschiedet, alle waren so nett zu ihr gewesen. Auch ihrer Zimmernachbarin hatte sie schon alles Gute gewünscht und es war nun ein betretenes Schweigen zwischen den beiden Fremden entstanden. Endlich ging die Tür auf und eine der Schwestern begleitete sie in das Sprechzimmer des Oberarztes. Magda umklammerte die Griffe ihrer Reisetasche, Ärzte hatten ihr schon als kleines Mädchen Respekt eingeflößt. In Polen sah man in ihnen Halbgötter in Weiß, wenn der Arzt etwas sagte, folgte man ihm ohne Widerworte. Das war ihr ins Blut übergegangen.

Prof. Dr. Kröger empfing sie mit einem breiten Lächeln, blieb aber hinter seinem schweren Holzschreibtisch sitzen. Er deutete auf den Stuhl vor sich. »Setzen Sie sich doch, Frau Petersen. Wie geht es Ihnen? Ich hörte, Sie wollen uns bereits verlassen?«, begrüßte er Magda mit warmer Stimme.

Sie nickte scheu. »Ich denke, ich werde zu Hause auch schnell gesund. Wenn ich nur herumliege, platzt mein Kopf vor lauter Gedanken. Mein Mann braucht mich sicher auf dem Hof«, entgegnete sie leise.

»Gut, ich denke, das sollte in Ordnung sein. Sie können das am besten einschätzen. Ablenkung tut sicher gut. Aber lassen Sie es langsam angehen. Wenn es Ihnen schlechter gehen sollte oder Sie Schlafstörungen oder Ähnliches bekommen, wenden Sie sich an Ihren Hausarzt, der wird dann die nötigen Schritte einleiten. Oder Sie kommen direkt wieder hierher.« Magda war erleichtert.

»Aber bevor Sie gehen, möchte ich noch Ihre Blutergebnisse mit Ihnen besprechen. Haben Sie denn schon vor dem Vorfall etwas Ungewöhnliches bemerkt? Haben Sie sich unwohl gefühlt oder müde? War irgendetwas anders als sonst?«, wollte Dr. Kröger wissen.

»Hmm, ja. Ich bin seit einigen Tagen sehr müde, auch tagsüber. Obwohl ich immer ganz gut geschlafen habe. Das geht seit ungefähr zwei Wochen so. Vielleicht ist es das Wetter oder die Strapazen des Winters. Ich weiß es nicht, ich werde mich einfach ein bisschen mehr ausruhen«, erklärte sie ihm zurückhaltend.

»Das werden Sie auch müssen, Frau Petersen. Vor allem in den kommenden Monaten. Da wird sich für Sie einiges ändern.« Magda verstand nicht und schaute den Arzt irritiert an. »Liebe Frau Petersen. Sie sind schwanger. Herzlichen Glückwunsch.«

Magdas Herz setzte aus. Was? Sie war schwanger? Sie hatten es so lange probiert, gehofft und gebangt. Und waren jeden Monat aufs Neue enttäuscht worden, wenn ihre Regelblutung erneut einsetzte. Seit Wochen hatte sie nicht mehr daran gedacht, es war einfach zu viel zu tun gewesen. Und jetzt war sie schwanger? In diesen Tagen, wo das Grauen auf ihren Hof zurückgefunden hatte. Wie eng Freud und Leid doch miteinander verbunden waren. Sie konnte es nicht glauben. Tränen traten ihr in die Augen, sie blinzelte Dr. Kröger gerührt an. »Danke!«, brachte sie mit Mühe raus.

»Danken Sie nicht mir, das ist Ihr Verdienst. Sie müssten ungefähr in der sechsten Woche sein, Näheres wird Ihnen Ihr Gynäkologe sagen können, den Sie in Kürze aufsuchen sollten. Dann bekommen Sie auch Ihren Mutterpass und alle weiteren Informationen.«

Er war aufgestanden und um den Tisch herumgekommen. Als sie sich aufrichtete, tätschelte er ihre Schulter. »Sie werden sehen, es wird schon alles gut werden.«

76

Es hatte sich tatsächlich jemand auf ihren Aufruf gemeldet, nur wenige Stunden nach der Pressekonferenz. Ein Kellner aus Frankfurt. Es war eigentlich unglaublich, dass sich nach einer so langen Zeit jemand zu erinnern meinte. Das Foto von Anna-Maria Fischer war kurz nach der Pressekonferenz in den sozialen Medien kursiert, wo es eifrig geteilt und mit zahlreichen »RIP« und mit »wie tragisch«, »oh nein«, »meine Gedanken sind bei der Familie« kommentiert wurde. Auch erste vermeintliche Details des Leichenfundes und der zwei anderen Opfer waren auf diese Weise an die Öffentlichkeit gelangt und wurden dort heftig diskutiert. Veronika hatte extra jemanden von der Abteilung LPP 4.6 für Telekommunikationsüberwachung damit beauftragt, die Kommunikation in den sozialen Medien zu verfolgen, die sich rasend schnell unter dem Hashtag #RIPAnnaMaria verbreitete. Die Kollegin sollte Veronikas Team regelmäßig ein Protokoll zukommen lassen und ihr Bescheid geben, wenn sich konkrete Hinweise ergaben.

Von dieser Dynamik war Veronika selbst überrascht und sie hoffte, dass sie auf diese Weise sachdienliche Hinweise zu Anna-Marias Verschwinden erhalten würden.

Der Anruf des Kellners – eine Berufsgruppe, die aktuell erstaunlich oft in ihrem Leben auftauchte, dachte sie sich noch – wurde ihr direkt durchgestellt. Er könne sich noch sehr genau an die schöne Frau erinnern, denn er habe einen Blick für so etwas, erklärte er ihr am Telefon. Er konnte sich sogar noch an den Tag erinnern, an dem er sie in dem Restaurant, in dem er arbeitete, bedient hatte, es war der 23. Oktober gewesen – der Vorabend seines Geburtstages und der Tag ihres Verschwindens. Warum er sich das so gut gemerkt habe, wollte Veronika wissen, doch er druckste erst herum.

»Na ja, sie kam den Vorstellungen von meiner Traumfrau schon sehr nahe mit ihren rötlichen Haaren und den Wahnsinnsaugen, sie hatte so ein Funkeln im Blick. Und da habe ich mir die ganze Zeit überlegt, dass ich mein Glück versuchen würde, falls der Typ, der bei ihr war, sie nicht abschleppen würde. Sie hätte mir glatt meinen Geburtstag versüßt.«

»Und was ist dann passiert? Ist sie mit dem Typen mitgegangen? Können Sie den näher beschreiben?«, fragte ihn Veronika genervt. So ein oberflächlicher und selbstverliebter Zeuge hatte ihr gerade noch gefehlt. Das konnte sie einfach nicht ausstehen. Aber er war ihr Strohhalm, an den sie sich klammerte.

»Natürlich ist sie mit ihm mitgegangen. Das war so ein Schönling, aber der sah nicht aus, als hätte er etwas auf dem Kasten. Ihr war es egal, die hat ja nix vertragen. Obwohl die beiden nur eine Flasche Wein bestellt und die noch nicht einmal leer getrunken hatten, war das Mädel ganz schön voll. Ich habe mir noch gedacht, dass das ja kein Wunder ist, wo die doch so dünn war – wie ein Model eben«, ergänzte er noch fachmännisch.

An den besagten Begleiter konnte er sich allerdings kaum noch erinnern. Groß, gut aussehend, blonde kurze Haare, Typ Sonnyboy. »Er schien die ganze Zeit etwas nervös, hat sich ständig umgeschaut. Ich dachte schon, dass die Kleine eine Nummer zu groß für ihn sei. Aber als sie dann voll war, hat er bar bezahlt und keinen Cent Trinkgeld gegeben, was für ein Schmierlappen. Grüßen Sie ihn von mir, wenn Sie ihn finden«, schloss der Zeuge seine Beschreibung ab. Na, nichts leichter als das, dachte Veronika, bedankte sich und legte auf.

Die Bemerkung des Kellners, dass Anna-Maria so schnell betrunken war, machte sie stutzig. Nicht, dass sie jetzt von sich auf andere schloss, aber sie würde die Freunde nach der Trinkfestigkeit des Opfers befragen lassen, es war schon ungewöhnlich. Vielleicht war da ja noch etwas anderes im Spiel. Sie mussten diesen Begleiter finden. Das hieß, weitere Zeugen aus dem Restaurant befragen, Videoaufzeichnungen aus der Umgebung sichten. Das Restaurant lag im Frankfurter Westend, unweit des Bankenviertels, vielleicht hatten sie ja Glück und eine der Überwachungskameras hatte etwas aufgezeichnet und die Betreiber die Bilder so lange aufgehoben. Das könnte schwierig werden, aber darum sollten sich die Frankfurter Kollegen kümmern – Kontakte hatten sie ja dort genügend.

Veronika atmete tief durch. Sie müssten sich jetzt einfach in konzentrischen Kreisen vorarbeiten, Stück für Stück. Wenn das Opfer wirklich an diesem Tag im Restaurant war, musste sie auch von dort weggekommen sein. Und wer war ihr Begleiter? Ihre Spur versickerte genau an dieser Stelle – es war nicht unwahrscheinlich, dass der Mann etwas mit ihrem Verschwinden zu tun hatte. Aber die Beschreibung war zu dünn – sie würde die Kollegen bitten, gemeinsam mit dem Kellner ein Phantombild zu erstellen. Vielleicht würden sich dann andere Zeugen besser erinnern können, zumindest aber würde es ihnen bei der Kameraauswertung helfen.

Sie notierte sich gerade ihre Gedanken und Aufgaben auf einem Zettel, als Max Langner ihr Büro betrat. »Die von der Datingplattform zicken rum von wegen Datenschutz, Anonymität und so. Wir brauchen einen richterlichen Beschluss, damit sie uns die Chatprotokolle von Anna-Maria aushändigen. Könntest du den bei Gericht anfragen, du hast da doch jetzt so gute Kontakte?«, fragte er sie verschmitzt lächelnd. Sie wusste, worauf er anspielte, und verdrehte die Augen. Nur weil sie den zuständigen Richter schon gestern Morgen aus dem Bett geklingelt hatte, hieß das noch lange nicht, dass er ihr wohlgesonnen war. Vielleicht sogar im Gegenteil. Sie seufzte.

»Ich kümmere mich darum. Schick mir die Eckdaten per E-Mail, dann verfasse ich die Anfrage.«

»Sind schon in deinem Postfach«, entgegnete Langner, machte kehrt und verschwand wieder in seinem winzigen Büro am Ende des Ganges. An das Du würde sie sich noch gewöhnen müssen.

Wenige Sekunden später flog die Tür wieder auf.

»Kann hier denn keiner mehr klopfen?«, entfuhr es ihr etwas zu laut. Ein verdutzt aussehender Praktikant stand in Schockstarre in der Tür.

»Ich, ich, ich soll hier nur diesen Bericht von der 4.6 für Sie abgeben. Entschuldigung. Ich, ich wusste nicht, dass …«, stammelte er.

»Ja, schon gut – geben Sie her. Und dann raus hier!« Schnell übergab er ihr die Mappe und verschwand aus dem Büro, nicht ohne die Tür wie ein rohes Ei zu behandeln und ganz langsam ins Schloss zu ziehen.

Ich muss mich besser im Griff haben, jetzt habe ich den Armen ganz verschreckt, dachte Veronika, nicht ohne etwas Schadenfreude, während sie den Bericht öffnete.

In Kommentaren auf Facebook hatten sich Hinweise verdichtet, dass in den vergangenen Monaten weitere Mädchen – ebenfalls Models mit einem größeren Freundeskreis – verschwunden waren. Eine davon war vor eineinhalb Jahren als vermisst gemeldet worden und hatte sogar bei der gleichen Agentur in Paris einen Vertrag gehabt. Ihre Namen waren Lena Moreno und Larissa Claasen. Freunde von ihnen hatten Bilder von den Vermissten gepostet und die damaligen Meldungen geteilt. Als sich Veronika die Ausdrucke anschaute, stockte ihr Atem.

Das würde sie schnellstmöglich überprüfen lassen müssen. Sie hatten etwas zu tun.

77

Heute war Tag drei der Funkstille. Kein Lebenszeichen von IHR. Paul war kurz vorm Durchdrehen. SIE wusste genau, was SIE ihm damit antat. Es quälte ihn. Im Ort war wieder Normalität eingekehrt. Magda war aus dem Krankenhaus zurück und spielte heile Welt, in der Schule redete keiner mehr von dem Fund bei Gunnar Petersen und selbst die Bekanntgabe der wahren Identität von C löste keine große Welle mehr aus. Man kannte sie nicht, also interessierte es niemanden mehr.

Alle waren sich einig, dass Gunnar unschuldig war und dass ihm jemand entweder übel mitspielen wollte oder es reiner Zufall war. Keiner verstand seine Taten, niemand wollte wirklich wissen, was mit den Schlampen passiert war, welche Abgründe hinter dieser Tat steckten. Aus den Augen, aus dem Sinn.

Diese Vollidioten. Wie sehr er sie alle hasste. Sie waren einfach nur dumme Landeier, völlig naiv und leicht zu beeinflussen. Sie stürzten sich wie Aasgeier auf tragische Ereignisse und vergaßen sie dann ebenso schnell wie Alzheimerpatienten ihr Mittagessen.

Das mit dieser Jessica würde jetzt schnell gehen müssen, auch wenn er noch keine konkreten Anweisungen von IHR bekommen hatte, was genau zu tun war. Es war Freitag, seit drei Tagen schrieben sie sich stundenlang über das Datingportal, sie hatte ihm schon alle ihre kleinen und großen Geheimnisse erzählt und ihm mehrere Bilderserien von sich geschickt, um ihn zu beeindrucken. Sie ging ziemlich freizügig mit ihren Daten um und schien ganz verzaubert; so sehr, dass es ihr gar nicht auffiel, dass er ihr kaum etwas von sich erzählte. Er hatte seinen richtigen Vornamen, aber einen falschen Nachnamen benutzt.

Und sie wusste, dass er allein in Frankfurt lebte, als Lehrer arbeitete und sehnsüchtig auf die Richtige wartete. 85 Prozent Lügen, das ist doch ein guter Schnitt, dachte er sich. »Mal sehen, wie spontan sie ist.«

Er klappte seinen Laptop auf, loggte sich auf dem Portal ein, über das er sie zum ersten Mal kontaktiert hatte, und klickte auf das kleine Umschlagsymbol, hinter dem sich ihre Chats befanden. Sie war offline, aber er wusste, dass sie sich Push-Nachrichten schicken ließ, sobald etwas in ihrem Postfach landete. Sie war süchtig nach Kommunikation. Ihre Antwort würde also nicht lange auf sich warten lassen. Er fing an zu tippen.

»Hallo, meine Schöne. Ich kann nicht aufhören, an dich zu denken. Ich stelle mir vor, wie deine Stimme klingt, wie deine Haare riechen und wie sich deine Haut anfühlt. Ich träume von dir, morgens, mittags und abends – und nachts sowieso. Ich werde noch wahnsinnig und vermisse dich, obwohl wir uns erst so kurz kennen. Aber kennen wir uns wirklich? Ich weiß es nicht. Deswegen habe ich nachgedacht und mein Entschluss steht fest. Ich kann es kaum erwarten, dich mit eigenen Augen vor mir zu sehen. Ich habe das noch nie vorher gemacht. Aber würdest du dich mit mir treffen? In der Hoffnung, dass du spontan bist, habe ich für uns einen Tisch bei einem schicken Italiener in Kassel reserviert, das liegt fast genau zwischen deiner Heimat Hannover und meiner Heimat Frankfurt. Ich würde dort morgen um 19.00 Uhr auf dich warten. Was sagst du? Ich brenne darauf, von dir zu hören, und erwarte deine Antwort mit Herzklopfen. Dein Paul«

Er klickte auf Absenden.

Würg, dachte er. War der letzte Satz etwas zu dick aufgetragen? Er hatte bereits von seinem Macho-Kurs abweichen müssen, um die Extra-Schnulzen-Version abzuspulen. Aber es musste ja auch schnell gehen, jetzt musste sie sich nur noch darauf einlassen und er würde den passenden Tisch reservieren – Google und die Location-Plattform Tripadvisor würden ihm dabei helfen.

Es dauerte keine fünf Minuten, bis ein leises Bing-Geräusch Jessicas Antwort ankündigte. Es waren nur vier Worte: »Wo soll ich hinkommen?«

-78-

Magda hatte es noch nicht übers Herz gebracht, es ihm zu sagen. Seit gestern trug sie das Geheimnis auf beziehungsweise unter dem Herzen, aber es hatte sich bisher nicht die richtige Situation ergeben. Und wie sollte sie es ihm sagen? Er war noch nicht so stabil und hatte sich voller Tatendrang in die Arbeit gestürzt. Was, wenn es schiefging oder der Frauenarzt sagte, dass es falscher Alarm war?

Gunnar kümmerte sich so liebevoll um sie und sie versuchte ihm auf dem Hof zur Hand zu gehen, soweit es Gunnar und ihre Kräfte erlaubten. Es war fast wieder wie früher. Nur den Bereich neben dem Stall, wo der Mist lagerte, den mied sie noch. Wenn sie nur an die Bilder dachte, die sich für immer in ihr Gedächtnis eingebrannt hatten, wurde ihr schlecht und ihr Sichtfeld begann, sich zu einem Tunnel zu verengen. Der Arzt sagte, das wäre normal. Sie solle sich keinen Druck machen.

Am kommenden Montag hatte sie einen Termin bei ihrem Frauenarzt. Sollte er ihre Schwangerschaft bestätigen, wollte sie es Gunnar gleich danach sagen. Vorher war es einfach noch zu unsicher. Wenn es nicht stimmte, würde er sehr enttäuscht sein. Deswegen versuchte sie es so gut wie möglich zu verdrängen, während sie auf jedes kleine Anzeichen ihres Körpers achtete. Sie konnte es einfach nicht glauben. So lange hatten sie es versucht und schon fast die Hoffnung aufgegeben.

Wenn es stimmte und sie ein Baby erwarteten, würde Gunnar sich sehr freuen, das wusste sie. Auch wenn er ihr immer sagte, dass sie auch ohne Kinder glücklich sein könnten, sah sie seine Reaktion, wenn sie durch die Stadt gingen. Er blieb an jedem Kinderwagen und jedem Kleinkind mit den Augen hängen und bekam einen samtweichen Blick vor Verzückung. Wenn sie bei Bekannten waren, die Kinder hatten, dann war er kaum von denen loszureißen. Er tobte und spielte mit ihnen, las ihnen vor – die Kleinen liebten ihn und quietschten jedes Mal, wenn sie ihn sahen. Und ihr hatte es bei diesem Anblick das Herz zerrissen, dass sie das nicht selbst haben konnten.

Sie musste sich jetzt ablenken und so lud sie Bauer Heinrich und seine Frau zum Abendessen ein, fuhr mit dem Fahrrad zum Einkaufen, backte einen frischen Himbeerkuchen und brühte am Nachmittag für Gunnar Kaffee auf.

Den beschäftigten mittlerweile wieder andere Themen. Eine trächtige Kuh machte ihm Probleme und eines der Lämmer musste mit der Flasche aufgezogen werden. Deshalb stand er zum Kaffee auch gleich mit dem kleinen flauschigen Geschöpf unter dem Arm vor der Tür – er wusste, dass Magda sich liebevoll um das Kleine kümmern würde. Das würde beide ablenken.

Der Abend mit Heinrichs tat sein Übriges, Magda hatte ihren Mann schon lange nicht mehr so herzlich lachen sehen. Es war eine ausgelassene Stimmung, die sie die Ereignisse und Sorgen der letzten Tage vergessen ließ.

Er wollte sich mit ihr treffen. Das ging zwar ein bisschen schnell, aber worauf sollte sie denn noch warten. »So jung kommt man nicht mehr zusammen«, sagte ihre Oma immer. Und da war doch irgendetwas zwischen ihnen, auch wenn sie bisher nur gechattet hatten. Er schien ein ernsthaftes Interesse an ihr zu haben, er hörte zu, merkte sich, was sie ihm erzählte, und war charmant und witzig. Sie freute sich jedes Mal, wenn das Chat-Icon sich öffnete und »The Teacher« sich bei ihr meldete. Sie hatte sogar schon ein bisschen Herzklopfen dabei. Das wunderte sie eigentlich, denn sie war ja nicht auf der Suche nach etwas Ernsthaftem. Aber wer weiß, manche finden, wenn sie am wenigsten suchen.

Deshalb zögerte sie nicht lange und willigte in das spontane Treffen ein. Es kribbelte in ihr. Sie hatte Lust auf dieses kleine Abenteuer, was sollte schon passieren. Im schlimmsten Fall war er ein kleiner, dicker, hässlicher Blender, der Charme und Witz nur vorgetäuscht hatte. Dann konnte sie sich immer noch nach der Vorspeise aus dem Staub machen. Dafür war das fremde Terrain in Kassel ganz gut.

Und was er nicht wusste – sie würde das Ganze mit einem Besuch bei ihrer Schwester Laura verbinden. Dann konnte sie ihr Auto dort stehen lassen und das Wochenende bei ihr verbringen. Jessica hatte ihre große Schwester schon ein paar Monate nicht gesehen – jetzt musste Laura nur noch Zeit für sie haben. Das ließe sich gleich klären und sie wählte ihre Nummer.

Nachdem sie sich gegenseitig auf den neuesten Stand gebracht hatten, berichtete Jessica euphorisch von ihrem anstehenden Date in Kassel. Laura freute sich, ihre kleine Schwester bei der Gelegenheit wiederzusehen, war dem Date gegenüber aber skeptisch, vor allem als sie erfuhr, dass es sich um eine Internetbekanntschaft handelte.

Jessica konnte die Sorge ihrer Schwester nicht nachvollziehen. Sie war schließlich alt genug und was sollte schon passieren? Plötzlich hatte sie einen Einfall: »Was hältst du davon: Ich erzähle ihm nicht, dass du auch in Kassel wohnst, und du gehst mit Marcel morgen Abend eben auch in dem Restaurant essen. Quasi inkognito und als Wachhunde. Dein Mann soll dich halt mal wieder ausführen – und dann hast du mich im Blick und siehst auch gleich, dass der Typ okay ist. Mit ihm danach mitgehen will ich eh nicht.«

Laura war begeistert. Sie und ihr Mann waren ohnehin schon viel zu lange nicht mehr aus gewesen.

Jessica war zufrieden. Ihre Schwester machte sich immer viel zu viele Sorgen um sie, sie war eben acht Jahre älter und stand mit Onlinedating komplett auf dem Kriegsfuß. Sie vermutete nur Schwerverbrecher hinter den Profilen. Das war einfach noch nie ihr Ding gewesen. Meistens fand Jessica das übertrieben, sie war da optimistischer eingestellt. So schlecht war die Welt in ihren Augen nicht. In diesem Fall konnte die Geschichte ja auch ganz witzig werden. Sie waren in Kassel zwar auf neutralem Boden, aber sie hatte einen kleinen Heimvorteil und ein Geheimnis, das sie jederzeit auflösen konnte, wenn sie wollte. Ein bisschen wie ein Spiel, bei dem sie einen Joker hatte. Sie liebte das und nun kribbelte die Vorfreude umso mehr. Was sollte sie bloß anziehen?

Hoffentlich kam er nicht auf dumme Gedanken. SIE hatte sich jetzt schon einige Tage nicht mehr gemeldet und so langsam beschlich SIE die Sorge, dass er doch ausstieg. Kein Kontakt bedeutete keine Kontrolle. Aktuell war keine der miesen Verräterinnen mehr bei ihm und SIE fragte sich, wie er damit zurechtkam. Es standen noch zwei Namen auf IHRER Liste und SIE war sich nicht sicher, ob er bis zum Schluss durchhalten oder ob er weiter einen Fehler nach dem anderen machen würde. Außerdem musste SIE wissen, welchen Nebenkriegsschauplatz er da eröffnet hatte, nicht dass die Qualität darunter noch mehr litt. Die Polizei hatte ja bereits die Namen der anderen rausgegeben, es war eine Frage der Zeit, bis sie ihm auf die Schliche kamen. Bis dahin musste SIE verschwunden sein.

Doch erst einmal war Jessica an der Reihe, sie sollte die Nächste sein. Ob er sie schon kontaktiert hatte? Da ihnen dieses Mal weniger Zeit blieb, würde er sie schnell spüren lassen müssen, wie sehr SIE sie hasste. Sie sollte ebenso leiden, wie SIE gelitten hatte. SIE würde ihm die Säure besorgen, die IHR Ex-Freund bei IHR benutzt hatte. Sie sollte IHRE Rache in Form von Schmerzen spüren und dann sterben.

Anfangs hatte SIE keine Eile gehabt. Die Wut in IHREM Kopf hatte sich ein Ventil gesucht, SIE hatte Rachefantasien zu jedem ihrer Opfer, SIE machte Listen über ihre Aufenthaltsorte, über ihre Onlineprofile und verfolgte sie über Facebook und Instagram. SIE wollte jede Einzelne von ihnen zerstören.

Aber wie sollte SIE das bewerkstelligen, ohne selbst in die Öffentlichkeit zu treten? Immer wieder hatte SIE diese Ideen in verschiedenen Chats mit irgendwelchen kaputten Typen fallen lassen. Die meisten hatten sie nicht ernst genommen, einige wenige hatte SIE damit wohl abgeschreckt, sie waren danach sehr schnell offline gegangen. Nur einer hatte mit einer simplen Frage reagiert: Wie kann ich dir dabei helfen?

Das war Paul. SIE war erst verblüfft gewesen, darauf war SIE gar nicht vorbereitet gewesen. Aber die Idee erregte SIE, das war ein neuer Kick, der IHREM unbändigen Hass eine neue Richtung geben würde. Denn diese Schlampen lebten IHR Leben. SIE sollte all diese Jobs machen, SIE sollte diese edlen Kleider tragen, die Fotografen begeistern und durch Europa tingeln. Und nicht in Oversizeshirt und ausgewaschener Jeans in völliger Dunkelheit vor dem Computer sitzen und die von IHR erstellten Collagen zu jeder dieser Schlampen an der Wand anstarren.

Keine von ihnen hatte sich je wieder bei IHR gemeldet, obwohl sie vorher nächtelang um die Häuser gezogen waren und vor allem bei internationalen Schauen stets wie eine Clique zusammenhielten, wenn auch mit stets wechselnder Besetzung. Doch es gab einen harten Kern. »The German Chicks«, nannten sie sich im Spaß und so hieß damals auch ihre WhatsApp-Gruppe, in der sie sich mitteilten, wer wo gerade für wen arbeitete, vor wem man sich in Acht nehmen musste und wo es gerade die besten Angebote im SALE gab. Ob diese Chatgruppe noch existierte? Wahrscheinlich, so wie alles nach IHREM Vorfall unbehelligt weiter existierte.

Aber SIE wusste es nicht, denn SIE war, ohne etwas zu sagen, nach dem Unfall ausgetreten und hatte somit alle Fäden abgerissen. Und niemand hatte SIE wieder hinzugefügt.

Hatte SIE gehofft, dass sich eine von ihnen melden würde? Dass eine von ihnen nachfragen würde, wie es IHR ging? Nachfragen würde, was genau passiert war? SIE wusste es nicht mehr, die Schmerzen, die Panik und die Perspektivlosigkeit hatten SIE damals in ein tiefes Loch fallen lassen. SIE hatte jegliche Hilfe abgeblockt, selbst die ihrer engsten Familie, und hatte einen undurchdringlichen Panzer aufgebaut, den SIE heute nur noch bei IHREN nächtlichen Eskapaden ablegte.

Nur Jessica hatte sich mehrmals bei IHR gemeldet. Sie hatte sogar einmal vor IHRER Tür gestanden, kurz nachdem SIE aus dem Krankenhaus entlassen worden war. Einfach so, ohne vorher anzurufen. Was auch nicht funktioniert hätte, weil alle Telefone abgeschaltet waren.

Jessica hatte versucht, den Schreck über IHR entstelltes Gesicht so gut wie möglich zu überspielen. Sie hatte IHR Blumen mitgebracht und versuchte, SIE in ein Gespräch zu verwickeln. Wie es IHR ginge? Ob man Yevgeni gefunden hatte? Ob er bestraft würde? Ob SIE Hilfe brauchte?

Aber SIE hatte sie rausgeworfen. Es war einfach ein schlechter Zeitpunkt gewesen, damals wollte SIE mit niemandem sprechen, nichts hören, nichts sehen. Also sagte SIE ihr, sie solle sich verpissen. Und das tat Jessica. Sie kam nie wieder, auch dann nicht, als SIE doch jemanden zum Reden gebraucht hätte, jemanden zum Aufstützen, damit SIE wieder hochkam. Doch da war niemand mehr aus IHREM alten Leben gewesen.

Und SIE war sich sicher, dass Jessica sich bei den anderen das Maul über SIE zerrissen hatte. Deshalb hatte sich niemand mehr gemeldet. Jessica hatte IHREN Abgrund gesehen, IHR Gesicht, IHR neues Leben. Und hatte sich verpisst.

Deshalb sollte sie dasselbe erleiden wie SIE. Hier ging es ihr nicht mehr um die langsame Zerstörung ihrer heiß geliebten Körper, um die monatelange Isolation, eingesperrt in einem dunklen Keller. SIE hatte die Vorstellung genossen, dass sich mindestens zwei dieser falschen Schlangen gleichzeitig dort befanden – die, die jeweils neu kam, konnte das Elend der anderen betrachten und wusste damit auch, wie jämmerlich sie enden würde. SIE war sich sicher, dass sie sich den Kopf zerbrochen hatten, warum sie dort gefangen waren. Zu gerne hätte SIE ihnen einen Besuch abgestattet, um alles zu erklären. Um sich nicht nur an Fotos oder Videos zu ergötzen, die Paul in IHREM Auftrag anfertigte und die SIE akribisch auf einer externen Festplatte gesichert hatte. Aber SIE konnte nicht vorbeikommen, denn dann hätte Paul SIE zu Gesicht bekommen, wo er doch nur die eine Hälfte der Wahrheit kannte, die linke sozusagen.

Aber bei Jessica würde es anders laufen müssen. SIE würde ihm im Darknet Säure besorgen, mit der er dann Stück für Stück ihren wunderschönen Körper entstellen würde, vor IHREN Augen, versteht sich. Und wenn die Polizei sie irgendwann fände, würde nichts mehr darauf hindeuten, wer sie einmal war. Wenn sich der Idiot nicht schon wieder so stümperhaft anstellte. Es war an der Zeit, ihn über IHRE neuen Pläne zu informieren.

−81−

Die letzten Tage hatten einen Wahnsinnsdurchbruch gebracht. Sie hatten die anderen beiden Opfer dank der Hinweise aus dem Internet identifiziert. Die Namen stimmten, von den Familien hatte man ihnen Material für einen DNA-Abgleich zukommen lassen. Und auch hier hatten sie Übereinstimmungen. Zwei weitere Familien hatten nun traurige Gewissheit über den Verbleib ihrer Töchter. Lena Moreno war 24 Jahre alt und kam aus Hamburg. Sie war das erste Opfer, das im Oktober auf dem Feld gefunden worden war. Larissa Claasen, 22 Jahre alt und aus München, hatten sie vor wenigen Tagen erst erschlagen und dann im Osterfeuer verbrannt aufgefunden. Beide waren in Datingportalen aktiv gewesen und keine hatte ihrem Umfeld erzählt, was sie an den Abenden ihres Verschwindens vorhatten.

Der Kampf um die Daten mit den jeweiligen Portalanbietern hatte sich zu einer wahren Bürokratie-Schlacht entwickelt. Jetzt, da der Tod der jungen Frauen nachgewiesen war, bestanden die Juristen der Anbieter auf den Schutz der Privatsphäre. Die Geschichte entwickelte sich zum Politikum, sogar das Bundesjustizministerium diskutierte den Fall schon, da hier irgendwann eine grundsätzliche Entscheidung bezüglich der Vererbung von Daten und deren Weitergabe ausstand.

Doch während die Herren noch in anderen Sphären schwebten, rannte Veronika die Zeit weg. Was, wenn er noch einmal zuschlug? Was, wenn da noch weitere junge Frauen waren? Sie wussten nichts von dem Täter oder den Tätern. Rein gar nichts.

Seit über einer Stunde saß Veronika allein vor dem Whiteboard in ihrem Büro und betrachtete ihre bisherigen Ergebnisse. Die Fundorte der Leichen waren auf einem großen Plan, der direkt an der Wand befestigt war, eingezeichnet. Außerdem hatte sie vom Sekretariat jeweils ein Bild jedes Opfers in Farbe ausdrucken lassen.

Es war zum Verzweifeln. Sie schaffte es nicht, sich gedanklich einem sinnvollen Profil des Täters anzunähern. Sie kramte in ihren Erinnerungen – was hatten die bei der Zusatzausbildung für solche Blockaden geraten? Was, wenn man den Wald vor lauter Bäumen nicht sah? Was war das für ein Typ, der junge, gut aussehende Frauen ansprach, sie entführte, über ein Jahr mästete und dann ermordete? Hatte der Täter eine Abneigung gegen schöne Frauen, weil sie für ihn unerreichbar waren? Kannte er die Opfer vorher? Kannten sie ihn?

Es waren noch zu viele Fragen offen. Sie brauchte ein zweites Gehirn, einen Sparringspartner, dem sie vertraute.

Veronika überlegte. Die aktuelle Situation war nicht einfach. Es war ihr erster großer Fall am Saarbrücker Landespolizeipräsidium. Ihre erste Kommissionsleitung. Und sie fühlte sich von allen Seiten beobachtet, selbst aus den eigenen Reihen, als wäre sie noch in der Probezeit.

So war Kriminaloberkommissar Sven Becker mit seinen 54 Jahren zwar ein alter und erfahrener Hase, aber auch ein alter Duzkumpel ihres Chefs Lothar Klein. Selbst wenn er es nie zugeben würde und es keinen Anlass zur Beschwerde gab, Veronika hatte das Gefühl, dass er sie nicht immer mit allen Informationen versorgte und sie gerne mal ins offene Messer laufen ließ. Sie hätte schwören können, dass er sie hinter ihrem Rücken belächelte, auch wenn er sich ihr gegenüber immer freundlich zeigte. Er war der inoffizielle Teamchef, sie hatte ihn nur auf der offiziellen Schiene bei der Beförderung überholt. Irgendwie konnte sie ihn verstehen. Wäre er der Richtige, um mit ihr hier gemeinsam nach dem wegweisenden Ansatz zu suchen? Max Langner hielt sich im Großen und Ganzen an das, was Becker sagte und machte. Wobei er in der Zusammenarbeit mit ihr weniger Berührungsängste zu haben schien und sich interessiert und offen verhielt.

Veronika kaute auf ihrer Unterlippe. Was hätte ihr Vater dazu gesagt? Da musste sie nicht lange überlegen. »Mach deine Feinde zu Verbündeten, dann kann dir nichts passieren«, das war sein Motto gewesen. Sie nahm den Hörer ab und wählte.

Wenige Minuten später stand ein überraschter Oberkommissar Becker in ihrer Tür.

»Sie wollten mich sprechen?«, fragte er mit einem leichten Anflug von Misstrauen in seiner Stimme.

»Ja, ich brauche ein zweites Gehirn. Unser Täter bekommt in meinen Augen einfach keine richtige Kontur. Wären Sie bereit, mit mir zusammen noch einmal die wichtigsten Ansätze Revue passieren zu lassen? Mich würde interessieren, was Ihre ersten Gedanken dazu sind«, erklärte sie ihm so sachlich wie möglich. Sie wusste, dass er einen Fallstrick dahinter wähnte. Aber sie hatte nichts dergleichen im Sinn.

SIE hatte sich gemeldet. Seine Erleichterung darüber war allerdings sehr schnell einem unguten Gefühl gewichen, dass irgendetwas nicht stimmte. Irgendetwas hatte sich verändert. IHRE Stimme war kalt und schneidend gewesen, SIE ließ kein Geplänkel zu und kam direkt zur Sache. SIE hatte sich für die Nächste, wie bereits angedeutet, etwas anderes überlegt. Es sollte jetzt schneller gehen, nicht mehr so ein langes, elendig langweiliges Dahinsiechen. Das kam ihm sehr entgegen, denn diese monatelangen Projekte hatten ihn gequält. Sie hatten ihm nichts als Ärger und Ekel eingebracht und er hatte sich mehr als einmal gefragt, warum er sich das überhaupt antat. Aber jedes Mal wenn SIE anrief, wusste er es wieder.

Jetzt hatte SIE einen neuen Plan. Perfider, grausamer und mit unvorstellbaren Schmerzen für die Schlampe verbunden, sagte SIE. Er schluckte.

Säure? Und wenn da etwas schiefging? Wenn er sich selbst damit verletzen würde?

IHR Blick ließ keine Fragen und keinerlei Zweifel an IHRER Idee zu. Entweder so oder gar nicht. Es blieb seine Entscheidung.

Er willigte ein, denn mittlerweile wusste er, dass SIE keinen Widerstand duldete.

Diese neue Aufgabe würde er schaffen, da war SIE sich sicher. Irgendwie würde das schon klappen. Er müsste sich einfach im Internet anschauen, was man beachten musste, und SIE würde ihm das richtige Equipment besorgen. Er hatte so lange durchgehalten, er sollte doch jetzt auch bitte bis zum Schluss kämpfen.

Als er IHR schließlich berichtete, dass er seine nächste Aufgabe, Jessica, schon morgen treffen würde, sah er endlich kleine Anzeichen eines leichten Lächelns um IHRE Mundwinkel. Seine Hoffnung wuchs. Es könnte doch noch alles gut werden. Wenn das jetzt schneller ging, würde er SIE endlich sehen dürfen.

Der Rest ihres kurzen Gespräches verlief fast locker, als wären sie alte Freunde und als verbänden sie keine menschlichen Abgründe, sondern gegenseitige Hingabe. Zumindest interpretierte er ihre Beziehung auf diese Weise. Es sollte so sein. Er war eben noch in der Probezeit. Sein Selbstbewusstsein kroch langsam kribbelnd in seinem Körper hoch, verbreitete sich wohlig warm schleichend in seinen Gliedmaßen und gab ihm das Gefühl der Geborgenheit und Sicherheit, welche er seit jeher in seinem Leben vermisst hatte. Nur SIE hatte dieses Gefühl bisher in ihm auf diese Art auslösen können, nur SIE vermittelte ihm Schutz und Schutzbedürftigkeit in einem Atemzug, was ihn von der ersten Sekunde an in IHREN Bann gezogen hatte. Bei Magda waren es andere Gefühle gewesen, er hätte sie gerne beschützt und hatte in ihr eine Fahrkarte in ein bürgerliches, normales Leben gesehen. Bei IHR war es anders. Mit IHR und für SIE war er im Kampf, gegen die Ungerechtigkeiten, die sie beide in ihrem Leben erleiden mussten. Er würde alles für SIE tun. Er war bereit.

83

Es war so weit. Heute Abend würde sie ihn endlich treffen. Und wenn er der Richtige war? Jessica verlor sich in ihren Tagträumen. Ein gut situierter Lehrer, gebildet, zuvorkommend, mit herausragendem Musikgeschmack, der sie auf Händen trug. Das käme gerade recht. Warum auch nicht. Sie hatte ein gutes Gefühl und war schon den ganzen Tag bester Laune. Hinter ihr lagen einige witzige Stunden mit ihrer Schwester, die sie mit Shopping, Kaffeetrinken und Geschichtenerzählen verbracht hatten.

Mit Paul war sie um halb acht verabredet, jetzt blieben ihr noch wenige Stunden, um sich hübsch zu machen. Ihre Schwester Laura würde mit ihrem Mann ein paar Minuten später kommen und sich in ihre Nähe setzen, zumindest mit Blick auf ihren Tisch. Das würde witzig werden.

»Jessi? Träumst du?«, unterbrach sie Laura. »Du denkst wohl schon an deinen Traumprinzen. Wollen wir jetzt mal los? Ich brauche ja ein bisschen länger als du, um mich aufzubrezeln«, ergänzte sie lachend. Sie war zwar nur wenige Jahre älter, lebte aber im Gegensatz zu Jessica schon lange ein viel reiferes und erwachseneres Leben. Sie hatte sich selbst einfach früher gefunden, wusste, was sie wollte, hatte in Marcel bei einem der ersten Versuche den richtigen Mann gefunden und ihn gleich geheiratet. Sie lebte in ihrem eigenen kleinen Häuschen im Kasseler Norden, hatte einen guten Job in einer Werbeagentur und stand stabil auf eigenen Füßen. Jessica war stolz auf sie und blickte heimlich zu ihr auf, auch wenn sie sie immer mit ihrem spießigen Lebensstil aufzog, der so gar nicht zu Jessicas eigenem Lebensentwurf passte. Bis jetzt. Irgendwann wollte sie auch so sicher sein, dass sie das Richtige im Leben machte. Und sich nicht mehr nur treiben lassen.

Wer weiß, vielleicht würde das heute ein einschneidender Abend in ihrem Leben werden.

Zwei Stunden später waren sie bereits auf dem Weg zum Restaurant. Laura und ihr Mann Marcel ließen sie vor der Tür raus und machten sich auf Parkplatzsuche. Jessicas Herz klopfte bis zum Hals. Wann war sie das letzte Mal so aufgeregt gewesen?

»Okay, reiß dich zusammen«, ermahnte sie sich. Sie zupfte noch einmal ihr Kleid zurecht, warf einen prüfenden Blick in die verspiegelte Glastür und betrat das Restaurant. Eine warme, nach Rosmarin und Salbei duftende Luft empfing sie dort. Wo war er? Suchend wanderte ihr Blick durch den Raum. Der Laden war bereits gut besucht. Überall saßen Pärchen im Kerzenlicht und unterhielten sich leise. Sanfte Jazzmusik schlängelte sich zwischen den Gästen durch. Ihre Augen blieben an einem Mann hängen, der angestrengt auf sein Handy starrte. Er bewegte sich nicht, schaute nicht auf. War er das? So sah niemand aus, der sich auf einen Abend mit ihr freute. Sie zögerte. Sollte sie wieder umdrehen?

»Kann ich Ihnen helfen?«, sprach sie plötzlich ein Kellner von der Seite an. Sie fuhr zusammen und in dem Moment blickte auch der Mann von seinem Handy auf und warf ihr das entwaffnendste Lächeln zu, das sie je gesehen hatte. Er stand auf und Jessicas Bedenken waren wie weggeblasen.

»Nein danke. Ich glaube, ich wurde gefunden«, entgegnete sie dem Kellner und ließ ihn stehen.

Er hatte eine Wahnsinnsausstrahlung, war charmant, zuvorkommend und hatte eine warme, heitere Stimme. Jessica war vom ersten Moment an verzaubert und bemerkte kaum, dass Laura und ihr Mann sich nur zwei Tische neben sie gesetzt hatten. Erst als er den Wein bestellte, fielen die beiden ihr auf. Sie fühlte sich so beschwingt und wollte ihn schon in ihr kleines Geheimnis einweihen. Dann entschied sie sich aber doch, es so laufen zu lassen. Es war einfach ein zu schöner Abend und sie amüsierte sich prächtig.

Er erzählte aus seinem Leben, von seinen Eltern, die in seiner Nähe wohnten und die er regelmäßig besuchte, weil ihm die Familie so wichtig war. Von seinen Schülern, die sich einiges ausdachten, um bei seinen Klassenarbeiten spicken zu können. Aber er kannte natürlich alle Tricks. Er fragte sie nach ihren Träumen, ihren Wünschen. Machte ihr Komplimente. Sie genoss jede Sekunde.

Nach dem Hauptgang, zu dem er für sie Fisch in Weißweinsud mit wildem Reis bestellt hatte, verschwand sie kurz, um sich auf der Toilette frisch zu machen. Ihre Schwester folgte ihr unauffällig wenige Augenblicke später. An ihrem Lächeln las sie ab, dass er auch ihr gefiel.

»Respekt, Jessi, der sieht nach einem Volltreffer aus. Hätte nicht gedacht, dass man so jemanden im Internet findet. Ich freue mich für dich, Süße.« Ihr standen die Tränen in den Augen, als sie lachend ergänzte: »Marcel ist schon ganz sauer, weil ich immerzu zu euch rüberstarre.«

»Ach, dein Mann wird das schon verkraften. Vielleicht sieht er ihn ja demnächst auch öfter«, entgegnete ihr Jessica beseelt. »Der Typ ist der Hammer. Ich fühle mich wie ein verliebter Teenager, fast peinlich.«

Beide lachten ausgelassen und zogen sich den Lippenstift nach. Als sie aus den Toilettenräumen im Untergeschoss traten, gab Laura ihrer Schwester einen kleinen Klaps auf den Hintern: »Dann mal los, schnapp ihn dir, Jessi!«

Kaum waren sie die Treppen zum Gastraum hinaufgestiegen, hörten sie schrille Schreie und ein lautes Krachen, als würde Holz bersten. Gläser zersplitterten auf dem Boden, ein Tisch fiel um. Mehrere Menschen schrien wild durcheinander. Im Zentrum der Aufmerksamkeit bemerkten die beiden Frauen ein Handgemenge. Es waren ihre beiden Begleiter, die sich an die Gurgel gingen.

»Was ist denn hier los? Marcel, was machst du da? Lass ihn sofort los!«, schrie Laura und stürmte auf ihren Mann zu. Der war etwas kräftiger gebaut als sein Kontrahent und hatte Paul im Schwitzkasten, während er ihn aufs Übelste beschimpfte.

Jessica blieb wie vom Donner gerührt stehen. Was geschah hier?

Mittlerweile hatten es der Kellner und ein weiterer Gast geschafft, Paul aus dem Schwitzkasten zu befreien und Marcels Arme festzuhalten. Der schimpfte und trat um sich, aber die beiden ließen nicht locker. Alles wirkte so surreal.

Stumm und wie betäubt betrachtete Jessica die Szene und sah zu, wie Paul mit hochrotem Kopf und blutender Nase seine Jacke schnappte und verschwand. »Warte, warte auf mich«, hauchte sie hinterher, bekam aber keinen Laut heraus. Tränen stiegen ihr in die Augen. Was war passiert?

Wie benommen wankte sie auf Laura zu, die versuchte, ihren aufgebrachten Mann zu beruhigen.

»Das verdammte Arschloch. Das verdammte Arschloch. Der hat Jessi was ins Glas getan, ich habe es genau gesehen. K.-o.-Tropfen oder was weiß ich, auf jeden Fall hatte der Wichser etwas mit ihr vor. Aber nicht mit mir! Nicht mit mir. Hat es noch jemand gesehen?«, presste er atemlos hervor und blickte in die Menge der Schaulustigen, die sich um sie geschart hatten.

Die Umstehenden schauten sich betreten an. Es herrschte Totenstille im Restaurant. Die Tische neben dem, an dem vor wenigen Minuten ihre Welt noch rosarot und in Ordnung war, lagen umgekippt auf dem Boden. Überall waren Scherben und Weinlachen. Nur ihr eigener Tisch stand felsenfest und fast unberührt in der Mitte.

K.-o.-Tropfen? Ganz langsam sickerten die Worte in ihr Bewusstsein. Stimmte das? Wieso sollte Marcel lügen? Und warum hatte Paul so etwas getan? Und wo war er? Sie stand unter Schock. Ihre Schwester schaute sie sorgenvoll an. »Alles okay?«, formte sie mit den Lippen. Jessica nickte.

Kurz darauf betraten vier Polizisten das Restaurant, die vom

Besitzer alarmiert worden waren. Sie machten sich ein Bild von der Situation und sicherten Jessicas Weinglas, in das die vermeintliche Flüssigkeit gelangt sein sollte. Ein Schnelltest bewies, dass sich tatsächlich Benzodiazepine, auch bekannt als K.-o.-Tropfen, in dem Glas befanden. Außerdem befragten sie die Umstehenden und nahmen ihre Aussagen auf. Paul war nicht mehr zurückgekehrt und Jessica war froh, ihre Familie um sich zu haben. Sie würden auch morgen dabei sein, wenn sie auf dem Revier Anzeige erstattete.

Als die Kasseler Beamten das Restaurant wieder verließen, war von dem Zwischenfall selbst nichts mehr zu sehen. Alle Umstehenden zeigten sich verständnisvoll und versicherten Marcel, in seiner Situation genauso gehandelt zu haben. Erstaunlich, wie man in Extremsituationen zu Verbündeten wurde. Jessica war der Appetit vergangen und so dauerte es nicht lang, bis sie zu dritt schweigend das Restaurant verließen.

»Ich verstehe das einfach nicht. Er war so nett zu mir. So einfühlsam. Was sollte das?« Diese Fragen schwirrten unentwegt in ihrem Kopf. Dem Schock folgte Verständnislosigkeit und der folgte die Wut. Eine unbändige Wut auf diesen Mann, der sie hintergangen hatte, auf den sie reingefallen war. Sie versprach sich, dass sie das dem Typen heimzahlen würde. Er würde seine Strafe bekommen.

Becker hatte sie nur kurz prüfend angeschaut, dann genickt und sich einen Stuhl herangezogen. Minutenlang hatte er die Datensammlung auf dem Whiteboard betrachtet, bevor er Luft holte und zu sprechen begann.

»Mein erster Gedanke beim Anblick der Kleidungsstücke war, dass ich es meinen Töchtern nie erlauben würde, solche zu tragen. Ich meine, das ist ja kurz vor Straßenstrich, deshalb finde ich Ihren Hinweis zum Escortservice an dieser Stelle ganz passend. Nicht, dass sich meine Töchter von mir etwas sagen lassen würden, sie sind 26 und 22 Jahre alt, also in etwa so alt wie unsere Opfer hier. Wenn sie so etwas tragen würden, dann weil sie jemanden sexuell beeindrucken wollen. Das waren ja allesamt schöne Frauen, sie hätten es eigentlich nicht nötig gehabt, so etwas Aufreizendes zu tragen. Aber da scheint es jemanden auf der anderen Seite gegeben zu haben, der bei ihnen ein solches Verhalten ausgelöst hat. Schien wohl ein Jackpot-Typ zu sein, zumindest würden den meine Töchter so beschreiben«, schmunzelte er.

Veronika nickte. Darüber hatte sie auch schon nachgedacht, wobei sie in aktuellen Stilfragen von jungen Frauen maßlos überfordert wäre. Sie selbst hätte vielleicht ein andersfarbiges T-Shirt zu einem Date angezogen, um sich besonders herauszuputzen.

»Stimmt, das würde zu den Beschreibungen des Frankfurter Kellners passen. Typ blonder Surfer, attraktiv, groß. Leider haben die Kollegen zu dem fraglichen Abend keine weiteren verlässlichen Aussagen mehr sammeln können. Auch die Anfragen zu den Überwachungskameras haben nichts ergeben, alle Aufnahmen wurden spätestens einen Monat nach dem Termin gelöscht. Das heißt, wir wissen, dass Anna-Maria Fischer kurz vor ihrem Verschwinden mit einem solchen Mann zusammen war, aber hat er sie auch entführt und dann so zugerichtet? Vielleicht diente er nur als Köder und jemand anderes nahm sich dann der Opfer an?«, mutmaßte sie weiter. Es fiel ihr schwer zu glauben, dass die Art Mann, dessen Bild sie unter »blonder Surfertyp« abgespeichert hatte, dazu fähig war, über Monate Menschen so bestialisch zu quälen und anschließend umzubringen. Was war sein Motiv?

»Das könnte natürlich sein. Oder aber er ist ein Psychopath, der einmal furchtbar von einer Modelfreundin verletzt wurde und sich jetzt an solchen Frauen rächen will. Vielleicht ist diese Ex-Freundin sogar im Umkreis der Opfer zu suchen, es könnte ja sein, dass er ihr mit diesen Aktionen ein Zeichen setzen will. Oder er war nicht immer Surfertyp, hat nach der Trennung extrem abgenommen und will jetzt mit diesem Mästen, obwohl mir dieser Begriff wirklich widerstrebt, späte Rache«, konterte Becker darauf. Veronika gefiel diese Art Pingpong, solche Gedankenspiele ließen sich allein nicht so effizient bewerkstelligen, weil man zu oft an der einen, eigenen Linie hängen blieb. Sie hatte das Gefühl, bei diesem Schritt die richtige Entscheidung getroffen zu haben, und auch Becker schien diese Rolle zu genießen.

Sie notierte die Begriffe »Rache«, »Übergewicht« und »Ex-Freundin« in der Motivspalte ihrer Tabelle. Auf einen Post-it schrieb sie den Namen der Modelagentur in Paris, Caramba-Models, mit der sie Kontakt aufnehmen musste, um alle anderen Models, die sich in den gleichen Kreisen bewegt hatten, zu befragen.

»Ein sehr guter Punkt, in diese Richtung sollten wir auf jeden Fall weiterermitteln. Betrachten wir noch mal die Art und Weise, mit der er vorgegangen ist. Wir haben bei allen drei Opfern entzündetes und vernarbtes Gewebe im Rachen und am Beginn der Speiseröhre gefunden. Thiels Analysen des Mageninhalts haben ergeben, dass sie sehr fetthaltige, breiige Nahrung zu sich genommen hatten. Bei allen dreien konnten die gleichen Inhaltsstoffe identifiziert werden. Proteinpulver, Enzyme und Öl. Reines Speiseöl. Man mag sich gar nicht vorstellen, wie das geschmeckt hat, aber es würde die hohe Gewichtszunahme in dieser kurzen Zeit erklären, bei Lena Moreno und Larissa Claasen waren es immerhin knapp 130 Kilo in einem Jahr. Da passt der Begriff ›mästen‹ schon ganz gut. Aber was hat man für ein Problem, wenn man so etwas tut?«, fragte sie sich.

Becker nahm ebenfalls ein Post-it, schrieb »Psychologe« drauf und klebte es neben die Spalte »Mordwaffe«, in der bereits »Mästen« stand. Er schien ihr System anzunehmen, freute sich Veronika und sie hatten jetzt eine weitere Aufgabe auf ihrer Liste.

»Wir können in der Psychiatrischen Klinik in Merzig nachfragen, vielleicht haben die dort Experten auf diesem Gebiet oder einen ehemaligen Patienten mit entsprechend ausgeprägter Störung«, schlug Becker vor und fuhr dann fort: »Was mich noch beschäftigt hat, ist die Auswahl der Fundorte. Warum alle in Perl? Und was hat dieser Petersen damit zu tun? Ich meine, Perl hat mit allen Ortsteilen, von Perl-Besch bis Perl-Wachern, rund 8.500 Einwohner. Wenn wir das Profil des Täters langsam einkreisen können, als männlich, bestimmtes Alter, Haarfarbe etc., bleiben nicht mehr allzu viele, auf die die Merkmale zutreffen. Jemand, der über Monate solche Taten organisiert und durchführt, der dazu ja auch Material braucht, der entsorgt sie doch dann nicht vor der eigenen Haustür.« Becker machte bei dem Wort »entsorgt« zwei Anführungszeichen in die Luft, wofür ihm Veronika sehr dankbar war. Sie hasste das Wort im Zusammenhang mit Menschen, auch wenn es in diesem Fall wirklich zutreffend war. Sie nickte.

»Das stimmt, wo suchen wir also? Ist es jemand, der grenzüberschreitend agiert? Dann müssen wir Frankreich und

Luxemburg mit einbeziehen, wenn wir es etwas größer fassen, auch Belgien. Denkt er in Bundeslandgrenzen, könnte die Region um Trier interessant sein. Würde er lange Fahrtzeiten auf sich nehmen? Selbst wenn er einen Lieferwagen hat, ist die Gefahr damit zu groß, liegen zu bleiben oder angehalten zu werden. Und dann? Wie erklärt man eine Person in dem Zustand auf der Ladefläche? Wir wissen, dass Opfer eins noch gelebt hat, als die Erntemaschine kam. Opfer zwei hat er vor Ort erschlagen, Opfer drei hat sich selbst oder wurde erhängt. Dann geht der doch kein großes Risiko beim Transport ein, oder? Welchen Radius halten Sie hier für vertretbar, Becker?«, wandte sie sich an den Kollegen.

Wieder nahm er ein Post-it vom Stapel.

»Das ist schwer zu sagen. Lassen Sie uns in einem Radius von 50 Kilometern nach Käufern dieses Proteinpulvers suchen. Thiels Leute sollen versuchen herauszufinden, um welches Produkt es sich konkret handelt. Dann recherchieren wir die Lieferanten und befragen sie nach Kunden, die in den letzten eineinhalb Jahren bestimmte Mengen davon gekauft haben. Das lässt sich bestimmt ausrechnen. So etwas hat der sicher übers Internet bestellt, ansonsten gibt es da ja die einschlägigen Läden für Sportlernahrung, beispielsweise hier am Sankt Johanner Markt, die man befragen könnte. Lassen Sie sich vom Chef noch zwei bis drei Rechercheure fürs Team geben, dann kommen wir hier zügig voran«, schlug er vor und notierte »Kunden Proteinshakes«.

Veronika betrachtete ihr erstes Zwischenergebnis. Das waren gute Ansätze, sie war sich sicher, dass sie hier vorankommen konnten.

»Perfekt, danke Ihnen, Becker. Ich denke, damit können wir arbeiten. Wollen wir uns die nächsten Tage regelmäßig hier vor der Wand treffen? Ich finde, das hat gut funktioniert.« Becker nickte zustimmend.

»Gut,«, fuhr Veronika fort, »dann lassen Sie uns jetzt das Team zusammenrufen, es gibt einiges zu tun. Außerdem sollte uns Langner ein Update zu seinen Bemühungen bei den Datingportalen geben, vielleicht gibt es hier schon Neuigkeiten.«

Während des anschließenden Teammeetings herrschte eine angespannte, aber erstaunlich harmonische Stimmung. Veronika hatte zum ersten Mal das Gefühl, dass alle mit ihren Sinnen und Gedanken dabei waren. Sie nahm keinen Störfaktor wahr wie in den vergangenen Meetings. Hatte das mit der neuen Rolle von Becker zu tun?

Sie kam nicht wirklich dazu, sich darüber vertiefend Gedanken zu machen. Zu viele Informationen galt es zu verarbeiten, zu sortieren und die entsprechenden Aufgaben dazu zu delegieren.

Die Berliner Kollegen hatten alle Informationen, die ihnen zum Vermisstenfall von Anna-Maria vorlagen, rübergeschickt. Vor ihr lagen Auswertungen der Handydaten, Listen von Freunden und Bekannten, die meisten von ihnen waren aber bereits überprüft worden.

Anna-Marias Handy war zuletzt in einer Funkzelle in Frankfurt eingeloggt gewesen, ganz in der Nähe des Restaurants. Keine Überraschung also. Seitdem war es ausgeschaltet und nicht mehr aktiviert worden.

Die Auswertung der Datingportale war noch nicht angekommen, die Verantwortlichen stellten immer noch auf stur. Viel Hoffnung hatten sie den Ermittlern aber nicht gemacht. In ihren AGBs hatten sie festgeschrieben, dass inaktive Profile nach acht Wochen unsichtbar geschaltet und nach sechs Monaten komplett gelöscht werden. Die einzigen Daten, die die Anbieter für ihre eigene Datenbank behielten, waren die Eckdaten wie Pseudonym, Klarnamen und Kreditkartendaten sowie die Kontaktlisten. Inhalte wie Chatprotokolle, Statusmeldungen oder Ähnliches wurden nachhaltig gelöscht. Sie hoffte, dass sie an dieser Stelle trotzdem irgendwann weiterkamen und sich aus den Ergebnissen wegweisende Erkenntnisse zu den Opfer-Täter-Beziehungen ziehen lassen würden.

Es war wie ein gigantisches Puzzle, auf das sie auch einige Stunden nach dem Teammeeting noch starrte. Vor ihr lagen Tausende von Teilen, die sich zu einem Bild zusammenfügen ließen, welches sie aber noch nicht erkannte. Sie spürte, wie ihr Magen krampfte. Ihr Körper hasste Stress und wehrte sich mit allen möglichen Symptomen dagegen – Schlaflosigkeit, Haarausfall, Pickel, Heißhunger, Herzrasen, Kopfschmerzen oder eben Magenkrämpfe. Sie verabscheute ihn dafür. Wann hatte sie das letzte Mal etwas gegessen? Wie viel Uhr war es überhaupt? 23 Uhr. Ein guter Zeitpunkt, um nach Hause zu gehen.

Sie kramte unter den Papieren, Skizzen und Listen nach ihrem Handy. Acht Anrufe in Abwesenheit. Na, klasse. Es wurde immer besser. Vier davon waren von ihrer Freundin Ella, der würde sie gleich eine kurze WhatsApp-Nachricht schicken. Zwei Anrufe von ihrer Mutter. Veronika seufzte laut. Sie wusste jetzt schon, was sie sich morgen würde anhören können. Sie hätte es Wort für Wort vorhersagen können. Dass sie sich nie meldete, wochenlang nicht vorbeischaute, sich nicht für ihre Mutter interessierte. Nicht wie ihr Bruder, der fast jeden Tag anrief. Ob denn wenigstens ein Freund der Grund für ihr fehlendes Interesse an ihrer Familie sei. Und so weiter. Und so weiter.

Es graute ihr und tat ihr gleichzeitig leid. Seit dem Tod ihres Vaters war ihre Mutter oft allein gewesen, doch jetzt hatte sie diesen neuen Partner und schien eigentlich ganz zufrieden. Veronika hatte nun das Gefühl, bei Fremden anzurufen oder zu stören, wenn sie sich meldete. Es war ihr unangenehm, wenn er ans Telefon ging, obwohl sie nichts Konkretes gegen ihn hatte. Er war ja sogar ganz nett. Aber trotzdem war es komisch.

Die letzten zwei Anrufe waren von Francesco, dem Kellner ihres Lieblingsitalieners. Dass er einfach nicht lockerließ und sie mit seinem unbekümmerten Optimismus aus jeder Situation aufheitern konnte, tat ihr gerade unglaublich gut. Sie sehnte sich nach ein paar starken Armen, die sie einfach nur festhielten, ohne sie kritisch in allem, was sie tat, zu bewerten.

Sein letzter Anruf war 25 Minuten her und so drückte sie, ohne zu überlegen, auf die Rückruftaste. Was sollte sie jetzt sagen?

»Ciao Bella«, säuselte es durch den Hörer. »Wie geht es dir, meine Schöne?«

»Hey, Francesco. Ich brauche dringend Ablenkung. Können wir uns treffen?«, seufzte sie müde. Wie tief war sie eigentlich gesunken? Aber es war ihr egal. Sie war einfach nur erschöpft und wollte nicht allein mit ihren Gedanken sein. Das musste ihr heute Abend als Rechtfertigung reichen.

–85–

»Fuck. Fuck. Fuck! Was war das denn bitte für eine verfluchte Scheiße?«

Paul schlug laut fluchend auf den Lenker ein, als er auf die Autobahn A 3 in Richtung Frankfurt auffuhr. Bei dem Tumult hatte er einen saftigen Kinnhaken abbekommen, der ihm fast die Lampen ausgeknipst hatte. Glücklicherweise waren alle von der Situation so überfordert gewesen, dass ihn niemand aufhielt, als er fluchtartig das Restaurant verlassen hatte. Er hatte in weiser Voraussicht sein Auto ganz in der Nähe in einer Seitenstraße geparkt, eigentlich um diese Jessica später nicht weit schleppen zu müssen, und so verließ er innerhalb weniger Minuten die Kasseler Innenstadt in Richtung Autobahn.

Was war das bloß gewesen? War das ihr Bodyguard und wo kam der überhaupt her?

Er hatte den Typen einfach nicht kommen sehen. Er hatte sich kurz umgeschaut und war gerade dabei gewesen, dieser nervigen Tussi den Rest zu geben. Sein eigenes Gesäusel war ihm schon selbst aus den Ohren rausgekommen. Aber sie hatte ihn den ganzen Abend wie eine läufige Hündin angehimmelt und war dann kurz zum Frischmachen verschwunden. Ja, ja. Er hatte ihr Glas ganz leicht zu sich gezogen und die Tropfen reinlaufen lassen. Aber wie hatte dieser wild gewordene Affe das sehen können? Aus den Augenwinkeln hatte er plötzlich eine Bewegung wahrgenommen und Sekundenbruchteile später hatte sich der Typ wie ein Irrer auf ihn gestürzt.

Tausende Fragen schossen Paul durch den Kopf. Hatte er ihn die ganze Zeit beobachtet? Wer war das? Diese blöde Kuh hatte ihn beim Namen genannt, als sie mit einer anderen Tussi im Schlepptau vom Klo kam. Dass die beiden sich ähnlich sahen, hatte Paul sogar aus dem Schwitzkasten heraus erkennen können. Warum war ihm das nicht früher aufgefallen? Die Schlampe hatte einfach ihre Schwester mitgebracht. Er verstand nichts mehr. In seinem Kopf drehten sich die Gedanken wie in einer Achterbahn. Warum? Etwa als Anstandswauwau? Was war das denn für eine kranke Scheiße?

Er presste einen kehligen Schrei durch seine Lippen und konnte sich erst beruhigen, als er nach einigen Kilometern auf der Autobahn in der Masse der Fahrzeuge unterging, die sich auf dieser vielbefahrenen Nord-Süd-Achse durch den abendlichen Verkehr quälten.

Zu groß war seine Angst gewesen, dass sie ihn noch aufhalten würden. Dass das nächste Polizeiauto ihn anhalten und verhaften würde. Dass dann alles vorbei war.

Was würde SIE sagen? Sein Atem stockte. SIE würde ausrasten. Wie hatte er so unvorsichtig sein können? In aller Öffentlichkeit ihr was ins Getränk zu mischen. SIE würde nicht verstehen, dass das vorher auch immer funktioniert hatte. Wieso hätte er sich da Gedanken machen sollen? Es war jedes Mal so einfach gewesen.

Wieder schlug er mit der geballten Faust gegen das Lenkrad. Was für ein Albtraum! Hektisch spielte er alle Eventualitäten durch.

Was, wenn die Schlampe ihn anzeigte? Natürlich würde sie das machen. Nach dem Tumult.

Was, wenn sie ihm über das Portal auf die Schliche kamen? Er musste so schnell wie möglich sein Profil löschen. Wenn sie ihn doch fänden, würde er erklären müssen, was er mit den K.-o.-Tropfen vorhatte. Dann würden sie ihn für einen Vergewaltiger halten. Aber sie würden auch die Kontakte mit den anderen aufdecken. Er hatte zwar die Chatprotokolle gelöscht, aber wurden die auf den Servern der Anbieter ebenfalls gelöscht? Er hatte sich darüber nie wirkliche Gedanken gemacht. Hatte nicht damit gerechnet, dass so etwas passieren könnte. Er hatte, ohne darüber nachzudenken, riesige digitale Fußabdrücke hinterlassen. Und dann die Leichenfunde in seinem Ort, die Internetbestellungen. Sie würden ihn damit direkt in Verbindung bringen.

Es war zu einfach gewesen. Er dachte, in den Untiefen des Netzes abtauchen zu können, wenn er nur einen falschen Namen angab. Einer unter vielen. Hatte er zu viele Fehler gemacht?

Nein, sie durften ihn nicht finden. Sie durften nicht auf ihn kommen. Er überlegte fieberhaft, welche Daten sie von ihm hatten. Was er hatte angeben müssen, um das Profil anzulegen. Er hatte nicht seine realen Adressdaten eingetragen, sondern die eines ehemaligen Kommilitonen aus Osnabrück. Nirgendwo tauchte sein Name auf. Er atmete auf. Außer …

»Scheiße. Die Kreditkarte.« Ihm wurde schlecht, sein Herz raste. Er hatte eine verifizierte Kartennummer angeben müssen, um die Gebühren für sein Profil abbuchen zu lassen. Die Betreiber der Seite würden das sicher rausgeben, wenn die Polizei danach fragte.

Er musste sich etwas einfallen lassen. »Denk nach, Paul, Scheiße, denk nach!« Mit 180 Stundenkilometern raste er über die Autobahn nach Hause. Er würde kurz nach Mitternacht dort ankommen. Dann musste er abtauchen. Vielleicht zu IHR. Er hoffte einfach, dass SIE es verstehen würde. SIE brauchte ihn ja schließlich genauso wie er SIE. Sie waren wie Bonnie und Clyde.

−86−

Magda versuchte erfolglos, wieder einzuschlafen. Sie war plötzlich wach geworden. Hatte sie etwa ein Geräusch gehört? War da jemand? Draußen blieb es still. Nur das leise Schnarchen ihres Labradors vor der Schlafzimmertür vernahm sie, wenn sie genau hinhörte. Gunnar wälzte sich neben ihr unruhig hin und her. Er träumte seit Tagen schlecht, das konnte sie an seinen zuckenden Gesichtszügen erkennen. Ein glänzender kalter Schweißfilm bedeckte seine Stirn, er atmete ruckartig und bewegte leicht seine Hände, die er zur Faust geballt hatte. Sie betrachtete ihn liebevoll.

Wenn er wüsste, was sie am Montag hoffentlich endlich offiziell erfahren würde. Er war völlig ahnungslos, wusste weder von der Diagnose des Arztes im Krankenhaus, noch dass sie übermorgen zum Gynäkologen gehen würde, um sich ihre Schwangerschaft von seiner Seite bestätigen zu lassen. Ein Bluttest war eins, aber sie hoffte, auf dem Ultraschall auch schon etwas erkennen zu können. Erst dann konnte sie sicher sein, dass es stimmte. Wenn sie es mit eigenen Augen sah.

Gunnar wollte sie erst informieren, wenn es keine Zweifel mehr gab. Obwohl sie in ihrem Innersten schon wusste, dass es so war. Sie spürte die Veränderungen an sich. Ihr Körper strahlte eine wohlige Wärme aus, ihre Brust spannte leicht, obwohl sie noch nicht allzu weit sein konnte.

Das Wichtigste war ihr Herz. Sie traute sich noch nicht, sich bewusst zu freuen. Aber es hüpfte jedes Mal, wenn sie daran dachte, dass ihr sehnlichster Wunsch in Erfüllung gehen würde. Dass sie bald eine Familie sein würden.

Leise schlüpfte sie aus dem Bett und schlich in die Küche. Leon begleitete sie tapsig für den Fall, dass etwas Essbares in der Küche abfallen würde. Sie würde sich eine warme Milch mit Honig machen, so wie es ihre Mutter getan hatte, als sie noch ein kleines Mädchen war und nicht einschlafen konnte. Das warme süße Getränk hatte sie immer ganz schläfrig gemacht und sie hatte kurz danach friedlich von Feen und jungen Hundewelpen geträumt.

Als Kind hatte sie ihren Eltern stets in den Ohren gelegen, weil sie so gerne einen Hund gehabt hätte. Sie wollte sich kümmern und ihn pflegen, denn ihr größter Wunsch war es, Tierärztin zu werden. Doch ihre Eltern konnten die höhere Schule nicht lange bezahlen. Sie musste früh mit ihnen als Aushilfe auf die Felder in der Umgebung. Mit 18 Jahren verließ sie zum ersten Mal das Land, um als Erntehelferin in Deutschland zu arbeiten. Das waren harte und raue Monate gewesen, der Umgangston zwischen den Arbeiterinnen und Arbeitern, aber auch mit den Vorgesetzten und Arbeitgebern war harsch. Sie konnte sich glücklicherweise einigen älteren Polinnen aus ihrem Dorf anschließen, die sie unter ihre Fittiche nahmen. So war sie auch vor sexuellen Belästigungen, die manch andere ertragen musste, geschützt, überstand ihr erstes Jahr unbeschadet und konnte sich eine Schicht dickes Fell zulegen. Und das konnte sie in den folgenden Jahren auch gebrauchen, denn die Arbeits- und Lebensbedingungen für die Erntehelfer wurden immer schlimmer. Die Landwirte behandelten sie teilweise wie Leibeigene, anzügliche Bemerkungen und grabschende Hände bildeten die Spießruten, denen sie jeden Tag aus dem Weg zu gehen versuchte. Als Frauen waren sie am unteren Ende der Hackordnung, wenn eine neu dazukam, ließ man sie die schweren Arbeiten machen und die Männer standen feixend daneben. War der Auftraggeber besonders herablassend, gaben die Vorarbeiter dies eins zu eins an diejenigen weiter, die sie schwächer als sie selbst wähnten.

Aber es gab auch schöne Momente, meistens wenn sie nur einige wenige waren, die auf einem Feld oder Weinberg arbeiteten. Dann entstand oft ein echtes Teamgefühl und man verbrachte die knapp bemessene Freizeit gerne zusammen. In einem dieser Momente hatte sie Gunnar kennengelernt. Sie waren ganz in der Nähe von Perl untergebracht gewesen und waren immer wieder in den Ort gekommen, um ihren Feierabend in einer der Weinstuben zu verbringen. Hier waren alle nett zu ihnen und man kam schnell ins Gespräch. Sie hatte auch andere Männer in ihrem Leben kennengelernt, aber bei Gunnar merkte sie gleich, dass sie etwas ganz Besonderes verband. Obwohl er sich lange nicht traute, sie anzusprechen, tauschten sie schüchterne Blicke aus und versuchten stets, zumindest in der Nähe des anderen zu stehen. Bis er sich ein Herz fasste, sie ansprach und sie nie wieder gehen lassen wollte.

Er war ein guter Mann, das dachte sie sich jeden Tag. Erst vor Kurzem war er mit einem dicken Infopaket einer Abendschule aus der Nähe nach Hause gekommen. So könne sie das

Abitur nachholen und dann studieren – oder zumindest eine Ausbildung zur Tierarzthelferin machen. Irgendetwas, das sie ihrem Mädchentraum näherbringen würde.

Er vergaß niemals etwas von dem, was sie ihm erzählte – und wollte sie immer glücklich sehen. Dafür liebte sie ihn unendlich. Und ihr Kind würde diese Liebe krönen, da war sie sich sicher.

-87-

Der Sonntagmorgen im Büro war ihre Lieblingszeit.

Die meisten ihrer Kolleginnen und Kollegen, außer den Bereitschaftspolizisten im Erdgeschoss, verbrachten diese Tageszeit am Wochenende lieber im Kreis ihrer Familie und ließen sich nur widerstrebend zu Sonderschichten ins Präsidium beordern. Veronika stellte sich vor, wie sie alle an ihrem Frühstückstisch mit weich gekochten Eiern, frisch gepresstem Orangensaft und duftenden Toasts saßen, die Sonntagszeitung auf dem Tisch, die Kinder gut gelaunt in ihren bunt gemusterten Schlafanzügen und mit Kakaoschnurrbart im Gesicht, eifrig Pläne schmiedend, was der Sonntag für sie bringen würde.

Aber sie hatte keine Familie. Bei Francesco war sie heute Morgen leise, ohne ihn zu wecken, rausgeschlichen. Der Abend und die Nacht mit ihm hatten ihr gutgetan, da er keine Fragen gestellt, sondern sie einfach nur in den Arm genommen hatte. So konnte sie wenigstens ein bisschen abschalten und musste einige Stunden nicht an ihren verzwickten Fall denken.

Sie hoffte, heute mit neuem Elan und vielleicht neuen Informationen in den Tag starten zu können.

Als sie gerade mit einem frischen Kaffee in ihr Büro zurückkam, steckte Max Langner seinen Kopf durch die Tür. »Guten Morgen, Chefin, bist du auch aus dem Bett gefallen?«

Veronika schrak hoch. »Ach herrjeh, dasselbe könnte ich dich fragen. Was machst du denn schon hier?« Sie schaute ihn genauer an. »Oder sollte ich eher fragen, noch hier?«

Langner ließ sich auf den Besucherstuhl auf der anderen Seite ihres Schreibtischs fallen. Er sah hundemüde aus, aber zufrieden. Ein leicht säuerlicher Geruch aus Schweiß, kaltem Kaffee und Zigaretten drang langsam in ihre Nase. Okay, er war heute Nacht nicht zu Hause gewesen. Sie schaute ihn fragend an.

»Ja, okay. Ich bin noch hier, ist ja auch unschwer zu erkennen, nehme ich an.« Er roch an seinem T-Shirt. »Na ja, das blühende Leben riecht auf jeden Fall anders. Aber ich kann einen Erfolg vermelden. Ich wollte gestern Abend nach einigen Recherchen gerade meinen Computer herunterfahren, als die Daten der Datingprofile per E-Mail kamen. Es ist tatsächlich so, dass die Profile von Lena und Larissa gelöscht worden sind, hier haben wir nur ein paar rudimentäre Infos erhalten. Das von Anna-Maria wurde noch nicht gelöscht, auch wenn sie über sechs Monate nicht mehr aktiv war. Aber da hatten wir Glück, wegen eines System-Updates sind die mit dem Löschen nicht mehr hinterhergekommen – Bingo. Und schon lag ein Stapel Chatprotokolle auf meinem Tisch«, erklärte Langner hastig. Man merkte ihm den Schlafmangel an, er sprach wie ein Duracellhase ohne Atempausen und im Stakkato, dass Veronika fast schwindelig wurde.

»Also, wie dem auch sei. Ich wollte eigentlich nur kurz reinschauen, aber dann bin ich stutzig geworden und habe gleich den IT-Experten von dem Portal angerufen. Die Nummer hatte ich ja noch. Dem schulden wir jetzt übrigens was. Und ach so, wir brauchen nachträglich noch einen Beschluss vom Richter zur Einsicht in einen zweiten Account. Das haben wir heute Nacht mal auf dem kurzen Dienstweg gelöst. Du weißt schon, von wegen Gefahr in Verzug und so«, fuhr er fort. »Aber ich bin leider noch nicht dazu gekommen, alle Hinweise herauszuarbeiten.« Langner atmete durch und schaute Veronika erwartungsvoll an.

Die musste diese Informationsflut erst einmal verarbeiten. »Oh okay, das klingt doch spannend. Wo kann ich dich unterstützen, wo stehen wir, was wissen wir? Das wegen des offiziellen Bescheids bekomme ich schon hin. Wäre ja nicht das erste Mal und wird sicher nicht das letzte Mal sein«, zwinkerte sie ihm zu.

Sie schätzte Langners Enthusiasmus, auch wenn er manchmal übers Ziel hinausschoss. Sie hatte das in der kurzen Zeit, in der sie da war, schon mehrfach bei kleineren Angelegenheiten erlebt. Da hatte er sich wie ein Wild-West-Sheriff, der keine Regeln befolgen musste, aufgeführt und sie musste das in stundenlangen Diskussionen und Besserung gelobend mit ihrem Chef ausbaden.

Leider war ein solches Vorgehen riskant. Wenn so etwas im Nachhinein rauskam, wurden Beweise für ungültig erklärt, ein mögliches Strafverfahren würde so gefährdet und ein potenzieller Täter könnte freigesprochen werden. Das fehlte ihr gerade noch, aber gut, das war jetzt zu spät.

Jetzt schaute sie ihn erwartungsvoll an: »Und würdest du mir verraten, was ihr zwei Profis herausbekommen habt?«

»Aber natürlich, Chefin.« Er lächelte ihr wissend zu, merkte, dass sie seine Begeisterung über die Ergebnisse der Nacht noch nicht in gleichem Maße teilen konnte, was sicher auch daran lag, dass sie sie noch nicht kannte.

Also berichtete er ihr, dass Anna-Maria auf diesem Portal sehr aktiv gewesen war und immer mit mehreren Männern gleichzeitig geschrieben hatte. Aber sie hatte sich nicht mit allen getroffen, zumindest hatte er das beim Überfliegen der Chatnachrichten herauslesen können. Kurz vor ihrem Verschwinden hatte sich allerdings das Chatten nur noch auf einen Mann reduziert, auf die anderen Anfragen hatte sie gar nicht mehr reagiert.

Diesen Chat hatte er sich genauer angeschaut. Und tatsächlich war das der Mann gewesen, mit dem sie sich in Frankfurt schließlich verabredet hatte. Auch wenn dieser nichts mit dem Verschwinden zu tun haben sollte, war er doch vermutlich einer der Letzten, der sie lebend gesehen hatte.

»Das Ganze wurde erst richtig interessant, als ich beim Überfliegen der Kontaktlisten von Lena und Larissa über unseren ›Teacher‹ gestolpert bin. Und jedes Mal war er der letzte Kontakt, bevor sie verschwunden sind. Die Info hat dann auch bei dem IT-Techniker vom Datingportal den Groschen fallen lassen und so musste ich ihn noch nicht einmal dazu überreden nachzuschauen, was für ein Typ sich hinter dem vielsagenden Namen ›The Teacher‹ verbirgt. Zum Glück arbeiten Informatiker ja gerne nachts, und nachdem ich ihm via Handy-App eine Pizza an seinen Arbeitsplatz bestellt hatte, waren wir dicke Freunde«, erläuterte er weiter augenzwinkernd.

Veronika hatte sich erhoben und stand nun vor ihrem Whiteboard an der Wand. Ihr Herzschlag hatte sich leicht beschleunigt, am liebsten hätte sie ihren Kollegen geschüttelt, damit er schneller alle Informationen auf den Tisch legte und sie der Lösung vielleicht ein großes Stück näher kämen. Doch er genoss seinen Wissensvorsprung und fuhr mit seiner detailreichen Ausführung fort.

»An dieser Stelle sind wir über eine erste Ungereimtheit gestolpert. Name und Adresse, die zu dem Profil angegeben worden waren, stimmen nicht mit dem Namen auf der Kreditkarte überein. Da wir es beide für unwahrscheinlich hielten, dass jemand das Datingprofil eines anderen bezahlt, gingen wir also davon aus, dass eine dieser Angaben falsch war. Das kann bei solchen

Portalen passieren, aber komisch war es schon. Ist ja ein recht seriöser Anbieter. Also habe ich beide Namen mal durchs System gejagt. Der eine ist Sonderschullehrer in Osnabrück, eher unbescholten. Bei dem anderen von der Kreditkarte hatte ich ja nur den Namen, die Bankdaten konnte ich noch nicht checken. Aber allein der Name hatte mehrere Hundert Treffer. Die müssten wir noch mal detailliert durchgehen. Dann konnte ich aber Timo überzeugen, doch mal die letzten Chatprotokolle von diesem Super-Lehrer rauszuziehen. Timo hat da für uns echt seinen Job riskiert, wir müssen schauen, wie man das wieder geradegebogen bekommt. Er hat mir die Daten bisher auf jeden Fall nicht auf offiziellem Weg zukommen lassen, sondern mich nur per Webkonferenz auf seinen Rechner schauen lassen.«

Veronika verdrehte innerlich die Augen, wann kam er denn zum Punkt?

»Timo, wer ist denn jetzt schon wieder Timo?«, fragte sie Langner genervter als beabsichtigt.

»Na, der IT-Techniker von dem Anbieter. Der hat sich mit mir die gesamte Nacht um die Ohren geschlagen, um uns zu helfen. Ist echt unglaublich, wie viele Informationen über einen so im Netz sind. Ich glaube, der fühlte sich wie einer von ›Criminal Minds‹ oder ›Navy CIS‹, einer dieser amerikanischen Serien.« Max Langner lachte heiser.

»Auf jeden Fall hat er sich als sehr hilfreich erwiesen. Und ich habe ihm versprochen, dass ich ihn nicht im Regen stehen lasse und die entsprechenden Beschlüsse nachliefere«, ergänzte er ernst.

»Okay, Langner, ich bitte dich, kannst du jetzt bitte mal zum Punkt kommen? Was habt ihr denn über diesen Lehrer rausgefunden, dein Watson und du?«

Veronika platzte gleich vor Ungeduld. Sie ballte beide Hände zur Faust und grub ihre Fingernägel dabei tief ins Fleisch. Ganz ruhig, Veronika. Das wird schon, dachte sie sich, während sie tief einatmete.

Langner verstand. Jetzt musste er die Karten auf den Tisch legen.

»Okay, also dann jetzt die Kurzfassung. Unser Lehrer zeigt bizarre Verhaltensmuster in der Nutzung der Plattform. Er hat sich vor knapp zwei Jahren registriert, stand anfangs mit mehreren Frauen unregelmäßig in Kontakt und hat die Kontakte alle nacheinander abgebrochen. Nur um einige Wochen später eine Frau, mit der er vorher nichts zu tun gehabt hatte, direkt anzuschreiben. Lena Moreno. Dann hörte seine Aktivität abrupt auf, nur um knapp sechs Monate später wieder mit einer Frau Kontakt aufzunehmen. Das war Larissa Claasen. Sechs Monate später Anna-Maria Fischer. Das hat er insgesamt viermal gemacht, das letzte Mal vor wenigen Tagen. Die junge Dame nennt sich im Netz ›CurlySue‹, der Klarname ist Jessica Bauer.«

Veronika versuchte, die gerade gehörten Informationen zu verarbeiten. Es sah so aus, als hätte er sich die Frauen gezielt ausgesucht. Langner legte ihr gerade einen Ausdruck von »Curly-Sues« Profilbild auf den Tisch, auch sie passte ins Schema. Aber warum sie? Was verband diese jungen Frauen außer ihrem attraktiven Aussehen? Wenn er sie über das Portal angeschrieben hatte, war er wahrscheinlich kein alter Bekannter, den sie schon mal getroffen hatten. Außer er hatte sich als jemand anderes ausgegeben, was online ein Leichtes gewesen wäre.

Langner unterbrach sie in ihren Gedanken: »Timo möchte versuchen, die alten Chatprotokolle aus den Backups zu ziehen, er konnte aber nicht versprechen, dass es einfach so funktionieren würde. Da würde sicherlich der offizielle Beschluss bei seinen Vorgesetzten nachhelfen. Wir konnten jetzt lediglich die bisherigen Aktivitäten des ›Teachers‹ nachvollziehen und herausfinden, mit wem er Kontakt hatte.«

Veronika hatte das Gefühl, ganz kurz vor dem Durchbruch zu stehen. Sie hatten Namen, sie hatten Zeiträume, die zu den Funden der Leichen passten. Sie stand vor einer dünnen Eiswand, aber perfekt hindurchsehen konnte sie noch nicht. »Okay, das heißt, wir müssen uns jetzt schnellstmöglich durch die Liste mit den Namen auf der Kreditkarte arbeiten. Wie viele Treffer gibt es, sagtest du?«

»Unter dem Namen Paul Oltmann sind in Deutschland rund 150 Personen gemeldet«, antwortete Langner. »Ich habe die Daten schon in eine Exceltabelle gezogen, dann können wir sie besser filtern, zum Beispiel nach Geburtsjahr und Region. Das wollte ich gleich machen.«

Paul Oltmann. War das ihr Täter? Ein nervöses Kribbeln breitete sich in Veronika aus.

»Langner, trommele alle zusammen, die du erreichen kannst. Wir müssen uns schnellstmöglich um die Namen kümmern und herausfinden, wo diese ›CurlySue‹ ist. Sie ist vermutlich in akuter Gefahr. Ich rufe gleich den Richter wegen der Beschlüsse an, damit du dir um deinen Timo keine Sorgen mehr machen musst. Außerdem brauchen wir diese Erkenntnisse auf offiziellem Weg, sonst kann ich mir Haftbefehle oder Durchsuchungsbeschlüsse abschminken«, gab sie ihm mit auf den Weg. Eigentlich müsste sie ihn jetzt nach Hause schicken, so übernächtigt, wie er aussah, sie hatte ja schließlich eine Sorgfaltspflicht ihren Mitarbeitern gegenüber. Sie sah das Feuer in seinen Augen, er war stolz auf seine Arbeit und brannte darauf, weiterzumachen. Sie brauchte jeden Mann – und es musste schnell gehen, wer wusste, ob diese »CurlySue« nach dem Treffen wieder aufgetaucht war.

Langner verließ mit stolzgeschwellter Brust ihr Büro, um das Team zusammenzurufen. Der würde doch jetzt sowieso nicht nach Hause gehen, nicht jetzt, wo sie so kurz davor waren – was zu einem großen Teil sein Verdienst war.

Veronika atmete durch. Sie würde sein Engagement bei Gelegenheit honorieren müssen, das war wirklich gute Arbeit gewesen, wenn auch am Rande der Legalität. Aber jetzt musste sie ein paar Telefonate führen. So stressig hatte sie sich ihren Sonntagmorgen dann doch nicht vorgestellt.

-88-

Er musste verschwinden. Am besten weit weg. Am besten mit
IHR. Er hatte bis in die frühen Morgenstunden gegrübelt, hatte
versucht nachzuvollziehen, welche Spuren er hinterlassen hatte
und was man auf ihn zurückführen könnte. Dann hatte er seinen Entschluss gefasst. Es waren zu viele. Es war vorbei. Er
würde seine Spuren nicht mehr verwischen können.

Was hatte er sich nur dabei gedacht? Er hatte fest daran
geglaubt, unsichtbar zu bleiben, sich im Internet und hinter
seiner bürgerlichen Fassade verstecken zu können. Er hatte
geglaubt, dass niemand jemals ihn mit den verschwundenen
Mädchen in Verbindung bringen könnte. Dass alles, was er im
Netz mit ihnen ausgetauscht hatte, gelöscht wurde, so wie es der
Anbieter in seinen AGBs versprach. Aber er hatte das Klein-
gedruckte nicht gelesen. Und seit die neue EU-Datenschutz-
grundverordnung in Kraft getreten war, sah er, welche Daten
sie von ihm über die Jahre gespeichert hatten.

Er hatte sich in Sicherheit gewähnt. Er war davon ausgegangen, dass sich diese Schlampen ständig mit fremden Männern
treffen würden und er so nur einer von vielen war. Es war zu
einfach gewesen, sie waren zu leicht zu erobern.

Aber er hatte drei große Fehler gemacht, das war ihm in dieser Nacht, als er ruhelos in seinem Haus umherlief, klar geworden. Wieder und wieder hatte er sich gefragt, wie er nur so
dumm gewesen sein konnte. So naiv zu glauben, dass er alles
im Griff hatte. Dass er die Fäden in der Hand hielt. Aber ihm
war alles entglitten.

Wieso hatte er die Leichen nicht weit weg von seinem Wohnort entsorgt? In der Eifel, in Frankreich oder im Erzgebirge,
irgendwo an einem Ort, zu dem er keinen Bezug hatte?

Wieso hatte er den bescheuerten Alias »The Teacher« gewählt. Er fand das anfangs sehr geistreich, aber er hatte nicht realisiert, wie viel Hinweis das auf sein bürgerliches Leben gab. Er hatte nicht weiter darüber nachgedacht. Auch nicht, als er IHR begegnet war und sein Handeln auf diesen Plattformen nur noch einem Zweck diente. IHREM Zweck.

Und der größte Fehler – wieso hatte er sich nichts dabei gedacht, seine echten Kreditkartendaten anzugeben? Es wäre doch ein Leichtes gewesen, sich falsche Daten zu beschaffen.

Diese Jessica würde ihn sicher anzeigen. Und dann würde die Polizei alle Daten ausgehändigt bekommen und schnell merken, dass da etwas nicht stimmte. Und sie würden merken, dass an seinem beschissenen Wohnort in letzter Zeit auffällig viele beschissene Leichen gefunden worden waren.

Ihm war heiß und kalt zugleich. Er überlegte mehrfach, ob er sich nicht gleich das Leben nehmen sollte. Er versuchte, SIE zu erreichen. Aber SIE antwortete nicht auf seine Anrufe, SIE reagierte gar nicht.

Er fasste einen Plan. Er musste schneller sein als die Polizei. Er würde heute noch untertauchen und von unterwegs versuchen, mit IHR Kontakt aufzunehmen. Er würde IHR Werk auch von einem anderen Ort aus vollenden können. Vielleicht war es noch nicht zu spät und sie würden sich zusammentun und SIE könnte dabei sein, wenn er es vollbrachte. Es musste klappen. Schließlich hatte er das alles für SIE gemacht.

Die Sonne schob sich gerade über den Horizont, als er seinen Lieferwagen aus dem Schuppen holte und seine Sachen, die er auf die Schnelle gepackt hatte, in den Laderaum warf. Er überlegte, ob er das Haus anzünden sollte, aber das würde die Polizei noch schneller auf den Plan rufen. Am besten kein weiteres Aufsehen erregen. Es war ein ruhiger Sonntagmorgen, in der Schule würden sie erst morgen merken, dass etwas nicht stimmte. Und dann wäre es ihm schon egal, dann wäre er über alle Berge.

Nachdem er die letzte Tasche in das Auto geladen hatte, betrachtete er sein Werk. Wie armselig es doch war. Wie wenig sein Leben ausmachte, wie wenig ihm wirklich etwas bedeutete. Drei mittelgroße Taschen mit Kleidung, sein Laptop und ein paar Schuhe wirkten verloren in dem großen Laderaum.

Eine Matratze würde er noch mitnehmen, außerdem noch alles, was er an Verpflegung im Haus hatte. Er würde gleich noch im Ort sein gesamtes Geld abheben müssen, denn die Kreditkarte würden sie sofort nachverfolgen können.

Schweißgebadet schloss er knapp 15 Minuten später die Autotüren, als ihn eine bekannte Stimme aus seinen hektischen Überlegungen riss.

»Guten Morgen, Paul. Willst du verreisen?«

Er fuhr herum und vor ihm stand ein schwarzer Hund und am anderen Ende der Leine eine freundlich lächelnde Magda, die nasekräuselnd in die Sonne blinzelte. Wie lange stand sie schon da?

Magda

Die Liebe:

Warmes Gefühl der Zuneigung, das Glücksgefühle erzeugt,
aber die Wahrnehmung trüben kann.

89

Als sie das Haus verließ, schlief Gunnar noch. Sie wollte nur eine kurze Runde mit dem Hund drehen, sich die Beine vertreten und ein bisschen Sauerstoff tanken. Ihre Nacht war sehr unruhig gewesen, sie hatte kaum geschlafen. Ihre Eltern, die Arbeit, ihr Leben in Deutschland, ihre Ehe mit Gunnar und jetzt vielleicht ein gemeinsames Kind – die Gedanken daran drehten sich wie ein Brummkreisel in ihrem Kopf. Was würde die Zukunft bringen? Würde nach all den Vorfällen der letzten Monate wieder Normalität in ihren Alltag einkehren können? Würde das irgendwann alles aufgeklärt werden? Wollte sie das überhaupt, sich wieder und wieder damit befassen müssen? Schließlich hatten die Ereignisse massive Narben hinterlassen.

Doch sie wollte positiv denken, sich keine Sorgen mehr machen müssen und einfach nach vorne schauen.

Ein kurzer Spaziergang würde ihr guttun, also schnappte sie sich Leon, der ihr die ganze Nacht nicht von der Seite gewichen war, und machte sich auf den Weg über die Felder. Der Morgentau ließ die Landschaft sich glänzend vor ihr ausbreiten, kleine Vogelschwärme tobten als erste Frühlingsboten zwitschernd vor ihr über den Boden und die feuchte Morgenluft benetzte erfrischend kühl ihr Gesicht, während zaghafte Sonnenstrahlen sich den Weg durch die letzten Morgennebelschwaden kämpften.

Gunnar hatte noch selig im Bett geschlafen, als sie die Tür hinter sich schloss. Wenn er aufwachte, würde er eine kleine Notiz von ihr auf dem Küchentisch finden.

»Frische Brötchen und Hefezopf sind schon auf dem Weg zu dir! In Liebe, deine Magda«

Dafür würde er den Frühstückstisch decken und Kaffee kochen, sodass das Haus duften würde, sobald sie wieder zurückkehrten. Bis dahin genossen Leon und sie das Laufen in vollen Zügen. Der alte Labrador tobte übers Feld wie in alten Zeiten, erschnüffelte jedes Mäuseloch und hielt immer wieder auf dem Weg vor ihr inne, um die erste Wärme der Sonne in sich aufzunehmen. Nachdem sie den Hammelsberg umrundet hatten, bogen sie auf die Straße ab, die sie wieder zurück zum Dorf führen würde. Ihr eigenes Zuhause war von hier nur noch knapp 800 Meter Luftlinie entfernt, aber um ihr Versprechen nach frischen Brötchen und Hefezopf einzulösen, musste sie noch einmal einen Abstecher durchs Dorf machen.

Als Leon den Umweg bemerkte, straffte sich sein Rücken und er begann zu traben. Ein Abstecher beim Bäcker bedeutete auch immer einen kleinen Keks für ihn, das wusste er. Und für Kekse nahm er jeden Umweg in Kauf.

Magda lachte herzlich über die Eigenwilligkeit ihres alten Begleiters. Gunnar liebte seinen Hund, der ihm seit fast 13 Jahren ein treuer Freund war. Mit seinem gutmütigen Wesen, den sanften Augen und den eigenwilligen Gewohnheiten. Und Leon hatte auch sie mit offenem Herzen in seinem Leben aufgenommen und wich ihr nur selten von der Seite, wenn sie gemeinsam auf dem Hof unterwegs waren.

Sie näherten sich gerade dem ersten Haus an der Dorfgrenze, als Magda erst ein schleifendes Geräusch hörte und dann Autotüren, die zugeschlagen wurden. Auch Leon spitzte die Ohren, fand dann aber am Wegesrand etwas Spannenderes, das seine Aufmerksamkeit fesselte. In diesem Haus wohnte Paul Oltmann, der als Lehrer an der weiterführenden Schule im Ort arbeitete und mit dem sie sich zu ihrer Anfangszeit einmal verabredet hatte. Ihr Treffen verlief damals etwas unbeholfen und verkrampft. Sie war sich sicher, dass er das auch so empfunden hatte, denn als sie Gunnar kennenlernte, meldete er sich von heute auf morgen nicht mehr – zu ihrer Erleichterung.

Trotzdem freute sie sich immer, wenn sie ihn sah, und hätte sich noch mehr gefreut, ihn irgendwann glücklich mit jemandem an seiner Seite zu sehen. Sie war sich sicher, dass ihm das guttun würde, denn irgendwie wirkte er auf sie verloren, als wäre er lieber Hunderte Kilometer weit weg.

Dann sah sie ihn vor einem fremden dunklen Transporter in seiner Einfahrt stehen. Etwas irritierte sie daran, aber sie konnte den Gedanken nicht rechtzeitig fassen. Sollte sie einfach weitergehen? Aber das war nicht sie, warum auch, deshalb rief sie ihm zu: »Guten Morgen, Paul. Willst du verreisen?«

Sein entgeisterter Blick, als er herumfuhr, ließ ihr das Blut in den Adern gefrieren. Sie bereute sofort, etwas gesagt zu haben oder sogar diesen Weg gegangen zu sein, und wäre am liebsten im Boden versunken. Es war ihm sichtlich unangenehm, ihr zu begegnen, und er brauchte eine gefühlte Ewigkeit, bis er wieder Herr seiner Sinne war.

»Magda«, presste er zwischen seinen blass gewordenen Lippen kaum hörbar heraus. »Warum bist du denn so früh unterwegs?« Mit einem Blick auf den Hund gab er sich selbst die Antwort.

»Ja, der alte Junge brauchte ein bisschen Auslauf. Wir haben die Sonnenstrahlen genossen«, plauderte Magda munter los. Sie wollte dieses ungute schwere Gefühl aus ihrem Bauch vertreiben, welches die ersten Sekunden ihres Treffens bei ihr hinterlassen hatten.

Auch Paul schien sich wieder gefangen zu haben. Er schenkte ihr ein zögerliches Lächeln.

»Du hast mich ganz schön erschreckt, ich hatte nicht erwartet, dass noch jemand so früh unterwegs ist«, erklärte er. »Ich will zu meiner Schwester Clara fahren, wir haben uns lange nicht gesehen. Ich habe mir diesen Bus neu gekauft, da kann ich dann drin übernachten, wenn die Fahrt zu lange dauert. Ist ganz praktisch.«

»Ah, okay. Wie schön. Das klingt gut. Ich freue mich für dich, es ist schön, mit der Familie in Kontakt zu bleiben. Ich kenne das ja zu gut, wenn man sich lange Zeit nicht sehen kann. Dann wünsche ich dir auf jeden Fall eine gute Fahrt!«, antwortete sie beruhigt, während sie sich noch über das ausländische Autokennzeichen wunderte. Doch als Magda gerade Leon heranpfiff, um weiterzugehen, unterbrach Paul sie, der ihren irritierten Blick gesehen hatte:

»Magst du vielleicht noch eine Tasse Tee mit mir trinken? Ich wollte erst in einer halben Stunde los und ich würde mich sehr freuen. Wir haben uns ja so lange nicht mehr unterhalten.«

Diese überraschende Einladung erwischte sie auf dem falschen Fuß, damit hatte sie nicht gerechnet. Sie war noch nie in seinem Haus gewesen und kannte niemanden, den er je zu sich eingeladen hatte. Unter den Mädels im Ort rankten sich darum wilde Gerüchte. Man sprach vom geheimen Haus, mutmaßte, dass darin alles rosa sei oder er dort irgendwelche Fetische auslebte.

Sie zögerte. Gunnar war sicher bereits wach und bereitete schon alles fürs Frühstück vor. Ihr Spaziergang hatte bereits länger gedauert als geplant. Aber sie wollte Paul nicht vor den Kopf stoßen. Wo sie ihn doch so erschreckt hatte.

Sie sah ihm ganz ruhig in die Augen, die sie fast flehend anblickten. Der Arme. Na ja, nur eine halbe Stunde. Gunnar würde das verstehen.

»Okay, aber nur ganz kurz. Ich fürchte nämlich, dass wir zu Hause schon sehnlichst zum Frühstück erwartet werden«, erklärte sie ihm zögerlich lächelnd.

Paul schien sichtlich erleichtert und sie folgte ihm ins Haus, während Leon ihr vertrauensvoll hinterhertrottete.

90

Max hatte wirklich sein Bestes getan und insgesamt elf Kolleginnen und Kollegen an diesem Sonntagmorgen zusammengetrommelt. Bei den meisten hielt sich die Begeisterung für diese Sonderschicht in Grenzen, aber Max Langner konnte sehr überzeugend sein. Dafür war sie ihm gerade sehr dankbar, auch wenn sie vermutete, dass sein Ehrgeiz in dieser Sache auch seiner erfolgreichen Nacht geschuldet war – je mehr da waren, desto mehr Publikum hatte er. Aber sie würde ihm die berühmten »15 minutes of fame« lassen.

So ließ sie ihn die neuesten Erkenntnisse präsentieren und unterbrach ihn lediglich kurz räuspernd, als er sich in den Beschreibungen seiner Zusammenarbeit mit diesem Timo zu verlieren drohte.

Bereitwillig stellte er sich den Nachfragen der Kollegen und antwortete präzise. Als es keine weiteren Fragen gab, übernahm Veronika und verteilte die Aufgaben. Sie war froh, dass ihr Team zahlreich erschienen war, so würden sie sicher relativ schnell erste Ergebnisse erzielen können.

Sie war in der Zwischenzeit nicht untätig gewesen und hatte sowohl den Staatsanwalt als auch den für ihren Bereich zuständigen Richter erreicht. Während Ersterer von ihrem Anruf am Sonntagmorgen nicht sonderlich begeistert schien, nutzte der Richter den Anlass, um sich bei dem seit Langem geplanten Besuch bei seiner Schwiegermutter auszuklinken – so berichtete er zumindest einige Minuten später bei seinem Rückruf verschmitzt.

Sie hatte sich nachträglich die Beschlüsse für die Einsicht der Webprofile besorgt, sowohl von den Opfern als auch vom mutmaßlichen Täter, außerdem einen für die Freigabe der Chatprotokolle sowie die Offenlegung der Bank- und Adressdaten.

Das war wie am Schnürchen gelaufen.

Sie kamen also gut voran. Max' neuer Kumpel Timo schien denselben Ehrgeiz an den Tag zu legen und hatte aus den Archiven alle Kontakte und Chatprotokolle von »The Teacher« rausgezogen. Außerdem die realen Daten hinter den Profilen der jungen Frauen, mit denen er gechattet hatte.

Es dauerte trotzdem mehrere Stunden, bis sie alles zusammengetragen hatten.

Veronikas Nerven waren bis zum Äußersten gespannt, als ihr Kollege Sven Becker ihr Büro betrat. Er war etwas später ins Büro gekommen, weil seine jüngste Tochter kurz vor der Erstkommunion stand und er sie in die Kirche begleiten musste. Bei dem stets etwas raubeinigen Kollegen stellte sie sich das fast komisch vor, ihn in einer Reihe emsig singender Kinder sitzen zu sehen. Aber er schien seinen Erzählungen nach ein guter Vater zu sein, mit allem, was dazugehörte.

»Es gibt eine gute Neuigkeit, Hart«, platzte er raus und fuhr fort, ohne auf eine Reaktion von ihr zu warten. »Jessica Bauer, die Frau, die hinter ›CurlySue‹ steckt und die sich gestern mit ihm treffen wollte, hat heute Morgen bei den Kasseler Kollegen Anzeige gegen einen Paul Wagner erstattet.«

Veronika schaute ihn fragend an: »Ist das unser Mann? Ich dachte, der heißt Oltmann?«

Becker schlug sich mit der rechten Faust in seine linke offene Hand und ergänzte: »Sie hatte zwar einen falschen Nachnamen und keine Adressdaten, aber sie hat bei der Anzeige seinen Profilnamen mit angegeben, ›The Teacher‹, und so hatten wir gleich zwei Treffer.«

Becker schien zufrieden.

»Okay, klasse. Und warum hat sie ihn angezeigt?«, fragte Veronika, obwohl sie eine vage Vermutung hatte.

»Ach so, klar. Er scheint ihr K.-o.-Tropfen ins Getränk getan zu haben, die Analysen der Kollegen vor Ort haben das bestätigt. Ihr Schwager, der ebenfalls im Restaurant war, hat das beobachtet und ihn gestellt. Leider konnte der Verdächtige im anschließenden Tumult fliehen, aber Frau Bauer konnte wohlbehalten mit ihrer Familie nach Hause zurückkehren. Die wird sich wohl so schnell auf kein Blind Date mehr einlassen.«

Veronika nickte. Sie hatten ihn. Sie wussten nicht, warum, und auch noch nicht genau, wie, aber sie war sich sicher, dass dieser Typ die jungen Frauen auf dem Gewissen hatte.

Jetzt mussten sie ihn nur noch finden.

In dem Moment stürmte Langner in ihr Büro: »Ich glaube, wir haben ihn. Bei der näheren Analyse der Trefferliste zum Namen auf der Kreditkarte haben wir nach Regionen sortiert – und sind im Saarland fündig geworden. Besser gesagt in Perl. Und jetzt raten Sie mal, was unser saarländischer Paul Oltmann von Beruf ist: Lehrer. Er stand uns die ganze Zeit vor der Nase«, schloss er.

»Dann los! Informiert die Kollegen vor Ort, der entwischt uns nicht!«, rief Veronika zum Aufbruch. Sie konnte die Ziellinie schon sehen.

-91-

Es war eine spontane Idee gewesen, Magda ins Haus zu bitten. Er wusste noch nicht einmal, ob er überhaupt Tee zu Hause hatte. Aber er hätte sie unmöglich weiterlaufen lassen können. Sie hatte ihn gesehen und, noch schlimmer, sie hatte den Lieferwagen gesehen. Und auch wenn die Polizei sowieso bald vor seiner Tür stehen würde, stand er plötzlich und unverhofft vor der Chance, von der er niemals zu träumen gewagt hatte.

Selbst wenn alles den Bach runterginge, selbst wenn SIE nichts mehr mit ihm zu tun haben wollte. Er würde nicht allein verschwinden, er würde Magda mitnehmen. Magda, die immer versucht hatte, hinter seine Fassade zu blicken, und von der er sich verstanden gefühlt hatte, auch wenn er es nicht zeigen konnte. So würde er Gunnar, dem Idioten, auf den letzten Metern noch das wegnehmen, was ihm das Liebste war.

Er würde gewinnen. Er würde alles haben und allen zeigen, dass er am längeren Hebel saß.

Er beobachtete, wie Magda sich zögerlich umschaute, als sie das Haus betrat. Sie schien sich selbst immer wieder davon zu überzeugen, dass alles in Ordnung war. Aber er sah ihre geballten Fäuste und auch der Köter lief in Hab-Acht-Stellung hinter ihnen her. Er würde das schnell zu Ende bringen müssen.

Er führte sie in die Küche seiner Eltern, hier waren die wenigen noch vorhandenen Möbel lieblos abgedeckt. Er hoffte, dass Magda nicht schreiend wegrennen würde. Aber sie hielt tapfer durch. In den Schränken fand er tatsächlich noch alte Teebeutel und er wollte gerade Wasser aufsetzen, als sie sagte: »Du, ein Glas Wasser wäre auch okay. Mach dir keine Mühe. Erzähl mir lieber, wie es dir geht. Du machst einen wirklich gestressten Eindruck.«

Er atmete tief durch. Nach Reden war ihm jetzt überhaupt nicht zumute, er wollte irgendwie die Tropfen in sie reinbekommen und dann abhauen.

»Gerne, warte, ich hol dir bei mir oben ein sauberes Glas«, erwiderte er und verschwand in sein altes Zimmer, wo er hastig ein halbwegs sauberes Glas mit Leitungswasser und den Tropfen füllte. Er durfte keine Zeit mehr verlieren.

Magda saß etwas zusammengesunken in der Küche, als er zurückkam. Sie fühlte sich überhaupt nicht wohl, das sah er ihr an. Irgendwie tat sie ihm leid. Aber er musste es jetzt durchziehen.

Sie trank artig ein paar Schlucke Wasser, nachdem er ihr das Glas hingehalten hatte. Dann überbrückte er die Zeit mit etwas Smalltalk und beobachtete genau ihre Reaktionen. Ihre Augenlider bewegten sich langsamer, sie begann, lallend zu sprechen, und fasste sich immer wieder an die Stirn.

»Ich glaube, mir geht es nicht gut. Es dreht sich alles. Ich sollte lieber nach Hause gehen, Paul. Es tut mir wirklich leid, das muss am Baby liegen, weißt du ...«, sagte sie lallend und kippte langsam vornüber.

Der Hund zu ihren Füßen bellte dreimal und wedelte aufgeregt mit dem Schwanz, als würde er das drohende Unheil vorausahnen. Es war so weit. Hatte sie Baby gesagt? Egal. Er legte sie behutsam auf den Boden, nahm ihr die Leine aus der Hand und führte den sich sträubenden Hund in den Keller, wo er ihn in eines der Verliese sperrte. Wenn die Polizei ihn fand, umso besser. Wenn nicht, hätte er Pech gehabt. Wieder ein Punkt mehr für ihn.

Er überlegte, ob er ihm nicht gleich eins überziehen sollte. Aber er musste sich beeilen. Der Hund bellte trotzig, als er die Tür hinter sich schloss. Doch von außen würde man es nicht hören können, das wusste er aus Erfahrung.

Wenige Minuten später rollte er mit seinem Transporter vom Hof. Magda lag seitlich auf der Matratze im Laderaum, es würde einige Zeit dauern, bis sie wieder zu sich käme. Bis dahin waren sie auf jeden Fall schon weit weg. Aber hatte sie eben Baby gesagt? Er war sich nicht mehr sicher, so gebannt hatte er auf ihre Reaktion geachtet. Na ja, jetzt musste er sich auf die Strecke konzentrieren.

Er wollte zunächst in Richtung Osten, nach Polen, Bulgarien oder Ungarn. Auf der Fahrt würde er versuchen, SIE zu erreichen. Über Nacht war SIE nicht drangegangen. Vielleicht würden sich seine Pläne dann noch ändern. Was er mit Magda machen würde, wusste er noch nicht. Es würde sich etwas finden.

Als er auf die Autobahn auffuhr, beruhigte sich sein Puls. Jetzt begann ein neuer Lebensabschnitt, er würde nie wieder zurückkommen können.

-92-

»Ich wusste es. Ich wusste es. Irgendetwas war in diesem Dorf doch faul. Er stand die ganze Zeit vor unserer Nase und wir haben nichts bemerkt. Noch nicht einmal der Name ist uns untergekommen. Wie kann man denn in so einem kleinen Kaff nicht merken, wenn jemand komisch ist? Arrggghh.« Veronika schimpfte vor sich hin. Mit Blaulicht und überhöhter Geschwindigkeit waren sie im Konvoi auf der A 620 auf dem Weg nach Perl, dem kleinen Ort, in dem in den letzten Monaten so viel Schlimmes passiert war. Sie befürchtete, dass das, was sie bis jetzt wusste, nur die Spitze des Eisbergs war. Wie konnten sie nur so blind gewesen sein?

Ein Großteil ihres Teams war auf die Einsatzwagen verteilt. Die Kollegen vor Ort sollten schon einmal zum Haus fahren, um das Gebäude zu sichern und bei drohendem Fluchtversuch einzugreifen.

Außerdem hatte sie eine Kollegin im Präsidium beauftragt, diesen Paul Oltmann auseinanderzunehmen. Sie wollte alles über ihn wissen. Geschichte, Vorstrafen, Kontakte, Freunde, Arbeit, Beziehungen. Alles.

Sollte sie etwas Auffälliges finden, würde sie sich gleich bei ihr melden. Doch viel gab es nicht.

Nach einer schier endlos scheinenden halben Stunde, was ein neuer Rekord auf der Strecke war, bogen sie in die Zielstraße ab, in der bereits in unmittelbarer Nähe die Streifenpolizisten das Gebiet rundherum sicherten. Erste Neugierige hatten sich bereits hinter den Vorhängen und in den Vorgärten versammelt.

Jetzt kommt ihr rausgekrochen, ihr superaufmerksamen Mitbürger. Wenn wir hier alles ans Tageslicht befördert haben, wird euch das arrogante Grinsen noch vergehen, dachte sich Veronika grimmig. Wie oft hatten sie bereits mit diesen Menschen gesprochen?

Oltmanns Haus lag verlassen am Ortsausgang in Richtung Felder und Weiden, am Rande des Hammelsbergs, den sie während ihrer Ermittlungen zur Genüge kennengelernt hatte. Eigentlich ganz idyllisch. Die Fensterläden waren heruntergelassen, es stand kein Auto in der Einfahrt und auch sonst rührte sich nichts. Nur in der Ferne bellte dumpf ein Hund.

Der Konvoi parkte am Straßenrand und Veronika näherte sich mit zwei Beamten dem Haus. Vier weitere Polizisten gingen um das Haus herum und bewachten die Ausgänge. Die Kollegen, die seit fast einer halben Stunde hier waren, hatten bisher nichts Aufsehenerregendes bemerkt, bis auf das Hundebellen. Sie zückte ihre Pistole und klingelte. Das Bellen des Hundes wurde heftiger. Ob er doch im Haus war? Nichts rührte sich.

»Okay, Gefahr in Verzug. Wir gehen rein«, gab sie über Funk an die Kollegen weiter. »Könnten Sie hier bitte aufmachen?«, ordnete sie einen Kollegen neben sich an, der nach wenigen Sekunden die Tür aufgebrochen hatte.

Weitere bewaffnete Beamte kamen hinzu und sie durchsuchten systematisch das Haus. »Nichts«, »Nichts«, »Hier auch nichts«, tönte es aus den einzelnen Zimmern.

In der Küche fand sie ein frisches Glas Wasser, auch ein Paar roter Damenhandschuhe lag auf dem Fensterbrett. Das passte nicht ins Bild, sie wirkten fehl am Platz.

»Irgendetwas stimmt hier ganz und gar nicht. Ruft die Spurensicherung, der ist noch nicht lange weg und scheint nicht allein unterwegs zu sein«, sagte sie zu der Kollegin neben ihr. Die zückte sofort ihr Handy.

»Frau Hart, können Sie mal kommen? Das hier sollten Sie sehen«, rief es aus dem Kellergeschoss.

Das Bellen verstummte, als sie den Keller betrat, aber der aufgebrachte Hund sprang in seinem Käfig auf und ab und drückte sich gegen die Tür.

Was war das hier? Ihren Augen bot sich ein gruseliger Anblick, doch erst beim zweiten Atemzug bemerkte sie den süßlich-sauren Geruch in der Luft. Der nahm ihr fast den Atem und sie kämpfte standhaft gegen den aufkommenden Würgereiz in ihrer Kehle. In ihrem Mund sammelte sich das Wasser.

Jetzt ja nicht übergeben, atme ruhig. Einatmen, ausatmen. Nur keine Panik, versuchte sie sich zu beruhigen. Ein Blick auf die Kollegen zeigte ihr, dass sie nicht die Einzige war, deren Sinne so ablehnend reagierten.

»Holt den Hund da raus. Der dreht ja noch durch. Er kommt mir irgendwie bekannt vor. Wer weiß, wie lange der schon hier drin ist«, wies sie die Kollegen an. Sichtlich erleichtert übernahm einer von ihnen die Aufgabe, den armen Kerl zu befreien, nicht ohne ihn vorher an der Leine zu befestigen, die vor dem Verschlag gelegen hatte, und verschwand mit ihm an die frische Luft.

Als Ruhe eingekehrt war, nutzten sie die Gelegenheit, sich die beiden Bretterverschläge genauer anzuschauen. Der Anblick, der sich ihnen bot, jagte ihr einen Schauer nach dem anderen über den Rücken.

In einem knapp 30 Quadratmeter großen Kellerraum waren zwei Bretterverschläge montiert worden. Innen waren sie mit Eisengittern verstärkt und an der Wand stand jeweils eine Pritsche, auf der eine gelb verfärbte, durchgelegene, fleckige Matratze lag. Der süßliche Geruch war an dieser Stelle unerträglich. Veronika hielt sich ihren Schal vor das Gesicht, um besser atmen zu können. Neben der Pritsche stand ein großer Metalleimer, der ebenfalls einen beißenden Geruch verströmte. Das eine Verlies war aufgeräumt, eine faserige Bettdecke lag sorgfältig auf dem Fußende gefaltet, ein kleines Kissen mitten drauf platziert.

Über dem Bett waren braune Striemen an der Wand, der Putz war an vielen Stellen abgeblättert, der Boden mit Kalkrändern von getrockneten Wasserlachen gemustert. In einem der Verliese hing ein Strick an der Wand. Veronika dachte an die Spuren am Hals des letzten Opfers.

»Okay, Meier«, sprach sie einen der Kollegen an, der aus einer anderen Abteilung die Mordkommission Perl verstärkte, »die Spurensicherung soll sich zuerst das hier anschauen. Und bitte passen Sie auf, dass niemand hier etwas anfasst. Was zur Hölle ...« Veronika hatte sich beim Sprechen umgedreht und ihr Blick fiel auf einen alten Küchenschrank, der auf den ersten Blick aussah wie das Dopinglabor eines Profisportlers. Überall standen Aufbaupräparate, Pulver und Messbecher, außerdem war ein kleines Waschbecken neben dem Schrank angeschlossen. Was sie aber am meisten verstörte, waren der Trichter und der Schlauch, die auf der Ablage thronten. Sie kannte sowas nur aus Reportagen von Trinkspielen am Ballermann, höchstens aber noch von der Gänsemast.

In ihrem Kopf überschlugen sich die Gedanken, so schnell konnte sie das Puzzle gar nicht zusammenfügen, wie sich die Teile hier darboten.

Alles passte zusammen. Sie waren nur wenige Minuten in dem Keller gewesen, trotzdem fühlte es sich wie eine Befreiung an, als sie wieder das Erdgeschoss und dann den Vorgarten betraten. Veronika atmete durch.

»Wir haben den Hundebesitzer rausgefunden, der Hund trug eine Marke am Halsband.« Langner trat an sie heran. »Du wirst es nicht glauben, aber er gehört Gunnar Petersen. Glaubst du, er hat doch hiermit etwas zu tun?«

Veronika schüttelte abwesend den Kopf. Sie kam kaum dazu, ihre Gedanken zu sortieren.

»Jetzt weiß ich auch, warum er mir so bekannt vorkam. Ich habe ihn dort auf dem Hof gesehen. Er vergöttert seinen Hund, der ist so eine Art Kindersatz für die Petersens. Ich glaube nicht, dass er ihn in einen Keller einsperren würde. Aber wie kommt er hier in den Keller? Ruf ihn an, dann kann er ihn abholen. Vielleicht ist er ausgebüxt und wurde aus Versehen eingesperrt. Das finden wir auch noch heraus.«

»Wir haben sein Auto gefunden. Es steht in der Garage.« Diesmal war es eine junge Kollegin, die ihr die Information überbrachte.

Veronika schaute sie an. »Okay, überprüft, ob auf seinen Namen ein zweites Fahrzeug angemeldet ist. Auto, Motorrad, Lieferwagen – auf ihn oder Familienangehörige. Beeilt euch, das brauchen wir für die Fahndung.« Die Kollegin nickte und ging hinüber zum Einsatzbus.

»Lieferwagen, Lieferwagen – da war doch etwas.« Veronika kramte in ihrem Gedächtnis. Natürlich, der Lieferwagen, der vor wenigen Tagen bei Petersens gesehen worden war. Ein dunkler Kastenwagen. Kurz bevor sie die Leichenteile fanden. »Prüft zuerst, ob er einen dunklen Kastenwagen besitzt. Ich wette, wir haben da einen Treffer«, rief sie der Kollegin noch hinterher. Jetzt musste es schnell gehen.

93

Magda öffnete zum ersten Mal die Augen, als sie bereits einige Hundert Kilometer gefahren waren. Die Dosis der K.-o.-Tropfen war offensichtlich etwas höher gewesen als bei den anderen, er hatte schon begonnen, sich Sorgen zu machen.

Ihre Stimme klang rau und angeschlagen, als sie ihn fragte, wohin er mit ihr wollte.

So genau wusste er es eigentlich nicht. Wo sollte er hin? SIE hatte er immer noch nicht erreicht, obwohl er mehrfach an Parkplätzen gehalten und versucht hatte, SIE über Skype anzufunken. Aber nichts. SIE war auch nicht mehr online gewesen seit ihrem letzten Gespräch. Er machte sich ernsthaft Sorgen.

Er war mit Magda unbehelligt bis kurz hinter Bayreuth, also knapp vor die tschechische Grenze, gekommen. Wegen des Sonntagsfahrverbots waren die Straßen frei von LKWs und er konnte die gesamte Fahrt über seine Gedanken sortieren.

Wenn die Polizei jetzt schon in seinem Haus war, würde die Fahndung nach ihm bald anlaufen. Zumindest war das im Fernsehen immer so, sie suchten großflächig und Hand in Hand mit allen beteiligten Behörden und waren stets schnell erfolgreich. Das bedeutete, dass es an der Grenze für ihn eng werden könnte. Vor allem mit einer gefesselten Magda im Laderaum.

Allerdings würden sie nicht so schnell auf das Auto kommen, denn er hatte den Transporter nie auf seinen Namen angemeldet und immer noch das alte rumänische Kennzeichen draufgelassen. Dies würde bei einer näheren Kontrolle zwar auffallen, aber dafür mussten sie konkret nach ihm suchen.

Sein Handy hatte er bereits kurz nach der Abfahrt ausgeschaltet und immer nur kurz für seine Skype-Versuche aktiviert. Das würden sie sicher versuchen zu orten. Würden sie die kurzen Verbindungsversuche auch orten können? Er kannte sich damit nicht so gut aus, wie er gedacht hatte. Er versuchte sich zu erinnern, ob er so etwas schon einmal im Fernsehen gesehen hatte. Was war mit Magda, hatte sie ein Handy dabei? Sie wussten sicher schon, dass sie bei ihm war.

Als sie auf seine Frage nach dem Handy nicht reagierte, steuerte er erneut den nächsten Rastplatz an, parkte an einer etwas abgelegeneren Stelle und kniete sich dann im Laderaum neben Magda. Sie schaute ihn durch tränennasse Augen an.

»Was willst du von mir, Paul? Wo fahren wir hin?«, fragte sie ihn wieder mit zitternder Stimme.

»Ich tue dir nichts, Magda, bitte, hab keine Angst. Ich brauche dich kurz. Ich habe mich in eine irre Situation gebracht. Verstehst du das? Du wirst mir vielleicht hier raushelfen können. Bitte, beruhige dich. Ich verspreche dir, dass alles gut wird. Auch für dich, okay?« Er versuchte, mit ruhiger Stimme auf sie einzureden. Sie tat ihm leid. Wie sie so dalag und ihn flehend anschaute. Dieses Gefühl hatte er bei den anderen Frauen nicht empfunden, noch nicht einmal, als sie sich nur noch wimmernd gegen seine »Behandlung« zur Wehr setzten. Aber warum hätte er auch Mitleid empfinden sollen? Das waren Schlampen, elendige hinterlistige Geschöpfe, die SIE verletzt hatten. Und dafür mussten sie büßen.

SIE. Daran musste er die ganze Zeit denken. SIE wusste noch nichts von den Entwicklungen. Er hatte SIE noch nicht erreichen können. Er würde es heute Abend noch einmal versuchen, dann könnte er entscheiden, wie es weitergehen würde.

»Hast du ein Handy dabei, Magda? Wenn ja, musst du es mir geben. Sie dürfen uns nicht finden, bevor wir nicht wissen, was die nächsten Tage bringen werden. Bitte, vertrau mir.«

Magda verneinte stumm. Sie hatte ausgerechnet heute Morgen vergessen, ihr Handy einzustecken. Gunnar war bestimmt schon außer sich vor Sorge. Der Gedanke an ihren Mann trieb ihr erneut die Tränen in die Augen. Sie hatten so viel durchgemacht die letzten Tage, Wochen und Monate. Und jetzt das Kind. Was hatte er ihr gegeben? Nicht, dass das dem Baby schadete. Hoffentlich passierte nichts. Aber sie durfte keine Schwäche zeigen. Sie musste einfach hoffen, dass Paul es ernst meinte und ihr nichts tun würde. Sie hatte sich ja auch nichts zuschulden kommen lassen. Ihm nie etwas getan.

Sie beruhigte sich und er wertete das als Zustimmung, dass sie ihm vertraute.

»Wenn du jetzt mitspielst, wirst du sehen, dass alles gut wird. Dann tue ich dir nichts. Aber mach mich besser nicht wütend, hörst du?«, drohte er ihr dennoch zur Sicherheit.

Als Zeichen seines Vertrauens nahm er ihr die Fesseln ab und deutete auf den Beifahrersitz. Sie sollte sich dort hinsetzen. Die Tür ließ sich nicht von innen öffnen, das hatte er nie reparieren lassen, und wenn sie eine falsche Bewegung machen würde, würde er schnell reagieren können.

Auf der Landkarte machte er einen Ort aus, an dem sie schnell und unauffällig die Grenze nach Tschechien würden passieren können – Neualbenreuth. Klein und unscheinbar schien sich der Ort an den Grenzverlauf zu schmiegen, hier würden sie sicher nicht auffallen.

Knapp eine Stunde später überquerten sie die Grenze ohne Probleme. Weit und breit war kein Grenzpolizist zu sehen. Jetzt würde er ihnen ein kleines Motel suchen, in dem sie unerkannt bleiben konnten, bis er SIE erreicht hatte. Er hatte 1.000 Euro in bar dabei, das sollte erst einmal ausreichen.

94

Die Fahndung lief. Es war zwar kein dunkler Transporter auf Paul Oltmann zugelassen, aber ein Spaziergänger, der von dem Polizeiaufgebot angelockt worden war, bestätigte, dass er einmal ein solches Fahrzeug in der Auffahrt der Oltmanns gesehen hatte. Aber mit einem fremden Kennzeichen. Er hatte sich nichts dabei gedacht, er vermutete damals, dass dort jemand zu Besuch war. An das genaue Kennzeichen konnte er sich nicht erinnern, nur an die Marke. Es war ein Mercedes-Benz gewesen, ein Sprinter älteren Baujahrs, Anfang der 2000er vielleicht. Dunkelblau oder schwarz sei er gewesen, es war aber sicher schon über ein halbes Jahr her, dass er ihn gesehen hatte. Der Spaziergänger war der typische Fall eines selbsternannten Hilfspolizisten, der alles sah und alles wusste.

Veronika konnte ihn nur schwer abschütteln, war aber letztendlich froh über die Informationen, die er ihnen gegeben hatte. Aus dem Augenwinkel sah sie Gunnar Petersen heranstürmen. Nur mit Mühe schob sie den Spaziergänger vom Grundstück. Sie wollte für Petersen kein ungebetenes Publikum bereithalten.

»Wo ist sie?«, rief er aus der Ferne. »Wo ist Magda? Was hat er mit ihr gemacht?« Seine Stimme kippte, in seinen Augen lag blanke Panik.

Veronika griff ihn am Arm und schob ihn in den Einsatzbus. Im selben Moment sprang der dunkle Labrador sein Herrchen an, der Kollege hatte ihn nicht mehr halten können und zuckte nur entschuldigend mit den Schultern.

»Leon, oh Gott, Leon. Wo ist dein Frauchen? Was haben sie mit dir gemacht?« Jetzt konnte er die Tränen nicht mehr zurückhalten und grub sein Gesicht in das weiche Fell des Vierbeiners.

»Herr Petersen, beruhigen Sie sich. Wir wissen noch nicht genau, was mit Ihrer Frau passiert ist. Es sieht so aus, als wäre sie hier im Haus gewesen. Erkennen Sie vielleicht diese Handschuhe?« Sie hielt ihm die roten Wollhandschuhe, die sie in der Küche gefunden hatten, vor die Nase. Sein Schluchzen bedeutete ihr, dass es die von Magda Petersen waren.

»Okay. Die Spuren müssen noch ausgewertet werden. Ihren Hund haben wir im Keller gefunden. Außerdem noch viele weitere Hinweise, dass Herr Oltmann in die Mordfälle der letzten Monate verstrickt war. Es gibt deutliche Zeichen, dass hier über Monate etwas im Gange war. Aber die Fahndung läuft bereits und wir sind zuversichtlich, dass wir ihn bald dingfest machen können. In welchem Verhältnis stand Ihre Frau zu Herrn Oltmann? Kannten sie sich?«, fragte ihn Veronika.

Petersen hatte aufmerksam zugehört. Er schluckte und begann brüchig zu erzählen.

»Ja, sie kannten sich. Ich weiß, dass sich die beiden einmal getroffen haben, bevor ich Magda kennenlernte. Sie hat mir erzählt, dass dieses Treffen etwas merkwürdig lief und dass sie ihn als zerbrechlichen Mann wahrgenommen hatte. Ich konnte das nie verstehen. Ich kenne ihn noch aus der Schule. Ich war zwei Klassenstufen über ihm, aber er war schon immer ein Kotzbrocken. Überheblich und eingebildet, alle Mädchen flogen auf ihn. Selbst die älteren. Dabei hat er kaum eine an sich rangelassen, soviel ich weiß. Wahrscheinlich waren wir alle nur neidisch auf ihn, deswegen kam auch schnell das Gerücht auf, dass er vom anderen Ufer sei. Das war damals in so einem kleinen Dorf noch ein Unding. Dass er nach der Schule hiergeblieben ist, habe ich nie verstanden. Wirkliche Freunde hatte er nie. Ich glaube, sein Vater war ein ziemliches Arschloch, zumindest munkelte man im Dorf, dass er seine Familie regelmäßig misshandelte. Seine Schwester war bei meinem Cousin in der Klasse, Clara. Sie war sechs Jahre älter als ich, wenn ich mich recht erinnere, wirklich nett und hat so früh wie möglich den Abflug gemacht. Ich habe nie wieder etwas von ihr gehört.«

Gedankenverloren kraulte er die Ohren seines Hundes, während sich Veronika Notizen machte. Sie würden versuchen müssen, die Schwester ausfindig zu machen. Vielleicht wusste sie, wo ihr Bruder abtauchen könnte.

»Danke, Herr Petersen. Sie haben mir sehr geholfen. Ich würde Sie bitten, nach Hause zu gehen und dort auf eine Nachricht von uns zu warten. Vielleicht meldet sich ja auch Ihre Frau dort, dann sollten Sie da sein. Bitte informieren Sie uns in diesem Fall umgehend. Wissen Sie, ob Ihre Frau ein Handy dabeihatte?« Petersen schüttelte den Kopf und zog ein weißes Samsung-Telefon aus seiner Tasche. »Sie hat es heute Morgen liegen lassen. Sie wollte nur kurz mit dem Hund raus und zum Bäcker. Dort war sie aber nicht, da habe ich schon angerufen, als es so spät wurde. Das war kurz vor Ihrem Anruf«, erklärte er betrübt.

Er sah richtig unglücklich aus, sein Gesicht war grau und eingefallen. Er war sichtlich gealtert, seit sie ihn das erste Mal gesehen hatte. Veronika hätte ihn gerne in den Arm genommen und ihn beruhigt. Aber die Eindrücke aus dem Keller und der Vorfall am Vorabend in Kassel ließen sie nichts Gutes erahnen.

Mit hängenden Schultern verließ er das Gelände und ging zurück zu seinem Auto, welches er quer über die Straße geparkt hatte. In ähnlicher Haltung trottete sein Hund hinter ihm her.

Die Spurensicherung rollte mit zwei Fahrzeugen an. Jetzt musste sie sich konzentrieren, um das Team rund um Thiel richtig einzuweisen. Als dieser aus dem Auto ausstieg, erschrak sie. Er sah schlecht aus heute. Er sollte sich eigentlich schonen, aber sie erkannte selbst, dass das im Moment nicht möglich war. Dafür gab er das Zepter zu ungern aus der Hand.

Sie ging auf direktem Weg mit ihm in den Keller. An seiner Reaktion merkte sie, dass auch er so etwas selten in seiner Karriere gesehen hatte. Sie wagte noch nicht, sich vorzustellen, was hier unten mit den Mädchen passiert war.

Thiel musterte die Auslage an Sportlernahrung auf dem Küchenschrank und schaute sie gequält an.

Sie wusste, dass er gerade die Erkenntnisfäden zusammenführte – die veränderten Körperformen vom Verschwinden bis zum Auffinden der Leichen, die gerissenen Stellen, die ungesunden Merkmale an Haut und Haaren. Sie hatte sich bisher untersagt, sich die Details vorzustellen, aber es gelang ihr nicht wirklich.

Er musste sie hier knapp ein Jahr gefangen gehalten haben und sie von Modelmaßen auf über 160 Kilo gemästet haben.

»Das war ein Feeder. Aber auf eine sehr bizarre Art und Weise. Und vor allem geschah das hier nicht in gegenseitigem Einverständnis, so wie man das aus dieser Szene sonst kennt. So etwas habe ich in meiner ganzen Karriere noch nicht zu Gesicht bekommen«, brachte Thiel seine ersten Eindrücke auf den Punkt.

Er deutete auf die Spuren, welche sein Team zuerst sichern sollte, und teilte die Aufgaben routiniert ein. Dann fiel sein Blick auf die Kamera, die hinter ihnen an der Decke befestigt war. Es war eine Webcam. Veronika folgte seinem Blick und rief sofort einen der umstehenden Beamten zu sich.

»Lassen Sie einen Techniker kommen. Die sollen prüfen, womit diese Kamera verbunden ist und ob noch Aufnahmen gesichert werden können.«

Dann wandte sie sich an Thiel: »Lassen Sie uns kurz hochgehen. Der Geruch hier ist ja nicht auszuhalten. Ich bringe Sie auf den aktuellen Stand. Vielleicht entdecken wir ein Muster oder ein Motiv, dazu tappen wir noch komplett im Dunkeln. Parallel arbeiten wir an der Auswertung seines digitalen Fußabdrucks, die Kollegen informieren mich, wenn es etwas Neues gibt. Wenn er so aktiv in den Netzwerken war, dann vielleicht auch auf anderen Plattformen. Wir müssen ihn einfach finden.«

95

Am frühen Nachmittag steuerte er ein kleines Motel auf der Rückseite einer Raststätte an, circa eineinhalb Stunden hinter der Grenze. Magda spielte gut mit, es wirkte fast wie ein vertrauter Familienausflug. Ob sie seine Nervosität bemerkte? Er versuchte sie so gut es ging zu überspielen, tat locker und besorgte ihnen etwas zu essen und zwei Flaschen Wasser.

Obwohl das Motel echt schon heruntergekommen war und eigentlich als besseres Stundenhotel diente, überraschte ihn die Qualität des WLANs in den Zimmern. Deutschland war in diesem Bezug und im Vergleich zu anderen europäischen Ländern wirklich ein Entwicklungsland. Was hatte er sich zu Hause schon wegen Bandbreiten und Netzgeschwindigkeiten herumgeärgert.

Von hier aus würde er SIE erreichen können. Hoffentlich. Es machte ihn nervös, nicht zu wissen, wie SIE reagieren würde. Aber er musste es versuchen. Es konnte ja nicht alles umsonst gewesen sein und er war sich sicher, dass IHR das Spiel nicht so wichtig war wie er selbst.

Er hatte sich darauf eingelassen, er hatte seine Probezeit durchgestanden, drei von vier Aufgaben gemeistert, aber jetzt war das Spiel vorbei. Er hatte IHRE Erzfeindinnen aus dem Weg geräumt, sie und sich über Monate gequält, seinen Ekel und seine Scham überwunden, ein Doppelleben aufgebaut – nur für SIE. Jetzt war es Zeit, dass SIE ihm zeigte, was ihre gemeinsame Geschichte IHR bedeutete.

Er betrachtete Magda, die auf dem Bett saß und an ihrem Sandwich knabberte. Sie schien nicht viel Hunger zu haben, wahrscheinlich war ihr noch übel von den Tropfen, aber sie war tapfer. Sie versuchte, ihm sogar ein Lächeln zu schenken, aber er sah deutlich die Angst in ihren Augen.

Er durfte keine Schwäche und keine Unsicherheit zeigen. Er würde IHR klarmachen müssen, dass er jetzt die Regeln vorgab oder dass SIE ihm zumindest entgegenkommen müsste. Das Spiel war aus.

»Magda, hör mir zu. Ich muss einen wichtigen Anruf machen, okay? Je weniger du darüber weißt, desto besser. Ich werde dich im Bad einschließen, es ist besser, wenn du nicht gesehen wirst, verstehst du? Bitte vertrau mir. Ich hole dich da so schnell wie möglich raus«, erklärte er ihr behutsam.

Er nahm ihren Arm und schob sie ins Bad. Der Raum roch muffig und die Handtücher und Badematten waren vergilbt und fleckig. So als hätten alle vorherigen Gäste mehrere Päckchen Zigaretten pro Nacht geraucht und die Lüftung vor mehreren Jahren ihren Geist aufgegeben. Aber es würde schon gehen. Irgendwie würde es gehen. Sie leistete keinen Widerstand und wehrte sich auch nicht, als er die Tür hinter ihr verschloss.

Paul atmete auf. »Okay, nächster Schritt.«

Er ließ den Laptop hochfahren und loggte sich ins WLAN ein. Seine Nervosität stieg. Es war noch lange nicht 18.00 Uhr, ihre eigentliche Zeit zum Telefonieren, aber er musste es jetzt probieren. Er hielt es nicht mehr aus.

Mit zitternden Fingern klickte er auf den Skype-Button auf seinem Desktop. Er hatte nur einen Kontakt dort gespeichert. IHREN. Er navigierte den Mauszeiger dorthin und klickte.

Der typische, synthetische Dreiklang von Skype ertönte. Sein Herz schlug bis zum Hals. Würde SIE drangehen? Die Sekunden schienen ihm endlos und er wollte schon aufgeben, als das Verbindungszeichen endlich erlösend ertönte.

Da war SIE. Wie immer im Halbdunkel, IHR Gesicht wurde nur von einer Seite von einer Tischlampe erhellt. SIE sagte nichts, er sah nur IHREN fragenden Blick.

»Hey«, sagte er. »Es ist schiefgelaufen. Es ist brutal schiefgelaufen. Diese Schlampe hatte heimlich Aufpasser im Schlepptau, die sind dazwischengegangen. Ich konnte zwar abhauen, aber ich bin jetzt auf der Flucht. Alle Zelte sind abgebrochen, alle Spuren verwischt. Sie fahnden sicher schon nach mir. Aber ich habe mich erst einmal ins Ausland abgesetzt, alles so weit gut. Was machen wir jetzt?«

Sie schwieg weiter, ihr Blick wurde immer durchdringender.

Er fuhr fort.»Ich weiß, das ist nicht das, was du dir vorgestellt hast. Aber wir müssen die Pläne eben ändern. Ich komme einfach zu dir und wir machen gemeinsam weiter. Ich würde alles für dich tun, das weißt du. Sag mir einfach, wie es weitergehen soll.«

»Deshalb rufst du mich an?« IHRE Stimme klang rauchig und bedrohlich. »Ich glaube, du hast unseren Deal nicht verstanden. Ich bestimme, was du machst und wann du es machst. Du hast versagt. Du hast die Schlampe nicht ausgelöscht. Du hast sie laufen lassen, weil du zu dumm bist. Zu dämlich, einfach ein verfickter Vollidiot. Ich wusste gleich, dass du es nicht bringen wirst«, zischte SIE ihm zu.

»Ja, aber …«, stammelte er. »Ich habe dir doch schon bewiesen, dass ich alles für dich mache. Ich habe eineinhalb Jahre lang die Drecksarbeit für dich gemacht, ich habe diese Mädchen zerstört, ich habe ihre Scheiße und Kotze weggemacht, hab ihren ekelhaften Anblick ertragen, ihren Gestank und ihr unentwegtes Gejammer. Ich kann mir eine zweite Existenz aufbauen, wir können deine Liste weiter abarbeiten. Aber ich brauche dazu deine Unterstützung. Lass uns das zusammen machen«, forderte er SIE mit immer bestimmender werdender Stimme auf. In diesem Tonfall hatte er noch nie mit IHR gesprochen. Er musste alles auf eine Karte setzen. Er brauchte einen Unterschlupf zum Abtauchen.

»Nein!«, schrie SIE ihn an. IHR Gesicht verzerrte sich zu einer Fratze. »Du raffst es nicht. Ich habe dich nur benutzt. Du weißt gar nichts von mir. Du warst mein Werkzeug. Der Idiot, der einfach Dinge macht, ohne Fragen zu stellen. Ohne Skrupel. Ohne Forderungen. Du kennst meinen Vornamen, aber du wirst niemals, niemals auch nur in meine Nähe kommen. Du bist ein Niemand. Ein Verlierer. Dir bleibt nichts. Du sitzt in der Scheiße? Das ist dein Problem. Ich habe damit nichts am Hut. Es interessiert mich nicht, ob du verreckst oder ob sie dich dein Leben lang in den Knast stecken. Du bedeutest mir weniger als der Dreck unter meinen Schuhen!«

Er lauschte sprachlos IHREN Worten. Sie schlugen hart auf ihn ein, aber er war wie in Trance. Passierte das gerade wirklich? Aber SIE war noch nicht fertig und holte gerade zum finalen Schlag aus.

»Du willst mich treffen? Ha, darüber kann ich nur lachen! Das wird niemals passieren. Du hast dich so leicht manipulieren lassen. Ich hatte nie geplant, dich zu treffen oder dir sonst irgendwie mehr zu geben, als du bisher bekommen hast. Du hast mich mal gefragt, warum ich diese Schlampen so hasse. Ich werde es dir zeigen …«

Er schnappte nach Luft, als SIE sich langsam mit der anderen Gesichtshälfte ins Licht drehte. Sein Gehirn konnte das, was seine Augen da sahen, nicht schnell genug verarbeiten. Was war das? SIE wirkte wie ein Monster aus einem Horrorfilm. Die Haut auf der rechten Gesichtshälfte war wulstig vernarbt und feuerrot. Die Augenbrauen waren weg und auch Augenlider waren nicht mehr vorhanden, das Auge milchig weiß. Es schien, als hätte man IHR erfolglos eine andere, zu kleine Gesichtshälfte transplantiert. Das war nicht die Person, die er seit eineinhalb Jahren vergötterte. Was war mit IHR passiert? Als SIE seine Reaktion sah, warf SIE den Kopf in den Nacken und lachte kehlig. So hatte er SIE noch nie gesehen.

»Siehst du, du bist erledigt. Das war's, du Versager. Leb wohl – oder weißt du was, verrecke einfach!«

Ein letztes dunkles Lachen drang durch die Lautsprecher seines Laptops, bevor sein Bildschirm schwarz wurde. SIE hatte aufgelegt.

Erschöpft ließ er sich in die Stuhllehne sinken. Was war da gerade passiert? War wirklich alles vorbei? Alles, woran er sich die vergangenen Monate festgehalten hatte, worauf er hinge-arbeitet hatte, seine Vergangenheit und seine Zukunft, seine Liebe und seine Träume, sein restliches Leben mit IHR zu ver-bringen. In ihm tat sich ein Abgrund auf, ein Vakuum entstand dort, wo seine Träume Platz gefunden hatten.

Wer war dieser Mensch, der ihm diese hässliche Fratze gezeigt hatte? Und er dachte da nicht nur an das Äußere, was erschre-ckend genug war. Sie hatten so viele Momente geteilt, so viele gute Augenblicke gehabt, wenn auch nur über die virtuellen Kanäle. Aber sie waren Komplizen gewesen, Verbündete im Kampf gegen das Böse. Auch wenn sie Böses mit Bösem ver-galten, die anderen hatten angefangen und hatten es verdient.

SIE hatte ihn ausgelacht, ihn beschimpft und ihn seinem Schicksal überlassen. Ein Schicksal, das er IHR verdankte. Es war sein Ende. Und jetzt?

Magdas leises Husten aus dem Badezimmer schreckte ihn auf. Er hatte sie völlig vergessen. Hatte sie alles mit angehört? SIE war ziemlich laut geworden. Was sollte er jetzt mit ihr machen? Was blieben ihm für Optionen? Sie hatte Angst vor ihm. Er hatte sie entführt. Sie würde wohl kaum freiwillig mit ihm abtauchen.

Es war endgültig vorbei.

96

Der Abend legte sich langsam über den Tatort. Dass das Haus ein Tatort war, hatte Thiel nach einigen ersten Analysen zweifellos feststellen können. Die Striemen an den Wänden waren Blut. An dem Trichter und dem Schlauch konnten sie menschliche DNA feststellen und sie war sich sicher, dass es die DNA der Opfer war. Die Fahndung war bisher ohne Erfolg gewesen. Der Grenzschutz war informiert, aber von hier aus konnte man sich in wenigen Minuten nach Westen und in wenigen Stunden nach Osten ins Ausland absetzen. Und wenn er dort untertauchte, wurde es schwierig. Sie wussten noch nicht, ob er Komplizen hatte oder aus welchem Motiv er gehandelt hatte. Oberste Priorität war, Magda Petersen zu finden und wohlbehalten nach Hause zu bringen.

Sie beschloss, ins Büro zurückzufahren und dort als Schaltzentrale zu agieren. Dass er zu seinem Haus zurückkehren würde, war unwahrscheinlich.

Die Spurensicherung war in Oltmanns Haus noch nicht ganz fertig, sie würde aber sowieso die ganze Nacht über eine Streife am Haus postieren.

Ihr Chef hatte bereits mehrfach angerufen, er konnte es kaum erwarten, eine Pressekonferenz zu dem Fall zu geben. In den letzten Tagen war ihm alles zu langsam gegangen. Jetzt war er ganz euphorisch und drängte sie, Details spruchreif auszuspucken.

Aber wenn er noch da draußen unterwegs war und Magda Petersen in seiner Gewalt hatte, wollte sie ihn nicht weiter provozieren. Jetzt musste man mit Bedacht vorgehen. Sie wusste einfach zu wenig über ihn, er war im Ort unauffällig gewesen, die Kollegen kamen ratlos und ohne brauchbare Informationen von ihren Befragungen zurück. Es gab noch zu viele offene Fragen, um ein belastbares Profil des Täters zu erstellen. Wieso hatte er gerade diese Mädchen ausgesucht und sie so gezielt angesprochen? Was verband ihn mit ihnen? Und wieso hatte er sie auf diese grausame Art und Weise getötet? Diese Gedanken bewegten sie die gesamte halbstündige Rückfahrt ins Präsidium. Ihr fehlte der Griff, um seine Persönlichkeit anpacken zu können. Sie musste in Ruhe nachdenken und noch einmal alle Informationen sortieren. Sie hatte einen Namen, sie hatte eine Hülle – nun musste sie diese mit Inhalten füllen. Wer war ihr Täter Paul Oltmann? Das würde eine lange Nacht werden.

Bevor sie sich noch mal den Auswertungen widmete, schickte sie den psychologischen Dienst auf Petersens Hof. Nach allem, was er durchmachen musste, würde diese Nacht der Ungewissheit nicht einfach für ihn sein. Das war das Mindeste, was sie ihm schuldete.

-97-

»Ich gehe noch einmal raus, frische Luft schnappen. Ruh dich aus, morgen werden wir wieder ein gutes Stück fahren müssen.« Paul reichte Magda die Flasche Wasser.

»Und trink bitte genug, die Tropfen von heute Morgen müssen rausgespült werden. Dann geht auch die Übelkeit weg. Es tut mir wirklich leid, dass es so kommen musste. Ich hätte dich da nicht mit reinziehen dürfen. Du musst mir glauben.

Ich habe der falschen Person vertraut und wirklich schlimme Dinge getan. Ich erkenne mich selbst nicht wieder. Ich war wie in einem Traum, doch jetzt bin ich wach – und weiß nicht, wie es weitergehen soll. Ich muss nachdenken. Bitte bleib ruhig, es wird alles gut. Okay?«

Er sah Magda eindringlich an. Sie nickte stumm. Was sollte sie auch sagen? Sie wusste ja nichts von ihm. Einfach nichts.

Er tätschelte ihren Arm, der unter seiner Berührung erstarrte, und schloss die Tür von außen ab.

Etwas staksig ging er die Außentreppe des Motels runter zum Parkplatz, seine Beine gehorchten ihm nicht. Vorbei an seinem Transporter. Vorbei an einem turtelnden Liebespaar, das gerade kichernd einen Kofferraum auslud. Vorbei an der etwas ranzig wirkenden Raststätte, in deren Umfeld es nach altem Frittenfett und WC-Desinfektionsmittel roch. Vorbei an den Dutzenden von LKWs auf dem Parkplatz, die noch die letzten Stunden des Wochenendes ausharren mussten, bevor sie wieder auf die Strecke durften. Er blieb einige Minuten an der Leitplanke stehen und beobachtete den vorbeifahrenden Verkehr. Die Nacht senkte sich bereits über dieses verlassene Fleckchen Erde, die ersten Autos hatten ihre Lichter angeschaltet, die wie Katzenaugen über den Asphalt flogen.

Er dachte an SIE. An all die Emotionen und Gedanken, die er in den vergangenen Monaten um SIE herum gesponnen und vergeudet hatte. An den Traum, den er gelebt hatte. An die Schuld, die er auf sich geladen hatte. Er bereute es. Nicht das, was er den Mädchen angetan hatte. An die verschwendete er keinen einzigen Gedanken, es schien ihm surreal. Er bereute, dass er sein Leben aufgegeben hatte. Dass er nicht einfach so weitermachen konnte. Beispielsweise ernsthaft um Magda werben, ihr klarmachen, dass er sie glücklicher machen würde als dieser Landtrottel. Aber diese Chance hatte er vertan. Er würde niemals ein normales Leben führen können. Sie würden ihn suchen und ihn aufspüren. Sie würden ihn irgendwann finden. Sollte er sich stellen?

Der Verkehr floss an ihm vorbei, als wäre nichts geschehen. Als wüssten sie nicht, dass er am Rand stand. Er, der sicher bald in ganz Deutschland gesucht wurde. Er, der Angst und Schrecken verbreiten konnte. Der skrupellos und eiskalt war. Das schien hier niemanden zu interessieren.

Er hörte ein sattes Rollen auf dem Asphalt, dumpfer und lauter als die Geräusche der vorbeifahrenden Autos. Ein Reisebus schob sich von links in sein Blickfeld. Er war nur noch wenige Hundert Meter entfernt. Sicherlich voller gut gelaunter Urlauber, die sich auf ihre Osterferien am Balaton freuten. Paul kletterte über die Leitplanke, machte zwei schnelle Schritte über das Rasenstück, welches den Parkplatz von der Autobahn trennte. Einige vorbeifahrende Autos hupten und plötzlich stand er im grellen Licht der Busscheinwerfer, die sich rasend schnell näherten. Er hörte noch das Quietschen der Bremsen, sah in die vor Panik aufgerissenen Augen des Busfahrers, der Sekundenbruchteile vorausahnte, dass diese Situation hier gleich ganz hässlich für alle würde.

Der Aufprall traf ihn hart, zertrümmerte mit einem Schlag alle Knochen in seinem Körper, seine Organe platzten und sein Kopf verformte sich unter dem Druck.

Er war sofort tot.

Sein Körper wurde unter den Bus geschleudert, das Glas der Frontscheibe barst durch den Unfall und die Insassen spürten noch mehrere dumpfe Schläge, als der Bus den leblosen Körper überrollte. Er kam nach knapp 90 Metern schlingernd zum Stehen. Dann wurde es für einige Sekunden ganz still. Nichts und niemand schien zu atmen. Die Passagiere im Bus bewegten sich nicht, einige LKW-Fahrer schienen sich in Zeitlupe der Unfallstelle zu nähern. Dann ging es Schlag auf Schlag. Bremsen quietschten und es krachte mehrere Minuten unaufhörlich, weil die nachfolgenden Fahrzeuge in der Dämmerung seine Leiche auf der Fahrbahn zu spät sahen und nicht mehr ausweichen konnten. Es kam zu einem Massencrash.

Auch die Schreie der Businsassen, die sich bei der Vollbremsung teilweise schwere Verletzungen zugezogen hatten, wurden nach der ersten Schockstarre langsam laut. Drei würden später an den Folgen ihrer Verletzungen versterben, ebenso zwölf Insassen aus den nachfolgenden Fahrzeugen, die in die Kollisionen verwickelt waren.

Der Ort, den er sich für seinen eigenen Tod ausgesucht hatte, wurde bereits Minuten später von einem Meer aus blinkenden Blaulichtern erhellt, welches Hunderte von Schaulustigen wie Motten anzog.

Auch Magda bemerkte die grellen gleichmäßigen Lichtblitze durch den vergilbten Vorhang ihres Zimmers. Sie ahnte sofort, dass etwas mit Paul nicht stimmte. Das hatte sie gesehen, als er das Zimmer verlassen hatte. Aber wie hätte sie ihn aufhalten sollen? Und warum?

Sie öffnete das Fenster und kletterte auf den außenliegenden Flur hinaus. Noch nicht einmal daran hatte er gedacht. Das Auto stand noch da. Sie lief leichtfüßig auf das blaue Lichtermeer zu. Ihr bot sich ein Bild des Grauens. Überall lagen Verletzte, ein Bus stand einige Meter weiter quer auf der Fahrbahn, verwirrte Kinder suchten weinend nach ihren Eltern, erwachsene Männer weinten leise vor sich hin, andere starrten ins Leere. So stellte sie sich Krieg vor. Neben ihr unterhielten sich zwei polnische LKW-Fahrer.

»Was ist passiert?«, fragte sie sie auf Polnisch.

»Da hat sich irgend so ein Wahnsinniger vor den Bus geworfen. Dahinten liegt er, siehst du? Den hat es ganz schön erwischt, ich glaube, die Autos, die hier stehen, sind alle noch über ihn drübergefahren«, erklärte ihr der Ältere von beiden sensationslüstern. Magdas Atem stockte und sie schaute angestrengt auf den verdrehten Körper, der da mitten auf der Fahrbahn, knapp 50 Meter von ihr entfernt, lag. Und sie erkannte ihn. Seine Kleidung, seine Schuhe. Das war er. Er war tot. Und sie frei. Sie wurde ohnmächtig.

−98−

Der Anruf von den tschechischen Kollegen kam gegen halb zehn. Magda Petersen hatte sich im Umfeld eines tragischen Unglücks an der Autobahn an sie gewandt und gesagt, dass der Mann, der den Unfall ausgelöst hatte, sie im saarländischen Perl entführt hatte. Sie hatte ihnen ihren Namen genannt – und nach einigen wenigen Recherchen hatten die Kollegen Veronika direkt angerufen. Magda war in Sicherheit, Paul Oltmann war tot. Er hatte Selbstmord begangen. Und dabei noch weitere Personen mit in den Tod gerissen. Was für ein Ende.

Aber das Wichtigste war, dass sie wohlbehalten zurückgebracht werden konnte. Die Kollegen kümmerten sich bereits um den Rücktransport, nachdem ein Arzt sie vor Ort untersucht hatte. Ihr ging es den Umständen entsprechend gut.

Sie hatte auch schon mit ihrem Mann telefonieren dürfen, er wusste also Bescheid. Veronika war erleichtert, die Anspannung, die sie den ganzen Tag über verspürt hatte, fiel von ihr ab.

Natürlich fragte sie sich, was gewesen wäre, wenn sie schneller an die Informationen gekommen wären, wenn sie schneller hätten reagieren können. Wenn sie schon früher an die Chatprotokolle der Datingportale gedacht hätten. Aber wie denn, ohne konkrete Namen, ohne identifizierte Opfer?

Sie schrieb ihrem Chef eine Nachricht über die neuesten Ereignisse. Er würde für morgen eine erste Pressekonferenz ansetzen können. In einem kurzen Telefonat sagte er ihr, wie zufrieden er mit ihrer Arbeit war. Das war ein seltenes Lob. Doch dieses Mal gebührte es dem gesamten Team. Es war eine wirklich erfolgreiche Teamleistung gewesen, die sie auf Oltmanns Spur gebracht hatte.

Die genauen Zusammenhänge und Motive würden sie in den kommenden Tagen und Wochen herausarbeiten müssen. Sie hatte eine Million Puzzleteile auf dem Tisch, die sie nun alle zuordnen musste. Aber eine Gefahr stellte Paul Oltmann nun nicht mehr dar, sie mussten nur prüfen, ob es noch andere junge Frauen gab, die er versteckt hielt – vielleicht an einem anderen Ort. Sie würden hier so schnell wie möglich alles auswerten müssen.

Die Müdigkeit übermannte sie, sobald der Druck langsam von ihr abfiel. Sie musste jetzt Feierabend machen, sie war schon knapp 14 Stunden im Einsatz. Nichts ging mehr.

Sie würde morgen das Auto und die Sachen des Täters bei den Kollegen in Tschechien anfordern, worunter sich hoffentlich sein Computer befand. Dann könnten ihre IT-Experten sich auf die Suche nach weiteren Beweisen in der virtuellen Welt machen.

Dass sie wenig Brauchbares finden würden, konnte sie jetzt noch nicht wissen. Einen Skype-Account, der nicht mehr existierte. Der einer E-Mail-Adresse zugeordnet war, die nicht mehr existierte. Zu dem man nach intensiver Recherche eine Adresse zuordnen konnte, die noch nie existiert hatte. Fehlanzeige also.

Aber dafür zahllose Bilder und Videos der jungen Frauen, die ihre Zerstörung dokumentierten. Er hatte sie in erniedrigenden Posen fotografiert, hatte dokumentiert, wie er sie fütterte, wie sie litten, wie sie sich wehrten. Veronika und ihren Kollegen würden sich diese Bilder für immer ins Gedächtnis brennen. Was er damit gemacht hatte, ließ sich nicht mehr nachvollziehen. Hatte er sie an jemanden verschickt oder einfach nur in perversen Foren im Darknet hochgeladen? Auf den Videos sprach er zu jemandem, aber er schien niemand Bestimmtes zu adressieren.

Magda Petersen würde berichten, dass er auf ihrer Flucht mehrfach versucht hatte, jemanden zu erreichen, und ihr gesagt hatte, er sei enttäuscht worden und habe viele Fehler gemacht. Doch auch hier ließ sich nicht mehr nachvollziehen, um wen es sich handelte.

Sie würden die anderen Frauen, mit denen er übers Portal in Kontakt gestanden hatte, überprüfen und feststellen, dass alle am Leben waren.

Auch wenn die konkreten Taten aufgeklärt waren, gab es für Veronikas Geschmack noch zu viele offene Fragen. Nach dem Motiv, nach den Auswahlkriterien, nach den Gründen. Sie würde sich vornehmen, den ganzen Fall noch mal in Ruhe zu betrachten, diese Frauen nach Auffälligkeiten im Kontakt mit ihm zu befragen.

Sobald sie Zeit fände.

Nun löschte sie erst einmal das Licht in ihrem Büro und machte sich auf den Heimweg. Rocky würde sich freuen, sie auch mal wieder zu Gesicht zu bekommen.

-EPILOG-

Was für ein Idiot. Er war wohl doch zarter besaitet, als SIE es vermutet hatte. Und er hatte mehr Fehler gemacht, als er zugegeben hatte, sodass SIE innerhalb kürzester Zeit ebenfalls alle Spuren von sich gelöscht hatte. Gespannt verfolgte SIE in den darauffolgenden Tagen die Nachrichten.

SIE sah diese Kommissarin bei den Pressekonferenzen angestrengt in die Kamera blinzeln. Sah sie gut vorbereitete Interviews geben. Sie hatte bestimmt mehrere Interviewtrainings absolviert, um so gestelzt vor der Kamera zu sprechen. Lächerlich, dachte SIE sich. Alles lächerlich.

Jetzt hatten sie also die Schlampen identifiziert. Zeigten ihre Bilder in den Nachrichtensendungen, betroffene Gesichter der Angehörigen, Fassungslosigkeit bei den Freunden. Man konnte es nicht glauben, nein, sie hatten keine Feinde gehabt, ja, ein komischer Zufall, wo sie sich doch alle gekannt hatten, nein, man wusste nicht, wer dieser Mann war. Am liebsten hätte SIE ihnen ins Gesicht gespuckt. Ihr armseligen Würstchen, ihr Spacken. Nichts kapiert ihr. Da fehlten noch zwei auf IHRER Liste und SIE würde sich etwas einfallen lassen, um auch diese qualvoll aus dem Leben zu reißen. So wie SIE aus dem Leben gerissen worden war. Es würde einen anderen Penner geben, der IHR aus der Hand fraß.

SIE hatte es nicht eilig. Niemand würde SIE finden, SIE war Luft und aus den meisten Gedächtnissen schon lange verschwunden.

Nein, SIE war noch nicht fertig.

SIE würde wiederkommen.

Und diese Veronika Hart, die würde SIE auch noch kennenlernen, denn sie hatte IHR das Werkzeug genommen. Dafür würde sie büßen müssen. Irgendwann.

Man legte sich nicht mit Corinna Petrova an.

-DANKSAGUNG-

Mein herzlichster Dank gilt allen, die mich auf dieser spannenden Reise auf den verschiedensten Etappen begleitet haben. Stefan, dem Fels in meiner Brandung, und meiner Familie bin ich für ihre Unterstützung dankbar. Sabine, Anne und dem Rest der Gondola-Gang danke ich für ihre Freundschaft und die Motivation, die sie mir jedes Mal vorbehaltlos mitgegeben haben. Besonders danke ich Herrmann Frank und Anja Kirsch, meinen ersten beiden Testlesern, für die Zeit, die sie sich mit einer der frühen Fassungen dieses Buches genommen haben und das konstruktive Feedback. Ihr habt »Saarperlen« mit vorangebracht. Ich danke den Verfassern der folgenden Fachliteratur, die mich mit dem nötigen Detailwissen für meine Geschichte ausgestattet haben: »Handbuch Anatomie« (Speckmann/ Wittkowski), »Grundlagen der Kriminaltechnik I und II« (Frings/ Rabe) sowie »Rechtsmedizin« (Wirth/ Schmeling).

Außerdem danke ich meiner Lektorin Teresa Storkenmaier für die gute Zusammenarbeit, die wertvollen Hinweise und die nötige Akribie, die den Grob- und Feinschliff erst ermöglicht haben, sowie allen Mitarbeiterinnen und Mitarbeitern des Gmeiner Verlags, die »Saarperlen« bis auf die Ladentheke gebracht haben.

Last, but not least möchte ich mich bei Ihnen, meinen Leserinnen und Lesern, bedanken, dass Sie mir und dem Titel eine Chance geben und meiner Titelheldin Veronika Hart auf ihrer Reise folgen wollen.

Ihre Greta R. Kuhn

Hauptkommissarin Veronika Hart ermittelt:

1. Fall: Saarperlen
ISBN 978-3-8392-2500-4

2. Fall: Goldene Bremm
ISBN 978-3-8392-2715-2

3. Fall: Saarland-Connection
ISBN 978-3-8392-0072-8

4. Fall: Lyoner-Komplott
ISBN 978-3-8392-0390-3

SPANNUNG

GMEINER

WWW.GMEINER-VERLAG.DE

Wir machen's spannend

Daniel Verano
Canaria Criminal
Kriminalroman
256 Seiten, 12,5 x 20,5 cm,
Paperback
ISBN 978-3-8392-0459-7

Im Wahlkampf springt der polarisierende Politiker
Francisco Fraude mit dem Fallschirm über Gran Canaria ab. Felix Faber, deutscher Auswanderer und Jour-
nalist auf der Insel, beobachtet den Sprung von seinem
Bungalow aus. Es geschieht das Unvorstellbare, vor lau-
fender Kamera schlägt Fraude auf einem Felsen auf und
ist tot. Faber beginnt zu recherchieren und kreuzt dabei
den Weg der taffen Ermittlerin Ana Montero. Zusammen decken sie nach und nach eine Verschwörung auf.

GMEINER SPANNUNG

Jean Jacques Laurent
Elsässer Rache
Kriminalroman
213 Seiten, 12,5 x 20,5 cm,
Paperback
ISBN 978-3-8392-0480-1

Jules Gabin und seine Verlobte Joanna stecken mitten
in den Hochzeitsvorbereitungen, als die Skelette
von zwei Vermissten entdeckt werden: Das junge
Paar war vor neun Jahren kurz nach ihrer Trau-
ung spurlos verschwunden. Sein neuer Fall führt
Major Gabin in die feine Gesellschaft des beschaulichen Colmar – und deckt menschliche Abgründe
auf. Nebenbei dürfen sich Jules und Joanna durch
die elsässische Küche schlemmen, denn sie müssen das Hochzeitsmenü zusammenzustellen …

GMEINER SPANNUNG

WWW.GMEINER-VERLAG.DE
Wir machen's spannend